Raoul Mille

Sturm über Nizza

Historischer Roman

Aus dem Französischen
von Nathalie Mälzer-Semlinger

Aufbau Taschenbuch Verlag

Die Originalausgabe unter dem Titel
»Les enfants perdus de l'empereur«
ist 1999 bei Albin Michel in Paris
erschienen.

ISBN 3-7466-1855-X

1. Auflage 2002

Einbandgestaltung Torsten Lemme
unter Verwendung des Gemäldes »Sapho«
von Soma Orlai-Petrich, © Arthotek
Druck Elsnerdruck GmbH, Berlin
Printed in Germany

www.aufbau-taschenbuch.de

Fur Louis Nucera

Erster Teil

1796

»Und wenn ich weissagen könnte und wüßte alle Geheimnisse und alle Erkenntnis und hätte allen Glauben, also daß ich Berge versetzte, und hätte der Liebe nicht, so wäre ich nichts.«

Paulus
Der erste Brief an die Korinther

Es war ein kalter, sonniger Märztag. Maria liebte es, wenn der Wind so kräftig blies, daß er einem die Tränen in die Augen trieb. Hinter dem Schloßberg tauchte der Hafen auf, über den bereits die Schatten der Abenddämmerung krochen. Sie ging schneller. Sie hatte den längeren Weg gewählt, um die Möglichkeit zu haben, kehrtzumachen – wohl wissend, daß sie es doch nicht tun würde. Sie wollte schauen. Erst einmal schauen. Von der Place de la République drang Lärm herüber. Der Lärm von Menschen und Pferden, Stimmengewirr und das Knallen der Hufe, die der eisige Wind herübertrug. Die Straßen waren verlassen, die Bewohner der Stadt hatten sich alle unter den dunklen Arkaden versammelt. Maria schlüpfte durchs Gedränge. Rauch stieg von den Fackeln auf, die im blassen Abendlicht rot glühten. Als sie in die vorderen Reihen kam, schlug ihr starker Pferdegeruch entgegen. Bataillone zogen in gedrängten Karrees vorüber. Man hörte das Stampfen der Stiefel und das rhythmische Aneinanderreiben der Hosenbeine: eine Armee. Nicht irgendeine Armee, nein, die Italienarmee. Seit Monaten ohne Sold, seit Jahren ohne Hoffnung. Einige Männer saßen auf dem Straßenpflaster und rauchten Pfeife, andere hatten sich auf den Boden gelegt und schienen zu schlafen. Maria bedauerte, ihr Tuch vergessen zu haben; als sie aufgebrochen war, hatte noch die Sonne geschienen. Sie zitterte: War es die Kälte, die Ungeduld oder eine dumpfe Ahnung, die sie hierher geführt hatte? Feuer wurden entzündet, sie warfen riesige Schatten auf das Gemäuer der ehemaligen Chapelle des Pénitents.

Plötzlich stehen die Männer auf, klopfen ihre Pfeife aus und scharen sich enger zusammen. Bleierne Stille legt sich über die Menge, man hört lediglich das Hämmern der Hufe. Maria fühlt ihr Herz schneller schlagen. Die blaugelben Flammen knistern. Die Rauchschwaden werden dichter. Niemand hat ihn kommen sehen, doch nun ist er da. Alle überragend thront er auf seinem Schimmel in der Mitte des Platzes. Er ist schlank, fast dürr. Sein Gesicht bleibt unter dem Zweispitz verborgen. Maria legt ihre Hand vor ihren Hals, als wolle sie sich vor einem kalten Luftzug schützen. In diesem Augenblick ertönen Worte. Sie kommen von diesem Mann mit dem Hut, der reglos dasitzt. Und diese Worte zerreißen die Nacht, sie wirbeln glitzernd durch die Luft, diese Worte zeigen Maria, daß sie sich nicht getäuscht hat, daß dieser Mann dort auf dem Pferd ihr Leben verändern wird. Es war kein Zufall, daß sie hier war. Sie wußte, daß sich mit diesem General neue Wege auftaten. Eine unfaßbare, wunderbare Gewißheit hatte sie hierher geführt. Maria hört nicht mehr zu, die Worte durchdringen sie, wühlen sie auf, überschlagen sich in ihr. Sie fühlt sich von ihnen emporgehoben und fortgetragen. Dieser Mann dort mit dem seltsamen, fast unaussprechlichen Namen: Bonaparte ... Er befehligt eine Armee, die in Vergessenheit geraten war, die keiner mehr wollte. Bis auf ihn. Und er hat sie erobert.

»Soldaten! Ihr habt keine Kleidung, ihr habt nichts zu essen; die Regierung schuldet euch viel, doch sie hat nichts, was sie euch geben könnte. Ihr wart tapfer und geduldig, doch so werdet ihr nie Ruhm erlangen. Ich hingegen werde euch in die fruchtbarsten Ebenen der Welt führen. Ihr werdet euch reiche Provinzen und große Städte unterwerfen, dort werdet ihr Ehre, Ruhm und Reichtum finden. Ihr Soldaten der Italienarmee, an Mut wird es euch doch wohl nicht fehlen?«

Die jungen Kerle aus den Pyrenäen, dem Roussillon und dem Languedoc trauten ihren Ohren nicht; sie waren in Lumpen gekleidet und warteten seit vier Jahren darauf, daß jemand zu ihnen sprach, ihnen einfach sagte, was sie zu tun hatten. Sie warteten in dieser letzten auf sich selbst zurückgezogenen Bastion der Republik, die keiner beachtete und deren Schicksal ungewiß war, deren Feinde sich in den Bergen versteckt hielten und in der es nur verschimmeltes Brot und ungenießbaren Wein gab.

»An Mut wird es euch doch wohl nicht fehlen?«

»Nein, mein General!«

Aus der Tiefe des Platzes erhob sich ein Rumoren, das bis zu ihm drang, dem kleinen General auf dem Schimmel. Er hätte seinen Hut heben oder sonst irgend etwas tun können. Aber er bewegte sich nicht. Er horchte. Er wartete, bis sich das Tosen wieder gelegt hatte. Dann erst ritt er durch die Reihen, die Menge wich zur Seite, ein winziges Lächeln umspielte seine Lippen. Maria wäre am liebsten in die Jubelrufe der Soldaten mit eingefallen, doch sie wagte es nicht.

Die Stadt war wie vom Teufel besessen, sie bebte, erschüttert von polternden Militärkolonnen und den hämmernden Schritten der Soldaten. Diesmal war es soweit. Alles wurde für den Aufbruch vorbereitet. Die Soldaten polierten die Waffen, schirrten die Pferde, spannten die Wagen an. Der General hatte die doppelte Ration Brot und Wein austeilen lassen, guten Wein aus der Var-Region. Vom Fuße der Hügel bis ans steinige Meeresufer glich Nizza einem brodelnden Kessel. Der Speisesaal des Hôtel d'York war leer, die Agenten des Direktoriums und die Lieferanten waren fort, diese ganze Armee von Profitgeiern, die den Sold und die Vorräte der Soldaten aufzehrten.

Maria durchquerte den Saal, im Kamin glühten ein paar Holzscheite. Vincent, ihr Mann, erwartete sie wie gewöhnlich im ersten Stock. Und wieder einmal würde sie diesem großherzigen Mann, der sie ohne Illusionen liebte, Leid zufügen. Sie stieß die Tür zum Schlafzimmer auf, wo Vincent saß, ein kleiner, runder Fleischklops, der stets lächelte und seine Ängste zu verbergen suchte. Fast wäre sie zu spät zu ihrer täglichen Verabredung gekommen. Jeden Abend tranken sie gemeinsam eine Tasse Tee, den sie mit viel Sorgfalt selbst zubereitete. Vincent liebte diese trauten Momente. Sie sprachen nie über die Vergangenheit, weder über Benjamin, noch über Masséna, diese zwei so gegensätzlichen Männer, die im Leben der jungen Frau einen großen Raum eingenommen hatten. Der Engländer, der ihr beigebracht hatte zu lesen, zu schreiben und die Welt zu begreifen, und der Rohling, der ihr nichts beigebracht hatte, nur daß der Körper weder Vernunft noch Gefühle kennt und allein seine fleischlichen Begierden befriedigen will. Doch über all das fiel nie ein Wort. Vincent, der gute, brave Ehemann, war aus diesem Liebeskrieg als Sieger hervorgegangen: Er, der nie begehrt worden war, hatte sich stets damit begnügt, einfach dazusein und in der Not die Hand auszustrecken. Benjamin war tot, Masséna vergessen. Andere hätten einen solchen Sieg als Niederlage empfunden, Vincent jedoch nicht. Er fragte sich nicht, was Glück bedeutete, er zog es vor, Marias Anwesenheit zu genießen. Für ihn war sie die schönste Frau der Welt, die schönste, der er je begegnet war. Sie anzubeten, und sei es nur im stillen, war für ihn bereits höchste Erfüllung.

Als Maria das Zimmer betrat, stürzte er entgegen seiner Gewohnheit auf sie zu.

»Haben Sie es schon erfahren?« rief er, »ein Laufbursche ist am frühen Nachmittag hier vorbeigekommen, um für den General das Abendessen zu bestellen. Wir müssen es um zehn Uhr abends ausliefern. Ich habe alles Menschenmögliche unternommen, um Speisen aufzutreiben, die unseres Gastes würdig wären. Können Sie sich in meine Lage versetzen? Es mangelt uns doch an allem. Und was mag überhaupt sein Geschmack sein? Er ist so dünn. Nun, Sie werden mir gleich sagen, was Sie von meinem Vorschlag halten, ich habe mich jedenfalls für eine *poutine* entschieden, die heute morgen frisch gefangen wurde, sehr feines, fast durchsichtiges Fleisch, danach eine der Lammhaxen, die wir für Ostern zur Seite gelegt hatten, dann habe ich zwischen Kaninchen und Ente hin und her überlegt, aber ich dachte, Ente ist edler, ich habe die Küche darum gebeten, sie mit Rübchen und grünen Bohnen zu servieren. Außerdem habe ich jungen Spargel auftreiben können. Als Wein dachte ich an einen Chambertin, von dem ich noch ein paar Flaschen aus der Zeit vor der Revolution im Keller habe. Also, was meinen Sie dazu?«

Maria hatte kaum zugehört.

»Sie haben eine vorzügliche Wahl getroffen, Vincent. Wohin sollen wir das Essen liefern?«

»Es ist nur wenige Schritte von hier entfernt. Das Essen wird also nicht kalt werden, der General hat sein Quartier in der Rue Saint-François-de-Paule, Verzeihung, Rue de l'Indivisibilité. Ich werde Aglaée mit einem Küchenjungen hinüberschicken.«

»Nicht nötig, Vincent, ich werde selbst gehen, denn ich fürchte, bei Aglaées ewigem Geschwätz werden die Speisen kalt werden.«

Vincent nickte und verließ eilig den Raum. Heute abend würde er auf den Tee verzichten.

Das Schicksal hielt für Maria offenbar noch einiges bereit, in wenigen Stunden würde dieser General ihrem langweilen Dasein, das sie seit Benjamins Tod fristete, ein Ende bereiten. Sie setzte sich vor ihre Frisierkommode. War sie noch attraktiv? War sie schön? Nicht die kleinste Falte. Ihre Haut war braungebrannt, warm und glatt wie die Oberfläche eines Kiesels, der in der Sonne gelegen hatte. Sie hatte nie versucht, jemanden zu verführen, sie wollte sich nur vergewissern, daß sie noch dieselbe Fülle und Glut ausstrahlte wie früher. Sie bürstete ausgiebig ihr üppiges schwarzes Haar. In Paris, so hieß es, liefen die Frauen seit dem Endes der Schreckensherrschaft halbnackt durch die Straßen, nur mit einer Tunika aus Gaze bekleidet, mit einem Schlitz, der bis zur Hüfte reichte. Maria besaß nichts derartiges. Joséphine de Beauharnais, die der General geheiratet hatte, kurz bevor er hierher aufgebrochen war, gehörte zu dieser Sorte eleganter Frauen. Maria entschied sich für einen Musselinschal, an den sie eine Kamee steckte. Das mußte reichen.

Sie überquerte den Platz, auf dem sich die Soldaten tummelten. Der Wind zerrte an den Fahnen und blähte die Uniformen. Die Männer machten ernste Gesichter, nirgends erklang ein heiteres Lied, der Vorgeschmack auf den Aufbruch trocknete allen die Kehle aus. Hinter ihr lief eine Dienerin und trug auf einem silbernen Tablett die Speisen. Die Wohnräume des Generals befanden sich im zweiten Stockwerk, die Wachen ließen die beiden Frauen passieren, und ein Grenadier öffnete die Tür. Dahinter befand sich ein riesiger Raum mit Blick aufs Meer und auf den Schloßturm, über den sich das Mondlicht ergoß. Auf einem großen Tisch stand eine Lampe. Überall lagen Papiere, doch ansonsten war der Raum leer. Maria blieb reglos stehen, hinter dem Schreibtisch gab es eine weitere Tür, die geschlossen war. Sie bedeutete der Dienerin, die Platten abzustellen und sie dann allein zu lassen. Eigentlich war ihre Aufgabe hiermit erfüllt, sie hatte dem Grenadier mitgeteilt, daß das Essen auf den General wartete, also konnte sie wieder gehen. Doch Maria näherte sich dem Tisch. Nie zuvor hatte sie so viele Landkarten und Pläne gesehen. Dort, auf der anderen Seite des Tisches, pflegte also der General zu sitzen. Sie legte die Hände auf die Rückenlehne des Sessels und schloß die Augen. Sie hatte ein bißchen Angst, und ein leiser Schauer überlief sie. Aber sie mochte diesen Schauer unter der Haut. Als sie die Augen wieder öffnete, bemerkte sie auf einem Stapel Landkarten einen mit breiter Handschrift geschriebenen Brief. Der Verfasser schien die Wörter hastig aufs Papier geworfen zu haben, als habe er nicht die Geduld gehabt, sie zu Ende zu schreiben. Es gehörte sich nicht, doch sie konnte nicht widerstehen und griff nach dem Brief, der adressiert war:

An die Bürgerin Beauharnais, Rue Chantereine, Paris. Nizza, am 10. Germinal.

Das genügte, sie legte ihn zurück. Was konnte ein General schon an seine Frau schreiben, während er einen Feldzug vorbereitete und Landkarten lesen, Befehle erteilen, Anweisungen geben mußte? Wieder nahm sie ihn in die Hand, aber der erste Satz verwirrte sie bereits: »Ich habe keinen Tag verbracht, ohne Dich zu lieben; ich habe keine Nacht verbracht, ohne Dich in meine Arme zu schließen, ich habe keine Tasse Tee getrunken, ohne den Ruhm und die Ehre zu verfluchen, die mich von Dir, meine Seele, mein Leben, fortgerissen haben.« Maria hatte nicht das Gefühl, indiskret zu sein, ihr war, als würde sie einen Roman lesen, dessen erster Satz einen bereits so stark fesselt, daß man gezwungen ist weiterzulesen. »Gleich ob ich mich an der Spitze meiner Truppen befinde oder durchs Lager gehe, mein Herz, mein Geist, meine Gedanken sind immer nur bei meiner reizenden Joséphine.« Diese Worte stammten aus der Feder eines leidenschaftlichen Liebhabers. Maria mußte einige unleserliche Zeilen überspringen, bevor sie weiterlesen konnte: »Ach! Du Garstige! Wie konntest Du mir einen so kalten Brief schreiben? Und zwischen dem 23. und dem 26., vier Tage! was hast Du da gemacht, daß Du keine Zeit hattest, Deinem Mann zu schreiben? ...« Maria legte den Brief zurück. Hinter ihr ging langsam die Tür auf, sie wandte sich um, vor ihr stand der General und blickte sie an. Er war nur mit einem Hausmantel bekleidet, seine Beine waren nackt, um den Hals hatte er ein Handtuch gelegt, das die Wassertropfen auffing. Seine langen Haare waren in den Nacken zurückgekämmt. Es war nicht sein olivfarbener Teint, auch nicht sein schmaler Mund, sondern allein sein Blick, der sie so berührte. Er erinnerte sie an den Blick von Jean-Jacques Rousseau auf einem Gemälde von La Tour: derselbe Glanz, ein Ausdruck von Klugheit und Willensstärke, in den sich ein Hauch Traurigkeit mischte. Maria war derart in ihre Gedanken versunken, daß ihr gar nicht auffiel, wie ungewöhnlich die Situation war. Auch bemerkte sie erst nach einer ganzen Weile, daß er bereits zu ihr sprach.

»... Ich bade so oft ich kann. Denn ich habe mir bei der Belagerung von Toulon die Krätze eingefangen. Das ist zwar nicht sonderlich schmerzhaft, aber doch unangenehm ... Sie sind also die Frau des Hoteliers? Sie sind ungewöhnlich hübsch und vornehm für eine Hotelbesitzerin ... Was haben Sie denn zu essen mitgebracht? Hungrig bin ich eigentlich nicht.«

Der General ging auf den kleinen runden Tisch zu, auf dem die Speisen standen.

»Was ist das?« fragte er und zeigte auf die *poutine*. »Bleiben Sie doch nicht dort stehen, kommen Sie hier her.«

»Das sind gekochte Setzlinge, die ich mit etwas Olivenöl als Salat zubereitet habe«, stotterte Maria.

»Ach ja, das kenne ich aus Korsika. Das mag ich nicht, und dort eine Lammhaxe ... nein, darauf habe ich keinen Appetit, auf die Ente schon gar nicht ... Wie heißen Sie?«

»Maria.«

»Maria, holen Sie mir lieber Schinken, vielleicht auch ein Omelett und etwas Obst, der Wein kann bleiben. Bringen Sie mir außerdem einen Krug mit Wasser, ich verdünne den Wein immer.«

Maria blieb wie angewurzelt in der Mitte des Raums stehen.

»Worauf warten Sie denn noch?« sagte der General, »ich werde mich in der Zwischenzeit anziehen. Wir treffen uns vor der Tür, ich brauche frische Luft, ich werde am Meer essen.«

»Am Meer!«

»Ja, und ich hasse es, allein zu essen, nehmen Sie also auch etwas für sich mit, und legen Sie sich ein Tuch um die Schultern. Was für eine dumme Angewohnheit von den Frauen, neuerdings immer mit nackten Schultern herumzuspazieren!«

Maria rannte zum Hotel zurück, in dem völlige Dunkelheit herrschte. Mit einer Kerze in der Hand stieg sie die Treppen zum Keller hinab, nahm einen Schinken, ging wieder hinauf in die Vorratskammer, griff nach einem Stück Brot und betrat die Küche. Ein Omelett, das war leicht gesagt! Wenn der Herd schon erloschen war, würde es unmöglich sein. Doch sie hatte Glück, eine kleine Flamme brannte noch. Maria stellte die Pfanne über die Glut, verrührte sechs Eier und mischte ein paar Speckwürfel darunter, dann legte sie ein Stück Butter in die Pfanne und gab die Eimasse dazu. Ein Omelett! Mochte er es saftig, leicht gebräunt oder gut durchgebraten? Schwer zu entscheiden. Sie beschloß, die eine Hälfte saftig zu lassen und die andere gut durchzubraten. Dann packte sie Teller, Besteck, das Omelett, den Schinken und den Krug Wasser in einen Korb, durchquerte den Speisesaal und lief über den gepflasterten Hof, der zur Relaisstation führte. In den Ställen hörte man die Pferde schnauben. Maria stieg über einen Reitknecht hinweg, der in eine Decke gewickelt unter dem Tor lag und schlief. Würde der General tatsächlich zu dem vereinbarten Treffpunkt kommen? Sie verlangsamte den Schritt, um nicht atemlos und zerzaust vor ihn zu treten. Er wartete bereits neben seinen Wächtern, die verwundert waren, ihn zu so später Stunde noch draußen zu sehen. Ohne ein Wort liefen sie den Uferweg entlang, gefolgt von zwei Grenadieren, die Fackeln trugen. Sie liefen bis zur Rauba Capeu, das Meer brandete nur wenige Meter entfernt gegen die Steine, die Flammen kämpften gegen den Wind. Maria hatte Mühe zu folgen, sie stolperte mit ihren Straßenschuhen auf den Kieselsteinen. Endlich machten sie halt.

»Hier ist es gut«, sagte der General zu den beiden Männern. »Stellt die Fackeln auf und wartet dann weiter hinten auf uns.«

Es war kalt und dunkel, der General breitete seinen Mantel aus und bedeutete Maria, sich neben ihn zu setzen. Der Sturm und die Brandung hallten wider wie in einer Kathedrale. Maria holte das Essen aus ihrem Korb.

»Ein hübsches Plätzchen, nicht wahr?« meinte der General.

Maria betrachtete diesen Mann, der da im Sturm völlig ungerührt sein Omelett aß. Er füllte sein Glas mit Chambertin-Wein, fügte etwas Wasser hinzu und nahm einen Schluck. Ohne den Kopf nach ihr zu wenden, fragte er:

»Sie haben den Brief gelesen, nicht wahr?«

Warum sollte sie lügen?

»Nur die ersten Zeilen ...«

»Unwichtig. Ich möchte wissen, was Sie davon halten?«

»Nun ja, ich denke, daß jede Frau gern einen solchen Brief bekäme.«

Die Situation war so unwirklich, daß Maria alle Anstandsregeln und allen Respekt vergaß, der gegenüber dem Anführer einer Armee von vierzigtausend Mann geboten gewesen wäre. Sie sah in ihm nur einen verliebten, besorgten, eifersüchtigen Mann, einen einsamen Menschen, der des Nachts an seine Geliebte schrieb, der von Zweifeln geplagt und von Verzweiflung heimgesucht wurde. Einen leidenschaftlichen, unglücklichen Mann.

Der General stellte sein leeres Glas zwischen zwei Steine.

»Joséphine ist ein selbstverliebtes, überfeinertes Geschöpf, ganz aus Spitze und Gaze, ein Paradiesvogel. Sie singt und tanzt, ohne einen Gedanken an die Menschen zu verschwenden, die sie lieben und ihretwegen leiden. Vielleicht sind meine Ängste unbegründet, vielleicht mache ich mir unnötig Sorgen? Aber warum beantwortet sie meine Briefe nicht?«

Er füllte erneut sein Glas und fügte wieder Wasser hinzu. Jedes Mal, wenn hinter den Wolken der Mond zum Vorschein kam, betrachtete Maria den General, sein markantes Profil, die dunkle Linie seines Mundes und das eiskalte Funkeln seines Blicks. Sprach er zu ihr oder nur zu sich selbst? Maria blieb unbeweglich auf dem harten Fels sitzen. Dann hob er unvermittelt den Kopf, als sei er plötzlich in die reale Welt zurückgekehrt, sein Gesicht hellte sich auf, er lächelte, und seine Augen blickten zärtlich.

»Was wollen Sie von mir?« fragte er.

Maria war nicht überrascht. Obwohl sie den Grund ihrer Anwesenheit selbst einen Moment lang vergessen hatte. Es war ihr ganz natürlich erschienen, bei einer Flasche Chambertin in Gesellschaft eines Generals der Italienarmee am Meer zu sitzen. So selbstverständlich, daß sie sich einen Ruck geben mußte, um es ihm zu erklären.

»General, das Schicksal hat es gewollt, daß mein Sohn Jean-Jacques, den ich einst in Levens bei dem Bruder meines Mannes in Obhut gegeben habe, von den *barbets* entführt wurde und nun in einem Kloster in der Lombardei, wahrscheinlich in Mailand, eingeschlossen lebt.«

»Warum hat man ihn entführt?«

Maria sah dem General in die Augen. Wenn er es denn wissen wollte, na gut, aber sie wollte ihm zeigen, daß sie stolz war und keine Reue verspürte.

»Mein Sohn ist das Kind eines Engländers, Benjamin Davis, eines leidenschaftlichen Anhängers der Ideen der

Aufklärung. Er hat im Comté-Gebirge gegen die Armee der Tyrannen gekämpft. Das Unglück wollte, daß er in der Schlacht am Authion ein Bein verlor, kurze Zeit später ist er während einer Epidemie dem Fleckfieber erlegen. Für die *barbets* und ihre Herren bin ich eine Teufelin.«

Maria schwieg einen Moment, der Gesichtsausdruck des Generals hatte sich nicht geändert. Sie fuhr fort:

»Sie sollten auch wissen, daß ich mit General Masséna befreundet war und ihn über mehrere Monate begleitet habe.«

»Tatsächlich?« erwiderte der General.

Bevor er weitersprach, holte er eine Prise Schnupftabak aus seiner Westentasche.

»Sie wollen also Ihren Sohn wiederfinden?«

»Ja, General, das ist mein sehnlichster Wunsch, und der einzige Weg, dies zu erreichen, ist, daß ich mich dem Troß des Siegers anschließe. General, erlauben Sie mir, der Armee zu folgen. Dieses untätige Herumsitzen hier bringt mich um.«

Er sah sie lächelnd an.

»Wer sagt, daß ich ein Sieger bin oder bis nach Mailand kommen werde? Allein bis zur lombardischen Ebene ist es noch weit!«

»Ich bin mir absolut sicher, General, so sicher, wie ich weiß, daß in ein paar Stunden der Tag anbrechen wird. Als ich Sie heute abend auf der Place de la République sah, wußte ich, daß Sie meine Rettung sind.«

»Können Sie Eier außer als Omelett noch anders zubereiten, Maria?«

Sein Lächeln war verflogen, die Frage war vollkommen ernst gemeint.

»Ja, General, ich kann Eier auf sehr unterschiedliche Weise zubereiten, gebraten, weich, hart, im Ofen, pochiert, mit Anchovisfüllung, mit Champignons, in Gelee, mit Käse ...«

»Ja, ja, aber können Sie auch Spiegeleier braten?«

Maria zögerte.

»Nein, General«, gestand sie.

»Dann haben Sie bis morgen Zeit, es zu lernen. Gehen Sie zu meinem Generalstabschef, General Berthier, sagen Sie ihm, er soll Sie der Verpflegungsschwadron zuteilen. Sie werden nur nachts arbeiten, wenn die Öfen schon aus sind und mich ein Heißhunger überfällt, das passiert gelegentlich. Und beschaffen Sie sich einen Karren, ein Pferd, einen Herd, Holz und ein paar Kessel.«

»Das habe ich alles!« rief Maria.

Damit war das Gespräch beendet. Als der General sich erhob, zeichnete sich hinter dem Esterel-Gebirge ein violettes Leuchten ab.

»Sie gehen schon wieder fort?«

Vincent schloß verzweifelt die Augen und fügte leise hinzu: »Mit Masséna?«

»Nein, nicht mit Masséna!« widersprach Maria.

Sie war erstaunt, daß Vincent noch immer Angst davor hatte. Begriff er denn nicht, daß Massénas dämonischer Einfluß auf sie mit Benjamins Tod geendet hatte?

»Ich gehe auf die Suche nach Benjamins Sohn«, sagte sie.

Vincent zweifelte nicht an Marias Worten, sie mußte das Versprechen halten, das sie Benjamin an seinem Totenbett gegeben hatte: für ihr gemeinsames Kind zu sorgen, das sie fortgegeben hatte. Doch er wußte auch, daß noch eine andere Macht Maria forttrieb: ihr Wunsch, endlich einen Schlußstrich unter ihr langweiliges Leben zu ziehen, das sich nur noch zwischen ihren ehelichen Pflichten und ihrer Mutterrolle gegenüber Catherine aufteilte. Diese Frau, die leidenschaftlich geliebt und an Kavallerieattacken teilgenommen hatte, die durch Staub und Feuer geritten war, konnte sich mit der Monotonie ihres jetzigen Daseins nicht abfinden. Er ahnte, daß in ihr noch eine andere Maria steckte, eine Frau voll Schwung und Feuer, die Vincent Angst einflößte.

Maria wählte unter den Zimmermägden des Hotels ein Mädchen aus dem Piemont aus, das robust war und vor keiner Aufgabe zurückschreckte, damit also über alle erforderlichen Eigenschaften für das bevorstehende Abenteuer verfügte. Sie hieß Marcellina. Dann ging sie in den Stall und entschied sich für ein Pferd, daß es gewohnt war, Postkutschen zu ziehen. Kein außergewöhnliches, dafür aber ein tüchtiges Pferd. Es hörte auf den Namen Baron, ein Titel, der seinem würdevollen, etwas müden Gang durchaus entsprach. Töpfe und Kessel holte Maria aus der Küche. In der Speisekammer deckte sie sich mit den nötigen Vorräten ein. Auf dem Speicher fand sie einen alten Herd, der noch funktionierte. Am nächsten Morgen würden sie von Croix du Marbre aufbrechen, jener Stelle im ehemaligen Engländer-Viertel, unweit der Villa am Meer, wo sie mit Benjamin gelebt, wo sie ihn geliebt hatte. Das war ein gutes Zeichen, das Symbol eines Neubeginns.

Es führten nur wenige Wege durch die einsamen, wilden Landstriche, die sich zwischen dem Meer und den Bergen hinter Albenga erstreckten, wo der Generalstab der Armee sich mit ihrem Anführer niedergelassen hatte, es gab weder Behausungen noch Menschen, nicht einmal Tiere. Jean-Antoine Gros hatte sich schon bald in einem Eichenwald verirrt. Der junge Mann stieg von seinem Pferd, es herrschte eine beklemmende, schwere Stille, die Blätter schienen an den Bäumen festgeklebt und die Bäume in die Erde gemauert. Das Pferd zuckte unruhig mit den Ohren. Jean-Antoine hob den Kopf, durch die dichtbewachsenen Baumkronen hindurch erblickte er einen wolkenverhangenen Himmel, das Gewitter konnte jeden Moment losbrechen. Er war weniger um sich besorgt als um seine Ausrüstung: Ein einziger Tropfen, und seine Skizzen, seine Zeichnungen, Bleistifte, Kohle, die Hefte mit blauem Umschlag für die Landschaften, die mit schwarzem Umschlag für die Menschen, alles wäre ruiniert. Mittags, bei schönstem Sonnenschein war er aufgebrochen. Er besaß keinen Mantel, nur die Uniform eines Generalstabsoffiziers, die zwar nicht gerade neu, aber mit ihrem roten Umhang sehr kleidsam war. Rot! Da erst wurde ihm bewußt, daß er eine ideale Zielscheibe abgab. Wenigstens hatte er den Tschako mit dem stolzen Federbusch abgesetzt. Er hatte ganz vergessen, daß die Truppenbewegungen der Männer und Pferde mit Karren und Kanonen auch ein Ziel hatten: Krieg. Krieg und Sieg, mit anderen Worten, den Tod des Feindes. Krieg? Bisher hatte er nur die bunten Aufzüge gesehen, große Feste unter freiem Himmel mit Feuerwerk, Gesang und Musik. Er hatte unermüdlich gezeichnet, jeder kleinsten Bewegung höchste

Aufmerksamkeit geschenkt, dem stolzen Husaren, der sein fliehendes Pferd einzufangen sucht, dem eleganten Kunstreiter, der den weißen Staub aufwirbelt, dem exerzierenden Infanteristen. Nie würde er all das festhalten können! Nachts schlenderte er durch das Lager, die schlafenden Männer waren schön anzusehen. Sie waren jung, abgehärtet und mager. Jean-Antoine interessierten die Formen, die Haltungen, die Bewegungen. Individuen sah er nicht, er konzentrierte sich allein auf die Proportionen und die Ausgewogenheit der Körper.

Ein heftiger Platzregen ging nieder, stach durchs Geäst und trommelte wütend gegen die ausgetrocknete Erde. Hinter einem dichten Gebüsch entdeckte Jean-Antoine einen schützenden Felsvorsprung und rannte, die Zügel des Pferdes in der Hand, darauf zu. Das Tier schüttelte verängstigt den Kopf und wieherte. »Ruhig, ganz ruhig, mein Freund!« rief Jean-Antoine, während er sich durch den peitschenden Regen quälte. Er prüfte, ob die Taschen verschlossen waren, und opferte seinen Umhang, den er um seine kostbaren Schätze band. »Ein schöner Offizier bin ich! Opfere lieber meine Uniform als ein paar Kritzeleien.« Tatsächlich sah er sich nicht als Soldat, er gehörte vielmehr zu jener kleinen Schar von Privilegierten innerhalb des Generalstabs, denen völlig frei stand zu tun, was ihnen gefiel. Darunter waren einige Künstler, echte und falsche, die mit herablassender Miene durchs Lager stolzierten. Antoine, der sich seines Privilegs durchaus bewußt war, hatte gelernt, sich quasi unsichtbar zu machen, so daß niemand daran Anstoß nahm, wenn er mit dem Stift in der Hand umherwandelte. Wie war er an diesem Morgen nur auf die Idee gekommen, sich in ein solches Abenteuer zu stürzen? Wähnte er sich in einem jener Ritterromane, die er in seiner Jugend so begierig gelesen hatte, wenn er sich an den Nachmittagen im Spätsommer auf dem Dachboden des Elternhauses verkrochen hatte? Einige dieser großen

Bilderbücher verfolgten ihn regelrecht mit ihren goldenen Wappen, den funkelnden Rüstungen, den Standarten und Fähnchen, die im Namen Gottes in den Himmel gereckt wurden! Vielleicht war er heut auf der Suche nach der Würde jener alten Krieger?

Mit dem Regen kamen auch Wind und Kälte, vom Erdboden stieg ein intensiver Humusgeruch empor. Jean-Antoine schlotterte, bald würde er den Horizont nicht mehr erkennen, ihn umgab bereits ein dichter grünlicher Nebel. Blitze durchzuckten den Himmel, das Gewitter rollte von den Bergwänden herab, ein furchterregendes Grollen ertönte von allen Seiten. »Suche nicht unter Bäumen Schutz«, hatten ihm sein Vater und sein Onkel immer geraten. Aber am Fuße dieser verfluchten Berge gab es nichts außer diesen ächzenden Bäumen, die der sintflutartige Sturm zur Erde bog.

Hatte Jean-Antoine Angst? Nein, er zitterte vor Kälte. Angst? Bislang hatte er nur kleine Alltagsängste und Besorgnisse gekannt. Der Krieg sollte ihm Gelegenheit geben, seinen Mut unter Beweis zu stellen. Würde er tapfer sein? Er war sicherlich nicht der einzige, auf den dieses Gewitter niederprasselte, hatten die Männer der Truppe sich untergestellt? Gewiß nicht. »Vorwärts! Vorwärts!« schrien die Offiziere bestimmt. Er war ja selbst Offizier, einer, der sich unter den Zweigen eines Gebüschs zusammengekauert hatte und sich um seine Zeichnungen sorgte. Und, wie er sich letztlich eingestehen mußte, auch um sich selbst. War er ein Feigling? ein Hasenfuß? Instinktiv richtete er sich auf, doch die abrupte Bewegung löste einen Steinschlag aus, die Erde gab nach, das Pferd verlor das Gleichgewicht und riß den Maler mit. Der Abhang war nicht sehr steil, und die feuchte Erde bremste den Sturz von Mann und Tier. Äste bohrten sich durch Jean-Antoines Hemd und hinterließen brennende Schürfwunden. Er stieß einen Schrei aus, das Pferd stöhnte auf. Er fiel mit dem Gesicht in den

Schlamm, Erde drang in seinen Mund ein, er konnte nichts mehr sehen. Einen Moment lag er bewußtlos auf dem Bauch. Dann bewegte er vorsichtig das eine, danach das andere Bein, nein, es war nichts gebrochen. Er spürte, wie das Blut in seinen Schläfen pochte. Begann so der Todeskampf der Verwundeten? Der Regen peitschte noch immer auf ihn herab, doch er achtete nicht mehr darauf. Er mußte sich umdrehen und den Hang hinaufklettern. Hoffentlich war das Pferd nicht schwer verletzt! Sonst würde er es erschießen müssen. Nein, niemals! Davon abgesehen hatte er nur seinen Säbel dabei, und man tötet ein Pferd nicht mit dem Säbel. Er suchte seine Waffe, fand sie aber nicht. Er mußte sie beim Sturz verloren haben. Vielleicht sollte er laut rufen? Doch wen? Er spürte, wie Tränen ihm die Kehle zuschnürten. Ein Maler mußte doch in der Lage sein, Schmerz zu ertragen, um ihn später künstlerisch zum Ausdruck zu bringen! Wie sollte er den Mut der Soldaten auf der Leinwand darstellen, wenn er selbst nicht imstande war, eine solche Prüfung zu bestehen? Ein kleiner Schreck, dazu ein paar Regentropfen, und schon war er restlos verzweifelt. Für einen Augenblick verachtete er sich. Als er sich wieder gefangen hatte, bemerkte er, daß auf dem Weg über ihm ein Wagen vorbeirollte, ein Planwagen, der von einem regentriefenden Pferd gezogen wurde. Jean-Antoine brüllte, bäumte sich auf und versuchte mit Hilfe seiner Hände sich den Hang hinaufzuziehen, doch er rutschte immer wieder ab. Er schrie aus Leibeskräften, um den tosenden Sturm zu übertönen.

Eine kurzbeinige Frau watete durch den Schlamm und zog das Pferd am Halfter hinter sich her, wobei sie ihm gut zuredete. Sie war vollkommen durchnäßt, ihr Haar klebte auf der Haut, Rock und Bluse hatten sich mit Wasser vollgesogen. Das Pferd blieb stehen. Die Frau blickte den Hang hinunter und schrie auf, worauf eine zweite Frau, wohl die Herrin, unter der Plane hervorkam. Für wenige Sekunden erblickte Jean-Antoine ihr Gesicht, das von langen schwarzen Haaren umgeben war, und vor allem ihre unglaublich dunklen, leuchtenden Augen. Die Herrin wandte sich an die Bäuerin. Diese verschwand im Wagen und kehrte mit einem Seil zurück. Sie band es an eines der Räder. Die Herrin gab Jean-Antoine ein Zeichen, er solle sich am Seil hochziehen. Kurz darauf stand er blutverschmiert und mit zerrissener Kleidung auf der Höhe der beiden Frauen.

»Himmel, wie sehen Sie denn aus!« rief Maria. In diesem Moment gab es keinen Sturm und keinen prasselnden Regen mehr: Er hörte nur noch ihre Stimme.

»Kommen Sie, Sie sollten sich etwas ausruhen. Die Wunden müssen gesäubert werden, ich habe Grappa da, das ist ein gutes Mittel bei Schürfwunden.«

Er gehorchte ihr, stumm, glücklich und verwirrt.

Die Hände der jungen Frau, die ihm das zerfetzte Hemd auszogen, spürte er kaum. Doch er genierte sich ob seiner fehlenden Brustbehaarung. Ein Offizier ohne Brusthaare, undenkbar! Er beugte sich beschämt nach vorn.

»Halten Sie sich doch gerade, der Alkohol brennt zwar ein wenig, aber glauben Sie mir, es ist besser als eine Infektion.«

Er erblickte das Küchengerät und den Herd, in dem noch ein wenig Holzkohle glühte. Der Geruch von Öl mischte sich mit dem Duft des nassen Waldes, der in den Wagen drang. Sie sah ihn an, doch ihr Blick hatte nun nichts Leuchtendes noch Sanftes mehr. Er zitterte, diese Frau konnte sehr hart sein, wenn es darauf ankam. Doch plötzlich lächelte sie ihn an, und der sanfte Glanz kehrte in ihre Augen zurück. Sie reichte ihm einen Kittel, der zwar etwas kurz war, aber breit genug, daß er hineinschlüpfen konnte.

»Marcellina, du kannst weiterlaufen, der Offizier kommt mit uns«, sagte sie.

»Und mein Pferd?« fragte Jean-Antoine.

»Wo ist es denn?«

»Unten in der Felsspalte, wahrscheinlich ist es verletzt.«

Sie sah ihm einen Moment in die Augen, dann holte sie eine Pistole aus einem Schubfach.

»Man weiß nie, wer hier so herumstreunt«, fügte sie erklärend hinzu und sprang vom Wagen.

Der Regen rieselte über die Plane. Zwei Schüsse fielen. Jean-Antoine fuhr zusammen.

Blaß kehrte Maria an ihren Platz zurück, griff nach den Zügeln und schnalzte mit der Zunge, um Baron anzutreiben.

»Hier«, sagte sie und reichte Jean-Antoine seine Reisetaschen. »Die hatten Sie vergessen.«

Um ein Uhr morgens war der Befehl zum Angriff erteilt worden. Es regnete immer noch, ein kalter, stechender Regen. Jean-Antoine hatte den General mit hochgeschlagenem Kragen und finsterem Gesicht an ihm vorbeireiten sehen. Der Angriff! Jeder schien zu wissen, was er zu tun hatte. Jean-Antoine spürte, wie sich sein Herz zusammenzog. Er mußte einen Punkt anvisieren, auf den er geradewegs zureiten würde, so wie die anderen Männer, die in alle Richtungen ausströmten, wie ein immenses Tuch, das sich über die Landschaft breitet. Er folgte dem General. Jean-Antoine hatte ein neues Pferd, das lebhafter war als das vorige und sich leichter führen ließ. Doch er vermißte jenes andere, das er in der Felsspalte zurückgelassen hatte. Er dachte auch wieder an die ungewöhnliche Frau. Bei Albenga hatten sich ihre Wege getrennt. Ohne ein Wort. Was hätte er auch sagen sollen? An den darauffolgenden Tagen hatte er vergeblich versucht, sie wiederzufinden, oder, besser gesagt, gehofft, ihr zu begegnen. Er hätte nach ihr fragen können, doch er überließ es lieber dem Zufall. Er dachte an ihren

Blick, dessen Ausdruck sich so jäh verändern konnte. Eben noch hell, glänzend und sanft, dann wieder dunkel und hart, im ständigen Wechsel, das Beben ihrer Seele, dachte er.

Sie erreichten Casabianca, eine Anhöhe, von der aus man das Tal überblicken konnte, durch das die Männer ritten. Jean-Antoine holte seine Stifte und seinen Block hervor. In der nebeligen Morgendämmerung verschmolzen die Uniformen zu farbigen Flächen, die blaue Kleidung der Infanterie, die roten Schulterstücke der Grenadiere, zerrupfte Federbusche, die bunten Blumensträußen glichen, und abgewetzte Bärenmützen. Aus der grauen Ebene klangen die Trommeln empor, die vorderen schlugen den Takt, in dem die Waffen nachgeladen wurden, die hinteren trieben die Männer an und scheuchten sie die Hänge des Apennin hinauf. Jean-Antoine hatte Mühe, die einzelnen Bewegungen festzuhalten; kaum hatte er die ersten Striche gesetzt, hatte sich die Lage schon wieder geändert. Er mußte im Rhythmus der Trommelwirbel zeichnen, ohne daß er Einfluß auf den Takt gehabt hätte. Bald herrschte ein so dichter Nebel, daß nur noch einzelne Farbflecken erkennbar waren. Ich bin zu weit weg! sagte sich der Maler. Dort unten tobte der Krieg, und er saß hier oben bei den Generälen. Die hatten wenigstens Fernrohre.

Ihn beschlich das schreckliche Gefühl, zu nichts nutze zu sein. Er schaute auf seinen Skizzenblock, da waren ein paar Linien, sonst nichts. Ich muß zurück zu den anderen. Er gab seinem Pferd die Sporen, und es galoppierte ungestüm den abschüssigen Hang hinunter. Dort umfing ihn der Rauch der Feuersalven, doch je weiter er ins Kampfgeschehen vordrang, desto weniger sah er, er konnte sich nur am Donnern der Kanonen orientieren. Offenbar befand er sich am Fuße des Bergrückens, denn das Gelände stieg wieder an. Von hier hatten die Männer vorhin ihren Angriff gestartet. Er ritt weiter, der Nebel

ließ nach, Jean-Antoine konnte allmählich wieder den Horizont und die Linie der kahlen Berge erkennen. Er blickte zu Boden und sah seine erste Leiche. Dem weißen Wehrgehänge nach zu urteilen, mußte es sich um einen Sarden handeln, er lag in sich zusammengekauert, mit angezogenen Knien und offenem Mund. Eine Kugel hatte sich in seine Schläfe gebohrt und den Schädel zertrümmert, Fliegen schwirrten um die Wunde. Das Pferd blieb stehen. Sollte er auch Verletzte und Tote zeichnen? Er beschloß, den Weg fortzusetzen. Vor ihm tat sich eine Schlucht auf, in der Hunderte weiterer Leichen lagen, Sarden, Österreicher und auch Franzosen. Die eigentliche Schlacht hatte also hier in dieser Kluft stattgefunden, und nur wenige waren von einer Kugel getroffen worden, man hatte mit Säbeln gekämpft, und noch immer floß Blut aus den klaffenden Wunden. Jean-Antoine überkam ein heftiger Brechreiz. Er hörte die Rufe der Verletzten, ihr Stöhnen, sah weit aufgerissene Augen, in denen Furcht, Einsamkeit und Entsetzen zu lesen waren.
»He, vorwärts!« Eine Gruppe französischer Kavalleristen ritt mit gezückten Säbeln an ihm vorbei, sie wollten den Feind jagen, ihn umzingeln, vernichten. Sein Pferd setzte ihnen nach, und Jean-Antoine hatte Mühe, wieder die Kontrolle über das Tier zu bekommen. Dann kam die Sonne hervor und erhellte das Schlachtfeld, es wurde allmählich warm. Am anderen Ende des Tals entdeckte Jean-Antoine ein kleines Dorf und ritt darauf zu. Das Dorf hieß Montenotte. Die Franzosen hatten ihre Zelte auf dem Kirchenvorplatz aufgeschlagen, jeder Soldat erhielt einen halben Liter tiefroten, fast schwarzen Wein, den sie gleich aus der Flasche tranken. Keller, Böden, Speicher, alles wurden geplündert, in den Küchen wurden die Schränke leergeräumt. Der General hatte es angeordnet, jeder durfte sich nehmen, was er wollte! Und es wurde alles verschlungen, Geflügel, Getreide, Gemüse und Obst. Nachdem die Männer sich den

Bauch vollgeschlagen hatte, begannen sie zu singen, der Sonnenschein, der den Sommer ankündigte, stimmte sie heiter. Der kleine General brachte ihnen tatsächlich Siege, er war ein Fuchs, der sie zu führen wußte, und vor allem erriet er, welche Richtung der Gegner einschlagen und ob er sich überhaupt bewegen würde. Das war eine echte Meisterleistung. Der Hunger hatte in ihnen die Kampflust geweckt, doch noch etwas anderes trieb sie … ein Gefühl, eine unerklärliche Gewißheit, daß sie siegreich aus der Schlacht gehen würden. Das war etwas Neues, und es tat gut.

Die Soldaten drehten sich nach den beiden Frauen um, einige pfiffen, andere warfen ihnen Küsse zu, riefen, daß sie schön seien und noch mancherlei andere Dinge. Sich nicht irritieren lassen, immer weitergehen, entschlossen, aber ohne Hochmut. »Die Augen nach vorn«, zischte Maria der jungen Marcellina zu, die am liebsten auf jeden Blick, auf jede Aufforderung eingegangen wäre … wie viele Ehemänner wären für sie dabei gewesen, und wie stattlich sie waren! Sie liebte und bewunderte das Militär, und in der Rangordnung, in die sie die Menschheit einteilte, stand nur Gott über einem Gefreiten.

Während Marcellina vor sich hin träumte, zerbrach sich Maria den Kopf, woher sie Milch, Butter, frische Eier und Wurst bekommen würde, sie mußte jederzeit gewappnet sein für den Fall, daß … Seit Nizza hatte der General ihre Kochkünste noch nicht in Anspruch genommen, er war immer in Eile. Es hielt ihn nie lange an einem Ort, ob zu Pferd oder im Wagen, stets war er in Bewegung, er schien nie auszuruhen oder gar zu schlafen. Gelegentlich nickte er für ein paar Minuten ein, umgeben von seinen zahlreichen Landkarten. Eines Nachts in Albenga hatte sie vorsichtig die Tür zu dem großen Raum aufgeschoben, der ihm als Arbeitszimmer diente. Er schlief. Sein Kopf war zur Seite geneigt, und seine langen schwarzen Haare fielen ihm über die Ohren, er sah jünger aus und sogar ein wenig verletzlich, wie ein Kind, das mitten im Spiel vom Schlaf übermannt wurde. Sie hatte ihn einen Moment betrachtet, leise, um nicht den Wachposten oder gar Berthier, den Chef des Generalstabs, zu wecken, der in einem Sessel schlief, das Kinn auf die Brust gesunken. Mein Gott, wie schlecht er bewacht wurde, jeder hätte hier eindringen, ihn töten und sich dann unbemerkt wieder hinausschleichen können. Darüber mußte sie einmal mit ihm reden. Aber wann? Erinnerte er sich überhaupt noch an sie? Wahrscheinlich nicht. Dieser Mann führte Krieg gegen eine Armee, die zweimal größer, besser ausgestattet und besser genährt war als die seine, und trotzdem schlug er sie. Die Generäle rieben sich ungläubig die Augen, doch sie gehorchten. Sie führten umgehend jeden Befehl aus. Die ausgeklügelten Strategien dieses schmächtigen Mannes, den alle um einen Kopf überragten, versetzten sie in wahre Trance. Wie hätte er sich in diesem ganzen Tumult und Kanonendonner an sie, die kleine Feldköchin, erinnern sollen? Sie schloß die Tür wieder und ging auf Zehenspitzen davon.

Auf der Place de Montenotte erspähte sie den feinen jungen Mann mit dem vornehmen, etwas traurigen Gesicht und den sehnsüchtigen Augen. Sein Körper strahlte eine Eleganz aus, die sie nur von den adeligen Emigranten kannte, die zu Beginn der Revolution in Nizza Zuflucht gesucht hatten. Selbst dort, in ihrem Hotel, hatten sie weder ihre Arroganz noch ihre Lässigkeit abgelegt. Maria erinnerte sich, daß sie diese angeborene Anmut bewundert hatte, die durch nichts zu erschüttern war. Und dieser junge Mann, der ihr erzählt hatte, daß er Maler werden wollte, besaß diese Anmut offenbar auch. Sie hielt an, sprang vom Wagen und trat auf ihn zu. Er zeichnete und hatte sie nicht kommen sehen.

»Die Kirche, die Sie zeichnen, ist vollkommen uninteressant«, sagte sie.

Er errötete und stand auf.

»Haben Sie Hunger?« fragte sie.

»Oh, ja!«

Es war gelogen, doch er versuchte gelassen zu wirken. Sie wird mich gewiß für dumm halten. Warum war er bloß so linkisch und geistlos? Dabei gab es doch so vieles andere, was er ihr sagen wollte ... Daß er sie schön fand, schön wie eine Muse, einen Edelstein in der Wüste, anmutig wie eine Badende von Watteau. Schön und hart wie Marmor, den die Sonne erwärmt. Das hätte er ihr sagen wollen, wenn er dazu imstande gewesen wäre.

»Kommen Sie!«

Das war ein Befehl, und er befolgte ihn.

Sie entdeckten ein hübsches Plätzchen hinter der Kirche im Schatten einer blühenden Linde. Marcellina zündete das Herdfeuer an, das den aromatischen Duft von trockenem Holz verströmte. Das Feuer knisterte und verbreitete in dem Wagen eine Behaglichkeit, die Jean-Antoine an eine Puppenstube erinnerte oder an jene hölzernen Hüttchen, die er früher mit seinen Cousins im Garten der Eltern gebaut hatte. Er streckte seine langen Beine aus.

Maria schnitt den Knoblauch in dünne Scheiben und mischte ihn unter die Kräuter, die eine ungewöhnlich intensive Farbe hatten. Dann setzte sie einen großen Kessel mit Wasser auf und begann Nudelteig auszurollen. Dabei fiel ihr der neugierige Blick des jungen Mannes auf.

»Haben Sie noch nie Pasta gegessen?«

»Doch, sicher«, rief Jean-Antoine, »aber in der Suppe, unsere Köchin nannte sie Fadennudeln.«

»Unsere Köchin!« spöttelte Maria. »Also, heute abend bin ich Ihre Köchin, und Sie werden meine Pasta mit Basilikum und Knoblauch kosten, ich bin mir sicher, daß

Sie noch nie etwas von Basilikum gehört haben! Basilikum ist eine Pflanze, die nach einer Schlange aus der Mythologie benannt ist, eine sehr aromatische Pflanze, die wahre Wunder vollbringt. Hexen verwenden sie häufig. Aber seien Sie unbesorgt, mich interessiert nur ihr Geschmack.«

Marcellina nahm die Pasta und warf sie in das kochende Wasser. Mit einer hölzernen Gabel rührte sie die Nudeln behutsam um und fügte etwas Salz hinzu. Maria reichte ihr eine Schüssel, eine Gabel und einen Löffel.

»Marcellina kennt die genaue Garzeit, die Franzosen lassen sie immer viel zu lange kochen, Vater sie dürfen nicht weich werden.«

Die Piemonteserin schüttete die dampfenden Pasta in die große Tonschüssel. Maria fügte die Kräuter und den Knoblauch hinzu und goß Olivenöl darüber, wobei sie den Daumen auf die Flaschenöffnung legte. Dann stellte sie die Flasche wieder zurück und leckte sorgfältig das Öl von ihrem Daumen. Jean-Antoine sog den Geruch ein und tauchte die Gabel in seinen Teller, doch die Nudeln glitten am Stiel herunter. Er begann von vorn. Zwei blieben hängen, er hob die Gabel vorsichtig an den Mund, doch dabei schwangen die Nudeln hin und her und fielen schließlich wieder in den Teller.

»Sie müssen sie um die Gabel wickeln, schauen Sie, so.«

Maria umfaßte die Hand von Jean-Antoine und führte mit fast unmerklichem Druck seine Gabel.

»Sie beißen nicht, nehmen Sie sie in den Mund und kauen Sie gut ...«

Jean-Antoine stotterte:

»Es ist in der Tat ganz ...«

»Vorzüglich?« fiel Maria ihm ins Wort.

»Ja, genau.«

Die beiden Frauen beugten sich über die dampfenden

Teller und wickelten geschickt die Nudeln um die Gabel. Er sah ihnen verzückt beim Essen zu.

Die Sonne versank hinter den Bergen. Unter einem Torbogen standen Männer und stimmten einen flehenden, süßen Gesang an, der das Unglück abwenden sollte. Die Soldaten kamen näher und hörten zu, ihr Lachen erstarb. Für einige Minuten schien es, als gäbe es keinen Krieg, als wäre die Entfernung zwischen ihnen und ihren Heimatdörfern aufgehoben. Für einige Minuten war das Leben leicht und schön. Auf den Hügeln wurden Feuer entzündet, überall glühten kleine Kohlenbecken. Wer war überhaupt in der Lage, sich in dieser Vielzahl vorgelagerter Posten und Reservebataillone, auf diesem unüberschaubaren Schachbrett zurechtzufinden? Es gab nur einen Mann, der den Schlüssel dazu besaß. Maria stellte überrascht fest, daß sie mal wieder an ihn dachte. Sie dachte oft an ihn, im Grunde die ganze Zeit. Sie sah sein Lächeln, seinen Blick, hörte seine Stimme, sie sah ihn am Meer sitzen und sein Omelett essen. Sie sagte sich, daß es gewiß an seiner enttäuschten Liebe zu seiner Frau lag, an diesem Schmerz, der in ihm bohrte und ihr Mitgefühl weckte. Mitgefühl! Ihre Gedanken kreisten um dieses Wort, sie versuchte ihm andere Bedeutungen zu entlokken und mußte sich schließlich eingestehen, daß dies hier nichts mit Mitgefühl zu tun hatte. Aber was war es dann?

Marcellina zündete Kerzen und eine Öllampe an, der junge Mann war immer noch da, zu seinen Füßen lagen die beiden Taschen, die er immer mit sich trug.

»Zeigen Sie doch mal«, sagte Maria.

Am liebsten hätte er die Beine in die Hand genommen und wäre bis ans Ende des Dorfes gerannt. Doch er tat, was sie verlangte. Er öffnete die eine Tasche und breitete seine Zeichnungen auf dem Arbeitstisch aus. Skizzen von galoppierenden Pferden, von Reitern, die in den Steigbügeln standen, von Säbeln, die durch die Luft sausten. Nach den Pferden und den Reitern kamen Zeichnungen von Infanteristen, manche in Siegerpose, andere verzogen vor Anstrengung das Gesicht, spannten die Muskeln an, drückten die Knie durch, einige hatte er im Sprung festgehalten. Dutzende, Hunderte von Skizzen. Darauf folgten Porträts der Generäle: Masséna mit gekränktem Blick, Augereau, der sich aufplusterte, und dann er! Bonaparte. Um all das darzustellen, hatte dieser Jean-Antoine nur wenige Striche benötigt.

»Das ist nichts Besonderes«, murmelte er, »nur ein paar Fingerübungen. Man sollte solche Dinge niemals zeigen, Schriftsteller führen Tagebuch, Maler haben ihre Skizzenblöcke.«

Maria rückte den Stuhl zur Seite, stand auf und setzte den Kessel auf.

»Möchten Sie Tee?«

»Wissen Sie, Sie können ruhig sagen, was Sie davon halten, ernsthaft.«

Maria stellte die Tassen zwischen die Zeichnungen.

»Ich finde die Zeichungen sehr stark im Ausdruck, Jean-Antoine. Der Krieg scheint Sie zu interessieren.«

»Weniger der Krieg als die Kraft und Schönheit der Männer, die in die Schlacht ziehen. Diese Skizzen werden mir später dazu dienen, Fresken zu malen, die ihren Ruhm und ihre Kühnheit darstellen.«

Maria goß den Tee ein, Marcellina schlief bereits in einer Ecke.

»Zeichnen Sie niemals Frauen?«

»Doch, natürlich!«

»Und malen Sie sie auch?«

»Wenn das Thema es hergibt, zum Beispiel in einer antikisierenden Darstellung.«

Maria nippte an dem heißen Getränk und fügte mit einem Lächeln hinzu:

»Danke, Jean-Antoine. Wir sollten jetzt schlafen gehen, Sie können sich hier in der Nähe des Wagens hinlegen. Ihre Zeichnungen haben mir sehr gefallen.«

Der Maler sammelte die Blätter ein.

»Nein, sie haben Ihnen nicht wirklich gefallen, das weiß ich. Aber eines Tages werden Sie sie in Farbe sehen und die Tiefe der Elemente, die Tragik und Erhabenheit des Schlachtfeldes spüren.«

Er war wütend, und Maria fand ihn in diesem Augenblick schön.

Sich in die Nähe des Wagens legen! Könnte es sein, daß sie mich mit einem Hund verwechselt? Es war kein guter Einfall gewesen, eine fremde Frau über etwas urteilen zu lassen, wovon sie nicht das Geringste verstand. Jean-Antoine fluchte. Nach einem kurzen Spaziergang durchs Dorf kehrte er jedoch zum Wagen zurück. Es war gar kein schlechter Platz, besser als mancher andere. Hier konnte er in ihrer Nähe schlafen.

Kurz nach Mitternacht hörte man Pferdehufe, Fackeln zerrissen die Dunkelheit, Stimmen und Befehle hallten durch die Nacht. Maria schlief noch nicht, sie schlief nie vor der Morgendämmerung ein, erst wenn sie sich sicher sein konnte, daß er ihre Dienste nicht mehr in Anspruch nehmen würde. Sie schaute in den Spiegel und trug bei Kerzenlicht etwas Rouge auf die Wangen auf. Dann fachte sie das Feuer wieder an, warf einen Blick auf die Kessel und Töpfe. Alles stand bereit. Der Geruch feuchter Erde drang herauf, es regnete wieder.

»Madame, Sie werden gebraucht.«

Maria war erstaunt, als sie die Stimme erkannte. Sie sprang aus dem Wagen. Berthier höchstpersönlich stand vor ihr.

»Beeilen Sie sich, bereiten Sie eine Mahlzeit für den General vor, den Wein haben wir schon, kümmern Sie sich um den Rest. In einer halben Stunde muß alles fertig sein. Wir warten auf Sie.«

Marcellina machte sich an die Arbeit, Maria griff nach den Zügeln der Pferde, Nieselregen fiel auf ihr Gesicht. Ein sanfter Frühlingsregen.

Tag für Tag gab es neue Angriffe, neue Siege, weitere Gebiete wurden erobert. Sie hatten einen Keil zwischen die feindlichen Armeen getrieben und sie zerteilt wie ein zu großes Stück Kuchen, mal bekämpften sie die Piemonteser auf der einen, mal die Österreicher auf der anderen Seite. Die Armee fiel über sie her und machte kurzen Prozeß. Die alten Generäle der alten Welt entsandten verzweifelte Botschaften, die ihren Empfänger nie erreichten. Das war kein gewöhnlicher Krieg! Dieser *giovinastro inesperto*, dieser unverschämte Grünschnabel hatte eiserne Nerven, er folgte einer ganz persönlichen Taktik, mißachtete sämtliche Regeln, tappte in keine einzige Falle und durchkreuzte all ihre Pläne. Sie konnten noch so viele Berechnungen anstellen, er rückte unaufhaltsam vor. Sie konnten noch so laut schreien: »Halt! Alles noch mal von vorn. Das ist unfair!« Ja, aber Augereau nahm den Piemontesern Millesimo weg und Masséna den Österreichern die Ortschaft Dego.

Die Piemonteser haben sich nach Ceva zurückgezogen. Der Feldmarschall Colli, der auf einer Bahre getragen werden muß, ist am Ende, er ist zu alt und zu krank, um noch selbst herumzurennen. In Ceva atmet er auf, er betrachtet die verschneiten Gipfel der Alpen und genießt den Moment der Ruhe. Aus dem Tal erklingen Gesänge. Colli mag zwar ein bißchen schwerhörig sein, aber die *Marseillaise*, die erkennt er. Da unten sind sie, die Männer von der Division Sérurier, aus sechshundert Mündern erschallt die Hymne, und Augereaus Männer antworten mit dem *Chant du départ*. Die Gesänge hallen von den Bergwänden wider und bilden ein Getöse, das die Piemonteser zur Salzsäule erstarren läßt. Sie fürchten sich vor den Franzosen. Sie fallen auf die Knie: Die

Priester holen ihre Kruzifixe heraus, die Mädchen stehen verträumt hinter den Fensterläden, die Republikaner halten Spruchbänder in die Höhe, auf denen »Es lebe Bonaparte« steht. Glocken läuten, um die Franzosen willkommen zu heißen, und da sind sie; in Rot, in Blau, in Gold, mit funkelnden Augen, bebenden Lippen und wilder Mähne. Sie stoßen tierische Schreie aus, wenn sie angreifen. Wahnsinnige, Dämonen! Sie stürmen die Festungen und dringen in sie ein wie in Butter. Sie sterben ohne Angst, sie töten ohne Haß. Sie brüllen »Es lebe die Republik«. Sie sind die Befreier. Und diese Freiheit bereitet ihnen eine unvergleichliche Lust, ihre Eroberungen haben den Geschmack des Glücks. Selbst Schmerz und Tod können ihrer Freude nichts anhaben. Sie sind ohnehin unbesiegbar, sie sind Götter, die bei Sonnenuntergang singen und tanzen. Nun haben sie auch Ceva erreicht, der Abend bricht an. Colli ist wieder einmal geflohen. Bald wird es keine Truppen, keine Pferde und auch keine Bahre mehr geben, auf der Colli getragen werden kann.

Die Sonne färbt die Dächer rosa. Von den Kirchtürmen schlägt es sieben, die Menschenmenge löst sich langsam aus dem Schatten der Arkaden. Sie wollen den General sehen, diese schmächtige graue Gestalt. Man jubelt. Doch er lächelt kaum. Man spürt, daß er es eilig hat. In dem Haus, aus dem Colli kurz zuvor geflohen ist, breitet er seine Pläne und Landkarten aus, um den morgigen Angriff vorzubereiten. Morgen ... Bis dahin wird viel Grappa fließen, Schinken und Salami aufgeschnitten werden; die Frauen bereiten aus Weißwein und Eiern Zabaione, mit der sie sich den Bauch vollschlagen werden.

Über allem steht ein wolkenloser, samtiger Himmel, doch nur die wenigsten sind von diesem Anblick ergriffen. Jean-Antoine weiß, daß er zu diesen wenigen Männer gehört und wohl der einzige ist, der eine so tiefe Verwirrung spürt. Das Fest erobert eine Straße nach der anderen, in den Fenstern brennt Licht, es herrscht tiefe Nacht, doch die Herzen sind leicht, nur er fühlt sich einsam und leer. In dieser schlaflosen Nacht trifft sich Maria zu vereinbarter Stunde mit dem General. Mittlerweile bestellt er sie jede Nacht zu sich, zu den undenklichsten Zeiten. Und sie kocht ihm Eier, Suppen und manchmal sogar Pasta! Maria ist die Feldköchin des Generals geworden. Oh, da steckt gar kein böser Gedanke dahinter, alle Welt weiß, daß der General verrückt ist nach seiner Frau, nach der unsichtbaren Joséphine, die immer mehr Zeit braucht, um seine Briefe zu beantworten, in denen er sie anfleht, ihm nachzureisen. Doch sie läßt das kalt. Jean-Antoine denkt nicht an den General, sondern an Maria, die losläuft, sobald er sie rufen läßt, die ihm förmlich entgegeneilt und Rouge aufträgt um zwei Uhr morgens; ihn hingegen, Jean-Antoine, hat sie in Montenotte wortlos auf dem Kirchenvorplatz abgesetzt, als hätte er nie existiert. Der Schmerz hatte ihn befallen wie eine Krankheit und in einer einzigen Nacht niedergestreckt. Frauen! Immer die Frauen! Sie hatte ihn gefragt, wieso sie nicht auf seinen Bildern auftauchten. Hätte er ihr verraten sollen, daß er nur zeichnen konnte, was ihm vertraut war? Soldaten waren Männer, da kannte er sich aus. Da brauchte er bloß in den Spiegel zu sehen. Aber Frauen, du lieber Gott! Er mußte an Salomé und Kleopatra denken, an Watteaus Schäferinnen, an Bouchers Klagende, an Fragonards Träumende, all die nackte Haut unter schattigen Laubdächern, Frauen in Sesseln, auf Betten, rein und verdorben, dem Blick dargeboten oder entzogen, immer mit dem einen Ziel: zu gefallen und zu verführen. Kurz, von Frauen wußte Jean-Antoine nichts! Seine wenigen sinnlichen Erlebnisse beschränkten sich auf die Begegnung mit den jungen Frauen, die in Davids Atelier Modell gestanden hatten, und die hatten ihn in seiner Überzeugung bestärkt, daß Frauen ein Rätsel waren, das seine Vorstellungskraft überstieg.

Er hatte in dem Ort ein Zimmer gefunden, einen stikkigen Raum im hinteren Teil einer mit dunklen Stoffen tapezierten Wohnung, die mit strengen Möbeln vollgestellt war. Trotz der Bruthitze lief die Herrin des Hauses geschäftig hin und her, eine beleibte Frau, die ununterbrochen und in atemberaubenden Tempo redete. Von Zeit zu Zeit brach sie in lautes Lachen aus, bei dem sie die Zähne bleckte. Zum Abendessen stellte sie Teller und Besteck auf eine lange Tafel und forderte ihren Gast auf, Platz zu nehmen. Kurz darauf trug sie eine dampfende Suppenschüssel herein, die mit einer Rinderbrühe mit Karotten, Porree und einem großen Stück Kürbis gefüllt war. Ohne ihren Redeschwall zu unterbrechen, füllte sie seinen Teller. Jean-Antoine knöpfte den Kragen auf, doch er bekam immer noch keine Luft, allein die Gegenwart dieser Matrone raubte ihm den Atem. Er aß ein paar Löffel, empfahl sich und stürmte hinaus ins Freie.

Unter den Arkaden drängten sich die Menschen im kärglichen Schein der Fackeln, Männer und Frauen, sie berührten einander im Vorübergehen, leckten sich über die Lippen, umarmten sich unter den wuchtigen Bögen der Arkaden. Jean-Antoine nahm in einem Café Platz, wo man ihm ein kleines Glas Grappa servierte. Er zündete sich eine Pfeife an und beschloß, zu Maria zu gehen und ihr seine Liebe zu gestehen. Heute abend oder nie. Nachdem er sich dazu durchgerungen hatte, fühlte er sich besser, er kehrte in sein Zimmer zurück, nahm sein Malzeug und machte sich eiligen Schritts auf den Weg zu ihr. Das Generalstabsquartier war hell erleuchtet, Gelächter war zu hören, drei Generäle kamen ihm entgegen: Murat mit stolzgeschwelltem Kamm, Sérurier, wie immer mit todernster Miene, und etwas weiter hinten, im Dunkel, Masséna, der legendäre Koloß. Instinktiv wich Jean-Antoine zur Seite, Generäle jagten ihm Furcht ein, allein diese drei hatten in vierzehn Tagen über einhundert Angriffe geführt und ihren Säbel in die Bäuche zahlreicher Piemonteser und Österreicher gerammt. Sie waren unbesiegbar und wußten nichts vom Tod. Schlimmer, sie kannten keine Angst vor dem Tod.

Marias Wagen konnte nicht weit sein. Doch ihm blieb keine Zeit, sie zu suchen, eine Hand legte sich auf seine Schulter.

»Gros, das trifft sich gut, der General sucht Sie.«

Er bekam weiche Knie, seine Kehle schnürte sich zu, er würde seine Liebeserklärung verschieben müssen. Eine Welt brach für ihn zusammen. Er folgte dem Burschen, der ihn in das Vorzimmer der Generals führte. Dort standen Kaufleute mit ihren Koffern zwischen den Knien, Vertreter der Gemeinde mit dem Schlüssel der Stadt, Schauspieler, die man an ihren bunten Federn und Bändern und an ihrer lauten Art zu sprechen erkannte. Italiener und Franzosen plapperten wild durcheinander, ohne daß einer den anderen verstand. Sie warteten darauf, vorgelassen zu werden, einige um des Geldes willen, andere um sich wichtig zu machen, um jemanden zu denunzieren, um sich zu verkaufen, sich zu verschenken oder sich zu unterwerfen. Die Offiziere warteten auf Anweisungen oder taten zumindest so. Jedenfalls hielten sie es für klug, sich in der Nähe dieses Heerführers aufzuhalten, der zum Gott geworden war. Jean-Antoine lehnte sich in eine Fensternische und verfluchte den General, der sich im denkbar schlechtesten Augenblick an ihn erinnerte. Was konnte dieser Bonaparte, den er immer nur aus der Ferne gesehen hatte, von ihm wollen?

Berthier kam in den Saal gerannt und brüllte mit donnernder Stimme:

»Alle Mann raus, für heute ist Schluß. Na los, Beeilung.«

Jean-Antoine wollte sich gerade dem fortgehenden Besucherstrom anschließen, als Berthier mit sanfterer Stimme rief: »Nein, Gros, das gilt nicht für Sie. Der General erwartet Sie schon.«

Berthier ging voran, stieß eine Tür auf und führte den Maler in einen Raum, der offenbar der Prunksaal des Hauses war. Es war dunkel, der Maler machte ein paar Schritte, ohne zu wissen, ob er stehenbleiben oder weiter auf den Tisch zugehen sollte, an dem ein schreibender Mann saß.

»Kommen Sie näher, Gros«, sagte der General. »Und nehmen Sie sich einen Stuhl, wenn Sie einen finden.«

Wie erschöpft er wirkte! Seine Haut war fahl, die Nasenflügel zusammengekniffen vor Müdigkeit, das Gesicht ausgezehrt. Er schob seinen Sessel zurück, nahm eine Prise Schnupftabak, sog ihn kräftig ein und schloß einen Moment die Augen. Sein Gesichtsausdruck hellte sich auf, seine Augen begannen zu leuchten.

»Gros, man hat mir viel von Ihrem Talent erzählt. Sind Sie bereit?«

»Wofür, mein General?«

Bonaparte schwieg.

Er mustert mich ... Jean-Antoine hätte am liebsten die Flucht ergriffen.

»Für den Ruhm«, beendete der General seinen Satz und schob den Sessel wieder an seinen Platz zurück. »Gros, wir schreiben hier Geschichte, ich hoffe, Sie haben das bemerkt?«

Dann, mit gedämpfter Stimme, als wolle er ihm ein Geheimnis anvertrauen:

»Ich brauche einen Maler, um diese Ereignisse für alle Zeit festzuhalten, und dieser Maler sind Sie. Ich will Schlachtfelder, Kommandeure, Soldaten. Sie sollen mit dabeisein, Tapferkeit und Leid studieren und es dann mit Ihrer Sensibilität und Ihrem Talent wiedergeben. Ab morgen werden vier Grenadiere Sie überallhin begleiten, sie werden die Aufgabe haben, Sie zu beschützen.«

»General«, stotterte Jean-Antoine, »das ist eine große Ehre. Aber werde ich der Aufgabe würdig sein? Vielleicht sollten Sie noch etwas warten, bevor Sie mich damit betrauen?«

»Dazu habe ich keine Zeit. Sie haben mein Vertrauen.«
Der General griff nach einer Feder und senkte wieder den Kopf. Er war bereits woanders.

Ja, sie wurde mittlerweile jede Nacht zum General gerufen. Und Marcellina folgte ihr mit den Mahlzeiten, die unter einer Glocke warmgehalten wurden. Maria gelangen die Spiegeleier sehr gut. Doch der General aß sie achtlos. Hatte er überhaupt Hunger? Das Kaminfeuer konnte den modrigen Geruch der großen Räume nicht vertreiben. In jeder Stadt herrschte derselbe Modergeruch, gab es dieselben kalten Säle ohne Möbel, ohne Komfort. Der General sah von seiner Landkarte auf, mit fiebrigem Blick und dunklen Augenringen. Er lächelte, machte eine Gebärde, die sie als Erlaubnis zu bleiben auffaßte. Sie stellte den Teller ab, schob die Papiere beiseite, füllte sein Glas wie immer halb mit Wein und halb mit Wasser, legte etwas Brot in einen Korb und deckte es mit einer Serviette ab. Beim zweiten Handzeichen nahm sie die Glocke weg. Wenn er dann immer noch nicht aufstand, wartete sie, sie betrachtete ihn gern. Manchmal blieb er zehn Minuten lang reglos sitzen. Sie wunderte sich schon nicht mehr darüber, irgendwann würde er das Schweigen brechen und sich mit ihr unterhalten, merkwürdige Gespräche, bei denen sie schwieg und er monologisierte. Er sprach von Dörfern, Bergen, Ebenen, Städten, von Paris, der Rue Chantereine und von Joséphine. Joséphine blieb stumm. Der General mußte sich von diesem Schmerz, der ihn innerlich verzehrte und demütigte, freimachen, er mußte seinen Groll, seine Sorgen, seinen Zorn und seinen Haß bei einer Frau loswerden, über deren Gesicht er einen Hauch von Melancholie huschen sah. Maria fühlte sich weder als Vertraute noch als Ratgeberin, davon abgesehen, daß der General gar keinen Rat erwartete. Er redete, das war alles. Ihre Aufgabe war es zu schweigen, zu lächeln und ihm zuzuhören. Das machte sie glücklich. Und dieses Glück, das aus Worten und Liebeserklärungen für eine andere bestand, weckte in ihrem Herzen eine alte, fast vergessene Melodie.

In dieser Nacht in den engen Gassen von Cherasco und auf den Plätzen, wo die Soldaten biwakieren, findet keiner Schlaf. Trotz des Regens ist es heiß. Eine Zeitlang hörte man ein Gewitter grollen, doch es ist zum Gebirge hin abgezogen. Alle warten. Im größten und schönsten Haus am Platz erbitten Gesandte des Königs von Sardinien den Waffenstillstand. Die Gespräche haben um zehn Uhr abends begonnen. Um ein Uhr morgens gibt es immer noch kein Ergebnis. Um halb zwei wird Maria gerufen. Sie hat schon geahnt, daß er keine Zeit für ein warmes Abendessen haben würde, also hat sie ein Hähnchen gebraten und es zerteilt. Der Krieg ist an einen Wendepunkt gekommen. Wenn erst die Piemonteser den Kampf aufgegeben haben, wird der General sämtliche Kräfte gegen Österreich werfen können. Mailand, dort beginnt die Stunde der Wahrheit. Am Anfang schien es noch so weit, fast unwirklich. Mailand ... Dann kam dieser verrückte Wettlauf, diese Serie von Siegen, dieser General, und mitten in diesem Sturm, der über Europa fegt und es auf den Kopf stellt, ist auch ihre Lust zurückgekehrt, wieder Frau zu sein. Maria zittert vor Erregung, als sie das Vorzimmer zu jenem Raum betritt, in dem gerade die Entscheidung über den ersten Teil des Dramas fällt.

An der Wand gegenüber der Tür ist ein Wachslicht festgemacht. Maria bleibt reglos im Halbdunkel stehen. Draußen prasselt der Regen über die jungen Blätter einer großen Ulme. Und inmitten dieses monotonen Plätscherns hört sie ihr Herz schlagen. Die Tür geht auf, Maria erkennt seine Gestalt. Er ist allein und geht auf sie zu. Als er nur noch wenige Schritte von ihr entfernt ist, holt er seine Uhr aus der Westentasche. Seine Stimme hallt durch den stillen, leeren Raum:

»Ich haben ihnen bis zwei Uhr Zeit gelassen, dann gebe ich den Befehl zum Generalangriff ... Was haben Sie mir heute mitgebracht?«

»Hähnchen.«

Es fällt ihr immer noch schwer, ihn mit »mein General« oder auch nur mit »General« anzureden. Meist begnügt sie sich mit einer knappen Antwort, mit kurzen, unbetonten Sätzen.

»Hähnchen, gut.«

Er greift nach einem Flügel und beginnt daran zu knabbern, während er mit dem Teller in der Hand auf und ab geht.

»Sie werden aufgeben, sie werden alle aufgeben, und wissen Sie, warum? Sie kämpfen um Gebiete und Provinzen, wir aber kämpfen für Ideen, für die Idee der Freiheit. Es ist die größte Idee von allen, dafür sind die Menschen bereit zu sterben, dafür bringen sie jedes erdenkliche Opfer. Sagen Sie mir, wer dagegen bereit wäre, für Coni, Tortona, Alessandria oder Valenza zu sterben? Niemand. Nicht einmal der König, deshalb sind wir die Stärkeren und gewinnen jede Schlacht. Wir bringen die Freiheit. Ist das nicht wunderbar? Die Freiheit und die Republik.«

Er legt den Knochen auf den Teller, wischt sich mit der Serviette über den Mund, die ihm die junge Frau reicht, und öffnet das Fenster. Eine sanfte Frühlingsbrise weht in den Raum und bläst die Kerze aus. Der General saugt die frische, feuchte Luft ein.

»Wenn ich von der Republik spreche, dann meine ich weder ihre führenden Vertreter noch diese ganze verweichlichte Horde des Direktoriums, die nichts außer Geld und Macht im Kopf hat, nein, mit der Republik meine ich die Nation.«

In einem der hinteren Räume des alten Palastes schlägt es zwei, der General zieht erneut seine Uhr und läßt sie dann behutsam in seine Tasche zurückgleiten. Er zeigt sich völlig ungerührt, bis auf ein leichtes Zusammenkneifen der Oberlippe, das Maria zum erstenmal bemerkt. Die Tür öffnet sich, im flackernden Licht des Kaminfeuers sehen die Bevollmächtigten aus dem Piemont wie kleine Zinnsoldaten aus. Einer von ihnen geht einen Schritt vor und sagt:

»Wir sind zur Unterschrift bereit, General.«

»Gut«, erwidert Bonaparte, und zu Maria gewandt: »Rühren Sie sich nicht von der Stelle, in fünf Minuten bin ich wieder da.«

Tatsächlich kehrt er fünf Minuten später zurück und bedeutet Maria, ihm in den Verhandlungsraum zu folgen, in dem noch der Rauch der Zigarren schwebt. Sie stellt den Teller mit dem restlichen Hähnchen neben ein Dokument, das mit vielen Unterschriften versehen ist: der Waffenstillstandsvertrag. Der General läßt sich in einen Sessel fallen. Maria bemerkt seine tiefe Erschöpfung, die Traurigkeit in seinem Blick.

»Was nutzt es«, murmelt er angewidert, »wenn ganz Paris angeblich nur von mir spricht? Glauben Sie, daß sie von mir spricht, an mich denkt? Allen Ruhm der Welt lege ich ihr zu Füßen, doch sie schert sich nicht darum. In ihrem letzten Brief spricht sie von lauter unbedeutenden Dingen, Kleinkram, sie sorgt sich um meine Gesundheit, als sei ich ihr Bruder. Aber zum Teufel noch mal, ich bin ihr Mann, ein Mann, der verrückt nach ihr ist, wie ein Liebhaber.«

Er schweigt einen Augenblick.

»General«, fragt Maria leise, »soll ich Ihnen eine warme Mahlzeit zubereiten?«

Er sieht sie eindringlich an, dann platzt es aus ihm heraus:

»Glauben Sie, daß sie mich betrügt?«

Es ist das erste Mal, daß er sich direkt an sie wendet, normalerweise ignoriert er sie, spricht mit der abwesenden Geliebten oder mit sich selbst. Aus Instinkt weiß

Maria, daß Joséphine den General betrügt. Die treu Liebende stünde hier an seiner Seite, die Ängstliche würde ihm jeden Tag zwei Briefe schreiben, die Gleichgültige würde Liebe heucheln, doch die Treulose erzählt nur von sich, von ihren Kleidern und dem Geld, das ihr fehlt.

»Ich kenne Paris nicht«, antwortet Maria. »Das Leben dort wird voller Luxus und wundervoller Zerstreuungen sein. Ihre Frau wird sich dort amüsieren. Und nun setzen Sie dagegen ein Schlachtfeld, das ist eine Erfahrung, die man erst einmal gemacht haben muß.«

Der General erhebt sich und nimmt eine Prise Schnupftabak.

»Was für eine ungewöhnliche Hotelbesitzerin Sie doch sind. Verflucht, ich finde einfach keine Erklärung dafür, und das regt mich auf.«

Maria errötet. Sie hatte es von Anfang an vermieden, ihre Meinung zu äußern, und nun ist es doch passiert. Sie macht sich Vorwürfe und antwortet darum hastig:

»Ich bin ein Mädchen aus dem Volk, die Ereignisse haben aus mir gemacht, was ich bin.«

Der General läßt sich erneut in den Sessel sinken.

»Auch mich haben die Ereignisse zu dem gemacht, der ich heute bin. Im Grunde entscheidet niemand über irgend etwas. Es kommt lediglich darauf an, die Lage zu erkennen und daraus seine Vorteile zu ziehen, und zwar besser und schneller als die anderen. Die Kriegskunst besteht im wesentlichen aus zwei Dingen: Nachdenken und raschen Truppenbewegungen. Von Liebesdingen verstehe ich nichts. Sie sehen einen unglücklichen, unentschlossenen Mann vor sich, der in Wahrheit die Frauen schlecht kennt. Kann ein Mann je von sich behaupten, alles über eine Frau zu wissen? Sagen Sie mir, was Sie denken.«

Was sie denkt? Sie sollte ihm jetzt eigentlich entgegnen, daß ihr die Frauen als solche egal sind und sie im Grunde ihres Herzens diese frivole Joséphine beneidet.

Warum braucht er die andere überhaupt, wo sie doch da ist, sie, die lebendige, trostspendende und liebende Maria?

»Die Frauen haben das Seelische in der Liebe erfunden«, antwortet sie, »Rousseau zufolge, weil sie ihre Herrschaft errichten wollten und um das Geschlecht, das gehorchen sollte, zum herrschenden zu machen.«

Dank dem Philosophen hat sie ihr Ausweichmanöver als kluge kleine Überlegung tarnen können. Der General lächelt fein.

»Ich sehe, daß Sie auch Rousseau kennen.«

»Ja. Mein Herr, Benjamin Davis, hat mir mit der *Neuen Heloise* und dem *Emile* das Lesen beigebracht.«

»Die *Neue Heloise* hat mir sehr gefallen, Rousseau hat mich ganz schön verwirrt. Da steckt Feuer drin, er wühlt auf, er beunruhigt auch.«

Der General nimmt zwei Gläser und füllt sie, wobei er diesmal vergißt, Wasser hinzuzufügen.

»Lassen Sie uns trinken«, sagt er, »Rousseau hat wie ein Besessener die Leidenschaft beschrieben, erst heute wird mir bewußt, wieviel Wahrheit darin steckt. Haben Sie so etwas auch schon erlebt?«

Maria leert ihr Glas in einem Zug.

»Ja, das habe ich.«

»Und bedauern Sie es?«

»Nein, und ich warte, daß es von neuem beginnt.«

»Glauben Sie, daß das möglich ist?«

»Ich weiß es nicht, aber ich hoffe es.«

Ein milchiges Licht sickert ins Zimmer. Maria sieht aus dem Fenster, der Tag bricht an, ihr ist zum Weinen zumute, vor ihren Augen sieht sie das Stück Erde, in dem Benjamin ruht, wieder beginnt ein Tag, den er nicht erleben wird. So viele Tage, Monate, Jahre …

»Gehen Sie jetzt«, sagt er, »Sie müssen sich ausruhen.«

»General«, fragt sie, »werden wir bald Mailand erreichen?«

»Spätestens in zehn Tagen werden wir dort sein.«

»Ich kann es kaum erwarten.«

»Ich auch nicht, nach Mailand wird Joséphine sicher kommen. Es ist eine Stadt voller Verlockungen für eine kokette Frau, die gern in der Gesellschaft glänzt.«

Maria erhebt sich und durchquert den eisigen Raum im schimmernden Morgenlicht. Draußen schläft, gegen die Tür gelehnt, ein Grenadier. Die Luft ist mild und riecht nach Regen, nach den Bäumen und den Pferden, die mit gemächlichen Schritten zur Tränke laufen.

Ruhm, hatte der General gesagt. Das war ein Wort, das sein Vater, der Kunsthändler, nur ganz selten verwendet hatte, jedenfalls konnte er sich nicht erinnern, es je gehört zu haben. Ruhm! Nun konnte er nicht mehr so tun, als wüßte er nicht, was dieses Wort bedeutete. Am Morgen nach seiner Unterredung mit dem General hatten sich vier Grenadiere bei ihm vorgestellt.

»Wir stehen zu Ihrer Verfügung.«

Die Sonne gießt ihr goldenes Licht über die steinerne Brücke. Das Geschützfeuer beginnt, die Österreicher haben ihre Kanonen aufgefahren. Jean-Antoine hört den donnernden Kugelhagel. Die Grenadiere stürmen nach vorn, sie werden wie Ameisen von den österreichischen Geschützen weggeblasen. Alles geht rasend schnell, kaum haben sie einen Fuß auf die Brücke gesetzt, stürzen sie zu Boden oder schleppen sich noch einige Meter, bevor der Todeskampf beginnt. Ein Angriff folgt auf den andern, sie werden alle niedergemäht wie Getreide. Die Grenadiere an Jean-Antoines Seite schauen gelassen, ja gelangweilt zu, sie sind den Anblick offenbar gewöhnt.

»Bald gehen wir zum Angriff über«, bemerkt einer von ihnen und zieht an seiner Pfeife.

Waren diese Toten denn nicht Teil des Angriffs? Jean-Antoine schluckt schwer. Wenn er richtig verstanden hat, waren diese Toten dazu da, um das Gelände zu sondieren. Und plötzlich rollt eine riesige Flutwelle auf die Brücke zu, zwei-, dreitausend Mann, und sie brüllen aus voller Kehle den *Chant du Départ*, ein diabolischer Gesang voller Wut und Kraft. Sie stürmen die Brücke, es sind so viele, daß man niemanden mehr fallen sieht. Jean-Antoine stürzt auf sie zu, will sich ihnen anschließen … doch die Grenadiere halten ihn zurück.

»Bleiben Sie hier!«

»Ich muß zu den anderen.«

»Nein, wir haben den Befehl, dafür zu sorgen, daß Sie in sicherem Abstand das Kampfgeschehen beobachten, von hier können Sie gut sehen. Holen Sie Ihre Stifte heraus, sonst verpassen Sie noch das Beste.«

Er weiß, daß ihm diese Anweisungen egal sein sollten, er müßte sich ins Gefecht stürzen und seine Brust den Feuersalven entgegenrecken, doch beschämt stellt er fest, daß er weiche Knie und ein flaues Gefühl im Magen hat. Also greift er zu seinen Stiften, alles ist wie im Traum, diese vielen Beine, Arme, Körper auf der Brücke im sanften Sonnenlicht, und auf dem Hügel im Hintergrund eine Kirche, Pappeln und Espen, die im Kanonenfeuer zittern, der lange Menschenstrom und der unsichtbar rodende Tod. Aus der Masse ragt plötzlich ein Säbel, der eine Attacke führt, er gehört zu der kleinen, tänzelnden Gestalt des Generals. Jean-Antoine bebt, sein Stift galoppiert übers Papier, die Blätter schwirren um ihn zu Boden. Einer der Grenadiere sammelt sie in aller Ruhe auf. Nicht mehr denken, nur noch einfangen, festhalten, verewigen, ja, das ist das Wort: verewigen. Das Wasser spritzt in hohen Fontänen zum Himmel, die Kavallerie durchquert eine Furt und stürzt sich auf die österreichischen Kanonen. Da müssen Farben her, Gold, Purpur und Himmelblau. Die Kavalleristen reiten mit Todesverachtung vorwärts. Einige stürzen kopfüber vom Pferd, Hut und Federbusch fallen wie Vögel in den Fluß. Wie schön der Tod ist! So schön … Ich bin bloß ein kleiner Kritzler. Ach, er wünschte, er wäre der Reiter, das Pferd, der Maler, der Reiter, das Pferd und der Tod, der im schäumenden Fluß brodelt. Man hört Hurrageschrei, den Männern brennt der Rauch in den Augen, sie haben die andere Seite des Flusses erreicht und den schwarzen Schlund der Kanonen zugenagelt. Sieg! Sie haben gesiegt, zumindest die, die angekommen sind. Die Reiter nehmen die Verfolgung auf. Jetzt sind sie an der Reihe. Sie lieben diese Hetzjagd, sie folgen einem Österreicher, der wie von Sinnen fortrennt; als sie näher kommen, dreht er den Kopf um und brüllt etwas wie »Gnade!« oder einfach »Nein!« Der Reiter greift nach seinem Säbel, hebt ihn empor und schlägt dem Österreicher mit einem raschen Hieb den Kopf ab. Der plumpst mit entsetzt aufgerissenen Augen auf den Boden.

Jetzt ist das Spiel an seinen Höhepunkt gelangt, ein Spiel, das der Elite vorbehalten ist.

Der General steht zwischen den Infanteristen. Die Männer rufen: »Bonaparte! Bonaparte!« Sie lieben ihn, in ihrem ganzen Leben haben sie noch keinen General gesehen, der einen Angriff führt und sich unter sie mischt. Selbst die vier Grenadiere trauen ihren Augen nicht.

»Er hätte dabei draufgehen können«, ruft der eine.

Die anderen geben ihm recht und spucken auf die Erde.

Jean-Antoine kommt allmählich wieder zu Atem, er ist erschöpft, seine Hände sind feucht. Hatte er nicht auf seine Weise an dem Angriff teilgenommen, war er nicht wie die anderen gerannt und hatte dem Tod getrotzt?

»Der General verdient es, befördert zu werden«, fügt einer der Grenadiere hinzu, der bislang nie den Mund aufgemacht hat.

Der »kleine Korporal«. Die vier Grenadiere brechen in lautes Gelächter aus. Jean-Antoine, der von Dienstgraden nichts versteht, stimmt mit ein. Er ist glücklich.

Die Armee setzte ihre Kämpfe für eine Woche aus, der General war damit beschäftigt, den Preis für den Frieden entgegenzunehmen: zwei Millionen Pfund, tausendzweihundert Pferde, zweitausend Rinder, hunderttausend Doppelzentner Weizen. Die Männer nisteten sich derweil in den Bauernhöfen ein und schlugen sich die Bäuche mit

Parmesan, Schaumwein, Schinken und Schwarzbrot voll. Sie wurden als Befreier empfangen, also benahmen sie sich ganz ungeniert, sowohl beim Essen als auch bei den Bäuerinnen. Die meisten waren willig, die anderen wurden mit Gewalt genommen. Der General drückte ein Auge zu, doch plötzlich, als man schon glaubte, daß alles erlaubt sei, ließ er fünf oder sechs Männer erschießen. Daraufhin wurde man vorsichtiger. Doch die gute Laune überwog, das Wetter war schön, die Luft war mild, das Licht ungewöhnlich sanft und ockerfarben, wie die Erde und die Häuser.

Maria hatte nichts zu tun, also unternahm sie Ausritte durch die fruchtbare hügelige Landschaft. Sie ließ Baron frei traben. Hier und dort kamen, umgeben von Pappeln, Dörfer zum Vorschein, mit ihren Kirchtürmen, Häusern, Türmen und Loggien. Maria entdeckte eine von der Zivilisation hübsch zurechtgestutzte Natur, einen von Menschenhand erschaffenen Garten, das Werk eines Künstlers. Schon vor Jahrhunderten hatte hier die unberührte Wildnis weichen müssen. Je länger Maria durch diese liebliche Landschaft ritt, desto deutlicher spürte sie, wie ein altes Feuer in ihr aufloderte. In der Tiefe rumorte und brodelte es, die glatte Oberfläche begann Risse zu nehmen. Maria fühlte sich wieder jung, temperamentvoll und verliebt. Seit Benjamin tot war, hatte sie nicht mehr an die Liebe gedacht, sie fühlte sich leer. Was blieb, war der Schatten eines Verstorbenen. Das, was sie zu dem blassen General mit dem funkelnden Blick trieb, war für sie kein Verrat an Benjamin, ja manchmal verschmolzen der Tote und der General sogar miteinander. Dies rief in ihr die Furcht hervor, sie könne das Vergangene verlieren, ohne das Künftige je zu erreichen. Sie hätte der unsichtbaren Joséphine den General nur zu gern entrissen. Aber sie spürte, daß ihre Gefühle auf einer anderen Ebene angesiedelt waren. Sie begehrte etwas, das sie nicht definieren konnte, vor ihr lag ein ganzes Knäuel von Gefühlen, das sie weder entwirren noch kontrollieren konnte. In ihr brannte ein Feuer, das sie nicht zu löschen vermochte, und sie war sich auch gar nicht sicher, ob sie es löschen wollte.

Jean-Antoine lief ihr so oft über den Weg, daß es kein Zufall mehr sein konnte; gewiß, er ging nicht so weit, ihr aufzulauern, ein solches Benehmen verbot ihm seine Erziehung. Aber er war da. Und er war schön, das war unbestreitbar. Und er hatte das Sterben miterlebt, das sah man an einer Neigung seines Kopfes. Er hatte ein wenig von seinem Raffinement und seiner Eleganz abgelegt, was ihn nur um so rührender machte. Er grüßte sie, sie grüßte zurück, und er verbeugte sich. Wie naiv er doch wirkte mit seinem Engelsgesicht! Er war noch ein Kind. Ein Kind, das sich auf dem Schlachtfeld tummelt, so wie andere am Flußufer spazierengehen. Allmählich wurde er ihr lästig, doch seine Anwesenheit lenkte sie auch ab. Und als er sie eines Abends bat, ein Porträt von ihr anfertigen zu dürfen, lehnte sie nicht ab.

»Fangen wir mit ein paar Skizzen an ... Am besten dort unter dem Baum, dort ist das Licht so schön wie auf einem Gemälde von Poussin.«

Beim Zeichnen verwandelte der junge Mann sich gänzlich, er legte seine Gespreiztheit ab, die Gesichtszüge verhärteten sich, der Blick heftete sich auf das Blatt, er biß sich auf die Unterlippe. Auffallend war die Hand, die flinke und zugleich ausladende Bewegungen machte, dabei aber präzise und feinfühlig war, ja feinfühlig. Seine Finger fuhren zärtlich übers Papier, mit der Sinnlichkeit eines Liebhabers, der über den Körper der Geliebten gleitet. Vor ihr saß ein anderer Mann. Er verlangte nicht, daß sie lächelte oder in eine bestimmte Richtung schaute. Im Laufe der Sitzung glich er immer mehr einem Raubvogel, der mit rasender Geschwindigkeit seine Beute zerlegte. Maria ahnte, daß nicht sie das Objekt dieses

Kampfes war, sondern daß er tief in ihrem Innern etwas Starkes, Unsagbares entdeckt hatte, daß er ans Licht zu ziehen suchte. Endlich hob er den Kopf, es war dunkel geworden, zwei Stunden waren vergangen. Erschöpft lehnte er sich gegen den Baumstamm, sie stieg über ihn hinweg und setzte sich ihm gegenüber.

»Zeigen Sie her ...«

»Nein, heute abend habe ich nur Skizzen gemacht, ich werde sie Ihnen am Schluß zeigen. Schenken Sie mir nur noch ein paar Sitzungen, wenn es nicht zuviel verlangt ist ...

»Nein, es ist nicht zuviel verlangt ...«

Sie lächelte zärtlich, er ergriff ihre Hand und hob sie an seine Lippen.

Die nächste Sitzung sollte am folgenden Morgen stattfinden.

Sie trafen sich nun jeden Tag auf einer von Weiden gesäumten Lichtung, mal morgens, mal abends. Manchmal kam Jean-Antoine ganz dicht an sie heran, so daß er sie fast berührte, dann entfernte er sich wieder. Er variierte ständig den Winkel und den Abstand und benutzte seine Stifte wie einen Kompaß. Er zeichnete mit solchem Eifer, daß gelegentlich das Papier riß. Es machte ihr Spaß, seine Anweisungen zu befolgen, ohne zu wissen, welches das Ergebnis sein würde. Sie liebte das Schweigen zwischen ihnen und die Brutalität, mit der er sie auf dem Papier einfing. Er wollte nicht, daß sie die Zeichnungen betrachtete, und auch sie hielt es für besser so, denn dort auf dem Papier befand sich, mit kräftigen Bleistiftstrichen hingeworfen, ein Teil ihrer selbst. Eines Abends bat er sie, eine Schulter zu entblößen. Dann bat er sie, dasselbe mit der anderen Schulter zu tun, und sie öffnete zwei Knöpfe ihrer Bluse, so daß der Ansatz ihrer Brüste zum Vorschein kam.

Was als Verführungsversuch begonnen hatte, entwikkelte sich zu einer lebenswichtigen Angelegenheit. Nachdem er Männer beim Kampf skizziert, Körper in Bewegung oder im Sterben gezeichnet hatte, wollte er die Seele einer Frau erfassen. Einer Frau, die er liebte. Je mehr sie seine Zeichenblöcke füllte, je weiter er in die Einzelheiten ihres Gesichts vordrang und den Ausdruck ihrer Müdigkeit sowie die Wandelbarkeit ihrer Schönheit zu erfassen suchte, desto leidenschaftlicher wurde seine Liebe. Diese Frau aus dem Volk, die so fein und vornehm war in ihrer Haltung und in allem, was sie tat, verkörperte die Republik, die Schönheit des Volkes, die unschuldige, reine Schönheit. Jean-Antoine wurde auf einmal klar, wie wahr die großen Symbole seiner Kindheit gewesen waren. Dabei war ihm vollkommen bewußt, daß Maria sich auf keines dieser Symbole reduzieren ließ, sie war Ägypterin, Griechin und römische Göttin in einem. Er konnte sie nur dann erobern, wenn er ein perfektes Porträt von ihr anfertigte, sie mußte würdevoll, schön und tugendhaft sein, aber auch venusgleich, verstörend. Er begann immer wieder von vorn, verzweifelte, geriet in Verzückung und sank nach drei Stunden erschöpft in einen tranceartigen Zustand.

Maria wartete voller Ungeduld auf diese Stunden, in denen sie sich ihm im pulvrigen Sonnenlicht offenbarte. Sie liebte diese Augenblicke, in denen sie sich selbst vergaß, diese sanft fortgleitenden Minuten, in denen sie weder an Benjamin noch an den General, noch an ihren Sohn dachte, wo sie nur Gesicht und Schulter war und vom Licht gestreichelt wurde. Sie erfuhr ein unbekanntes Glücksgefühl, das weder Scham noch Reue kannte. Es gefiel ihr, den Bleistift übers Papier huschen zu sehen, das kratzende Geräusch der Mine zu hören. Es gefiel ihr auch, in Jean-Antoines Augen jenes kleine Flackern zu erspähen, das seine Zurückhaltung Lügen strafte, und jenes halb triumphierende, halb schüchterne Lächeln auf seinen Lippen. Es gefiel ihr, der stumme, passive

Gegenstand eines Wettstreits zwischen der Wirklichkeit und ihrer Darstellung zu sein. Das Gefühl von Flüchtigkeit und Vollkommenheit, das sie vor Fragonards Bildern empfunden hatte, kehrte zurück, die magische Gegenwart einer anderen Welt, die sich über alle Gesetze und Regeln des Anstands hinwegsetzte. Der süße Duft der Obstgärten wehte herüber und hüllte sie ein wie in eine zweite Haut. Wenn in der Ferne eine Abteilung der Kavallerie vorüberzog, dann vertrieb der aufgewirbelte Staub den Geruch der Früchte. Doch kaum hatte sich der Staub gelegt, traten wieder die geschwungenen Linien der Landschaft und die sanften Aromen hervor, und das perlmuttfarbene Frühlingslicht schimmerte durch die Äste der Weiden. Hier in der Lombardei schien der Tag kein Ende nehmen zu wollen, selbst wenn die Sonne bereits untergegangen war, blieb der Himmel noch lange Zeit hell und entfaltete seine ganze Palette an Rosa- und Grüntönen, bevor auch diese nach einem letzten Aufleuchten im Dunkel versanken.

Ihre Treffen dehnten sich allmählich aus, Jean-Antoine hatte aufgehört zu zeichnen, und Maria saß nicht mehr Modell, sie warteten auf die Abenddämmerung. Doch sie sahen kaum hin. Maria schwelgte noch in ihrem Rausch und wollte möglichst lange darin verweilen.

Es war der letzte Abend, bevor die militärischen Operationen wiederaufgenommen werden sollten, und Jean-Antoine erschauerte bei dem Gedanken, daß dieser Wachtraum mit all seiner Schönheit und Liebe auf dem Weg nach Mailand zerbrechen würde. Eine ganze Woche lang hatte sie ihm gehört, war sie seine Geliebte gewesen, wie in einem Epos, dessen einzelne Kapitel er auf seinem Zeichenblock festgehalten hatte. Eines Tages würde sie das Ergebnis, ihre Verwandlung durch Pinsel und Farbe sehen. Dann erst würde sie verstehen, wie der junge Maler sie gesehen hatte.

Er ergriff ihre Hand und flüsterte:

»Ich liebe Sie.«

Aus einer Laune, einer verrückten Laune heraus nahm sie seine Hand, hob sie an ihren Mund und berührte sie mit den Lippen. Es war die Hand, mit der er sie fünf Tage lang besessen hatte.

»Lassen Sie uns hineingehen, mir ist kalt.«

Jean-Antoine folgte ihr, die Augen zum Himmel gehoben, ein Himmel, in dem unzählige Sterne funkelten. Gab es irgendwo auf der Welt eine schönere Nacht als diese?

Die Glocken läuteten Sturm, war es für das Pfingstfest oder für ihn, den Befreier? Es war für Ihn. Alles galt IHM, die Rufe »Viva la libertà!«, die Frauen mit der dreifarbigen Kokarde im Haar, die aus Blumen geflochtenen Triumphbögen, die Garde in ihrer leuchtendgrünen Uniform, die Menschenmenge, die begeisterten Massen, die ihn anbeteten. Er war nicht der Befreier, der die Stadt betrat, er war nicht der General, er war kein Prinz und auch kein König, nein, er war Cäsar in Person. Maria folgte den fünfhundert Kavalleristen und Tausenden von Infanteristen durch den Staub und die Hitze. Als sie den Bogen der Porta Romana durchschritt, war sie der Ohnmacht nahe. Sie hatte das Ziel ihrer Reise erreicht, sie war in Mailand. Irgendwo in dieser Stadt lebte Jean-Jacques, bald würde sie ihren Sohn in ihre Arme schließen und seine Liebe gewinnen. Mailand. Die Häuser waren beflaggt, die Stadt war in Feststimmung, Marias Herz wollte schier zerspringen.

Bonaparte wurde von den Notabeln der Stadt empfangen, unter ihnen war auch der Erzbischof Visconti, den die Würdenträger des Klerus umringten. Der greise Mann, der einst Gottes Fluch auf die Köpfe der Franzosen herabgerufen hatte, dankte dem Schicksal nun für ihren Sieg. Bonaparte war von seinem Schimmel gestiegen und hörte zu, undurchdringlich wie immer. Maria zweifelte nicht daran, daß er inmitten all der Vivatrufe, der Blumensträuße und Freundschaftsbekundungen an Joséphine dachte. Dieses Geheimnis war eine Art Bündnis zwischen ihnen. Die anderen wußten nichts davon, oder es war ihnen egal, und sie lachten hinter seinem Rücken. Doch Maria kannte seinen fiebrigen Blick und seine Qual, die ihm jeden Sieg verleidete, seinen Schmerz, der ihm den rasanten Feldzug und den Ruhm bedeutungslos erscheinen ließ. Ich bin unvernünftig, sagte sie sich, einen Helden zu lieben, der sich nach einer anderen verzehrt. Aber liebte sie ihn denn? Nein, Liebe war es nicht. Aber was war es dann? Sie verschob die Antwort auf einen anderen Tag und überließ sich den Tänzen und Farandolen, die sie an die Karnevalsfeste ihrer Kindheit erinnerten, es war dieselbe Ausgelassenheit, dieselbe Raserei und dasselbe Gefühl unbändiger Freiheit. Von einer irrsinnigen Hoffnung getrieben, ließ sie den Wagen in Marcellinas Obhut und rannte los.

In der Nähe des Doms hatte sich die Menge um einen alten Mann geschart, der eine Carmagnole tanzte. »Ein Pfarrer!« Diese Ungeheuerlichkeit machte rasch die Runde, die Menschen feuerten ihn an: »*Forza Padre!*« Er tanzte atemlos und mit weit aufgerissenen Augen. Es strengte ihn offenbar an, aber er war glücklich. Mit diesem Tanz befreite er sich von Jahrzehnten frommen Gebets, sein gebeugter Rücken schüttelte die Bürde ewigen Gehorsams und ständiger Angst ab, ja, Angst: vor den Österreichern und vor den Kirchenoberhäuptern. Doch nun gab es keine Regeln mehr, keine Tugend und keine Moral. Der General hatte nicht nur die Stadt, sondern auch ihn befreit. Maria ging weiter, und allmählich befiel sie ein Gefühl der Traurigkeit, sie wollte rasch ihren Sohn finden und dann fortgehen, heimkehren zu den Gewißheiten ihrer kleinen Stadt, wo alles so sanft und friedlich war. Sie hatte genug von all dem Wahnsinn, vom Krieg, von Jean-Antoine ... Mein Gott, wie er sie liebte, so ungestüm, so voller Sehnsucht nach Liebe und Ruhm, nach ihr. Er könnte mein Sohn sein, sagte sie sich immer wieder, obgleich sie wußte, daß sie beide dasselbe Alter hatten. Maria durchquerte die Stadt und kehrte schließlich zum Wagen zurück, aber Marcellina war verschwunden. Maria hatte nicht vor, auf sie zu warten, sie trieb das Pferd an und machte sich auf den Weg zum Palais des Erzbischofs, wo der General die Nacht verbringen sollte. Die vielen Gebäude beeindruckten sie, die Stadt bestand aus lauter Kirchen und grauen Palästen. Der General nahm gerade an einem Bankett im Palazzo reale teil. Ein Bankett! Sie war überzeugt, daß er sie trotz des Banketts heute nacht rufen ließe.

Mitternacht war bereits vorbei, als man sie rief. Die Straßen waren noch immer voller junger Leute, die sangen. Maria betrat den Saal, in dem ein riesiges schwarzes Kruzifix an einer Wand hing, der General stand am Fenster im schwachen Lichtschein einer grünen Lampe.

»Ich habe keinen Hunger«, sagte er.

Sie blieb schweigend stehen und hörte aufmerksam zu. Er blickte sie an, ein Schauer überlief sie, er hustete und wischte sich die Stirn.

»Geht es Ihnen nicht gut?« flüsterte sie.

Ärgerlich rief er:

»Nein, na und! Wollen Sie vielleicht, daß ich Urlaub nehme und nach Nizza zurückkehre, wo mich dann irgendein ›barbet‹ im Bett ermordet, der nicht einmal weiß, wer ich bin?«

Dieser jähe Wutausbruch verschlug ihr die Sprache. Es war das erste Mal, daß er ihretwegen so unverhohlen aufbrauste.

»Verzeihen Sie mir«, fügte er mit ruhigerer Stimme hinzu. »Dieser Saal ist entsetzlich, kein Wunder, daß die Pfarrer hier nur von Tod und Schmerz predigen. Ich bin mehr für das Leben, wissen Sie, aber Sie haben ja selbst gesehen und gehört, wie begeistert die Mailänder waren. Was, glauben Sie, wird man in Paris sagen?«

»Man wird Sie verehren und bewundern.«

»Aber das war noch gar nichts. Fortuna ist eine Frau, und je mehr sie für mich tut, desto mehr werde ich von ihr verlangen.«

Er atmete tief durch, zog einen unbequemen Stuhl zu sich heran und fuhr mit matter Stimme fort:

»Ich habe immer noch keine Nachricht von ihr, sie sollte am 5. von Paris abreisen, doch selbst am 12. hatte sie sich noch immer nicht auf den Weg gemacht. Die Boten bringen mir keine Briefe. Bevor ich sie traf, hatte ich mich der Liebe verschlossen, ich fand, daß dieses Gefühl meiner nicht würdig sei, die Trunkenheit der Liebe legt das Herz in Ketten.«

Er hielt einen Moment inne und starrte Maria an, die im Dunkeln stand.

»Maria, Sie sind doch eine empfindsame Frau. Könnten Sie sich so verhalten? Einen Menschen, der nur für Sie lebt, mit solcher Gleichgültigkeit behandeln, was sage ich, vergessen?«

Maria antwortete, ohne zu zögern.

»Ich habe einmal so gehandelt.«

»Und warum? Haben Sie nicht geliebt?«

»Nein, ganz im Gegenteil, ich habe aus tiefstem Herzen geliebt. Aber da war die Abwesenheit, der Zweifel, und ... glauben Sie, daß man alles erklären kann?«

Er erhob sich.

»Selbstverständlich kann man alles erklären.« Er kochte vor Wut. »Es muß für alles eine Erklärung geben. Ach! Ich glaube, allmählich habe ich guten Grund, die Frauen und die Liebe zu hassen.«

»Sie sind unglücklich«, murmelte Maria.

»Ja, das bin ich, ich leide wie ein Tier, wie ein Hund.«

Darauf erwiderte sie, ohne zu überlegen:

»Ich verbiete es Ihnen, Sie haben nicht das Recht dazu.

Dieser Tag sollte der schönste Ihres Lebens sein. Er ist der schönste. Lassen Sie sich ganz davon durchdringen, riechen Sie den Ruhm, General, er riecht gut. Es ist der Ruhm, den ich an Ihnen liebe.«

Sie wollte fortlaufen, doch sie blieb wie versteinert stehen. Der karge Lichtschein leckte über ihr Gesicht, über ihr Haar, ihre Lippen, ihren Hals. Ihr Puls raste.

Der General machte ein paar Schritte auf sie zu, dann blieb er stehen, schien zu zögern.

»Wenn Sie den Ruhm an mir lieben, Maria, dann werden Sie so bald nicht aufhören, mich zu lieben«, bemerkte er mit schmeichelnder, doch auch trauriger Stimme.

»Um so besser«, erwiderte Maria, die wieder in die Dunkelheit der Kathedrale eintauchte und verschwand.

Die schönsten Frauen Mailands trafen sich jeden Nachmittag auf dem Corso, wo ein buntes Treiben herrschte. Die Offiziere des Generalstabs hatten nicht nur das Glück, daß ihre Uniform sich neben dem Aufputz der Damen des italienischen Adels durchaus sehen ließ, sondern auch, daß sie von ihren Pferden aus in die *bastardelle* hineinlugen konnten, jene niedrigen Wagen, in denen die hübschen Italienerinnen mit tief ausgeschnittenen Dekolletés und der Trikolore im Haar einladend lächelten. Seitdem die Franzosen in der Stadt waren, gurrte ganz Mailand vor Vergnügen, die Offiziere wurden in die Scala und zu den großen Bällen eingeladen. Doch auch die Männer in den hinteren Rängen wurden nicht vergessen. Sie wurden genährt, gekleidet und mit mancherlei anderen Annehmlichkeiten beglückt. Unter den Torbögen, in versteckten Boudoirs, in den dunklen Winkeln der Gärten, von überallher erklangen Liebesseufzer.

Die Offiziere vergaßen die Tagesbefehle auszuführen und kehrten nicht in ihr Quartier zurück. Der kommandierende General ließ sie gewähren, die Männer hatten unter schwierigen Bedingungen große Leistungen erbracht, sie hatten sich ein wenig Zerstreuung verdient. Auch Jean-Antoine wurde von diesem Liebestaumel erfaßt. Am Corcia dei Servi, einem Café, das sehr in Mode war, wurde ihm Eis spendiert und allerlei anderes in Aussicht gestellt. Er war nicht nur schön, sondern konnte auch zeichnen. Die jungen Frauen waren zu allem bereit, wenn er ihr Konterfei fertigte. Gelegentlich ließ er sich dazu herab. Wäre Jean-Antoine ohne Marias Liebesbeweis so hochmütig gewesen? Was versprach ihr zarter Kuß anderes als ihre baldige Liebe? Seit jenem göttlichen Abend, an dem sie seine Hand ergriffen und mit ihren Lippen berührt hatte, lebte Jean-Antoine in einem endlosen Traum. Eines Tages würde Maria ihn lieben – er wagte kaum daran zu denken –, würde sie ihm gehören. Natürlich würde sie ihm gehören. Hatte sie das nicht schon eine ganze Woche lang getan? Diese wunderbare Woche, an der nur noch die Berührung ihrer Haut und die Befriedigung seines Verlangens gefehlt hatten.

Auf seinen langen Ausritten durch die Umgebung von Mailand, während er seinen Blick über die verschneiten Berge wandern ließ, die in der Sonne glitzerten, versuchte er den Grund für seine Leidenschaft herauszufinden. War sie schöner, klüger, lebendiger, zerbrechlicher als andere? Worin lag ihr Geheimnis? Im Grunde wußte er nicht das geringste über sie. Und doch lachte sein Herz vor Glück. Er dachte nur an sie, lebte nur für sie, er war in einem Zauber gefangen, den er nicht zu brechen wagte. Er schob den Augenblick, wo er an jenen Abend anknüpfen wollte, täglich vor sich her. Daß er den Mut nicht fand, brachte ihn zur Verzweiflung. Dabei besaß er eine wirkungsvolle Waffe: das Porträt, das er in einem leeren Saal des Palazzo Serboni nach den Zeichnungen von ihr angefertigt hatte.

Bestärkt durch die Einsamkeit und den Frieden der Landschaft, faßte er den Entschluß: Heute abend wollte er ihr das Ergebnis seiner Arbeit, seiner Leidenschaft und Liebe zeigen. Er trieb sein Pferd an, der Rückweg erschien ihm auf einmal endlos.

Während in den Salons die republikanischen Offiziere den mailändischen Marquisen nachstellten, wurden in den Straßen Pferde, Wagen und Lebensmittel beschlagnahmt, die Kirchenschätze wurden geplündert, Statuen, Bilder und liturgische Gefäße entwendet. Das Volk hatte sich kein genaues Bild von der Republik gemacht und stellte nun entrüstet fest, daß man ihm alles fortnahm, was es im Laufe der Zeit als sein Eigentum betrachtet hatte: Hunderte von Madonnen, Tausende von Heiligenfiguren, vor denen Tag und Nacht Kerzen und duftender Weihrauch gebrannt hatten. Die Franzosen berauben den Herrgott, wetterten die Priester.

Um Maria bei ihrer Suche zu helfen, hatte Berthier ihr einen jener italienischen Jakobiner zur Seite gestellt, die die Republik dazu benutzten, Karriere zu machen. Er war groß, hager, schulmeisterlich und hatte schon am frühen Morgen eine Knoblauchfahne. Er begleitete Maria durch die Stadt, ihre Suche führte sie weg vom Dom und vom Corso, weg von den Marquisen und den Bällen, sie liefen durch schmale Gassen, kamen an dunklen Gemäuern vorbei, betraten finstere Klöster und Kapellen, in denen zahnlose Greisinnen sie mit grimmigem Blick anstarrten. Den ganzen Tag knieten die Alten mit ihrem Rosenkranz zwischen den Säulen, während ihre Lippen unaufhörlich Gebete murmelten. Maria spürte einen tiefen Ekel in sich aufsteigen, als sie den modrigen Talggeruch einatmete, der sie an den Laden ihres Vaters erinnerte, wo sie ihre Kindheit verbracht hatte. Hier begegnete sie derselben Bigotterie und Armut, hier herrschte derselbe widerwärtige Geruch von nie gewaschener Kleidung.

Sie befragte die Priester in den Kirchen, die Mönche in den Klöstern, und der Jakobiner übersetzte: »Kennen

Sie einen Jungen, der Jean-Jacques heißt, er ist ungefähr acht Jahre alt, er stammt aus Nizza und wurde von Nonnen großgezogen?« Immer lautete die Antwort nein. Sie wußten nichts und bekamen kaum die Zähne auseinander, am liebsten hätten sie diese Französin, anders gesagt, diese Atheistin, angespuckt. Sie erklärte zwar, daß sie aus Nizza sei, doch es half nichts, die Leute schwiegen oder wichen aus.

Sie hatten ihre Suche bei den Kardinälen begonnen, wo sie in Sälen mit großen Wandteppichen und schweren, dunklen Vorhängen empfangen wurden. Kardinäle, die so bleich waren, als hätten sie seit Jahrhunderten kein Tageslicht gesehen. Sie schworen, noch nie etwas von dem Jungen gehört zu haben, es wäre ihnen sonst eine große Freude gewesen, der Schutzbefohlenen des berühmten Generals einen Dienst zu erweisen. Aus den teppichbespannten Sälen führte sie der Weg in die Sakristeien und schließlich in staubige Klöster, mit Patres, die verstockt schwiegen und kalt lächelten. Aus diesen Leute war nichts herauszuholen! Sie konnte sich noch so anstrengen, es half nichts, das ganze Unterfangen war aussichtslos. Auf diese Weise würde sie ihr Kind nie wiederfinden.

Der italienische Jakobiner rollte eine fiktive Münze zwischen seinen Fingern. Geld, aber natürlich! Maria war nicht viel übriggeblieben von dem, was sie zurückgelegt hatte. Jedes Ei, das sie für den General zubereitete, hatte sie aus eigener Tasche bezahlt, und keiner hatte es für nötig erachtet, ihr das Geld zu erstatten. Das Militär beschlagnahmte die Waren, sie kaufte sie. Sie war die einzige in der Italienarmee, die sich so verhielt. Der Jakobiner ermutigte sie, er kannte jemanden, es würde nicht nötig sein, sämtliche Priester der Stadt zu schmieren. Dieser Prälat würde ihr schon Auskunft geben können. Natürlich würde es einiges kosten.

»Wieviel?« fragte Maria.

»Zweihunderttausend Livres.«

Zweihunderttausend Livres! In ihrem ganzen Leben hatte sie keine solche Summe besessen. Sie konnte sich an Vincent wenden. Doch wie sollte sie es wagen, den armen Mann mit wieder neuen Problemen zu behelligen, warum sollte er für ein Kind zahlen, das nicht seines war? Natürlich würde er es ohne Zögern tun und sogar darauf bestehen, da Geld, für sich genommen, ohnehin keinen Wert besaß. Dann dachte Maria an ihren Vater Giacomo Grandi, den Mann, der sich zu Zeiten der Revolution Benjamins Haus unter den Nagel gerissen hatte, die Villa, die der Geliebte ihr hinterlassen hatte; sie könnte sie zurückverlangen und verkaufen, Benjamin würde es ihr sicher verzeihen. Aber dazu mußte sie wieder Kontakt zu ihrem Vater aufnehmen, mit ihm reden. Der bloße Gedanke daran ließ sie schaudern. Trotzdem, es mußte sein! Sie würde nach Nizza zurückfahren.

Nachdem ihr Entschluß gefaßt war, wollte Maria so schnell wie möglich aufbrechen.

»Das ist doch Wahnsinn«, rief Jean-Antoine.

Er war mit klopfendem Herzen zu ihr gelaufen, mit dem festen Vorsatz, ihr alles zu gestehen. Er war schön im Licht der untergehenden Sonne, mit seinem langen Haar, das sein Gesicht umschmeichelte, mit der freien Stirn und der weißen Binde um den Hals, die seinen kupferfarbenen Teint unterstrich. Er sah sie mit einer Mischung aus Melancholie und Erregung an.

»Dann begleite ich Sie.«

»Das kommt nicht in Frage.«

»Seien Sie doch nicht unvernünftig, auf dem Weg wimmelt es nur so vor Soldaten. Sie werden tausend Gefahren ausgesetzt sein. Sie werden nie ankommen.«

»Keine Sorge, mir wird schon nichts Schlimmes passieren.«

»Maria, ohne ... Sie ...«, stammelte er.

Seine Blick verschwamm, seine Pupillen weiteten sich.

Die Augen eines Kindes, dachte Maria. Dieser Gedanke rührte sie.

»Führen Sie mich irgendwohin, wo man sich amüsieren kann. Es ist mein letzter Abend in Mailand.«

»Zur Scala?«

Diese Aussicht trocknete seine Tränen, seine Augen begannen wieder zu leuchten, und seine Gesichtszüge wurden sanft und zärtlich.

Zum ersten Mal in ihrem Leben ging Maria in die Oper. Sie war überrascht von dem wenigen Licht und dem lauten Stimmengewirr, man konnte kaum etwas sehen und hörte doch überall das Rascheln von Kleidern. Von ihren Sitzen aus überblickten sie das Parkett mit seinen funkelnden Kronleuchtern und schimmernden Stoffen. Es waren zahlreiche französische Offiziere anwesend, ihre Uniformen mit den Tressen und dem goldenen Gehänge funkelten in der Tiefe der Logen, wo sie zu dritt oder zu viert saßen. Der Vorhang ging auf, und die hellerleuchtete Rampe kam zum Vorschein. Aus dem Orchestergraben erklangen die ersten Akkorde der Ouvertüre. Doch die Unterhaltungen verebbten nicht, das Gelächter der Damen perlte weiter durch den Saal, die Zuschauer wandelten durch die Reihen, Türen schlugen. Dann kamen die Sänger auf die Bühne. Der Krach ließ nach, es blieb nur ein leises Rumoren – wie das sanfte Säuseln des Winds, der sich zwischen Marmorsäulen verfängt. Maria stellte erstaunt fest, daß sie kein Wort verstand. Der Gesang hüllte sie ein und verschmolz mit dem Klang der Zupf- und Blechinstrumente zu einer berückenden, sanften Musik. Maria wurde von ihr emporgehoben, sie blickte von oben auf sich herab, so wie man es nur aus Träumen kennt. Die Musik durchdrang ihre Seele und erfüllte jeden Winkel ihres Wesens mit einem unsagbaren Glücksgefühl, das gewaltiger war als die Wonne der Liebe. Reglos lauschte sie dem Gesang und vergaß Jean-Antoine, der im Dunkeln neben ihr saß.

Dann ging das Licht im Saal wieder an, die Fächer wurden aufgeschlagen und die Unterhaltungen fortgesetzt. Auf der Bühne wurde ein Intermezzo getanzt, dem jedoch niemand Beachtung schenkte. In den Salons schlürften die Damen Limonade und verzehrten Sorbets. Das alles folgte einem geheimen Regelwerk, das viel faszinierender war als das Ballett auf der Bühne. Vor allem die Frauen hielten sich strikt an ihre Rolle. Einige waren von vier, fünf Kavalieren gleichzeitig umringt und weckten Hoffnungen mit einem einzigen Augenaufschlag, einem vertraulichen Lächeln, oder sie wiesen den Verehrer mit kühlem Blick zurück. Wie endete dieses Spiel, fragte sich Maria, gab es überhaupt ein Danach, oder begann das Spiel immer von vorn, aus reinem Vergnügen an der Tändelei? Waren diese Frauen überhaupt fähig zu leiden, sich zu verlieren, konnte man mit der Leidenschaft der Liebe in Berührung kommen, ohne sich an ihr zu verbrennen? Doch an manch müdem Ausdruck unter all dem Puder und den Cremes meinte Maria auch Frauen zu entdecken, in deren Leben es Schmerz und vielleicht sogar Demütigungen gegeben hatte.

Die Tänzer gingen ab, und nach einigen Augenblicken völliger Dunkelheit kehrten die Sänger auf die Bühne zurück, und der zweite Akt begann. Kleine Engel, die vom Schnürboden herabbaumelten, schwebten über die Bühne, während eine junge Frau an einer moosbewachsenen Balustrade lehnte und auf ihren edlen Ritter wartete, der nie kam. Ihr Sehnen entlockte ihr ein sehr langes, schönes Lamento, einen modulierten Liebesseufzer. Dieser melancholische Gesang entführte Maria in eine andere Welt. Sie saß in ihrem Zimmer in Nizza am Meer, Benjamin kam lächelnd herein und sagte etwas zu ihr, doch sie verstand die Worte nicht. Am liebsten wäre sie von ihrem Sessel aufgestanden und ihrem Geliebten entgegengelaufen, um ihn zu küssen. Benjamin ... Er kam herein, und er lächelte. Am Ende des Lamento war

Marias Gesicht tränenüberströmt, Jean-Antoine beugte sich zu ihr herüber und wollte ihre Hand ergreifen, doch sie stieß ihn barsch zurück.

»Möchten Sie lieber gehen?« flüsterte der Maler.

Nein, sie wollte bleiben, sie wartete auf weitere solcher Augenblicke, in denen die Vergangenheit nicht mehr vergangen war und die Welt der Toten, von der Musik getragen, erneut in ihr Leben einbrach. Vor diesem Abend wäre sie nicht in der Lage gewesen, die Musik zu definieren, doch jetzt wußte sie, daß die Musik der Weg war, den die Verschwundenen beschreiten, um die Zeit zu durchqueren. Man hatte den Ritter bereits totgeglaubt, es hieß, er sei im Krieg umgekommen, und die junge Frau hätte sich beinahe mit seinem besten Freund getröstet, da kehrte der Tapfere aus den Kreuzzügen zurück zu seinem getreuen Freund und seiner Geliebten, die so rein war wie bei seinem Abschied.

Licht, Stimmengewirr, der Vorhang war gefallen. Maria ließ das verwehte Glück noch einige Augenblicke in sich nachklingen. Ihr Herz war voll. Dann stützte sie sich auf den Arm, den ihr Jean-Antoine bot. Draußen regnete es, die schönen Damen liefen atemlos im Schutz großer schwarzer Regenschirme, die ihnen die herbeieilenden Diener hielten, zu ihren Wagen.

»Lassen Sie uns zu Fuß gehen«, schlug Maria vor.

Sie stürzte sich in den strömenden Regen; Wasser, Wind oder Sonne hatten ihr noch nie etwas ausgemacht. Es war wie ein Segen! Ihr Körper bebte. Sie lief so schnell, daß Jean-Antoine mit seinen Paradestiefeln Mühe hatte, ihr zu folgen. Wußte sie denn, wohin sie ging? Das Haar klebte ihr auf der Stirn, auf den Wangen, das Wasser rieselte ihren Rücken hinab, zwischen ihren Brüsten, doch sie fror nicht. Sie erreichten den Palazzo Serboni und traten ein.

»Wohin gehen wir?« fragte Jean-Antoine.

»Zu Ihnen, hier logieren Sie doch, oder?» fragte Maria

und schüttelte ihre Haarmähne wie ein Hund am Strand. Das Wasser spritzte nach allen Seiten.

Das kahle Zimmer roch nach Öl und Terpentin, auf dem Boden lagen zerknüllte Zeichnungen, und auf einer Holzplatte, die ihm als Arbeitstisch diente, standen Töpfe mit Farbe und Kerzen, an denen das Wachs herabgelaufen war. Jean-Antoine zündete sie an und entfachte das Feuer im Kamin, in dem noch ein paar Holzscheite glühten. Im Halbdunkel stand, an die Wand gelehnt, Marias Porträt. Die züngelnden Flammen schienen dem Bild Leben einzuhauchen, das Lächeln auf dem Gesicht wirkte mal müde, mal gequält. Ein unbegreiflicher Schwung wohnte den Linien inne, die Züge wirkten lebendig, in Bewegung, es war ein intensiver, fast brutaler Schwung, der einer wilden Kraft entsprang und in der Linie des Mundes, in der Wölbung der Lippen einen wollüstigen Ausdruck fand, dem man sich nicht entziehen konnte. Sie erkannte sich. Und dann auch wieder nicht. Dieses Porträt barg das Geheimnis einer wollüstigen, eroberungslustigen, temperamentvollen Kriegerin.

»Sie haben eine Heldin gemalt«, sagte sie leise.

Der Regen trommelte gegen das einzige Fenster des Raums, ein peitschender Sturm.

Er hätte ihr nie begegnen dürfen, dachte Jean-Antoine, der auf der Bettkante saß. Als der Regenguß einen Augenblick verstummte, stand Maria auf und glitt neben ihn. Sie legte ihre frische, kühle Hand auf seinen Mund.

»Sagen Sie nichts, Jean-Antoine, und blasen Sie die Kerzen aus.«

Der Rückweg war lang und beschwerlich. Auf die Getreide- und Weinfelder folgten Wälder mit Birken und Pappeln, die lombardische Ebene, die Hügel des Piemont und die Steilhänge der Alpen. Um Baron zu entlasten, gingen sie das meiste Stück zu Fuß, Marcellina auf der einen, Maria auf der anderen Seite. Die Tage waren lang und sonnig, die Nächte klar und kurz. Die beiden Frauen kamen an zahlreichen Militärkolonnen vorbei, die auf dem Weg nach Paris waren. Unter den Planen befanden sich streng bewachte Schätze, die für das Direktorium bestimmt waren, um dessen Finanzen aufzubessern. Die Männer blickten die beiden Frauen vergnügt an.

»Wohin des Weges?« riefen sie.

»Nach Nizza«, antwortete Maria.

»Sie wollen ohne Begleitung die Alpen überqueren?«

»Ja.«

»Was für ein verrückter Einfall, bleiben Sie besser bei uns.«

»Nein, danke. Wir haben es eilig.«

Sie überholten die Kolonne, auch die nächste und die übernächste, bis nur noch Staub und Geröll vor ihnen lagen. Mächtig erhob sich das Gebirge. Auf der anderen Seite lag, mehrere Tagesmärsche entfernt, das Meer. Der Horizont verengte sich, die üppigen Wälder wichen einer grauen, kargen Vegetation, die sich in den kahlen Fels krallte. Bis dahin hatte Maria beim Gehen ihren Gedanken nachgehangen, sie hatte die merkwürdige Nacht in Jean-Antoines Quartier noch einmal durchlebt. Am frühen Morgen hatte sie ihn verlassen. Er schlief fest, auf seiner Oberlippe glänzten ein paar Schweißtropfen. Er war schön, wie ein Kind, das vor Erschöpfung eingeschlafen ist.

Alles hatte damit begonnen, daß Benjamin in der Scala vor ihr aufgetaucht war, sein Lächeln, die Leichtigkeit seiner Bewegungen. Sie hätte schwören können, daß er sie berührt hatte, in der Luft schwebte noch sein Geruch. Seine Gegenwart war so deutlich zu spüren, daß die Wirklichkeit dagegen verblaßte. Benjamin ging an ihrer Seite, sie unter dem strömenden Regen, er in der Sonne, aber diese Merkwürdigkeit störte sie nicht, ganz im Gegenteil, sie bewies, daß der Engländer da war. Benjamin war es, der ihren Arm stützte und sie durch die regennassen Straßen von Mailand führte. Das Schweigen, der Regen, die warme Feuchtigkeit, die sie umgab … Auf dem Bett hatte sie schlicht einen Körper gebraucht, Benjamins Körper. Den des Malers erst viel später, er war anfangs noch weit fort gewesen, das Verlangen nach ihm gering. Dennoch war es der Maler, der in sie eingedrungen war, zitternd, linkisch, leidenschaftlich, hungrig.

Seine mangelnde Erfahrung glich er mit seinem Feuer und dem Willen aus, es bei jedem Mal besser zu machen. Maria ermutigte diese ungeschickte Jagd nach der Lust, sie führte ihn und ließ sich führen, sie gab das Tempo vor, wurde mal schneller, mal langsamer. Und bei jeder neuen Umarmung floß ein Teil von Jean-Antoines Unschuld und Scham auf sie über, weckte in ihr die Erinnerung an ihre eigene einstige Unschuld, als sie sich noch mit unerschütterlichem Glauben der Liebe hingegeben hatte und nicht wußte, daß dabei auch die leidenschaftlichen Triebe des Körpers geweckt wurden. Jean-Antoine schrie: »Maria … Maria …« Sie kam in die Gegenwart zurück, streichelte ihn, wischte ihm den Schweiß ab, er versank aufs neue in ihr, sie zog ihn noch tiefer hinab, bis zur völligen Auflösung, bis zum Vergessen. Erschöpft legte er den Kopf auf ihre Brüste, doch sie ließ ihn nicht ruhen, weiter, heftiger, mein kleiner Maler, solange bis der Rausch alles fortgerissen hat. Als der Morgen anbrach, fiel er in den Schlaf. Maria erhob sich und schrieb auf ein Stück Papier: »Ich gehe fort, Jean-Antoine, seien Sie nicht traurig, Sie sind sanft und stark, Ihre Zukunft ist vielversprechend, dessen bin ich sicher. Versuchen Sie nicht, mich wiederzusehen. Ich gehöre einem anderen, gegen den Sie nichts vermögen, der Tod bewahrt ihn vor dem Altern. Jean-Antoine, widmen Sie sich Ihrem Talent, und nur ihm. Adieu. Maria.«

Die beiden Frauen hatten die ersten Steilhänge der Grafschaft hinter sich gelassen, es war ein Juniabend, über den Wipfeln der Lärchen glühte der Himmel, der intensive Geruch wilder Blumen erfüllte die Luft. Der rote Vollmond kündigte die Nacht an. Durch diese Stille hallten die monotonen Schritte des Pferdes.

»Wir werden uns hier einen Platz für die Nacht suchen«, sagte Maria.

Marcellina, die wie Espenlaub zitterte, schüttelte den Kopf.

»Ich habe Angst, Madame, lassen Sie uns weitergehen.«

»Woanders ist es das gleiche. Wir brauchen noch zwei Tage bis Nizza.«

Die zwei gefährlichsten Tage, doch sie hielt es für klüger, dies zu verschweigen.

»Wir werden sterben«, wimmerte Marcellina. »Es heißt, daß die ›barbets‹ die Frauen vergewaltigen, bevor sie sie umbringen, Heilige Mutter Gottes. Es heißt, sie würden die Leute völlig entkleiden.«

»Schweig!« fuhr Maria ihr über den Mund.

Marcellina hätte noch hinzufügen können, daß sie auch die Quellen vergifteten, die Kuriere überfielen, ausraubten und ermordeten, die Bauernhöfe plünderten. Maria kannte diese Geschichten, im Hôtel d'York hatte sie die Ohren gespitzt, wenn im Flüsterton von den Untaten der »Söhne Gottes und des Königs« erzählt wurde, jener Straßenräuber, die stets unsichtbar blieben. Sie durchstreiften die schroffe Alpenlandschaft, geschickt und flink wie die Gemsen, sie kannten jedes Schlupfloch, jeden Winkel, die Überhänge, Steilwände und Schluchten. Sie waren überall und nirgends. Keine Armee war bislang mit ihnen fertig geworden. Es gab keinen offenen, frontalen Angriff, immer nur Überfälle aus dem Hinterhalt, und sie hinterließen nur Blut und Staub. Maria wußte, daß ab jetzt überall die Gefahr lauerte. Sie vertraute auf ihr Glück und ihren unbeugsamen Willen, diese Aufgabe zu Ende zu bringen. Sie würde durchkommen. Ihr Glaube an ihr Schicksal war ebenso fest wie der des Generals. Sie stellte sich vor, daß er sie von Mailand aus beschützte.

Hinter dem dichten Geäst eines kleinen Eichenwaldes entdeckte sie eine Lichtung. Die beiden Frauen spannten Baron aus und zogen sich in den Wagen zurück. Marcellina wollte Wasser für den Tee aufsetzen.

»Zünd kein Feuer an«, befahl ihr Maria. »Kein Rauch, auch keine Kerze, wir werden Brot und Schinken essen.«

Es schien überhaupt nicht dunkel werden zu wollen. Das Rosa färbte sich allmählich grün, bevor die Nacht den Himmel eroberte. Dann begann es überall zu rascheln, man hörte den nächtlichen Gesang der Tiere, die vielen Laute unsichtbarer Wesen, die Angst der Beute, das zufriedene Schmatzen des Jägers, dieses ewige Spiel von Leben und Tod, und im Hintergrund das Fiepen der Fledermäuse, die im Mondlicht flatterten.

»Ich habe Angst ...«

Marcellina, den Tränen nahe, warf sich in Marias Arme.

»Bete«, erwiderte Maria.

»Oh, Madame, ich tue nichts anderes. Wenn ich bete, werden uns die ›barbets‹ doch nichts tun, oder?«

»Das ist nicht so sicher.«

»Aber warum? Die glauben doch auch an Gott.«

Bei Tagesanbruch wurde es allmählich still. Es war Zeit, sich wieder auf den Weg zu machen. Maria war die erste, die die Schatten entdeckte. Sie waren zu fünft, mit langen Mänteln bekleidet. Auf dem Kopf trugen sie Hüte mit breiter Krempe. Völlig reglos standen sie da, im feuchten Gras, an den Füßen dicke Wollstrümpfe. Marcellina stieß einen schrillen Schrei aus und fiel auf die Knie, die Augen zu Boden gesenkt.

Einer der Männer trat zwei Schritte vor, zog eine Pistole aus seinem Stoffgürtel, legte den Lauf der Waffe an Barons Kopf und drückte zweimal ab. Das Tier brach zusammen.

Niemand sprach ein Wort. Es war heiß und staubig, der Geruch von verdorrtem Gras trocknete einem die Kehle aus. Die *barbets* schritten gleichmäßig voran, der Anstieg bereitete ihnen offensichtlich keine Mühe. Maria sah nur den Rücken der Männer, gerade und mächtig wie Baumstämme. Bei denen mußte man auf alles gefaßt sein, die einzige gute Nachricht für den Augenblick war, daß man sie nicht auf der Stelle umgebracht hatte. Jetzt hieß es, nur keine Schwäche zeigen, nicht jammern, nicht klagen. Die Sonne schien gleißend herab, die watteartige Luft war vom Summen der Insekten erfüllt. Das Gehen wurde zur Tortur, Maria spürte, wie ihr schwarz vor Augen wurde. Ich darf nicht hinfallen! Es war Marcellina, die zusammenbrach. Maria stürzte zu ihr und wagte zum ersten Mal, sich an die Männer zu wenden:

»Bitte, etwas Wasser ...«

Nach kurzem Zögern kam der Mann, der Baron erschossen hatte, auf sie zu und holte aus seiner Tasche eine Feldflasche mit Wasser ...

»Nur für sie«, sagte er und deutete auf die Dienerin.

Marcellina griff nach der Flasche und reichte sie Maria. Der Mann schlug ihr heftig ins Gesicht und entriß ihr das Wasser.

»Wenn du noch einmal hinfällst, bringe ich dich um.«

Maria half ihr aufzustehen.

»Stütz dich auf mich, wenn es dir schlecht geht.«

Etwas weiter vorn blieben die Männer stehen und pinkelten in die Schlucht, dann aß jeder ein Stück Brot und eine Zwiebel. Die Feldflasche wurde herumgereicht. Maria schloß die Augen. Sie mußte den Gedanken an den Durst verdrängen, aufhören, an diesen erfrischenden Wasserstrahl zu denken, der das glühende Feuer in ihrer

Kehle gelöscht, ihre Lippen und ihren Mund befeuchtet, sich in ihrem ganzen Körper bis in die Venen verteilt hätte, oh, nur ein paar kühle Tropfen, das Leben. Der Weg wurde fortgesetzt, die ›barbets‹ stimmten einen Gesang auf Gottes Ruhm und die Jungfrau Maria an. Sie kannten nur wenige Zeilen, die sie ständig wiederholten, ein monotones Gemurmel. Der Weg führte durch einen ausgehöhlten Felsvorsprung, einen Moment lang konnte man kühlere Luft atmen. Maria zupfte ein paar wilde Früchte von einem Baum, die sie mit Marcellina teilte. Sie waren herb, aber saftig. Sie pflückte noch mehr davon und versteckte sie unter ihrem Hemd. Die Füße der beiden Frauen wurden rissig, die Wunden, aus denen das Blut tropfte, immer tiefer. Weiterlaufen, bloß weiter, in der Hoffnung, daß die Qual bald ein Ende haben würde, wenn bloß bald die Nacht käme und mit ihr der glühende, blendende Sonnenball endlich verschwand. Marcellina half sich mit Gebeten, Maria, indem sie die Zähne zusammenbiß und sich schwor, nicht hinzufallen, nicht zu flehen. Sie rief sich das Bild von Benjamin mit seinem kaputten Bein ins Gedächtnis, seinen Kampf gegen den Tod, gegen das Böse. Das Böse, das überall seine Blüten trieb, in den Reihen der Revolutionäre wie in den Reihen dieser Männer, die sich von Zwiebeln ernährten und im Namen Gottes und ihrer Religion töteten, für den Ruhm Gottes, ohne sich zu fragen, was sie damit meinten. Stimmte es, daß immer das Böse siegte? Sie schob diesen Gedanken weit von sich, und das gab ihr Kraft weiterzugehen.

Die Männer schlugen einen abschüssigen Pfad entlang einem Berghang ein. Maria und Marcellina stolperten mehrmals, schrammten sich die Arme und Ellbogen an der scharfkantigen Felswand auf und hielten sich, so gut es ging, an den paar Sträuchern fest, die zwischen den Steinen wuchsen. Auf der Hälfte des Abhangs stand ein Mann gegen einen Baum gelehnt und hielt Wache. Er bekreuzigte sich, ebenso die fünf Männer, die hinter ihm in einen Gang einbogen, der in den Fels geschlagen war. Hier konnten sie meist nur gebückt gehen. Der Gang endete an einer Tür, die hinter dornigem Gestrüpp versteckt war. Auch hier hielt einer Wache. Der Mann, der das Pferd erschossen hatte, befahl, die Tür zu öffnen. Die Männer stießen die beiden Frauen in die dunkle Öffnung und schlugen die Tür hinter ihnen zu. Es war kalt und feucht wie in einem Keller, und es roch nach Wasser und Salpeter. Allmählich gewöhnten sie sich an die Dunkelheit und entdeckten, daß sie sich nicht in einem Keller, sondern in einer Grotte befanden, von deren Wänden Wasser rieselte. Auf einer Seite standen dicht aneinandergedrängt drei Männer, die völlig nackt waren. Sie schauten die Frauen entsetzt und hoffnungsvoll zugleich an.

Marcellina schrie auf und schlug die Hände vors Gesicht. »Oh, Herr«, jammerte sie. Die drei Männer nannten ihren Namen, sie gehörten zur Italienarmee und hatten in ihr Quartier in Lantosque zurückkehren wollen, als man sie entführt, in diese Grotte verschleppt und entkleidet hatte. Sie entschuldigten sich für ihren beschämenden Aufzug. Der Mann, der sprach, hieß Lange. Er war der Älteste, klein und korpulent, und seine Haut war kränklich blaß. Er fügte hinzu, daß er Chirurg sei. Der zweite war gerade mal zwanzig Jahre alt und zitterte vor Kälte oder vor Angst oder auch vor beidem.

»Leutnant Canastrier«, sagte er und stieß die Hacken zusammen, was ein schmatzendes Geräusch ergab.

Der Dritte war groß und wortkarg, er nannte nur seinen Dienstgrad und seinen Namen:

»Martial Hureau, Dragonerhauptmann.«

Der Chirurg fuhr fort:

»Wir haben das Gefühl für die Zeit verloren, ist es Tag oder Nacht? Wir wurden bei Tagesanbruch gefangengenommen und sind den ganzen Tag gelaufen, ohne zu essen oder zu trinken. Sie haben uns ein Stück Brot gelassen, das wir uns aufsparen. Man weiß ja nie.«

»Was weiß man nie?« grunzte Hureau.

»Wir sollten es essen, bevor wir sterben, und jetzt Schluß damit«, herrschte Canastrier ihn an. »Ich habe keine Lust mehr, die Wände abzulecken.«

»Richtig«, sagte der Chirurg, als wolle er sich dafür entschuldigen, »wir lecken nämlich die Wände ab, an denen das Wasser herabrieselt. Viel Wasser, das ist besser als nichts, mit Wasser kann man überleben.«

»Machen Sie sich keine Sorgen, sie werden uns nicht die Zeit lassen, uns sonderlich viele Gedanken über unsere Überlebenschancen zu machen«, bemerkte Hureau zynisch.

»Man muß auf Gott vertrauen.«

»Der Teufel soll Sie holen, Sie und Ihren Gott, verzeihen Sie, meine Damen«, rief der Hauptmann aufbrausend.

Maria bemerkte, daß Hureau den Schnurrbart so trug wie viele Offiziere aus der Armee des Generals, als Zeichen von Tapferkeit und Arroganz.

Maria hielt den Moment für geeignet, selbst das Wort zu ergreifen.

»Was haben die mit uns vor? Was soll diese Maskerade?« fragte sie und deutete mit dem Kopf auf die Blöße der drei Soldaten.

Der Chirurg ließ niemand anderem die Zeit zu antworten:

»Die Nacktheit soll uns wahrscheinlich demütigen, aber sie werden unsere Sachen sicherlich auch weiterverwerten und aus unseren Hosen und Röcken Kleider für den Winter machen. Was aus uns wird, ist leider noch leichter zu beantworten. Haben Sie noch nie vom ›Saut des Français‹, dem Franzosensprung gehört? So heißt die Schlucht, in die sie ihre Gefangenen springen lassen, die Opfer zerschellen in der Tiefe, wo die Vésubie fließt.«

Der Leutnant fügte hinzu:

»Es heißt, daß Schäferhunde kommen und die Kadaver fressen.«

»Seien Sie still«, rief der Chirurg. »Sie brauchen den Damen nicht unnötig Angst einzujagen.«

»Die Damen, die Damen ... Sie werden genauso runterspringen müssen wie wir.«

Marcellina sank zu Boden, dieses Mal war es einfach zuviel ...

»Ich will nicht sterben, ich will nicht sterben«, flehte sie.

Maria schüttelte sie.

»Hör auf damit! Du hast noch genug Zeit zum Heulen, wenn es soweit ist.«

»Gut gesprochen, Madame«, sagte Hureau. »Was mich beunruhigt, ist die Frage, was man während des Sprunges denken mag. Die Felsspalte soll sehr tief sein, mehrere hundert Fuß.«

»Nach dem metrischen System, das durchaus seine Vorteile hat«, merkte der Chirurg an, »soll die Schlucht dreihundert Meter tief sein!«

»Schöner Sprung«, fügte der Leutnant trocken hinzu.

»Ja«, sagte Hureau sinnend, »man hat gewiß Zeit, sich eine Frage zu stellen, aber welche?«

»Halten Sie den Mund!« herrschte der Chirurg ihn an. »Allmählich gehen Sie mir auf die Nerven.«

»Sie haben recht, Doktor«, entgegnete Hureau. »Wir täten besser daran, unseren Vorrat mit den beiden Damen zu teilen. Es ist sicherlich Essenszeit.«

Der Chirurg holte hinter einem Stein ein großes Stück Brot hervor, das schwarz war wie Kohle. Dann wandte er sich an Maria.

»Sie haben nicht zufällig ein Messer dabei? Man weiß ja nie!«

»Man weiß ja nie, man weiß ja nie! Ist das Ihr Glaube, der Ihnen so fest anhaftet, oder ist es ein Tick, den man Ihnen nicht austreiben kann?«

»Vielen Dank, Hureau. Etwas anderes habe ich von Ihnen nicht erwartet.«

»Jetzt habe ich aber genug«, rief der Leutnant. »Jeder beißt einmal ab, und dann ist Schluß.«

»Haben Sie die Grotte schon untersucht?« fragte Maria.

»Leider ja«, antwortete der Chirurg. »Alle Öffnungen sind zugemauert. Wir befinden uns in einer Zelle, Madame.«

Eine ganze Weile fiel kein einziges Wort. Marcellina aß mit Appetit, der Leutnant knabberte an seinem Kanten, der Chirurg war bei seinem zweiten Stück, Hureau hielt sich abseits. Maria betrachtete ihn genauer. Dieser Mann suchte nach einem Weg, dem Tod zu entkommen. Wenn man auf einen Menschen hier zählen konnte, dann auf ihn. Sie packte ihr Stück Brot beiseite, legte den Kopf auf einen Stein und schloß die Augen. In der Stille hörte man das Gemurmel des Wassers, das sich unsichtbar seinen Weg durch den Boden bahnte. Wasser, das nie ans Tageslicht kam, eisig und schwarz. Es hinterließ einen faden Geschmack auf der Zunge, den Geschmack des Todes. Maria erhob sich und machte ein paar Schritte. Die Dunkelheit war beklemmend, sie ging zu der kleinen Gruppe zurück. Sie begriff, daß sie diese klamme Grabesstille durchbrechen mußte.

»Meine Dienerin und ich, wir kommen gerade aus Mailand, wo wir den Einzug der von General Bonaparte angeführten Truppen erlebt haben. Es war ein glanzvoller Anblick, all diese Männer, die so sehr gelitten hatten, unter dem blumengeschmückten Triumphbogen durchmarschieren zu sehen …«

»Aber wir waren doch auch dabei, Madame«, bemerkte Hureau, »und da sahen wir auch noch besser aus. Ich habe mit meiner Kompanie die Attacke an der Brücke von Lodi geführt. Mein Gott, warum bin ich dabei nicht draufgegangen? Die Sonne schien, es war windig, die Bäumen waren voller Knospen. Wenn man schon sterben muß, dann sollte man sich seinen Tod wenigstens aussuchen dürfen. Das ist doch das Mindeste.«

»Ich möchte lieber nicht wählen«, knurrte der Leutnant, »weder wählen noch sterben.«

»Reine Überheblichkeit«, versetzte Hureau mit matter Stimme.

»Ich möchte an einem schönen Sommerabend sterben«, warf der Chirurg ein. »Ich hätte eine Flasche schönen kühlen Weißwein getrunken, meine Frau würde nach mir rufen: ›Edouard, laß uns zu Tisch gehen …‹, ich würde mich vor einen Teller Suppe setzen mit Gemüse aus dem Garten, danach müßte ich mich zwischen einem gefüllten Täubchen und einem gebratenen Perlhuhn entscheiden …«

»Lieber das Täubchen«, sagte Hureau.

»Ja, nicht wahr, Täubchen ist feiner. Ich würde zwei oder drei davon essen und die Tierchen mit einem Schluck Wein von meinem Gut herunterspülen, ich habe nämlich ein Weingut im Luberon, dort gibt es zwar keinen besonderen Wein, aber es ist mein eigener. Ich wäre gut gesättigt, aber den Birnen-Clafoutis mit einem Glas Muskateller würde ich dennoch nicht verschmähen.«

»Pah, Muskatwein«, unterbrach ihn Hureau, »ein Glas kräftiger, klarer Schnaps wäre mir lieber.«

»Also, entschuldigen Sie, Hureau, lassen Sie mir gefälligst meinen Muskateller. Ich habe doch wohl noch das Recht, mit dem Wein zu sterben, der mir gefällt.«

»Wenn Sie wollen, Doktor, aber der Tod entschuldigt Sie nicht für schlechten Geschmack.«

»Sie gehen mir auf die Nerven … Also ich schlürfe meinen Muskatwein, ein Stück Birne schmilzt an meinem Gaumen, da plötzlich – ist es der Wein, ist es das Glück? Mein Kopf zerspringt, und ich falle tot in meinen Teller. Ausgezeichnet.«

»Nicht schlecht«, grummelte Hureau.

»Und Sie, Hauptmann? Vielleicht könnten Sie ein paar Einzelheiten über Ihr Hinscheiden unter der Sonne und im Wind erzählen.«

»Nun, wenn Ihnen soviel daran liegt. Ich reite an der Spitze des Trupps, das ist meine Pflicht, mein Pferd reagiert auf jede kleinste Bewegung von mir, es ist ein tiefschwarzes Pferd mit langen schlanken Beinen. Wir verstehen uns gut, oder wie es heißt, wir sind eins miteinander. Es galoppiert, wir sind unbesiegbar, die Gewehrsalven verschonen uns, wir sind zu schnell, schnell wie der Wind, und dann ... was kann man gegen so ein dummes, namenloses Geschoß ausrichten? Nichts, man wird in die Luft gejagt. Und genau das passiert meinem Pferd und mir.«

Der Leutnant schweigt, er ist in sich zusammengekauert, wie ein nasser Hund. Marcellina ist eingeschlafen.

Der Chirurg träumt von den ruhigen, leuchtenden Abenden im Luberon, er lächelt. Mit einem Mal wird es kälter. Maria wendet sich an Hureau.

»Ich kann Ihnen mein Hemd geben, ich weiß, es ist nicht viel ... ich werde mich in das Tuch meiner Dienerin rollen.«

»Wie ist Ihr Name?«

»Maria.«

»Danke, Maria. Behalten Sie Ihr Hemd.«

»Frieren Sie denn nicht?«

»Doch, schon, aber der Chirurg und der Leutnant auch. Wir bräuchten drei.«

Einen Moment lang schämt sich Maria, daß sie die beiden anderen vergessen hat.

Zunächst sah man nur einen Lichtschein über die Wände huschen, dann hörte man Schritte näher kommen, die riesige Tür öffnete sich, und ein lauwarmer Luftschwall drang in die Höhle. Drei Männer standen vor ihnen, zwei lange Kerle, die mit Karabinern bewaffnet waren, und in ihrer Mitte ein gepuderter Marquis, der Strümpfe und Lackstiefel trug. Er trat auf sie zu mit einer Fackel in der Hand, die sein Gesicht erhellte, das runde Gesicht eines Krämers, der vornehm wirken wollte. Seine Stimme war wohlklingend und tief. Vorsichtshalber wahrte er Abstand zu den Gefangenen.

»Ich möchte mich Ihnen zunächst vorstellen, Jules François Guillaume de Vintimille, Ritter des Malteserordens. Ich muß mich entschuldigen für die eher rüde Behandlung, die Ihnen zuteil wurde, aber wie Sie ja wissen, führen wir einen Krieg, der auf beiden Seiten unerbittlich ist. Wir werden als Terroristen und Rebellen betrachtet, da können wir uns nicht erlauben, höflich mit unseren Feinden umzugehen. Ich möchte das kurz erläutern. Die Republik ist die Sache des Volkes, heißt es, das mag ja richtig sein, wir mischen uns jedenfalls nicht in französische Angelegenheiten. Aber die Franzosen sind hierhergekommen, um uns, einem Bergvolk, ihre Gesellschaftsordnung, ihre Sprache und ihre mangelnde Religiosität aufzuzwingen. Das alles mißfällt uns nun einmal, unsere Traditionen und vor allem unser Gott sind uns lieb und wichtig. Unser Gott, dessen Kirchen Sie plündern und dessen Vertreter Sie fortjagen. Wir führen nicht Krieg, um Sie von etwas zu überzeugen, sondern damit Sie in Ihr Land zurückkehren. Lassen Sie uns beten, wir werden Sie nicht daran hindern, in Fluch und Schande zu leben.«

»Sparen Sie sich Ihr Gerede und bringen Sie uns endlich um«, fiel Hureau ihm ins Wort. »Ihr Gott befiehlt Ihnen also, uns zu demütigen und uns verhungern zu lassen? Wenn das Ihr Gott ist, dann scheiß ich auf ihn. Verzeihung, meine Damen.«

»Seien Sie still, Sie Ungläubiger! Und nur keine Bange, Sie werden schon früh genug sterben. Und solange Sie uns nicht in Ruhe zu Gott beten lassen, werden wir unseren Krieg auch in Zukunft führen. Daher, meine

Herren und auch meine Damen, bleibt uns gar nichts anderes übrig, als Sie dem göttlichen Gericht zu unterstellen. Ganz in der Nähe gibt es eine Schlucht, ziemlich tief, weiß Gott, in die wir Sie springen lassen werden. Und wenn Gott will, werden Sie unversehrt davonkommen, denn nur Gott vermag ein solches Wunder zu vollbringen.«

»Amen«, brummte Hureau.

»Werden Sie uns umbringen?« fragte Marcellina, die die Worte des Ritters nicht so genau verstanden hatte.

»Ja, meine Gute«, erklärte der Chirurg, »und zwar auf ganz niederträchtige Weise. Ich wage gar nicht, mir vorzustellen, wie wir aussehen werden, wenn wir unten angekommen sind. Ein Haufen Matsch!«

»Die Hunde werden ihre Freude daran haben«, stammelte der Leutnant und brach in Tränen aus.

Der Ritter wandte sich um, und seine beiden Begleiter gaben den Gefangenen ein Zeichen, ihnen zu folgen. Maria hob den Kopf, unzählige Sterne funkelten über ihr, die Gruppe marschierte durch eine klare Sommernacht.

»Wir gehen Richtung Roccasparviera«, sagte Hureau.

»Woher wissen Sie das«, fragte Maria.

»Es ist noch nicht lange her, daß ich gegen diese Kerle gekämpft habe. Von denen darf man kein Mitleid erwarten.«

»Könnten sie denn umgekehrt von uns irgend etwas erwarten?«

Hureau zuckte nur mit den Schultern.

Der Weg zwischen der Felswand und dem Abgrund wurde immer schmaler, sie liefen schweigend weiter. Der Gesang einer Nachtigall klang aus der Tiefe empor. Maria fühlte sich leicht wie im Traum, das Zugehen auf den Tod hatte etwas Unwirkliches. Sie betrachtete Hureau. Er sah aus, als sei er einem religiösen Gemälde ihrer Kindheit entstiegen. Er ähnelte dem Engel Gabriel, vielleicht auch dem Erzengel Michael mit seinem starken Körper und seinen blitzenden Augen. Auf einem kleinen Felsvorsprung standen zwei weitere Männer mit Heugabeln in der Hand. Der Ritter und die beiden langen Kerle blieben stehen. Der Mond schien in die Felsspalte, die einem riesigen schwarzen Schlund glich, in dessen Tiefe eine üppige Vegetation zu erkennen war. Der Marquis ging auf Hureau zu.

»Sie kommen als letzter dran. So bleibt Ihnen genügend Zeit zu überlegen, ob Gott Ihnen Ihre Sünden vergeben wird.«

Der Marquis jubilierte, und die beiden Männer auf dem Felsvorsprung packten den Chirurgen.

»So«, sagte der Marquis, »jetzt werden wir sehen, ob Sie wirklich so fest an Ihre Ideen glauben. Springen Sie und rufen Sie: Es lebe die Republik!«

Der Chirurg wandte die Augen vom Abgrund ab und stammelte:

»Der Teufel soll euch holen. Ihr Schweine werdet alle krepieren.«

Die beiden Männer stemmten die Heugabel in den Rücken des Chirurgen und stießen ihn hinunter.

Ein tierischer Schrei, ein schmerzerfülltes Quieken hallte von den Felswänden wider, dann folgte eine schwere Stille. Der Abgrund war zu tief, als daß man das Aufschlagen des Körpers noch hätte hören können.

»Der nächste«, wisperte Hureau Maria zu. »Denken Sie nicht nach, folgen Sie mir.«

Der Leutnant weigerte sich, auf den Felsvorsprung zu gehen, er fiel auf die Knie, Urin rann an seinen Beinen herab.

»Lassen Sie mich am Leben, ich bitte Sie, ich bin gläubig, getauft, ich flehe Sie an, um Gottes willen, haben Sie Erbarmen mit mir.«

Die Männer nahmen ihn bei den Händen und Füßen und warfen ihn in die Tiefe.

Sie schauten ihm nach. Eine Sekunde, eine winzige Sekunde. Hureau nutzte sie und sprang einige Meter weiter den Hang hinunter, wo sich Sträucher und Steineichen wie Kruzifixe in die Felswand krallten. Maria sprang hinterher und riß die schreiende Marcellina mit sich. Sie flog … ja, sie flog und spürte weder die peitschenden Äste noch die Dornen, die ihr die Haut zerrissen, noch die Felsen, die in ihr Fleisch schnitten. Sie ließ Marcellina los, die den Hang auf dem Bauch hinunterrutschte … Vor ihr war noch immer Hureau, der ihr den Weg in die Freiheit bahnte.

»Schneller«, rief der Hauptmann.

Ja, schneller, sie stürzte immer weiter, überschlug sich, doch sie fühlte sich wie ein Gebirgsvogel, leicht und mächtig zugleich. Sie schlug gegen Felsen, Blut floß über ihr Kinn, ihre Brust, ihre Schenkel. Die Verfolgung hatte begonnen, die Männer stürzten ihnen laut schreiend hinterher. Sie waren wie hungrige Wölfe.

»Hierher!« brüllte Hureau.

Er riß Maria zu einem Geröllhang hinüber, der von Pistaziensträuchern umgeben war.

»Marcellina!« flüsterte Maria.

»Pst!« zischte Hureau.

Die Männer rannten an ihnen vorbei. Es folgten Schreie und Rufe, dann nichts mehr.

»Nicht bewegen«, sagte Hureau. »Sie sind ganz in der Nähe und warten auf uns. Sie wissen, daß wir hier irgendwo sind. Jetzt müssen wir kriechen. Sie sind bestimmt ihre Hunde holen gegangen. Wir werden uns nach unten zum Wasser durchschlagen.«

Die junge Frau folgte Hureau. Sie mußte sich um dorniges Gestrüpp und scharfkantige Felsen winden. Wenn der Hang zu steil wurde, prallte sie gegen zerbrochene Äste, die sich in ihren Bauch oder ihre Brust bohrten und den Fall bremsten. Beim kleinsten Geräusch eines knackenden Zweiges oder dem Rascheln dürrer Blätter hielt sie den Atem an und horchte. Der Abstieg schien Stunden zu dauern. Ihre Anspannung und ihr Wille, das murmelnde Wasser dort unten zu erreichen, half ihr, die Schmerzen zu vergessen. Bei jedem Meter, den sie ihm näher rückte, hoffte sie, endlich den Fluß zu sehen, doch immer wieder stieß sie auf neue Hindernisse, Dornenbüsche, die man mit bloßer Hand zur Seite drücken mußte, ein undurchdringliches Dickicht, das seit Anbeginn der Welt dort aus dem Boden wucherte.

Endlich tauchte der schwarze, schäumende Fluß vor ihnen auf, in dem sich das silbriggraue Licht des Mondes spiegelte. Sie verschnauften einen Augenblick. Dann riß Maria sich die Kleider vom Leib, und sie stiegen in das eisige Wasser und ließen sich wie totes Geäst treiben. Es schien ihnen, als würde die Strömung sie mit rasender Geschwindigkeit forttragen, nachdem sie so unendlich langsam durch das Dickicht gekrochen waren. Wieder hatte Maria den Eindruck zu schweben, die Kälte ließ sie die Wunden nicht spüren. Am liebsten hätte sie sich völlig der Strömung überlassen, doch es ragten überall kleine Inseln aus dem Wasser, um die sie herumschwimmen mußten, um nicht gegen die Felsen zu prallen. Wieder einmal hatte sich das Leben für sie entschieden, dachte Maria, ein erneutes Wunder, ihr unsichtbarer Schutzengel, der eine goldglänzende Spur auf die Wasseroberfläche malte, als würde er ihr den Weg durch das Wasser ins Leben weisen wollen.

Die Dunkelheit versank, und rosafarbene Reiter, pausbackige Wolken zogen über den Himmel, mit denen die Morgensonne spielte, sanft und friedlich. Wie auf Befehl setzte der fröhliche Gesang der Vögel ein. Ein neuer Tag brach über dem Vésubie-Tal an. Der Himmel färbte sich blau, so funkelnd wie das Meer, zu dem der Fluß hinströmte, auf dem Maria tanzte und schwebte.

Hureau erhob sich aus dem Wasser und bedeutete Maria, ihm zu folgen. Sie stellte keine Fragen, sie hatte kein

Verlangen zu erfahren, wohin er sie führen würde. Dieser Mann wußte alles, kannte alles. Gemeinsam kletterten sie über die Felshänge und erreichten eine Landschaft mit Weinfeldern und Olivenbäumen.

Ein Schafstall mit zugemauerten Fenstern tauchte vor ihnen auf, abweisend wie eine Festung. Er schien jedem Passanten zuzurufen: Geh weiter! Hureau klopfte lange an die Tür. Schließlich öffnete ein aus dem Schlaf gerissener dicker Mann und blinzelte in das grelle Licht. Als er die beiden splitternackten Menschen erblickte, machte er einen Satz nach hinten. Hureau sprach ein paar Worte, die Maria nicht verstand, und der Mann ließ sie ein. Kaum war der Hauptmann drinnen, riß er die Fensterläden auf. Ein dünner Lichtstrahl glitt durch den Raum bis zu einem Alkoven, wo ein Bett stand. Dort erhob sich eine Frau, die etwas jünger war als der Mann, ihre großen, schlaffen Brüste hingen aus dem aufgeknöpften Hemd.

»Steck das weg«, knurrte der Bauer, »und leer die Töpfe aus.« Die Frau nahm die beiden Nachttöpfe und schüttete den Inhalt vor dem Haus aus. Sie lächelte traurig, während sie Maria einen Unterrock und eine Schürze mit großen Taschen reichte, wie sie die Bäuerinnen an Markttagen trugen. Für Hureau war es unmöglich, etwas Passendes zu finden, der Bauer war zu klein und zu dick. Der Hauptmann mußte sich mit einem Hemd zufriedengeben, das ihm nur bis zum Nabel reichte. Um die Lenden band er sich ein Tuch. Die Frau versuchte ein wenig Ordnung zu schaffen. Der Mann saß auf einem Stuhl und sah Maria und Hureau mit lauernden Blicken an. Die Angst stand ihm ins Gesicht geschrieben.

Die Frau gab ihnen einen Teller Polenta und Schwarzbrot zu essen. Der Bauer holte eine Flasche Wein.

»Die ›barbets‹?« fragte er vertrauenheischend.

Hureau nickte, und der Bauer blickte sich instinktiv

um, aus Furcht, die Banditen könnten plötzlich hinter ihm auftauchen.

»Wir haben sie abgehängt«, erklärte Hureau.

Der Mann atmete erleichtert auf.

»Wir werden ein wenig schlafen und dann unseren Weg fortsetzen«, sagte der Hauptmann.

Der Bauer nickte.

Die Polenta hatte Maria schläfrig gemacht, sie konnte ihre Augen kaum noch offenhalten. Schlafen! Endlich schlafen! Sie legte sich auf das Bett im Alkoven und dachte, bereits im Halbschlaf, daß der Hauptmann schon ein Plätzchen finden würde, um sich auszuruhen.

Das laute Summen der Fliegen weckte sie. Sie war schweißgebadet, im Haus war es brütendheiß. Sie mußte lange und fest geschlafen haben, erinnerte sich aber noch, ein Geräusch gehört zu haben, als würden Möbel hin und her gerückt. Rasch wusch sie ihr Gesicht mit dem lauwarmen Wasser, das in einer Schüssel auf dem Waschtisch stand und auf dem viele kleine Fliegen schwammen. Sie tauchte nur die Fingerspitzen ein und benetzte damit Stirn und Wangen. Draußen versprühte die Sonne ein gleißendes, pulvriges Licht. Bleierne Stille umgab das Haus, drinnen war es dunkel und stickig. Maria ging auf die Tür zu. Auf den umliegenden Weiden war weit und breit niemand zu sehen. Sie lief um das Haus, entdeckte ein Gebäude, das einmal als Pferdestall gedient haben mußte, und öffnete die Tür. Eine Katze sprang ihr vor die Füße. Auf dem Boden faulte Heu.

Maria schloß die Tür wieder, dieser Ort roch nach Verwesung. Trotz der erstickenden Hitze überlief sie ein Schauer, sie kehrte zum Schafstall zurück, in dem es noch immer still war. Dort setzte sie sich an den Tisch, auf dem die Teller vom Vortag standen. Das Ehepaar war sicher aufs Feld gegangen, aber wo mochte Hureau stecken? Es war kaum anzunehmen, daß er sie verlassen hatte, kurz nachdem er ihr das Leben gerettet hatte. Ihr Herz krampfte sich zusammen, sie dachte wieder an Marcellina, die mit zertrümmertem Schädel in der Schlucht lag, Hureau hatte sie geopfert. Wer war dieser Hureau? Ein zynischer Dragonerhauptmann? Ein wortkarger Held der Finsternis, der bei Tagesanbruch untertauchte?

Sie hatte ihn nicht kommen hören, ein Schatten zeichnete sich gegen das grelle Licht ab. Da stand dieser Hureau, wie ein reicher Kaufmann gekleidet, mit Weste und Hemd mit hohem Kragen.

»Probieren Sie diese Sachen an«, sagte er und reichte ihr ein Paket. »Ich hoffe, sie passen Ihnen. Wir werden mit dem Sechs-Uhr-Wagen nach Nizza fahren, man wird uns für ein Ehepaar halten, das in die Stadt fährt, um ein paar notarielle Angelegenheiten zu erledigen. Unauffällige Sachen sind die beste Verkleidung.«

Es war ein Kleid aus schwarzer Baumwolle, der Stoff war etwas dick für die Jahreszeit.

»Ich werde darin vor Hitze umkommen«, sagte Maria.

»Ladenbesitzer kaufen Kleidung nicht nach der Jahreszeit, sondern wenn die alten Sachen abgenutzt sind.«

Sie machten sich auf den Weg nach Levens, die Sonne hatte sich in eine glühende Kugel verwandelt.

»Und unsere Gastgeber?« fragte Maria. »Wir haben uns nicht bedankt.«

»Nicht mehr nötig«, sagte Hureau.

»Was heißt, nicht mehr nötig.«

Hureau grinste die junge Frau an.

»Ich mußte sie loswerden.«

Maria zuckte zusammen.

»Was wollen Sie damit sagen?«

»Sie haben mich schon verstanden.«

»Hauptmann, Sie sind ein Ungeheuer«, rief Maria und rang nach Atem.

Hureau blieb stehen.

»Begreifen Sie nicht, daß die beiden uns an die ›barbets‹ ausgeliefert hätten, sobald wir ihnen den Rücken gekehrt hätten? Ich mußte rasch handeln, dann erst habe ich mich auf die Suche nach Kleidung gemacht. Das Kleid steht Ihnen übrigens ausgezeichnet.«

»Aber«, empörte sich Maria, »warum mußten Sie sie gleich umbringen? Es mußte doch noch andere Mittel geben, um sie zum Schweigen zu bringen?«

»Kann schon sein«, sagte Hureau zweifelnd, »aber das ist immer noch am sichersten.«

»Und obendrein haben Sie sie bestohlen!« schrie sie.

Hureau zuckte mit den Achseln.

»Sie ermüden mich, Maria. Lassen Sie uns gehen, wir haben noch ein weites Stück Weg vor uns.«

Von den Wachteln aß Victor Tiranty, der Notar, alles, sogar den Kopf. Er liebte es, sich schon morgens gegen zehn in seinem Arbeitszimmer einen Imbiß zu genehmigen. Er hielt die kleinen Vögel an den Beinen fest, Besteck war nicht nötig. Keine Schreckensherrschaft, kein Thermidor, kein Direktorium hatten seinen Bauch davon abhalten können, stets praller zu werden. Wer nicht auf den Mund gefallen war, hielt ihm vor, er würde seine Mahlzeiten genauso gierig verschlingen, wie er sich das Hab und Gut der Emigranten einverleibt hatte. An den Häuserwänden von Nizza war ein Plakat aufgetaucht, auf dem er und Grandi beschuldigt wurden, daß sie »durch das Eigentum anderer Leute zu den beiden reichsten Männer der Stadt« geworden waren.

Tiranty hatte den Sturz Robespierres wie auch die darauffolgende Hetzjagd auf die Jakobiner überstanden. Grandi hingegen hatte zwei Wochen im Gefängnis verbracht. Der ehemalige Talghändler war mit dem Schrekken davongekommen, der ihn allerdings bis ans Ende seiner Tage verfolgen sollte. »Ich habe geglaubt, mein letztes Stündlein hätte geschlagen«, gab er flüsternd zu. Er schloß sich daraufhin in seinem prächtigen Haus ein, der ehemaligen Villa von Penelope Pitt, die unter den beschlagnahmten Gütern gewiß eines der schönsten Anwesen war. Grandi und er hatten die Grundstücke der Emigranten und der Engländer für eine Handvoll Picaillons erworben, Villen, Herrenhäuser, Wassergrundstücke, Obstplantagen, Weinberge und Olivenhaine. Der Notar und der ehemalige Kerzenhändler saßen auf einem riesigen Haufen Gold. Nur daß Marias Vater nachts nicht mehr schlafen konnte, er kam um vor Angst in seinem riesigen Haus. Der Notar hatte allerlei Vorsichtsmaßnahmen getroffen, sich eine reine Weste und bewaffneten Schutz gekauft. Man mußte ständig auf der Hut sein, die politische Lage konnte jederzeit umschlagen: Vielleicht kehrten die Jakobiner zurück, oder die Gemäßigten übernahmen das Ruder, am Ende gar die Royalisten. Seit Robespierres Tod und dem Ende der Schreckensherrschaft war die Politik wieder zu einem Spiel mit ungewissem Ausgang geworden. Tiranty gehörte zu jener Handvoll Bürger, die mit den Worten und Ideen aus Paris Macht und Geld erlangt hatten.

Der Notar verfolgte aufmerksam den Italienfeldzug, dieser Bonaparte gefiel ihm, er war zwar nur ein kleiner Mann, aber was hatte der für eine Entschlossenheit im Blick! Als er von seinen ersten Siegen hörte, ließ er die Bürger im Rat rufen: »Es lebe die Republik, es lebe Bonaparte, es lebe die Italienarmee!« Und um seinen Widersachern zu beweisen, daß auch er die Mauern sprechen lassen konnte, klebte er überall Plakate mit einer Karikatur an, die den Papst auf einem Esel und den verzweifelten sardischen König darstellte, der von lauter Murmeltieren umringt war. Das Ancien Régime zu verhöhnen und sich mit dem General gut zu stellen, der vielleicht die Zukunft verkörperte, war bestimmt kein Fehler.

Victor verschlang seine letzte Wachtel, knackte sie mit den Zähnen und spuckte die Knöchelchen aus, er war bereit, Maria zu empfangen, Maria, Grandis Tochter, die ihn um ein heimliches Treffen gebeten hatte. Heimlich, mit anderen Worten: ohne daß ihr Vater davon erfuhr. Er wußte nie, wie er sich diesem Mädchen gegenüber verhalten sollte. Sie war die Geliebte von dem jungen Engländer gewesen, dann von Masséna, sie hatte sich von dem Gentleman ein Kind machen lassen, dann den braven Tordo geheiratet, und nun, so hieß es, folgten sie diesem Bonaparte überallhin. Masséna, Bonaparte, die hatte was für Helden übrig. Ein Grund mehr, sich vor ihr in acht zu nehmen.

Maria hatte es eilig, sie setzte sich Tiranty gegenüber. Schon damals hatte sie ihn widerwärtig gefunden, als sie ihm noch regelmäßig seine Ration Kerzen gebracht und er ihr ein paar Geldstücke in die Hand gelegt hatte, in der er seine Wurstfinger immer etwas länger als nötig ruhen ließ. Sie kam gleich zur Sache.

»Notar, ich komme zu Ihnen, weil Sie mir gemeinsam mit meinem Vater das Haus stibitzt haben, das Benjamin Davis mir überlassen hatte. Ich habe lange darüber nachgedacht. Sie mögen ja ein Dieb sein. Doch ich wende mich lieber an Sie als an meinen Vater.«

»Sie gehen ja ganz schön ran!«

»Notar, ich habe keine Zeit zu verlieren, ich bin gekommen, um das Geld für das verkaufte Haus zurückzuverlangen.«

»Aber das Haus ist gar nicht verkauft worden.«

»Richtig, dazu hatten Sie keine Zeit. Sagen wir, daß ich einen Vorschuß von zweihunderttausend Pfund auf den künftigen Verkauf verlange, dem ich hiermit zustimme.«

Das ging alles viel zu schnell, Tiranty versuchte auf Zeit zu spielen.

»Wozu brauchen Sie eine solch ungeheure Summe? ... Ihr Mann ...«

Maria fuhr sich nervös durchs Haar.

»Wenn Sie es wissen wollen ... Na gut, es ist der Preis, den ich zahlen muß, um meinen Sohn wiederzufinden.«

Tiranty zündete sich eine Pfeife an und begann bedächtig an ihr zu ziehen. Diese Frau brachte ihn wirklich um den Verstand. Zweihunderttausend Pfund ...

»Das ist unmöglich«, sagte er. »Der Verkauf des Eigentums von Emigranten ist bis auf weiteres gestoppt worden. Wir leben in unsicheren Zeiten.«

»Notar«, unterbrach ihn Maria, »nicht der Staat entscheidet, ich entscheide. Daher befehle ich Ihnen, auf Geheiß von Benjamin Davis und seinem Sohn Jean-Jacques, dieses Haus zu verkaufen.«

»Sie stellen sich das so einfach vor. Für ein Haus, dessen Besitzurkunden nirgends eingetragen sind! Der Engländer hat es Ihnen überlassen. Na und?! Sämtliche Urkunden, die aus der Zeit vor der Republik stammen, haben ihre Gültigkeit verloren. Das Haus gehört dem Staat, und der Staat kann nicht verkaufen, damit basta.«

Maria lächelte. Tiranty fragte sich, was sie für Intrigen für ihn bereithielt, und zündete sich die Pfeife wieder an.

»Notar«, begann Maria mit sanfter und ruhiger Stimme, »ich werde bald wieder nach Mailand aufbrechen, da wäre es doch gut, wenn ich bei meiner Ankunft dem befehlshabenden General Bonaparte erzählen könnte, wieviel Verständnis Sie für meine Situation aufgebracht und wieviel guten Willen Sie gezeigt haben. Ich weiß, daß ihn das nicht gleichgültig lassen wird. Er verfügt über ein ausgezeichnetes Gedächtnis, und zu gegebener Zeit wird er sich an Sie erinnern. Dafür sorge ich.«

Sie haut mich übers Ohr, diese Frau ist das reinste Gift. Tiranty legte seine Pfeife zur Seite und stieß einen tiefen Seufzer aus.

»Hunderttausend ...«

»Zweihunderttausend.«

»Ich muß diese Summe erst flüssigmachen und Ihren Vater davon in Kenntnis setzen.«

»Kommt nicht in Frage, Sie brauchen sich bloß bei den hübschen Goldstücken zu bedienen, die hinter Ihnen im Tresor liegen, hinter dem Bildnis Ihrer höchst charmanten Gattin.«

Verflixt, die Kleine schafft mich wirklich ...

Tiranty erhob sich mit schweren Beinen. Zweihunderttausend Pfund, so viel war das Haus gar nicht wert! Aber was blieb ihm anderes übrig, wenn sie, wie die Gerüchte sagten, mit diesem Korsen ins Bett stieg? Der Notar stellte sich so hin, daß sie in den geöffneten Geldschrank nicht hineinsehen konnte. Maria hörte das Klingeln des Goldes, ein fröhliches, helles Klingeln, das wie eine Morgenglocke klang. Tiranty packte das Geld in einen Sack aus grobem Leinen und stellte ihn vor Maria hin.

»Ich habe es gezählt. Aber wenn Sie wollen ...«

»Besser nicht«, entgegnete Maria. »Es wäre doch schade, alles zu verderben, nur wegen ein paar unterschlagener Münzen.«

»Was soll ich Ihrem Vater sagen?« fragte der Notar.

»Kein Sterbenswörtchen«, antwortete Maria. »Es bleibt ein Geheimnis zwischen uns.«

»Mit Vergnügen ...«

Verstört blickte er Maria hinterher, wie sie leichtfüßig den Raum durchquerte. Der prall gefüllte Sack schlug im Gehen gegen ihre Hüften.

Es war das erste Mal, daß sie ihn in Uniform sah. Hureau war beeindruckend mit seiner Bärenmütze, seinem kantigen Gesicht und seinem wachen Katzenblick. Er streckte seine Beine aus, seine Stiefel waren aus feinstem Leder, passend zur Uniform aus erstklassigem englischen Stoff. Englisches Tuch! War es ein Zeichen von Eleganz oder schlichte Provokation? Eines jedoch war sicher, vom Sold eines Dragonerhauptmanns konnte man sich derartige Dinge nicht leisten. Er zündete sich eine kleine Zigarre an, die den Waldgeruch ferner Inseln verströmte. Vom Fenster des Salons im Hôtel d'York aus sah er auf den Platz, auf das ehemalige Kloster, die Kaserne und beobachtete das Kommen und Gehen der Postwagen, als hätte er nie etwas Erstaunlicheres gesehen. Maria wurde aus Hureau nicht schlau. Benjamin war ein aufrichtiger Mensch gewesen, Masséna konnte man durchschauen, Fragonard war rätselhaft, aber in einer Weise, die einem ein Gefühl von Sicherheit vermittelte; Gros war ein Charmeur, dem es noch an Selbstbewußtsein fehlte; doch Hureau beunruhigte sie, auch wenn er ihr das Leben gerettet hatte. Da er nichts sagte, fing sie an:

»Ich werde mich wieder auf den Weg machen, aber ich brauche eine Eskorte, können Sie mir helfen, eine zu finden?«

Hureau drehte sich zu ihr um.

»Ich werde Sie selbst begleiten. Keine Sorge, ich tue dies nicht speziell Ihretwegen. Ich muß ohnehin zurück nach Mailand, weil ich einen Auftrag habe«, bemerkte der Hauptmann kalt und gleichgültig. »Wir werden den Weg entlang der Küste nehmen«, fuhr er fort. »Das dauert zwar länger, aber ich habe keine Lust, den ›barbets‹ ein zweites Mal in die Hände zu fallen.«

»Wie viele werden wir sein?« fragte Maria.

»Nur Sie und ich«, antwortete Hureau.

Am Ende der Woche wollten sie abreisen.

Sie suchten sich ein paar robuste Postkutschenpferde aus, die lange Strecken gewohnt waren, das Gepäck wurde zwei Maultieren auf den Rücken gebunden. Maria hatte sich einen breiten Gürtel um die Taille geschnallt und das Gold darin versteckt. Hureau trug Zivilkleidung und eine Pistole unterm Gürtel sowie eine zweite im Rockaufschlag. In einen Stiefel hatte er einen langen schmalen Dolch gesteckt.

Hinter Villefranche begann der Weg furchtbar beschwerlich zu werden, er führte über steile Hänge immer tiefer in den Fels, den die Sonne aufheizte. Die karge Vegetation spendete kaum noch Schatten. So durchquerten sie eine wüstenartige Küstenlandschaft, die Fischer, die ihre Netze aus dem Wasser zogen, schauten erstaunt zu ihnen auf. Die zwei Menschen dort mit ihrem vielen Gepäck mußten sich verirrt haben, dieser Küstenpfad war kein Weg für Reisende. Vielleicht waren es Verliebte, oder aber sie versteckten sich vor irgendwem.

»Wir gehen nicht ins Landesinnere«, hatte Hureau in einem Ton gesagt, der keinen Widerspruch duldete, »wir haben genug Proviant, um bis Port-Maurice zu gelangen.«

Am ersten Abend teilten sie sich ein Hähnchen und eine Flasche Wein, die sie zum Abkühlen in eine Felsspalte legten, in die das Meer brandete. Der Mond schien so hell, daß er an das fahle Sonnenlicht eines Herbsttages erinnerte. Am nächsten Morgen setzten sie schweigend ihren Weg fort. Und am Abend gab es ein zweites Huhn und eine zweite Flasche Wein. Nachdem sie sich eine gute Nacht gewünscht hatten, rollte sich jeder zum Schlafen in seine Decke. Der Boden war hart, Maria konnte nicht schlafen, sie begann am Erfolg ihres Unterfangens, ja am Sinn ihres chaotischen Lebens zu zweifeln, in dem ihre Leidenschaft einen so großen Raum einnahm. Sie hatte sich in einen General verliebt und einem jungen, ungestümen Maler hingegeben, den sie nicht liebte. Und schließlich war da noch dieser Hureau. Was für ein Mann verbarg sich hinter dieser gleichgültigen Maske?

Die Sonne weckte sie, Hureau lief zum Wasser, zog sich aus und wusch sich in den silbernen Wellen. Maria wandte sich ab, sie waren nicht mehr in den Bergen auf der Flucht vor den *barbets*, sie betrachtete ihn jedoch aus dem Augenwinkel. Der Hauptmann war schlank, fast mager, sein Körper verriet keine Gefühle, dazu war er zu angespannt, zu sehr auf der Hut, das war kein Mann, der sich hingab. Nachdem er aus dem Wasser gestiegen war, ging Maria hinein, sie behielt ihr Hemd, ihren Unterrock und den Gürtel an. Als sie tief genug eingetaucht war, knöpfte sie ihr Hemd auf. Sie hatte nichts zu befürchten, der Hauptmann warf ihr keinen einzigen Blick zu, er war bereit zum Aufbruch und kaute auf einem Stück Brot, um seine Ungeduld zu überspielen.

In Port-Maurice kauften sie neuen Proviant und wechselten die Pferde. Maria schlug vor, die Nacht in einem Gasthof zu verbringen, doch Hureau lehnte das ab. Dieser Mann war davon besessen, sich stets versteckt zu halten. So übernachteten sie in einem Olivenhain am Meeresufer. Am folgenden Morgen verließen sie die

Küste und liefen über die Hügel Richtung Berge. Maria erkannte die Mischung aus Grün- und Goldtönen wieder, die so typisch für die italienische Landschaft war, Glockentürme, die zwischen Espen aufragten, und große ockerfarbene Häuser, die von Weinfeldern umgeben waren. Es kam vor, daß sie den ganzen Tag über nicht mehr als drei, vier Sätze wechselten. Aus Langeweile begann Maria, dem Hauptmann Fragen zu stellen und Themen anzuschneiden, durch die sie mehr über ihn zu erfahren hoffte.

»Hauptmann, glauben Sie an Gott?« fragte sie unvermittelt.

Hureau dachte nicht einmal nach.

»Nein, überhaupt nicht«, erwiderte er.

Doch Maria blieb hartnäckig:

»Befällt Sie nicht gelegentlich ein religiöses Gefühl, wenn Sie vor einem Gemälde stehen oder eine schöne Landschaft sehen?«

»Das kommt vor«, antwortete der Hauptmann mit ruhiger Stimme.

»Wie erklären Sie sich diesen Widerspruch?«

»Ich kann ihn mir nicht erklären.«

Damit endete die Unterhaltung.

Von da an zählte Maria die Stunden, die sie von Mailand trennten. Als sie sich der Stadt näherten, prasselten die ersten Gewitter auf sie nieder, die im August häufig waren. Sie stellten sich in einem Schuppen unter und warteten tropfnaß, bis der schwarze Vorhang des Himmels aufriß. Als sie wieder aufbrachen, klebte ihnen die Kleidung auf der Haut und machte ihre Bewegungen schwer. Sie begegneten den ersten Soldaten, lange Kolonnen mit marschunfähigen Männern in zerschlissener Uniform, die auf der Suche nach etwas Eßbarem waren. Sie erreichten Mailand an einem schwülen, diesigen Nachmittag, der einem den Atem benahm. Die Stadt war menschenleer.

»Unsere Wege trennen sich hier«, sagte Hureau.

»Vielen Dank für alles, Hauptmann.«

Maria suchte nach etwas Persönlicherem, was sie ihm hätte sagen können, ihr fiel jedoch nichts ein, sie war zu müde.

»Was werden Sie jetzt tun?« fragte Hureau.

»Den Italiener aufsuchen, der mir helfen will, meinen Sohn wiederzufinden.«

»Und Sie müssen ihn dafür bezahlen?«

»Ja.«

»Seien Sie vorsichtig, Maria. Eine Hand wäscht die andere, aber geben Sie niemals Geld auf ein vages Versprechen heraus. Wenn Sie auch nur den geringsten Zweifel haben, dann lassen Sie es. Sie dürfen niemandem vertrauen.«

Nachdem er dies gesagt hatte, machte er kehrt und verschwand allmählich im aschgrauen Dunst, der über der Stadt lag. Maria blieb wie angewurzelt stehen mit dem Pferd, dem Maultier und ihrem Gepäck, Tränen standen ihr in den Augen. Die Müdigkeit, dachte sie.

Sie konnte keinen Schlaf finden, immer wieder mußte sie an den sanften, naiven und so angsterfüllten Blick Marcellinas denken. Es schien ihr, als würden Geister um das Bett schleichen. In einem Zimmer des Palazzo Serboni, das diesem hier ähnelte, hatte sie Jean-Antoine am frühen Morgen nach einer Liebesnacht verlassen. Sie vergrub ihr Gesicht im Kissen und biß in den Bezug, ein schimmeliger Geruch legte sich auf ihre Zunge.

Der italienische Jakobiner schien sich in den zwei Monaten nicht von der Stelle gerührt zu haben. Hatte sie das Geld dabei?

»Ich werde es Ihnen erst geben, wenn die Information sich bestätigt,« sagte Maria.

»Madame«, rief der Mann, »Sie werden mich selbstverständlich dorthin begleiten, alles wird zu Ihrer Zufriedenheit verlaufen.«

Tags darauf regnete es, Maria folgte dem Mann durch die leeren Gassen. Als sie an eine Pforte kamen, die wie ein geheimer Hintereingang zu einem Palast oder einer Kirche aussah, stieß er die Tür auf und verschwand in einem langen Gang, der an einem Treppenlauf endete. Sie stiegen die Stufen hinauf und kamen zu einem Zwischengeschoß, das von einem winzigen Rundfenster erhellt wurde. Dort tauchte wie aus dem Nichts eine alte Frau mit zerzaustem Haar auf und führte sie in einen Raum mit einer dunklen Bibliothek. Durch das einzige Fenster, gegen das der Regen peitschte, sickerte fahles Licht. Der Mann setzte sich und hieß Maria, es ihm gleichzutun. Doch sie zog es vor, stehen zu bleiben.

»Monsignore Visconti wird uns gleich empfangen.«

»Der Erzbischof?« fragte Maria erstaunt.

Sie erinnerte sich, ihn beim Einzug der französischen Truppen in Mailand gesehen zu haben. Der Erzbischof in Person – der Jakobiner verfügte in der Tat über gute Beziehungen! Die Haushälterin holte sie ab und führte sie mit winzigen Ameisenschritten in ein Arbeitszimmer, in dem trotz der Jahreszeit ein Feuer im Kamin prasselte, das sein flackerndes Licht auf die Wände warf. Hinter einem intarsienverzierten Tisch döste mit offenem Mund und zur Seite gefallenem Kopf ein greiser Mann in einem viel zu großen Sessel.

»Monsignore«, flüsterte die Haushälterin dem Prälaten ins Ohr.

Der Erzbischof brummte ein paar Worte, rückte seine Kleidung zurecht und schaute dann zu seinen Besuchern auf. Maria bemerkte erstaunt, daß er in den vergangenen zwei Monaten stark gealtert war und keine Zähne mehr hatte. Aber im Grunde hatte sie ihn ja auch nur von weitem gesehen. Der Jakobiner kniete nieder und nannte den Grund für seinen Besuch. Der Erzbischof erinnerte sich sehr gut. Er war gern bereit weiterzuhelfen, wenn es denn Gottes Wille war. Marias Cicerone stellte mit einem breiten Grinsen den goldgefüllten Sack des Notars Tiranty auf den Tisch. Der Erzbischof kniff die Augen zusammen, seine Hand fuhr blitzschnell durch die Luft und schlug auf den Sack.

»*Deo gratias*«, murmelte er und bekreuzigte sich.

Der Sack verschwand umgehend in einem Schubfach unterm Tisch.

Maria wartete ungeduldig. Der Erzbischof griff nach einer Feder, tauchte sie ins Tintenfaß und schrieb etwas auf ein Blatt, das er dem Jakobiner reichte.

»Die Adresse«, raunte er Maria zu.

Wie einfach alles sein konnte! Die junge Frau wollte dem Erzbischof gerade ausdrücklich danken, als der Jakobiner ihr bedeutete, daß sie sich jetzt verabschieden müßten. Sie gingen rückwärts zur Tür, während der Erzbischof eine vage Handbewegung andeutete. Maria hatte es eilig, wieder nach draußen zu kommen und endlich die ersehnte Adresse zu erfahren.

Unter dem Torbogen überreichte der Mann ihr den Zettel. Es handelte sich um ein Kloster in der Umgebung von Mailand. Morgen würde sie endlich ihren Sohn wiedersehen.

»Und Sie«, fragte sie den Jakobiner, »was springt für Sie bei der Sache heraus?«

»Für mich, Madame«, rief der Mann, und ein heftiger Knoblauchgeruch schlug ihr entgegen, »ach, mir ist schon damit gedient, wenn Sie General Berthier gegenüber erwähnen, daß Sie nur das Beste von mir sagen können. Ich diene der französischen Armee, unserer Befreierin, und dem General Bonaparte, ihrem großen Anführer.«

Maria hatte kein Interesse, das Gespräch noch lange fortzusetzen, sie verabschiedete sich von dem Mann und lief durch den Regen zum Palazzo Serboni.

Sie hatte gewonnen.

Am folgenden Tag schien die Sonne. Maria hatte einen *sediolo* gemietet, einen Wagen mit hohen Rädern, den die französischen Offiziere wegen seiner Schnelligkeit schätzten. Der Kutscher versicherte ihr, er kenne die Umgebung Mailands wie seine Westentasche, und ließ die Peitsche knallen. Hinter den Toren der Stadt erstreckte sich eine weite tiefgrüne Landschaft, die Erntezeit war vorüber, überall ragten Heuschober auf, und Vögel zogen durch den Himmel mit so schwer gefüllten Bäuchen, daß sie beim Fliegen Mühe hatten. Gegen Mittag tauchte hinter einer Reihe Zypressen das schwarze Gemäuer des Klosters auf, der *sediolo* bog in eine holprige Allee ein. Der Ort wirkte verlassen, trotz des grellen Lichts überlief Maria ein Schauer. Das Portal des Klosters stand offen, die Mauern waren schwarz vor Ruß. Im Innern hatte es gebrannt, der Speisesaal, die Kapelle, die Zellen, alles. Von der Decke der Sakristei hing verkohltes Gebälk herab. Vom Kruzifix waren nur ein paar verbrannte Holzstücke übrig. Raben hatten sich in den Ruinen eingenistet. Über den Boden kroch ein schwärzlicher Aschenebel, der noch den beißenden Geruch des Qualms in sich trug.

»Nein!« schrie Maria.

Es mußte ein Irrtum vorliegen, ein Mißverständnis, der *sediolo* brachte sie eilig in das nächstgelegene Dorf. Der Kutscher informierte sich im einzigen Gasthof: Das Kloster war von den Mönchen beim Heranrücken der französischen Truppen verlassen worden, sie hatten es geplündert und dann in Brand gesetzt. Maria blieb ein Fünkchen Hoffnung, die Mönche hatten doch sicher irgendwo Unterschlupf gefunden? Gewiß, doch der Gastwirt wußte nicht, wo. Wußte er wenigstens, ob sich unter ihnen ein Junge befunden hatte? Ein Junge, nein, bestimmt nicht. Den hätte er gesehen. Denn einmal pro Woche ging er zum Kloster, um dort diese berühmten kleinen Käse zu kaufen, nach denen die Reisenden ganz verrückt waren.

Das Gespann machte sich auf den Rückweg, die Heuschober, die Vögel, das satte Grün, nichts hatte sich verändert, doch Maria war zutiefst verletzt und wütend, sie schämte sich, daß sie zwei Hochstaplern auf den Leim gegangen war. Sie sah die Szene wieder vor sich, und mit dem Abstand fielen ihr jetzt Einzelheiten ins Auge, die den Betrug offen zutage legten, sie hatte sich schon gewundert, daß der Erzbischof nur Italienisch sprach, obwohl er sich doch mit dem General französisch unterhalten hatte. Und wie alt und vulgär er ihr erschienen war, und wie er seine Hand auf das Gold geschlagen hatte, wie ein Geier, der sich auf seine Beute stürzt. Und der Jakobiner! Der für sich nichts weiter beanspruchte, als daß sie ein gutes Wort bei den Franzosen für ihn einlegte. Wie naiv sie doch gewesen war, wie unendlich naiv! Sie haßte sich, doch das konnte ihre Trauer auch nicht vertreiben, nie würde sie in diesem Land der Klöster, Mönche, Priester und Kirchen ihren Sohn wiederfinden. Zum ersten Mal war Maria sich nicht mehr ganz sicher, ob sie überhaupt noch leben wollte. Sie hatte für Benjamin gelebt, in der Hoffnung, seinen Wunsch erfüllen zu können: für Jean-Jacques zu sorgen. Und nun, für wen sollte sie nun leben? Mit welcher Hoffnung? In diesem Moment auf dem Rückweg nach Mailand überkam sie plötzlich die Sehnsucht, den General wiederzusehen, als könne er allein sie retten. Sie fragte sich nicht, wie und wodurch. Ihre Not und ihre Sehnsucht waren zu groß. Den ganzen Weg über klammerte sie sich an sein Bild.

Heute abend findet im Palazzo Serboni ein Ball statt, der eifersüchtige, beunruhigte General ist aus Brescia zurückgekehrt. Maria trägt entsprechend der Mailänder Mode ein granatrotes Kleid aus Taft, es wirkt fast ein wenig streng, aber was macht das schon, sie will niemanden beeindrucken, sie will nur elegant sein.

In dem großem Saal unter Kronleuchtern und Kandelabern drängeln sich Fürsten, Gesandte aus Venedig, Vertreter des Papstes, Diplomaten, ein prächtiger Hofstaat mit alternden Fürstinnen, die ausnahmsweise ihren Palast verlassen haben, Gräfinnen und Herzoginnen, die mit glitzerndem Schmuck behängt sind. Und unter diese altbackenen Aristokraten mischt sich ein Heer junger Repräsentanten des republikanischen Bürgertums, das sich voller Ungeduld bemüht, die Gunst eines Souveräns ohne Königreich zu erlangen, eines Souveräns, der sich allein durch seine Siege das Recht erworben hat, Macht auszuüben. Maria erkennt einige der Männer, die bei den Siegeszügen dabei waren: Murat mit all seinen Federn und Tressen, Augereau mit seinem Schlächtergesicht, den finsteren Berthier, und natürlich Masséna, der in einer Fensternische mit einer Gans herumturtelt. Von weitem betrachtet sie das schlaue Gesicht dieses Genießers, es ist hart und gefühllos. Wie hat sie sich nur diesem Mann hingeben können? Wie hat sie für ihn auf Benjamin verzichten können? Er war ihr schön, stark und stolz erschienen, und mit derselben verblüffenden Offensichtlichkeit findet sie ihn heute abend eitel und blasiert.

Die Gäste formieren sich zu einer Quadrille, ein Ruf ertönt, Musik erschallt, die Paare stehen einander gegenüber, die Dame stellt sich vor, der Herr verbeugt sich, man dreht sich, tanzt umeinander, hüpft, geht vor, geht zurück. Unter den Tänzern fällt ein großer junger Mann auf mit verschlossenem Gesicht, gerader Haltung und einem lässigen Lächeln auf dem leicht geöffneten Mund. Maria erstickt einen überraschten Aufschrei. Jean-Antoine, »ihr« Jean-Antoine tröstet sich beim Tanz über seine verlorene Liebe. Gelegentlich schüttelt er sein langes dichtes Haar, seiner Partnerin stockt der Atem, sie tanzt nicht mehr, sie vergeht vor Liebe. Maria sieht den jungen Eroberer zärtlich an, den sie mit ihren Küssen und ihrer Leidenschaft aus seinem Schmetterlingskokon befreit hat. Masséna und Gros in derselben Mailänder Abendgesellschaft, das ist ein bißchen viel für eine ehemalige Wäscherin. Es sieht ganz so aus, als hätten ihre beiden Liebhaber sie vergessen. Wäre es ihr denn lieber gewesen, einen mit Gram erfüllten Jean-Antoine wiederzusehen? Wenigstens einen Hauch Melancholie im Blick hätte sie sich gewünscht. Zwei Liebhaber, doch sie ist allein, die Männer drehen sich nach ihr um, sie sieht das Verlangen in ihren Blicken, ein unverhohlenes Begehren, das sich kaum hinter den Regeln des Anstands verbirgt. Diese Leute mißfallen mir, denkt sie und setzt sich in die Nähe des Eingangs, um die Ankunft des Generals nicht zu verpassen. Ihm würde vielleicht eine Strategie einfallen, wie sie Jean-Jacques wiederfinden könnte. Das hofft sie. Die Quadrille verklingt, das Orchester stimmt den Chant du Départ an, die Menge erhebt sich, ein bewunderndes Raunen fährt durch den Saal. Joséphine schreitet als erste herein, sie trägt eine durchsichtige Tunika, ihr Haar ist mit Perlen geschmückt, auf ihrer matten Haut schimmert das Licht der Fackeln. Sie ist schön und grazil, sie hat einen tänzelnden Gang, ihr leuchtender Blick wird vom Rouge auf ihren Wangen und ihren Lippen unterstrichen. Ein kostbares, luxuriöses Geschöpf. Hinter ihr geht der General, eine schwarze Gestalt in einer Uniform ohne jeden Glanz noch Prunk, er folgt dem bunten Paradiesvogel. Dunkel und fasziniert. Er läuft nur wenige Zentimeter entfernt an Maria vorbei, sie könnte ihn berühren, sie hebt die Hand, um ihm zuzuwinken, läßt sie jedoch wieder fallen, er ist weitergegangen, ohne sie zu sehen. Nicht daß er sie nicht sehen wollte, es ist nur, daß sein Wesen von diesem schimmernden Vogel, seinem Gang, den Bewegungen seiner Schenkel, die durch die Gaze schimmern, völlig gefangen ist.

Joséphine tanzt, Mailand tanzt, sogar der General tanzt. Maria verläßt den Saal und steigt die große Treppe hinab, sie weiß nicht, wohin sie geht, sie braucht frische Luft. Im Garten läßt sie sich auf eine steinerne Bank sinken. Durch die Türen und Fenster dringt Gelächter, der Rhythmus der Quadrille, das bunte Treiben eines festlichen Balls. Heute abend hat sie alle Hoffnung und alle Illusionen verloren. Die Nacht durchströmt ein sanfter Vanilleduft, Glühwürmchen schwirren zwischen den Lorbeersträuchern umher. Maria versucht nicht, die Tränen zurückzuhalten, die über ihre Wangen laufen.

Ich habe alles weggegeben für nichts, ich habe Benjamins Andenken verraten, ich habe Vincent verraten, bin ich ein schlechter Mensch? Bestraft mich Gott für meine Fehler? Dabei liebe ich Benjamin noch immer, Herr, den guten, einfachen Vincent respektiere ich, ich liebe den General und seine Zerbrechlichkeit. Wer weiß davon außer mir? Ich liebe Jean-Antoine, seine Kraft und seine Verzweiflung, wenn er zeichnet ... man sollte sparsamer mit seinen Gefühlen umgehen. Lieben allein ist gar nichts. Es ist nur der Anfang, ein Gang, eine Tür, die man aufstößt. Erst dahinter beginnt alles.

In dem diffusen Mondlicht entdeckt sie eine Gestalt. Maria hebt den Kopf. Hureau steht vor ihr, in der Uniform eines Hauptmanns. Er raucht eine kleine Zigarre und reicht ihr ein Taschentuch, das nach Tabak riecht.

»Wie fühlen Sie sich?«

»Verzweifelt.«

Hureau reibt seine Stiefel aneinander.

»Hören Sie nicht auf die Verzweiflung, Maria. Wenn Sie wollen, können wir in einer Woche zurück nach Nizza reisen.«

»Warum kümmert es Sie, wie es mir geht, Hauptmann?«

»Sagen wir, weil ich nicht gern allein reise«, sagt Hureau und wirft seine Zigarre weg.

Zweiter Teil

Herbst 1807
Frühling 1808

Auf diese Frau mit der ehrwürdigen und anmutigen Stirn
fiel ein langer Strahl der Liebe, dem Abgrund,
dem Schatten, dem Azur, der Tiefe, den Wipfeln
entsprungen.

Victor Hugo

Vertraulich

Bericht des Gendarmeriehauptmanns Martial Hureau an seine Exzellenz, den Herrn Innenminister Crétet

20. Oktober 1807

Herr Minister,

mit welch einer Mission haben Sie mich da nur betraut! Ihre kaiserliche Hoheit Prinzessin Pauline von Gréoulx nach Nizza zu begleiten war wahrlich kein Zuckerschlecken. Ich spreche nicht einmal von den überfluteten Wegen oder von den Schwierigkeiten, in verlassenen Gebirgsregionen Träger aufzutreiben, die eine Sänfte auf ihren Schultern gerade halten können, sondern ich meine die unvorhersehbaren Launen der Prinzessin. Mal singt sie fröhlich italienische Lieder, und zwar mit durchaus angenehmer Stimme, dann bringt sie, von einer plötzlichen Traurigkeit befallen, den ganzen Zug zum Stehen, Mademoiselle de Crécy und Madame de Chambeaudoin, ihre Gesellschaftsdamen, eilen mit den Kammerzofen herbei, und es wird ein Laken ausgebreitet, damit Ihre Hoheit ungestört baden kann. Ich vergaß zu erwähnen: Wir haben auch eine Badewanne dabei, meine Männer sind gehalten, rasch Wasser zu finden, es heiß zu machen und die Wanne damit zu füllen.

Hat sich Ihre Hoheit von ihrer vorübergehenden Unpäßlichkeit erholt, schläft sie erschöpft ein, während wir schweigend weitermarschieren. Ich habe die Badewanne erwähnt, aber ich hätte auch von den Koffern, den Taschen, den Kleidern und den vielen unverzichtbaren Möbeln sprechen können. Das Unterfangen ist schon bei gutem Wetter heikel, bei Regen und Wind ist es regelrecht gefährlich. Auf den Hügeln von Draguignan wurden wir von einem Gewitter überrascht, als wir einen Fluß entlangliefen. Der Wasserpegel schnellte bedrohlich in die Höhe. Ich habe mich vor allem um die Prinzessin gesorgt. Schließlich fanden wir in einer Mühle Unterschlupf, es regnete durch das undichte Dach, man hörte das Wasser des Flusses grollen, es war kalt. Eine furchtbare Nacht, das Wasser stieg unaufhörlich. An Weitergehen war gar nicht zu denken. Wir beschlossen, abzuwarten und das Beste zu hoffen. Ich muß anerkennen, daß die Prinzessin sich vorbildlich verhielt. Während ihre Zofen und Gesellschaftsdamen ängstlich jammerten, war Ihre Hoheit voller Elan und half uns bei unserer Suche nach trockenem Holz. Bald prasselte ein munteres Feuer in der Ruine. Ich war allerdings überrascht, als sich Ihre Hoheit plötzlich auszog und ihre Kleider zum Trocknen vor das Feuer hängte. Einen Augenblick lief sie nackt durch das Halbdunkel. Meine Männer betrachteten sie, und ich bin mir sicher, daß es mehr aus Verblüffung über ihre Ungeniertheit geschah als wegen ihrer Blöße. Wir waren auch über ihr schelmisches Lachen erstaunt. Niemand dachte sich etwas Böses dabei. Die Gesellschaftsdamen stürzten zu ihr und bedeckten sie mit Tüchern, die etwas kurz waren. Die Nacht schritt voran, und wir bekamen Hunger. Ich befahl zweien meiner Männer, hinauszugehen und ein paar Vorräte aus dem Wagen zu holen. Sie langten wahllos hinein und kamen mit vier großen Hühnern wieder, die gerupft werden mußten. Ihre Hoheit schnappte sich das dickste Huhn, klemmte das Tier zwischen ihre Schenkel und begann es fachmännisch zu rupfen, wobei sie vor sich hin pfiff. Während dieser Stunden, in denen das Gewitter über die Berge zog und der schäumende Fluß bis unter den Holzboden der Mühle gedrungen war, vergaß die Prinzessin ihren hohen Rang. Sie war nur zu glücklich, sich für kurze Zeit wieder in das junge Mädchen zu verwandeln, das einst unbekümmert über die Marseiller Hügel gerannt war und von unserm Kaiser zärtlich »Polina« genannt wurde. Ich muß zugeben, daß mich dieser Anblick der Prinzessin, die ein Huhn rupfte, rührte. Wir aßen mit großem Appetit, der Regen ließ nach, das Donnern entfernte sich, Müdigkeit überfiel das Gefolge. Einige schliefen förmlich im Stehen ein. Da kam die Prinzessin auf mich zu und fragte spitzbübisch:

»Was hätten Sie getan, wenn ich ertrunken wäre?«

Zögernd antwortete ich:

»Ich hätte mir eine Kugel in den Kopf geschossen.«

Ihre Hoheit brach in lautes Lachen aus und versetzte scharfsinnig:

»Sehr schön, aber nichtsdestoweniger wäre ich tot ...«

Sie entfernte sich wieder, die Tücher bedeckten nur knapp ihren Hintern.

Die Sonne ging auf, unser Zug machte sich wieder auf den Weg. Ich seufzte erleichtert auf. Nach ein, zwei Stunden Fußmarsch erreichten wir das Meer, das Mittelmeer, das ich nun vor zehn Jahren verlassen habe. Ich fand es genauso wieder, wie ich es in Erinnerung hatte, funkelnd und stolz. Ich war noch weit entfernt, doch glaubte ich seinen Geruch bereits wahrnehmen zu können.

Ich danke Ihnen, Monsieur, daß Sie mir die Aufgabe übertragen haben, mich um die Sicherheit Ihrer Hoheit zu kümmern und Sie über die Situation in diesem Departement zu informieren. Seien Sie versichert, daß ich mich der Aufgabe gewachsen zeigen werde. Daher gleich ein paar Worte zu Monsieur Dubouchage: Er ist ein besonnener und kluger Mann. Vielleicht etwas zu besonnen. Ich werde noch Gelegenheit haben, dies herauszufinden. Nachdem die Freude über meine Rückkehr in die Stadt, die ich liebe, sich etwas gelegt hatte, mußte ich feststellen, daß Nizza unter zahlreichen Problemen leidet. Eines davon ist, daß die Einwohner sich immer noch genausowenig französisch fühlen wie zur Zeit der Revolution, die Stadt wird von den Pfaffen regiert, und die sind uns, wie mir scheint, alles andere als wohlgesinnt. Wenn meine Informationen richtig sind, so unterhält der Papst Beziehungen nach Nizza, dank deren er dort Ideen propagiert, die mit den unsrigen unvereinbar sind. Mir sind in der Stadt auch ein paar verdächtige Gestalten aufgefallen, es riecht nach Spionage und Komplott. Auch Engländer schleichen hier herum, oder zumindest ihre Söldlinge. Es wird viel gespielt, und überall gibt es Freudenhäuser, Nizza bleibt eine Garnisonsstadt, in der sich dreitausend unbeschäftigte Männer die Zeit vertreiben. Auch die Sache mit den »barbets« ist entgegen der Behauptung des Präfekten noch längst nicht ausgestanden, er selbst wagt sich nur mit einer bis an die Zähne bewaffneten Eskorte in die Berge. Wenn das kein merkwürdiger Frieden ist!

Die Ankunft Ihrer Hoheit in Nizza war ebenso turbulent wie die Stadt selbst. Die Überquerung des Var gestaltete sich schwierig. Die Männer mußten die Prinzessin auf dem Rücken tragen, einen Augenblick fürchtete ich, daß der wilde Strom sie fortreißen würde. Seit Jahren soll hier eine Brücke gebaut werden, doch es ist nichts getan worden. Ich habe dies dem Präfekten gegenüber bemerkt, der sich sofort tausendfach entschuldigte. Erster Minuspunkt, dieser Mann entschuldigt sich ständig für andere, um sich nicht selbst entschuldigen zu müssen. Wieder mußte die Prinzessin getrocknet werden, aber da sie an dem Tag schlechter Laune war, beglückte sie uns dieses Mal weder mit ihrem Lächeln noch mit ihrem Gesang. Statt dessen drohte sie uns, den Kaiser darüber in Kenntnis zu setzen, unter welchen Bedingungen sie reisen müsse und daß sie beim Überqueren des Flusses beinahe ums Leben gekommen sei. Der Präfekt wurde bleich vor Schreck. Es folgten noch mancherlei andere Katastrophen. Dubouchage hatte eine Villa ausgesucht, die keinerlei Ausstrahlung besaß, geschmacklos möbliert war und voller Mücken. Am folgenden Tag beschloß Ihre Hoheit wütend, nach Grasse zu fahren, um in der Zeit, wo wir nach einem würdigeren Haus für die Schwester des Kaisers Ausschau halten würden, bei Freunden unterzukommen. Ich habe beschlossen, mich selbst auf die Suche zu machen, und einen Offizier meines Vertrauens damit beauftragt, Ihre Hoheit nach Grasse zu begleiten. Ich wohne im Hôtel d'York, wo ich eine gute Freundin wiedertraf, die ich einst während des Italienfeldzugs kennengelernt habe. Das ist für mich ein Glück und eine große Freude; sie heißt Maria Tordo und besitzt ein herrliches Haus am Meer: die Villa Grandi. Es wurde einst für eine Engländerin erbaut, Miss Penelope Pitt. Diese prächtige Villa dürfte den Vorstellungen Ihrer Hoheit entsprechen. Ich werde das Anwesen in den nächsten Tagen mit seiner Eigentümerin besichtigen.

Ich werde Sie über die weiteren Vorgänge auf dem laufenden halten.

Ihr ergebener Diener,
Hureau

Als sie den Weg an den Schloßruinen entlangritt, der von der Stadt zum Hafen hinunterführte, blickte Maria auf die tosende Meeresbrandung. Das Pferd zuckte bei jeder Böe mit den Ohren. Der Wind wehte Maria mit schneidender Kälte ins Gesicht, so daß sie rissige Lippen bekam. Sie liebte den Sturm und die große weiße Sonne. Das gleißende Licht, das sich auf dem Meer spiegelte, blendete sie, die Landschaft nahm ungewohnte, verzerrte Formen an, als würde man durch ein Vexierglas schauen. Maria preßte ihre Knie in die Flanken des Pferdes und trieb es zum Galopp an. Ihre Haare flogen, der Wind pfiff ihr um die Ohren … sie war glücklich. Sie war aus einem langen Winterschlaf erwacht, sie spürte das Leben durch ihre Muskeln strömen. Sechsunddreißig Jahre! Mit sechsunddreißig Jahren war eine Frau aus dem Volk schon alt, für eine Bürgerin begann allmählich die Zeit der Entsagung, doch Maria sah mit sechsunddreißig Jahren noch das ganze Leben vor sich. Nichts war entschieden. Sie ritt um den Hafen herum Richtung Villefranche, auf dem Weg, der nach Cap Ferrat führte, zu Benjamins Grab am Ende der Landzunge von Sainte-Hospice, von wo aus man aufs Meer sehen konnte. Ein Grab ohne Kreuz und ohne Marmor, sie allein wußte, wo es sich genau befand. Wer sich bei solchem Wetter auf diesen Weg wagte, mußte damit rechnen, nicht nur ein paar Gischtspritzer abzubekommen, sondern von der heftigen Brandung mitunter gänzlich durchnäßt zu werden.

An jenem Nachmittag, an dem der Himmel rot glühte, war sie aus ihrem langen Schlaf erwacht: Plötzlich hatte er im Salon des Hotels gestanden, bekleidet mit der Uniform der kaiserlichen Garde. Er war auf sie zugeschritten. Hureau! Martial Hureau. Ihr Herz hüpfte vor Freude. Der Hauptmann hatte sie mit seinem rätselhaften Lächeln begrüßt. Er war noch immer groß, hatte noch immer diesen Blick, der abwechselnd zärtlich und gnadenlos sein konnte. Er hatte Platz genommen, seine Beine mit den feinen Lederstiefeln ausgestreckt und sich eine Zigarre angezündet.

Nun ritt sie zum Cap. Zehn Jahre waren vergangen! Ihr Leben spulte sich vor ihr ab: die Siegeszüge des Generals, seine Machtergreifung, er lebte am anderen Ende Frankreichs, und die Berichte über seine Erfolge gelangten zu ihr bereits mit dem Goldstaub der Legende. Sie hatte den *Moniteur* abonniert, um jeden seiner Schritte verfolgen zu können; in Nizza war sie, abgesehen vom Präfekten, sicherlich die einzige, die diese traurige und langweilige Zeitung las. Traurig vielleicht, aber sie erzählte nur von Ihm, von seinen Eroberungen, seinen Erklärungen, seiner Thronbesteigung, seiner Krönung.

Kaiser! Der kleine General, der Spiegeleier liebte, der liebeskranke Gatte, der kleine fiebernde Mann, der sie über das Drama der unverstandenen Liebe befragt hatte. Ihre Gefühle für den Kaiser hatten aus ihr eine stadtbekannte Persönlichkeit gemacht, in ihrem Hotel veranstaltete der Präfekt private Feste, um die Siege des Kaisers zu feiern, Austerlitz, Jena, der Einzug der Grande Armée in Wien, Soldau, Friedland, der Tilsiter Vertrag. Eine lange Kette von Siegen über Fürsten aus Adelsgeschlechtern, die so alt waren wie die Welt und nun vor einem Mann in die Knie gezwungen wurden, der aus dem Nichts aufgetaucht war. Maria identifizierte sich mit ihm, ritt an seiner Seite durch die Ebenen des Ostens, marschierte über das Pflaster von Berlin, Wien und Warschau, sie war die Schwester, die Freundin, die Geliebte jenes Mannes, der allein durch seinen Willen der ganzen Welt bewies, daß Geburt, Erbe, Tradition von der Kraft eines Traums fortgeblasen werden konnten. Und Maria, die Besitzerin des Hôtel d'York, lebte in diesem Traum.

Sie zog ihre Tochter groß und machte aus ihr eine junge Dame, die Klavier- und Schauspielunterricht erhielt und Latein und Französisch lernte. Sie erfüllte ihre Pflicht, führte das meistbesuchte Hotel der Stadt, sorgte für Vincent, der mit zunehmendem Alter geistig immer verwirrter wurde und nur noch regloser Zuschauer in einer Welt war, die er nicht mehr begriff. Ja, all das war sie. Aber ihr Herz und ihre Seele waren leer. Hureau war in den Raum getreten, und alles hatte sich verändert. Es hatte genügt, daß er seine langen gestiefelten Beine ausstreckte, sie hatte den Geruch seiner Zigarre wiedererkannt, und das Verlangen war mit einem Mal aus seinem tiefen Schlummer erwacht. Sie, die nichts mehr erhofft hatte, begriff plötzlich, daß sie nur auf ihn gewartet hatte. Von diesem Augenblick an war sie erleichtert und auch ein wenig entsetzt.

Maria stieg von ihrem Pferd, ein gelber Schein legte sich

über den Himmel und kündigte den Sonnenuntergang an, ein Vogel schrie. Maria kniete nieder, um der Erde näher zu sein, in der Benjamin ruhte, das Gras streichelte ihr Gesicht und ihr Haar. Sie wartete einige Augenblicke, bis es still in ihr wurde. Vielleicht war in diesem Grab etwas von Benjamins Seele geblieben, in diesem Grab, das der Sonne, dem Meer und den Herbststürmen ausgesetzt war, dem Februarfrost, der Hitze des Sommers und der Einsamkeit, der endgültigen Einsamkeit des Todes.

»Benjamin«, flüsterte sie, »erlaube mir noch einmal zu lieben, sieh, auch ich werde bald in die ewige Nacht eintreten. Benjamin, steh mir bei, damit ich keine Angst habe, nicht vor mir, nicht vor dem Leben und auch nicht vor dem Schmerz, und nicht fürchten muß, zuviel zu geben oder zuwenig zu bekommen. Erlaube mir, schwach zu sein, mich hinzugeben mit meinem Körper und meinem Herzen, nicht mit der Seele, die gehört auf ewig dir. Benjamin, die Kälte kriecht in mir hoch, jeden Tag ein Stück höher, ich brauche Wärme. Dieser Hureau zieht mich an, er flößt mir auch Angst ein, doch ich glaube, daß ich ihn brauche. Ich weiß, daß du mich nie verlassen hast. Also sage mir, was ich tun soll.«

Die Nacht zog herauf. Maria verstummte und erhob sich. Sie klopfte dem Pferd den Hals, aus seinen Nüstern stiegen kleine, warme Dampfwolken auf. Sie sah sich ein letztes Mal um, dann überließ sie Benjamin wieder der eisigen langen Nacht. Das Pferd trabte durch die Dunkelheit, es kannte den Heimweg. Maria stiegen Tränen in die Augen.

Hureau trat als erster ein, er stieß die große, rostige Tür auf und ließ Maria vorbei. Auf dem gesamten Grundstück wucherte Unkraut, die Bäume waren mit Flechten überwachsen, auf dem Boden lag welkes Laub, das das Geräusch der Schritte dämpfte. Das große Anwesen von Miss Penelope, mit dem Rasen, der bis hinab ans Ufer reichte, mit den exotischen Früchten, den Feigen-, Orangen-, Zitronen-, Olivenbäumen und den Pinien, es lag verwahrlost. Hier hatte vor der Revolution und der Ankunft der Franzosen das Herz der englischen Kolonie geschlagen. Wie oft war Maria am Haus ihrer einstigen Rivalin vorbeigelaufen, wenn sie den Uferweg entlanggegangen war? Sie hatte es nie betreten, auch nicht als ihr Vater, der Jakobiner Grandi, es sich unter den Nagel gerissen hatte. Heute setzte sie zum ersten Mal den Fuß auf dieses Grundstück mit seinen Alleen, in dieses Haus mit den getäfelten Wänden, in denen ihr Vater jahrelang allein gelebt hatte, umgeben von wertvollen Möbeln, Gemälden, Spiegeln. Er hatte den Reichtum geliebt, und stets hatte ihn die Angst gepeinigt, alles zu verlieren, das schlechte Gewissen nagte an ihm und raunte ihm nachts ins Ohr: Du bist ein Dieb, Grandi, ein Dieb! An dieser Angst war er auch gestorben. Man hatte ihn nach einigen Tagen auf der Außentreppe liegend gefunden, in der Nähe der Zypressen, schon halb von Ratten zerfressen.

Der Hauptmann maß die Räume aus, es war zwar unerläßlich, Handwerker zu bestellen, doch insgesamt war das Haus in gutem Zustand. Man brauchte es bloß noch gründlich zu säubern, und die Villa von Miss Penelope würde in ihrem alten Glanz erstrahlen. Maria folgte dem Hauptmann, erkundete die Zimmer, hier hatte vor zwanzig Jahren alles begonnen, und nun sollte es einen neuen Anfang geben. In der Bibliothek entdeckte sie unter Staub und Spinngeweben die Bücher der Autoren, die sie so sehr beeinflußt hatten: Rousseau, Diderot, Voltaire, La Mettrie.

»Was für ein großes Glück, ein solches Anwesen zu besitzen, Maria, und Sie sagen, Sie sind nie hierher gekommen?«

»Nein«, flüsterte Maria so leise, als befände sie sich in einer Kirche. »Ich hatte alle Beziehungen zu meinem Vater abgebrochen.«

Die Sonne warf ihr fahles Licht auf die Holzvertäfelungen, ein süßlicher Papiergeruch erfüllte den Raum.

»Ich glaube, daß mein Vater nach dem 18. Brumaire in der ständigen Furcht lebte, man könnte ihn zwingen, die beschlagnahmten Güter zurückzugeben. Daran ist er gestorben. Und er ist genauso gestorben, wie er gelebt hat: einsam. Nach seinem Tod hatte ich auch nicht den Mut, es in Besitz zu nehmen. Das Haus gehörte einer anderen Epoche an.«

»Das wird sich ändern«, sagte der Hauptmann.

»Vielleicht«, erwiderte Maria lächelnd.

Hureau machte Inventur, ein Großteil der Möbel war recht angeschlagen. Der alte Grandi hatte die Prachtstücke nicht gepflegt. Die Mahagonitische mußten poliert, die Sessel und Sofas neu bezogen werden. Doch das würde nicht genügen. Auch Kommoden, Sekretäre, Spieltische, Spiegel, Waschtische, blaue Wandbespannungen fürs Schlafzimmer, silbergraue für das Vorzimmer, Bettwäsche, Perkal, bestickter Musselin, feines Leinen mußten beschafft werden. Ihre Hoheit hatte genaue Anweisungen gegeben, was die Farben und das Material betraf, den Rest überließ sie ihm.

Der Hauptmann bemühte sich, wie eine Frau zu denken ... Er ging zwischen den Räumen auf und ab. Gelegentlich begegnete er Marias Blick, die sich zu langweilen schien. Ihre Schönheit war noch deutlicher geworden, in ihrem leuchtenden Gesicht funkelten große, ernste Augen. Seltsamerweise wirkte sie verletzlicher als zehn Jahre zuvor, in ihrem lodernden Blick sah er jäh aufkeimende Ängste, plötzliche Anflüge von Melancholie. Ihre Bewegungen waren verführerisch, ihr Körper geschmeidig. Zehn Jahre waren vergangen, sie hatten ihre Unschuld fortgespült und ihre Schönheit noch stärker ausgeprägt. Eine tiefe, dunkle Schönheit, wie sie nur der Süden hervorbringt.

Maria langweilte sich nicht, sie fand nur, daß er besser

daran täte, sie anzusehen, statt durch diese Räume zu laufen und wie ein Gerichtsvollzieher die Möbel zu zählen. Zehn Jahre hat er mich nicht gesehen, er könnte mir doch sagen, daß ich mich nicht verändert habe, zehn Jahre, und er tut so, als hätten wir uns erst gestern das letzte Mal gesehen. Er erzählt mir von dieser Prinzessin, die mir völlig gleichgültig ist, statt die verlorene Zeit zu bereuen. Wenn er mir Fragen zu seiner Person stellen würde, könnte ich ihm antworten, daß er sich nicht verändert hat, daß er noch schöner geworden ist mit seinem harten, klaren und verunsichernden Blick, dunkler und fester wie ein alter Baum. Ich wünschte, er würde mir ein wenig von seinem Leben erzählen, mich erkennen lassen, ob sein Herz noch frei ist. Sein Schweigen ärgert mich.

»Hauptmann, entschuldigen Sie meine Neugier, aber was haben Sie gemacht, seitdem wir damals vor den Toren von Nizza auseinandergegangen sind?«

Hureau wischte sich die Hände ab, die vom Heben der Sessel und Tische ganz schwarz geworden waren.

»Oh, nichts Bedeutendes. Irgendeine Mission, mal hier, mal dort ...«

Maria gab einem kleinen Tisch einen so heftigen Fußtritt, daß er auseinanderbrach. Der Hauptmann lächelte nur.

»Die meisten Möbel sind von innen zerfressen, der kleinste Stups, und sie fallen in Stücke. Ich werde wohl neue aus Marseille kommen lassen müssen.«

»Ich verstehe Ihre Sorgen«, sagte Maria und wirbelte mit ihrem Rock eine Staubwolke auf, die im hellen Sonnenlicht glitzerte.

Catherine glaubte nicht an Gott. Oder sagen wir, die Frage interessierte sie nicht sonderlich. Die Vesper um fünf Uhr nachmittags in der Kirche Sainte-Réparate war für sie eine Last, der sich ein junges Mädchen des Nizzaer Bürgertums nicht entziehen konnte. Jeden Nachmittag um fünf kamen sie fein herausgeputzt zum Gebet des Kanonikus Rossi zusammen. Die Kirche wieder in ihre alten Rechte einzusetzen war sicher nicht die beste Amtshandlung des Kaisers gewesen. Das galt um so mehr, als ihm nachgesagt wurde, daß er selbst nicht gerade ein eifriger Verfechter des Katholizismus sei. Seitdem war es wieder modern, in die Kirche zu gehen. Er hatte dies getan, um dem Adel gefällig zu sein, der allmählich aus dem Exil zurückkehrte. Und Maria dachte wie der Kaiser: »Die Messe«, hatte sie ihrer Tochter erklärt, »wird es dir ermöglichen, in die oberen Gesellschaftsschichten Eingang zu finden.« Maria wollte eine vorbildliche Tochter haben. Catherine nahm Reitstunden, Schauspielunterricht, sie las und sprach fließend Französisch und Italienisch. Doch außer den guten Manieren verlangte Maria auch, daß Catherine nähen konnte. Sie gab ihr riesige Tischtücher zu säumen, dicke Leinenlaken zu stopfen und zu bügeln. Auf das Bügeln legte Maria besonderen Wert, schließlich war sie nicht umsonst Wäscherin gewesen; und Catherine mußte auch noch so tun, als würde sie das alles interessieren. Außerdem sollte sie kochen können, lernen, wie lange Pasta brauchte, um gar zu sein, wie man eine Marinade für eine Daube zubereitete und womit man sie füllte. Sie mußte ihre zarten Hände ins Mehl tauchen. Manchmal hätte Catherine am liebsten geheult. Anfangs hatte sie ihre Mutter nur aus Aglaées Erzählungen gekannt, die in

Marias Abwesenheit das Hotel führte. Aglaée hatte wenig Gutes über Maria gesagt und mit deutlichem Unterton von ihren Eskapaden gesprochen. Catherine verstand nicht alles, aber Aglaées Tonfall war ihr noch gut erinnerlich. Ihre Mutter war zu spät in ihr Leben getreten, als daß sie sie noch hätte lieben können. Es herrschte keine Zärtlichkeit und kein Vertrauen zwischen beiden. Maria gab Anweisungen, und Catherine führte sie aus, das war einfacher, als zu widersprechen. In Wirklichkeit aber wartete sie. Sie wartete auf die Heirat, und mit der Heirat würde die Liebe kommen, wenn sie auf die Liebe auch notfalls verzichten konnte. Sie träumte nicht von einem bestimmten Mann, sondern hoffte, daß einer dieser Soldaten, die im Hotel ein und aus gingen, um ihre Hand anhalten würde, ein Soldat, der mindestens Hauptmann oder besser noch General wäre, es gab ja so viele Generäle. Vielleicht würde ein solcher General zu einem Hofball eingeladen und mit ihr Walzer tanzen. Ob blond oder braun, das spielte keine Rolle, Hauptsache, er war ehrgeizig und brachte sie aus dieser Stadt fort, in der die Jugend aus gutem Hause erstickte. Vincent würde ihm ihre Hand nicht verwehren. Vincent schlug ihr nie etwas ab, er liebte Catherine genauso wie seine Frau, genau wie den toten Benjamin, dessen Namen Aglaée stets nur flüsterte. Jahrein, jahraus hatte sie beobachtet, wie dieser sanfte Mann sich immer weiter in sich zurückzog und von der Welt abkapselte. Vincent würde ja sagen. Und ihre Mutter? Der General mußte vor allem Maria gefallen, mehr noch als ihr selbst. Und das war ein so schwieriges und heikles Unterfangen, daß Catherine nur einen Ausweg sah: sie mußte sich entführen lassen! Das wäre was, das würde ihrer Mutter die Sprache verschlagen. Vielleicht würde sie diesem ersehnten Soldaten schon auf ihrem ersten Ball begegnen, den Ihre Hoheit, die Prinzessin Pauline, in einer Woche geben wollte! Er wurde als der prunkvollste Abend angekündigt, den die Stadt seit Jahrhunderten gesehen hatte. Catherine mußte ständig daran denken, sogar noch während der Segnung. Sie würde Quadrillen und Walzer tanzen, diesen wunderbaren Tanz, der in Paris für Furore sorgte. Ein Tanzlehrer war eigens aus der Hauptstadt angereist, um die jungen Damen von Nizza zu unterrichten. Catherine erwies sich als sehr begabt. Sie war leicht und schmal, genau richtig, um über das Parkett gewirbelt zu werden. Es fehlte nur noch der kräftige Arm eines Mannes, der ihr Talent unter Beweis stellen würde. Wie ungeduldig sie war! Es schien ihr, als würde an diesem Abend ein anderes, besseres Leben beginnen, als würde sich ihr eine neue Welt eröffnen.

Der Kanonikus Rossi beendete das Gebet. Die jungen Damen liefen ungeduldig zur Tür, die auf den Vorplatz führte. Überall hingen kleine Laternen an den Fenstern und Giebeln, so wie der Präfekt es angeordnet hatte. Doch trotz der Lichter hätten sich die jungen Damen nie allein durch die Dunkelheit gewagt, sie wurden von den Dienstboten abgeholt. Jene, die außerhalb der Stadtmauern wohnten, wurden mit Pferdegespannen nach Hause gefahren. Catherine brauchte keine Begleitung, denn das Hôtel d'York lag ganz in der Nähe und war hell erleuchtet. Das rege Treiben vor der Relaisstation, das Wiehern der Pferde, all diese beruhigenden Geräusche, die sie seit ihrer Kindheit kannte, beschützten sie. Unterwegs kam sie an dem Geschäft vorbei, wo ihr Großvater Grandi einst Kerzen und Leuchter verkauft hatte. Vom Laden war nichts übriggeblieben als ein verrostetes Eisengitter, das mit offiziellen Bekanntmachungen zugeklebt war. Catherine mochte diesen Ort nicht, er erinnerte sie an eine Vergangenheit, mit der sie nichts mehr zu tun haben wollte. Sie beschleunigte ihren Schritt, dabei stieß sie mit ihren feinen Schuhen gegen einen vorspringenden Pflasterstein und wäre beinahe gefallen, wenn nicht im letzten Moment jemand ihr Handgelenk gefaßt und sie festgehalten hätte. Catherine schrie auf vor Schreck. Der Mann, der sie noch immer nicht losließ, war ganz in Schwarz gekleidet und hatte strenge Gesichtszüge. Erst als ein Lächeln über seine Lippen huschte, bemerkte sie, wie jung er war, kaum älter als zwanzig.

»Danke, Monsieur.«

Ihre Stimme zitterte vor Erregung.

Der junge Mann verbeugte sich.

»Haben Sie sich verletzt?«

Was für ein schöner Akzent! Gewiß ein Italiener, aber nicht aus den Bergen, eher aus Turin, vielleicht auch aus Mailand oder Florenz, jedenfalls aus einer Stadt, in der man sich gewählt auszudrücken pflegte.

»Haben Sie es noch weit?« fragte der junge Mann.

»Nein, ich wohne ganz in der Nähe, im Hôtel d'York.«

»Darf ich Sie dorthin begleiten?«

»Sie brauchen sich keine Umstände zu machen.«

Ihre Ablehnung war geheuchelt, nur zu gern wollte sie sein Gesicht im Licht sehen. Als sie sich bei ihm einhängte, bemerkte sie erst, wie groß er war. Unter der Öllampe der Relaisstation blieb sie stehen. Nie zuvor hatte sie ein Gesicht von so strenger Schönheit gesehen, die Züge waren gleichmäßig, die Haut war zart, fast durchscheinend und kontrastierte mit dem dunkel leuchtenden Blick. Die kurzgeschnittenen Haare, der Schwung seiner Lippen und sein schüchternes Lächeln trugen noch die Spuren der Kindheit. Catherine hatte nur wenige Sekunden, um sich sein Bild einzuprägen, dann trat der junge Mann wieder aus dem Licht heraus, so daß sie nun nur noch seine Umrisse erkennen konnte.

»Danke, Monsieur, hier bin ich zu Hause,« sagte sie mit einem strahlenden Lächeln.

Der Mann verbeugte sich und verschwand. Catherine bedauerte, nicht noch einmal seinen schönen Akzent gehört zu haben.

Die Dienerin des Kanonikus Rossi hatte Wasser für die Nudeln aufgesetzt, der Gast mußte jeden Moment kommen. Die alte Frau liebte diese Abende, an denen Rossi die ›Abgeordneten des Papstes‹ empfing, wie sie sie gerne nannte, obwohl der Priester dann jedes Mal große Augen machte. Es klopfte zweimal. Die Dienerin warf die Nudeln ins Wasser.

»Gott möge Sie beschützen, Pater», sagte der Besucher mit seinem charmanten Akzent.

»Gott möge Sie beschützen«, erwiderte der Kanonikus und ging einen Schritt zur Seite, um den hochgewachsenen jungen Mann, der ganz in Schwarz gekleidet war, hereinzulassen.

Der Kanonikus wußte, daß er ein gefährliches Spiel spielte, wenn er die Nachrichten der ›Amitié chrétienne‹ entgegennahm. Tagsüber in seiner Kathedrale huldigte der emsige Mann Gott und dem Kaiser. Nachts diente er als Bindeglied in einer der ›Ketten‹, die die Befehle des Vatikans weiterleiteten. Diese Ketten erstreckten sich vom Piemont bis Nizza durch die fünf Departements, die Bonaparte abgetrennt und Frankreich angegliedert hatte. Die Informanten, die immer jung waren, kamen bei Einbruch der Nacht und verschwanden wieder vor Morgengrauen. Sie reisten durch das Land von einem Relais zum anderen, vom Kloster zum nächsten Pfarrhaus, vom Oratorium zur Kapelle, sie reisten schnell und sprachen wenig, und sie waren stets dunkel gekleidet. Sie traten aus dem Schatten eines Gemäuers heraus, um kurz darauf wieder in die Dunkelheit einzutauchen, und hinterließen keine andere Spur als den Brief, der mit einem Kreuz verziert war. Der Kanonikus Rossi bat seinen Gast, Platz zu nehmen.

»Ihnen ist sicher kalt, und Sie sind bestimmt auch hungrig, mein Sohn, bedienen Sie sich. Ich möchte nicht unbescheiden wirken, aber die Pasta meiner Rita ist die beste in der ganzen Grafschaft.«

Der junge Mann tauchte seine Gabel in den Teller, aus dem der feine Geruch von Parmesan und Trüffeln aufstieg.

»Ehrwürdiger Vater«, sagte er, nachdem er den ersten Bissen heruntergeschluckt hatte, »ich möchte Sie um einen Gefallen bitten.«

Dem Kanonikus gefiel das gar nicht. Als Briefkasten zu dienen, das ging an, das wahre Wort zu verbreiten, gut, solange es nicht allzu riskant war, doch dieser ernste junge Mann verschlug ihm den Appetit.

»Nur zu, mein Sohn«, sagte er mit einem breiten Lächeln und führte die Gabel zum Mund.

»Ich brauche eine Einladung für den Ball der Prinzessin.«

Wie bitte! Verbarg dieser Bote hinter seinem strengen Äußeren, das dem eines Seminaristen ähnelte, etwa perverse Gelüste?

Der junge Mann fügte erklärend hinzu:

»Meine Anwesenheit auf diesem Ball ist Teil meiner Mission.«

»Oh, das bezweifle ich gar nicht! Wie heißen Sie im übrigen, mein Sohn?«

»Giovanni«, antwortete der junge Mann. »Sollte es schwierig sein, mir eine Einladung zu verschaffen?«

»Die gute Gesellschaft unserer Stadt kommt regelmäßig, dem Himmel sei Dank, in die Kirche, es dürfte mir darum nicht allzu schwerfallen, eine Einladung zu erwirken. Doch soll diese Prinzessin eine wahre Dämonin sein und ein lasterhaftes Leben führen.«

Der junge Mann schob seinen Teller beiseite.

»Alle Bonapartes sind Teufel, die Frauen wie die Männer, diese Familie ist eine Plage, die Gott uns geschickt hat, um uns zu prüfen. Wir müssen unseren Mut und unsere Standhaftigkeit unter Beweis stellen.«

»Gewiß«, antwortete der Kanonikus etwas verblüfft, »aber, werter Giovanni, was heißt das in unserem Fall?«

»Es gibt große Pläne, über die ich jedoch nicht reden darf.«

»Ja schon, aber was kann ich in der Zwischenzeit tun?«

»Mich beherbergen.«

Der Kanonikus sollte nicht mehr dazu kommen, seine Pasta aufzuessen. Den schwarzgekleideten Jüngling unterzubringen war eine ganz andere Sache, als ihm eine Einladung zum Ball der Prinzessin zu verschaffen.

»Ich habe nur ein sehr bescheidenes Zimmer ...«

»Ich brauche keinen Luxus, ehrwürdiger Vater. Ich wäre Ihnen sehr verbunden, wenn Sie mich dorthin führen könnten. Ich habe heute mehr als zehn Meilen zu Fuß zurückgelegt.«

Mit diesen Worten zog er einen großen Umschlag aus seiner Innentasche und legte ihn auf den Tisch.

»Ich werde ihn nach dem Abendgebet lesen.«

»Bestens, Pater, Gott möge Sie beschützen.«

Während die Haushälterin Giovanni in das obere Stockwerk geleitete, schenkte der Kanonikus sich einen Schluck *branda* ein.

Giovanni öffnete das Fenster seines Schlafzimmers, die schmale Sichel des Halbmonds schwebte über der Bucht. Der junge Mann atmete tief. Nichts hatte sich hier seit Jahrtausenden verändert, noch immer brandete das Meer an den Strand, noch immer stand schweigend und schroff das Gebirge. Giovanni seufzte, seit dem Morgengrauen war er durch dieses herrliche Land gelaufen, sein Land. Irgendwo hier in der Altstadt war er geboren. Ockerfarbene Häuser und schwarze Gassen, aus denen schwere Essensgerüche aufstiegen, von Geräuchertem, von Innereien und Fisch, der Gestank von Exkrementen, der Geruch von Männern und Frauen, die hier seit ewigen Zeiten zusammengepfercht lebten. Männer mit maisfarbenen Gesichtern. Das alles hatte er gesehen und gerochen, bevor er diesem jungen Mädchen begegnet war, das rein war wie Wasser, weißhäutig wie ein Engel. Irgendwann wurde er hier geboren … dann hatte man ihn über die Berge verschleppt und von einem Kloster zum anderen gezerrt, immer war er versteckt gehalten worden, als sei er mit einem schrecklichen Makel behaftet, wie ein Stigmatisierter, ein Kind der Sünde. Sein Name war geändert worden, und man hatte ihm erklärt, was das Böse sei: Jean-Jacques sei das Böse; Frankreich, die Franzosen und die Revolution seien das Böse; das Konsulat, das Kaiserreich seien das Böse, und natürlich seine Mutter. Seine Mutter hatte sich zweifach schuldig gemacht, indem sie ein uneheliches Kind auf die Welt gebracht hatte und dann auch noch die Hure eines Generals der Revolution geworden war. Unrein war das Blut, das durch seine Adern floß. Bevor er vom Kloster Richtung Nizza aufgebrochen war, hatte er Bruder Francesco schwören müssen, daß er nichts unternehmen würde, um herauszufinden, wer er sei oder ob seine Mutter noch lebte. Frohen Herzens hatte er sich auf den Weg gemacht, seine Füße berührten kaum den Boden, er war mit einer jener Missionen beauftragt, von denen er schon oft geträumt hatte, wenn er einen seiner älteren Brüder im Morgengrauen hatte aufbrechen sehen. Nun war er endlich einer von ihnen. Er hatte geschworen. Diese Mutter, die er nie kennengelernt hatte, bedeutete ihm ohnehin nichts. Seine wahre Mutter war die Kirche und die große Familie ihrer Diener. Er war ein Mann Gottes. »Ein Mann Gottes!« Er schrie und jauchzte vor Glück. Schnellen Schrittes lief er durch die hügelige Landschaft. Ein Mann Gottes. Eines Morgens erblickte er das Meer und die Obstbäume, die wie ein Teppich seine Ufer säumten, er sah eine Pinie, die von Wellen umspült wurde, Landzungen, die sanft in die Fluten eintauchten, er sah die Schöpfung in all ihrer Pracht, hörte die Möwen, fiel auf die Knie und hob die Augen gen Himmel. »Oh, Herr«, rief er, »ich kehre in das Land meiner Geburt zurück, und Du beschenkst mich elenden Menschen mit dem sichtbaren Beweis Deiner Allgegenwart in jeglichem Ding, der Natur, dem Wasser, dem Wind, der Erde. Alles ist mit Dir eins.« Er erhob sich. Er war stolz. Stolz, daß dieser Ort, diese Blüten mitten im Winter, diese sanfte Luft, die über seine Lippen strich, diese Brise auf seinem Gesicht, daß all das sein Zuhause war.

Catherine bricht in kleine Freudenschreie aus, Madame Noémie hat Seide, Satin, Samt und mancherlei andere Stoffe vor ihr ausgebreitet, die vom Kaiser so gepriesen werden, um die Lyoneser Webereien zu fördern. Ihr erstes Ballkleid. Der Schnitt des Kleides soll gerade sein, die Taille bis unter die Brust hinaufgezogen, mit kurzem Korsett und ohne Fischbein, was eine perfekte Figur voraussetzt, nicht zuviel Po, nicht zuviel Hüfte, damit das Ganze fließend und luftig wirkt. Eine Mode, für die man jung und schön sein muß. Die meisten ihrer Freundinnen würden ihre Mütter an diesem Ballabend mit Leichtigkeit in den Schatten stellen. Sie jedoch nicht! Maria wird wie gewohnt blendend aussehen und Catherine neben ihrer Mutter einfältig und albern erscheinen. Ihre Mutter hat alles, was sie nicht hat, sie ist größer und schlanker – im Vergleich zu ihr wirkt sie geradezu pummelig. Wie ungerecht! Obendrein hat Maria ein rotes Kleid gewählt, eine Farbe, die zu ihrem Lebkuchenteint paßt, und Catherine das Blau gelassen, das zwar mit ihren Augen harmoniert, aber neben dem blutroten Samt keine Chance haben wird. Ach, was für ein Glück ist es dennoch, sich in die Stoffe von Madame Noémie zu wickeln, wie zart sich der Samt anfühlt, wie unendlich leicht der paillettenbesetzte Tüll, und die Seide fließt wie Wasser durch die Hand. Oh, da muß man einfach an die Liebe denken. Aber war es denn Liebe, diese Verwirrung, die sie gespürt hat, als sie dem jungen Mann begegnete? Er war so schön und träumerisch, wie ein Poet. Er schien arm, aber aus guter Familie. Der Dummkopf streunt um das Hotel herum, er versteckt sich, aber sie hat gesehen, wie er ihr auflauert, er folgt ihr zur Morgenandacht. Gestern hat er ihr mit seiner Hand Weihwasser gereicht, und sie hat ihre zarten Finger eingetaucht und die Gelegenheit genutzt, dabei seine Hand zu berühren, ihre Fingerkuppen über seine Handfläche gleiten zu lassen. Es ist das erste Mal! Der erste Ball, das erste Herzklopfen, das erste Ballkleid.

Madame Noémie steckt den blauen Seidenstoff ab, Maria überwacht die Anprobe.

»Noémie, achten Sie darauf, daß die Tunika nicht so fest sitzt.«

»Maman«, protestiert Catherine, »sie muß eng anliegen, Leroy, der Schneider der Kaiserin, hat es selbst gesagt, ich habe es gelesen.«

»Wir sind hier nicht am Hofe, wir müssen etwas mehr Zurückhaltung üben.«

»Keine Sorge, Madame«, warf Noémie ein, die den Mund voller Stecknadeln hatte, »Mademoiselle hat eine ausgezeichnete Figur. Das Kleid wird wie angegossen sitzen.«

Maria lächelt, sie betrachtet ihre Tochter, die sich unter den Anweisungen der Schneiderin dreht und wendet. Catherine ist heute genauso alt wie sie, als sie bei Benjamin in den Dienst trat. Ihre Tochter würde es nicht nötig haben, als Wäscherin zu arbeiten, ihre Tochter hat alles, was sie braucht, ihre Tochter wird sich in feinen Gesellschaftskreisen bewegen. Sie ähnelt ihr in keiner Weise. Auch ihre Verrücktheit hat sie nicht geerbt, dafür die Biederkeit des Vaters, sie träumt von Annehmlichkeiten, einer guten Partie und gesellschaftlichem Erfolg. Das Leben, das für Catherine gerade erst beginnt, scheint schon am Ende angekommen, während Marias Leben, das sich neigt, noch gar nicht an seinen Höhepunkt gelangt zu sein scheint. Maria wird auf dem Ball glänzend aussehen. Sie hat sich für das leuchtende Rot entschieden, damit man sie bemerkt, wenn nötig auch beneidet. Blutrot. Hureau wird wohl oder übel gezwungen sein, seine gewohnte Distanz abzulegen; er wird von ihrem Anblick überwältigt sein, er wird sie besitzen wollen, und sie wird ihn festhalten. Leben heißt andere verschlingen, daran hat sie keinen Zweifel. Der Kaiser verschlingt Flüsse, Gebiete, Länder, er schneidet, säbelt, häutet, er geht seine Träume bis ans Ende. Sie tut es auf ihre Weise, auch sie geht bis ans Ende. Vielleicht weiß der Kaiser manchmal auch nicht, wohin das alles führen wird, vielleicht zittert er an manchem Morgen, wenn er an die Abgründe denkt, die sich unter seinen Füßen auftun.

Maria läßt ihre Tochter in Noémies Händen, es ist Zeit, zu Vincent zu gehen. Sie betritt den Raum. Vincent hat sich in die Stille, ins Schweigen zurückgezogen. Er lehnt es ab, eine Welt zu verstehen, die sich viel zu schnell verändert, Kaiserreiche brechen zusammen, Königreiche, die so alt sind wie die Welt, werden von einem einzigen Mann von der Landkarte gestrichen. Von Napoléon! Einem Mann, dem er einmal begegnet ist, er, der Gastwirt. Das reicht schon zum Verrücktwerden. Von einem Mann, mit dem seine Frau irgend etwas Unerklärliches verbindet. Nein, das Leben hat ihm übel mitgespielt. Er war für ein schlichtes Leben geschaffen: Ciao Vincent – Ciao Fine, oder auch Jeanne. Aber dann kam Maria, und sein Leben wurde völlig umgekrempelt, die Welt spielte verrückt. Nun wartete er darauf, daß alles wieder so würde wie früher und dieser Alptraum ein Ende hätte. Es tat ihm wohl, wenn Catherine ihn besuchen kam, sie erzählte ihm den neuesten Klatsch der Stadt, und er lachte herzlich mit ihr, doch wenn Maria die Tür aufstieß, zuckte er jedes Mal zusammen. Er hatte Angst, wieder leiden zu müssen. Meistens schaute sie nur vorbei, rückte einen Blumenstrauß zurecht und achtete darauf, daß es ihm an nichts fehlte.

»Ihre Tochter wird für den Ball Ihrer Hoheit sehr elegant sein.«

Wenn sie mit Vincent sprach, sagte sie immer »Ihre Tochter«, niemals unsere oder meine Tochter. Vincent hatte sich daran gewöhnt.

»Ich habe kein gutes Gefühl, was diesen Ball betrifft.«

»Aber warum denn?« fragte Maria erstaunt.

Vincent hob seinen großen runden Kopf.

»Ich weiß nicht, es ist nur so eine Ahnung.«

Maria fuhr ihm zärtlich über die Wange.

»Sie müssen sich irren, was sollte denn geschehen?«

»Gewiß ... Sie haben gewiß recht, ich rede dummes Zeug.«

Maria nahm seine Hände.

»Was möchten Sie zu Mittag essen?«

»Entscheiden Sie selbst.«

Seine Mahlzeiten wurden ihm mittags und abends auf einem Tablett heraufgebracht. Maria aß nicht, leistete ihm aber Gesellschaft.

»Was halten Sie von einer Kürbissuppe und einem Fisch mit Kardonen ...«

Vincent nickte.

»Gut ... ja, sehr gut. Oh, Maria ...«

»Was ist?«

»Ach nichts, es ist nichts.«

»Bis gleich, Vincent, ich bereite Ihr Abendessen vor.«

Was für ein verrückter Einfall! Wie hatte er es wagen können, ihr das Weihwasser mit seinen Händen zu reichen? Und sie war ganz schamlos mit ihren Fingern über seine Hand gefahren, viel zu langsam, als daß es nur eine Ungeschicklichkeit gewesen sein könnte. Sie hielt die Augen gesenkt, wie eine Madonna. Ein wunderschönes Mädchen! Aber vielleicht war es ja doch nur versehentlich geschehen, die Handbewegung eines unschuldigen Mädchens. Er hatte die roten Reflexe in ihrem Haar gesehen, deren Glut im Licht der Kerzen. Tat er unrecht daran, wenn er versuchte, dieses junge Mädchen wiederzusehen? Wenn es unrecht wäre, warum hatte der Herrgott es dann so eingerichtet, daß er ihr gleich am ersten Tag über den Weg lief? Es mochte ja Sünde sein, aber das Objekt seiner Liebe glaubte an Gott. Also durfte er sie lieben. Lieben! Ist es so einfach zu lieben, verbarg sich dahinter nicht nur das Verlangen? Er hätte sich in der Kathedrale nur zu gern vor ihr auf die Knie geworfen, so wie vor dem Altar der Heiligen Jungfrau. Er verehrte sie mehr, als er sie liebte. Diese Verehrung, die er für ein Wesen aus Fleisch und Blut empfand, verunsicherte ihn.

Ein unheilvoller Wind fegte durch die Gassen der Altstadt, begleitet von einem heftigen, kalten Winterregen, der alles durchdrang. Giovanni schlug seinen Kragen hoch, doch er zitterte vor Kälte. Der dünne Stoff seiner Jacke, die eher für italienische Sommerabende gemacht schien, war durchgewetzt. Eine kleine Öllampe markierte den Eingang zum Tivoli, dem bestbesuchten Spielkasino der Stadt. Durch die beschlagenen Scheiben konnte er die Spieler erkennen, die ihren Hut abgaben, bevor sie die paar Stufen zum Spielsaal hinunterstiegen. Der junge Mann überwand seine Abscheu und betrat die Höhle des Lasters. Der Rauch der Zigarren und Pfeifen benahm ihm den Atem, und die Silhouetten der Spieler wirkten darin wie Dämonen, die sich aufgeregt um die Tische drängelten. Giovanni schlängelte sich durch die Menge, in der sich Händler, Kaufleute, Geschäftemacher, Soldaten in Zivilkleidung, kleine Gelegenheitsgauner und andere unheimliche Gestalten tummelten, die man nur an diesem Ort sah, als würde irgendein Zauber sie tagsüber in Nichts auflösen und sie erst am Abend mit erschöpften, elenden Mienen wieder auferstehen lassen. Sie waren Spieler, sonst nichts: konnte man sie sich überhaupt an einem anderen Ort und in anständiger Gesellschaft vorstellen? Wie sollten sie auch dorthin gelangen mit ihrer verschlissenen Kleidung und dem ranzigen Geruch, den sie verströmten, wenn sie Geschäfte machten oder einfach spazierengingen? Sie waren die Verdammten einer Hölle, aus der sie sich weder retten konnten noch wollten. Sie hörten nur noch das »Faites vos jeux« des Bankhalters und einige Augenblicke später das schicksalhafte »Le jeu est fait«, gefolgt vom »Rien ne va plus«. Der Tailleur drehte die Karte um, »Rot«, »Schwarz«, Freude, Verzweiflung, Seufzen; die Blicke durchbohrten die schicksalhafte Karte, als hätte sich der Tailleur bei seiner Ansage geirrt, als könne sich das Wunder doch noch ereignen, als sei nichts geschehen; als würde das Geld, das der Croupier klimpernd über den Spieltisch zieht, wieder zurückfließen, raschelnde Scheine, Glück, Fortuna.

Im Tivoli wird um hohe Einsätze gespielt, die »brûleurs« setzen fünfzig, hundert Louisdors bei jedem Spiel. Gold und Geld werden auf den Spieltisch geworfen, der Bankhalter kassiert und zahlt Gold und Silber an die Gewinner aus ... Gold und Silber ... Im hinteren Teil des Saals, sitzen auf schmalen Sofas die Damen und warten, sie heißen Parasol, Malatesta, Pauquiene oder schlicht Marianne Arnaud, Thérèse Rossa, Gabrielle Mora. Sie stammen aus Draguignan, aus Toulon, aus den Bergdörfern. Hier beginnt ihr Weg, und er endet in den Freudenhäusern, es sei denn, sie werden von einem betrunkenen Soldaten umgebracht oder bekommen Syphilis und sterben. Die Spieler, die Gewinner glauben nicht an die Krankheit, schon gar nicht an den Tod. Grau und erloschen, in den Augen tiefe Trostlosigkeit, sind sie jung und lachen. Morgen werden sie im Krankenhaus liegen, in einem der Siechenheime dieser Stadt.

Giovanni versucht, nicht hinzusehen, die Frauen rufen ihm zu: »Kommen Sie, Monsieur ...«, »Komm, mein Süßer ...«, mehr sagen sie nicht. Im Tivoli muß man Anstand wahren. Der komische Kerl mag zwar nicht reich sein, aber schön ist er und jung ... und noch unschuldig, das sieht man schon von weitem. Giovanni schiebt sich durch das Gedränge, er hat seinen Mann an einem der Spieltische entdeckt. Er weiß nichts über diesen Mann, der Monsieur Lepetit genannt wird, weder woher er kommt, noch was er für ein Leben führt. Lepetit leitet die Operation. Er sieht nicht gerade wie ein Held aus mit seinem kahlen Kopf und seinem gebeugten Körper. Lepetit spricht viele Sprachen und hat dabei stets einen undefinierbaren Akzent, er trinkt Bier, Punsch, Schnaps, und obwohl er furchtbar dünn ist, verschlingt er schon morgens um acht einen ganzen Kapaun.

»Wenn meine Berechnungen stimmen«, sagt Lepetit, »müßte jetzt Schwarz an der Reihe sein. Das ist das Gesetz der Serie.«

»Worauf setzen Sie also, Monsieur?« fragt der Bankhalter ungeduldig.

»Mein Freund, ich verliere schließlich ein kleines Vermögen. Da habe ich ja wohl noch das Recht, laut zu denken. Nun, ich werde den Teufel herausfordern und auf Rot setzen.«

Der Mann wirft eine Handvoll Louisdors auf den Spieltisch, der Croupier setzt alles auf Rot. Der Tailleur mischt die Karten und läßt sie in atemberaubendem Tempo von einer Hand in die andere gleiten. Dann wird gegeben, er hebt die letzte Karte an, einen Augenblick verharrt sie in der Luft, dann dreht er sie um und legt sie langsam auf den Tisch. »Schwarz« verkündet der Bankhalter mit gleichgültiger Stimme.

»Ich wußte es«, ruft Lepetit erbost, »gegen das Gesetz der Serie kommt man nicht an. Nicht mal der Teufel.«

Lepetit hätte noch eine Weile weiterverloren, wenn er nicht in diesem Augenblick den schwarzgekleideten jungen Mann erblickt hätte, der seiner Mission schweigend nachkam. Er erhob sich, ein letztes Spiel. Rot! Er hatte auf Schwarz gesetzt. Geknickt durchquerte er den Saal und ging auf einen Salon zu, der etwas abseits lag und »das Zimmer der Verwundeten« genannt wurde. Dorthin zogen sich die Verlierer zurück, um sich von ihren großen Verlusten ein wenig zu erholen. An einer Wand standen Sessel und Diwane aneinandergereiht, sie stellten das einzige Mobiliar in diesem Raum dar, in dem eine Lampe ihr gelbes Licht verbreitete. Lepetit vergewisserte sich, daß Giovanni ihm folgte, dann öffnete er eine Geheimtür. Dahinter befand sich ein Kellergewölbe mit vielen Fässern, in welchem vier Männer auf ihn warteten.

Drei von ihnen kannte Giovanni, Maximilien Guidal aus Grasse, der während der Revolution General gewesen war und noch immer die Kleidung dieser Epoche trug: Kniehosen, Wollstrümpfe, eine blaue Jacke über einer ärmellosen Weste, einen Hut mit hochgebogener Krempe. Giovanni wunderte sich über diesen Mann, der von solchem Haß auf den Kaiser erfüllt war, daß er sich allein aus diesem Grund sogar mit den Ultraroyalisten verbündete. Der Abbé Lafont trug weder die Soutane noch irgendein anderes kennzeichnendes Kleidungsstück. Man nannte ihn den Abbé, das war alles. Doch war er es wirklich? Es war den Leuten egal, es genügte ihnen zu wissen, daß er zu jenem Teil der Emigranten gehörte, denen der Kaiser erlaubt hatte, nach Frankreich zurückzukehren, und die nur eines im Sinn hatten: den Usurpator zu stürzen. Der Mann hatte ein bleiches Gesicht, und seine Oberlippe zuckte, was ihm einen hochmütigen Ausdruck verlieh. Der dritte Mann war ein Bankmensch, der den Mund nur aufmachte, um »Wieviel?«, »Das sollte auf lange Sicht geplant werden« oder auch »Das läuft wie geschmiert« von sich zu geben. Der vierte, der an diesem Abend zum ersten Mal anwesend war, war wie ein Kutscher gekleidet und hatte auch dessen hochrotes Gesicht. Lepetit stellte ihn kurz vor:

»Chiabeau, wir haben ihn für unsere Sache gewinnen

können, er ist bei der Prinzessin Pauline als Reitknecht in den Dienst getreten.«

Bis auf Giovanni, der an die Wand gelehnt stehen blieb, setzten sich die Verschworenen auf die Fässer. Lepetit zündete sich eine Pfeife an und ergriff sogleich das Wort:

»Wir müssen jetzt nur noch festlegen, wo die Entführung stattfinden soll, das Boot wird in vierzehn Tagen unsere Gewässer erreicht haben, man wird mich einige Tage im voraus darüber informieren.« Und zu Giovanni gewandt, fügte er hinzu: »Ihr Bericht über die Lage wird für uns von großem Nutzen sein, haben Sie eine Einladung zum Ball?«

»Ja.«

Lafont meldete sich zu Wort.

»Sehr schön, gehen wir nun zur Tagesordnung über.«

»Zur Tagesordnung«, sagte Lepetit hämisch, »Sie reden ja wie ein Mann des Militärs, Abbé. Dies also ist der Stand der Dinge: Ich habe eine kleine Truppe aufgestellt, fünfzehn kräftige Kerle, richtige Strolche ...«

»Konnten Sie kein anständigen Leute auftreiben?« entgegnete Lafont.

»Anständige Leute, selbst Royalisten, selbst die frommsten Kirchenanhänger würden nie die Schwester des Kaisers entführen. Solche Dinge kann man nur mit Geld erreichen.«

»Wieviel?«, fragte der Bankier.

»Weiter, weiter«, rief Guidal ungeduldig dazwischen.

»Gut«, setzte Lepetit fort, »also wir haben fünfzehn Strauchdiebe, die Guidal jederzeit zur Verfügung stehen.«

»So schnell wie möglich!« rief der General.

Lepetit fuhr sich über die schweißnasse Stirn.

»Dann fasse ich zusammen: Wir haben Männer und Boote, die uns zu dem englischen Schiff bringen können, wir müssen nur noch den Ort bestimmen, das wird von

Ihrem Bericht abhängen, Giovanni, entweder in der Villa oder draußen.«

Der Abbé seufzte laut auf.

»Was Sie da von sich geben, zeugt mir von reiflicher Überlegung! Ich frage mich wirklich, wie man Sie mit einer solchen Aufgabe betrauen konnte.«

In diesem Augenblick hatte das hochmütige Zucken um seine Lippen nichts Mechanisches mehr.

»Die Wege des Herrn sind unerforschlich«, versetzte Lepetit.

»Ich bitte Sie, lassen Sie den Herrn aus dem Spiel«, warf Giovanni ein.

Alle Augen richteten sich auf ihn und musterten ihn, als hätten sie seine Anwesenheit in diesem Augenblick erst bemerkt.

Der junge Mann errötete, hielt aber den Blicken der Männer stand.

»Bravo«, rief Lepetit. »Der Seminarist ruft uns zur Vernunft. Ich schlage vor, daß wir die nächste Versammlung nach dem Ball abhalten. Wir werden dann die Beobachtungen unseres jungen Freundes analysieren.«

»Ich kann Ihnen bereits eines mitteilen«, sagte Guidal, »nämlich daß eine Spezialeinheit der kaiserlichen Garde damit betraut worden ist, für die Sicherheit der Prinzessin zu sorgen. Diese Leute werden nicht irgendwohin entsandt, um Karten zu spielen. Ich kenne ihren Chef, Hureau, ein Mann, vor dem man sich in acht nehmen muß. Er hatte seine Finger im Spiel bei der Verhaftung von Cadoual und der Entführung des Herzogs von Enghien, der Kaiser schenkt ihm sein ganzes Vertrauen, er ist außerdem ein persönlicher Freund von Crétet, dem Innenminister, er hat also viele Vorteile auf seiner Seite, obendrein kennt er die Region wie seine Westentasche, da er gegen die ›barbets‹ Krieg geführt hat. Ich kann bezeugen, daß er nicht gerade zimperlich ist.«

Die Anwesenden schwiegen eine Weile.

»Davon sollten wir uns nicht abschrecken lassen«, rief Lepetit. »Dieser Hureau ist Ihre Angelegenheit, Guidal. Unsere Pläne werden die europäischen Verhältnisse auf den Kopf stellen. Sind Sie sich darüber im klaren? Wenn die kleine Paulette in den Händen unserer englischen Freunde ist, können wir Bonaparte unsere Konditionen diktieren. Unsere Verbündeten, die Österreicher, Russen und Preußen, die zur Zeit am Boden sind, werden neue Hoffnung schöpfen. Wir werden bis zum bitteren Ende Krieg gegen einen geschwächten Mann führen, dem die Familie mehr bedeutet als alles andere. Wir haben es mit einem sentimentalen Südländer zu tun, der – wenn es darauf ankommt – mehr auf sein Herz als auf seine Vernunft hört. Der Feind muß dort angegriffen werden, wo er am meisten verwundbar ist. Und Schwachpunkte hat Bonaparte nicht viele. Aber Pauline! Ah, Pauline, die schöne Pauline, mit ihr halten wir den Trumpf in der Hand, der das Reich zum Umsturz bringen wird.«

Die Verschwörer erhoben sich, die Sitzung war beendet. Der Abbé, Guidal und Chiabeau verschwanden durch eine Tür, die direkt auf die Gasse führte. Der Bankier, Lepetit und Giovanni durchquerten wieder den »Saal der Verwundeten« und mischten sich unter die Leute, die sich im Spielsaal aufhielten. In einer Ecke standen ein paar Damen, von denen eine auf Giovanni zugelaufen kam; sie war rothaarig und trug ein tiefes Dekolleté.

»Komm mit, du«, sagte sie, »ich werde dir die Liebe beibringen, du brauchst dich nicht zu schämen, weil du unschuldig bist, du bist ja noch so jung.«

Giovanni stieß sie heftig zur Seite.

»Schweigen Sie, schweigen Sie …«

Die junge Frau wich erschrocken zurück. Giovanni stieg die Treppe hinauf, lief durch das Vorzimmer und öffnete die Tür … Er verließ die Hölle. Wie konnte man in einer solchen Spelunke an Gottes Güte glauben unter lauter Elenden, die sich dem Verderben und dem Laster hingaben?

Wind und Regen peitschten über sein Gesicht. Morgen, keinen Tag später, würde er dieses reine Menschenkind aufsuchen, das zart wie ein Täubchen war. In seiner Gesellschaft würde er über den Wogen des Bösen schweben.

Vertraulich

Bericht des Gendarmerie-Hauptmanns Martial Hureau an Seine Exzellenz den Herrn Innenminister Crétet

Nizza, 18. Dezember 1807

Ich war in letzter Zeit viel mit dem Einrichten der Villa Ihrer kaiserlichen Hoheit beschäftigt. Ich teile Ihnen mit Erleichterung mit, daß heute, an einem strahlenden Wintertag, die Prinzessin und ihr Gefolge ihr Quartier in der Villa Grandi bezogen haben, einem wunderschönen Besitz, der sich durch Orangen- und Zitronenhaine bis hinunter zum Meer erstreckt.

Wir haben alle notwendigen Arbeiten durchgeführt und dabei keine Kosten gescheut, auch wenn Dubouchage zuweilen große Augen gemacht hat, als er die Rechnungen sah. Das Haus verfügt über ein Schlafzimmer, das mit blauer Seide ausgeschlagen ist, ein lilafarbenes Boudoir und fünf Salons in Nilgrün, Ponceau, Blaßgelb, Goldbraun und Altrosa. Die Badewanne, die Ihrer Hoheit so wichtig ist, wurde in das Schlafzimmer gestellt, hinter einen Musselinvorhang. Ich kann Ihnen versichern, daß die Prinzessin hier den Komfort ihres Pariser Hauses wiedergefunden hat.

Die Stadt hat die Ehrenloge des Theaters sowie den Gang dorthin renovieren lassen: Die Kissen, Stoffbezüge und Teppiche sind neu. Die Straße, die am Theatersaal vorbeiführt, wurde neu gepflastert, ebenso die Promenade des Terrasses oberhalb der Arkaden. Die Bevölkerung hat Ihre Hoheit sehr herzlich empfangen. Ihr zu

Ehren wurden zahlreiche Konzerte gegeben. Aber dennoch ist die Bevölkerung etwas verwundert über die Gewohnheiten und Capricen der Prinzessin. Ich kann ihre Dienerschaft noch so oft ermahnen, aber gegen Klatsch und Alkovengeflüster kann ich nichts ausrichten. Nizza ist eine kleine Stadt, die Gerüchte liebt. Sie ist über die Sitten der Prinzessin weniger empört denn belustigt, zumindest nach außen hin. Wie soll man die vielen Postwagen, durch welche die Prinzessin täglich mit der neuesten Mode aus Paris versorgt wird, vor den Blicken der Bewohner verborgen halten? Und dann ist da noch die Sache mit der Milch, ich habe die Aufgabe, dafür zu sorgen, daß Ihre Hoheit immer mit der besten Milch aus dem Vésubie-Tal beliefert wird. Ich habe dem Fuhrmann gegenüber behauptet, es handle sich um eine Bestellung für die Damen ihrer Gesellschaft, aber es hat sich schnell herumgesprochen, daß Ihre Hoheit in Wirklichkeit darin badet. Nicht zu vergessen das Gemüse, insbesondere die Gurken, die eine der Kammerzofen mit Rosenwasser zu einer Creme verarbeitet. Diese wiederum wird von einem Diener aus den Antillen auf ihre Beine und Füße aufgetragen und einmassiert. Ich hatte die Ehre, dieser köstlichen Szene einige Male beizuwohnen. Die Prinzessin liegt auf einem Stapel Kissen und streckt ihre Beine, die nebenbei bemerkt äußerst hübsch sind, dem Masseur entgegen. Man nennt ihn »das Negerlein Ihrer Hoheit«. Er humpelt und ist pechschwarz. Die Prinzessin hat die Zeit, die sie einst in Begleitung ihres seligen Mannes, des Generals Leclerc, auf der Insel Santo-Domingo verbracht hat, in guter Erinnerung behalten. Die Nizzaer, die noch nie ihre Stadt verlassen haben, sehen so zum ersten Mal in ihrem Leben einen Schwarzen von den Antillen.

Ich habe letztens auf etwas schroffe Weise den Indiskretionen des medizinischen Personals Ihrer Hoheit ein Ende bereiten müssen; Doktor Peyre nämlich vertraute mir mit geheuchelter Betrübnis an, daß die Prinzessin ein böses Leiden habe, die Hysterie, und diese auch der Grund für ihre Appetitlosigkeit und ihre häufigen Stimmungsschwankungen sei. Ich mußte Peyre zurechtweisen. Ich bin nicht der Mann, den man zum Eingeweihten irgendwelcher Heimlichkeiten macht. Was ich hingegen bezeugen kann, ist das stets prächtige Auftreten Ihrer Hoheit in der Öffentlichkeit, in luftigen, feenhaften Kleidern aus Musselin und Seide, aus grünem Samt, aus besticktem Satin, oder auch in Kleidern, die ganz aus Spitze sind und hervorragend zu ihrer Lebenslust, ihrer Freude am Singen und am Tanzen passen. Aber ich schweife ab, Seien Sie unbesorgt, Herr Minister, ich bewahre einen kühlen Kopf und die Gelassenheit, die zur Erfüllung meiner Aufgabe notwendig sind. Apropos, lassen Sie mich einen Augenblick über die geheime Seite meiner Mission sprechen. Ich habe die meisten Verschwörer bereits entlarvt, alles Kleinwild, aber trotzdem nicht ungefährlich. Ich war nicht verwundert, unter ihnen auch unseren alten Bekannten, General Guidal, wiederzusehen, der für jede Schandtat zu haben ist. Dieses Mal hat er sich mit einem merkwürdigen Abbé eingelassen, der Lafont heißt, ein Spitzbube, der von den Engländern ausgehalten wird. Der dritte ist ein Bankier, der nach Nizza emigriert ist, bevor es französisch wurde. Dieser Bankier namens Arson ist lediglich der Geldgeber. Der vierte Mann in der Runde ist ein Scharlatan, ein gewisser Lepetit; in Wirklichkeit heißt er Eugène Ray Mure und ist englischer Abstammung. Kopfzerbrechen bereitet mir bei der ganzen Angelegenheit allerdings ein junger Italiener, der erst kürzlich dazugestoßen ist. Er wurde in einem Kloster aufgezogen, hat den Kopf voll von fanatischem Gedankengut und ist leider in gefährlicher Weise naiv. Ich habe herausgefunden, daß er der Sohn von Maria Tordo ist, der Eigentümerin der Villa, in der Ihre Hoheit wohnt. All diese Leute werden sich nächste Woche auf dem Ball der Prinzessin einfinden. Er ist das Ereignis des Jahres, die ganze Stadt redet nur noch davon.

Ihr ergebener Diener,
Hureau

Catherine vergrub ihr Gesicht in einem Pelzschal, das schräg einfallende Licht der winterlichen Morgensonne fiel auf sie und erleuchtete noch den hintersten Winkel des Kirchenschiffs. Giovanni lächelte Catherine an und flüsterte:

»Ich heiße Giovanni.«

»Und ich bin Catherine.«

Sie hatte mit heller, ruhiger Stimme geantwortet.

»Können Sie reiten, Monsieur?«

Er konnte es nicht, doch er antwortete: ja.

»Dann können wir uns zu einem Ausritt verabreden«, sagte sie. »Ich reite jeden Nachmittag aus, wenn es nicht regnet. Was halten Sie von der neuen Straße, die nach Genua führt? Bei schönem Wetter ist es herrlich, dort zu reiten. Kommen Sie morgen zu den Quatre Chemins, ich werde ab drei Uhr auf Sie warten.«

Sie trat ins Sonnenlicht hinaus, er aber blieb vor der Säule des Weihwasserbeckens wie angewurzelt stehen. Wie unerfahren er doch war, achtzehn Jahre und konnte nicht reiten! Es gehörte nicht zu den Gewohnheiten der Mönche, ihre Schüler in die Freuden der Reitkunst einzuführen. Mein Gott, sagte er sich, es gibt so viele Dinge, von denen ich keine Ahnung habe. Er warf einen Blick auf seinen traurigen schwarzen Anzug und seine Leinenschuhe. Was für eine Armut er doch ausstrahlte, und dieser Weihrauchgeruch, mit dem der Stoff seiner Jacke vollgesogen zu sein schien. Giovanni begab sich zu der Bank von Monsieur Arson und sagte zu dem grauhaarigen Kassierer:

»Ich möchte zu Monsieur Arson ...«

»Wen darf ich melden?« fragte der Mann.

»Sagen Sie, mich schicke der Bischof.«

Was für eine Vermessenheit. Was er im Namen des Herrn nie gewagt hätte, tat er für ein junges Mädchen, von dem er nur den Namen wußte. Ja, aber dieses Gesicht, auf das der Lichtstrahl gefallen war, dieser grünleuchtende Blick, ihr Lächeln: »Können Sie reiten, Monsieur?« Er hörte die Worte noch immer in sich nachklingen.

»Sind Sie verrückt?« fragte der Bankier, nachdem er ihn in sein Büro gebeten hatte, dessen Fensterläden verschlossen waren. Drinnen war es dunkel.

»Wie können Sie am hellichten Tag hierher kommen?«

»Ich bitte Sie um Vergebung, Monsieur, aber ich brauche eine gewisse Geldsumme. Ich muß mich für den Ball einkleiden.«

»Dann gehen Sie zu Lepetit. Ist es denn so dringend?«

»Sehr dringend.«

Der Bankier kniff die Augen zusammen und sah ihn scharf an.

»Wieviel brauchen Sie?«

»Ich weiß nicht, Monsieur. Sagen wir, so viel wie ein Anzug und ein Paar Stiefel eben kosten.«

»Stiefel für einen Ball?«

»Die Stiefel brauche ich, um die Prinzessin bei einem ihrer Spaziergänge begleiten zu können. Die Schuhwichse nicht zu vergessen ...«

Als er die Bank verließ, hatte er die Tasche voller klimpernder Louisdors. Wie leicht das alles war, mit einer jungen Frau sprechen, ihr zulächeln, nach Geld fragen, lügen, es erhalten. War es diese Leichtigkeit, hinter der sich das Böse verbarg?

Er mußte innerhalb weniger Stunden das Reiten lernen. So ging er zum Quai du Midi auf der anderen Seite des Flusses, ein etwas abgelegener Ort, wo es Pferde,

Postwagen und Hufschmiede gab. Kaum hatte er die Brücke überquert, schlug ihm ein starker Ledergeruch entgegen. Der Ort lag verlassen, in der Jagdsaison wurden hier Schnepfen geschossen. Auf diesem Gelände, das bis ans Meer reichte, erhob sich das dreigeschossige, prunkvolle Haus des Notars Tiranty. Neben der Pferdekoppel stand die Bauruine einer Schule, die auf Wunsch des Kaisers errichtet werden sollte und nun auf Geldströme aus Paris wartete, um zu neuem Leben erweckt zu werden. Als Giovanni das erste Gebäude erreichte, blieb er stehen. Er erklärte einem dicken Mann, was ihm auf dem Herzen lag: Er würde ein verständnisvolles Pferd brauchen, das jemanden, der noch nie geritten war, geduldig auf dem Rücken trug. Der Verleiher hörte ihm zu und spuckte auf den Boden, dem jungen Mann genau vor die Füße.

»Kommen Sie mit«, sagte er.

Der Mann betrat einen der Reitställe und kam kurz darauf mit einem rotbraunen Pferd wieder. Als würde er Giovanni ein Geheimnis anvertrauen, murmelte er:

»Das ist Balthazar, ein englisches Halbblut, das bei uns geboren wurde, ich gehöre nicht zu jenen, die für ein Pferd die Blockade mißachten, ein schönes Tier mit glänzendem Fell und lebhaften Augen.«

Die Männer wurden sich rasch einig. Balthazar fraß eine große Handvoll Hafer. Giovanni versuchte auf den Rücken des Tieres zu klettern, indem er seinen Fuß in den Steigbügel setzte und Arme und Hände um den Hals des Pferdes schlang. Das Tier machte ein Ausweichmanöver, durchquerte das Gelände und lief zum Fluß, Giovanni klammerte sich fest. Balthazar galoppierte fröhlich zum Meer hinunter, der frische Wind pustete durch seine Mähne. Kurz vor der Mündung, da, wo der Strom und das Meer schäumend aufeinandertrafen, verlor Giovanni das Gleichgewicht. Naß und durchgefroren stand er auf und pfiff nach dem Pferd, doch es hörte nicht. Also rannte er ihm hinterher. Das Pferd blieb stehen und lief erst weiter, wenn Giovanni es gerade packen wollte. Das konnte noch bis zum Abend dauern. Der junge Mann zog es vor, zu Fuß zum Stall zurückzukehren; der Verleiher versprach ihm, daß Balthazar gleich zurücksein würde.

»Es muß ihn in den Beinen gejuckt haben, er ist schon eine ganze Weile nicht mehr aus dem Stall gekommen.«

Als Balthazar wieder auftauchte, stiegen kleine Dampfwolken aus seinen Nüstern auf. Vorsichtig begann Giovanni aufs neue, der Dicke erklärte ihm, wie er mit den Zügeln und der Kandare umzugehen hatte. Endlich ritt er los. Das Pferd lief im Schritt, und zwar dorthin, wo es wollte. Eine Stunde später hatten sie die Stadt durchquert, und Giovanni stellte fest, daß er sich verirrt hatte.

Die Corniche war ein Weg, der direkt in den Stein gehauen war und unaufhörlich anstieg. Wenn man den Blick zur Seite wandte, breitete sich die Bucht vor einem aus im langen Bogen vom Cap Ferrat bis zu den Ausläufern des Esterel-Gebirges. Bei schlechtem Wetter wirkte sie ruhig und vor den Stürmen auf offenem Meer geschützt. Sie war nur den Himmelsgewalten ausgesetzt. Bei Wind und Gewitter färbten sich die Wolken violett oder gelb, sie leuchteten bei Sturm in den grellsten Farben, in Blutrot oder Tiefgrün wie rätselhafte Wälder. An ruhigen Tagen tauchte sie das Licht in zarte Pastelltöne, ein sanftes Rosa bei Abenddämmerung oder ein blasses Grün bei Tagesanbruch. An der Quatre Chemins genannten Kreuzung, wo Maultierpfade nach Villefranche führten, konnte man ein wenig verschnaufen, bevor der Weg wieder anstieg und sich hinaufschwang in den Himmel. Tief unten glitzerte das Meer. Mehr als tausend Mann waren damit beschäftigt, diesen Weg auszuheben, sie gruben mit Schaufeln, wo zuvor der Fels weggesprengt worden war. Der Weg war nach dem Felsen La

Corniche benannt, doch sie hatten ihn La Route de l'Empéreur getauft, den Kaiserweg.

Der Wind fegte mit eisigen Böen über Les Quatre Chemins. Catherine schenkte dem keinerlei Beachtung, sie wartete auf ihren schönen Unbekannten. Sie hatte die Romane von Madame Cottin, Madame de Genlis und der Gräfin de Souza gelesen, deren Heldinnen nichts Außergewöhnliches daran fanden, sich an einem verlassenen Ort mit einem Fremden zu treffen. Er war schön, und seine Augen glänzten vor Verliebtheit, das genügte ihr. Der geheimnisvolle Fremde würde sich gewiß als Baron oder Fürst entpuppen. In den Romanen war es zwar oft so, daß diese Begegnungen dramatische Folgen hatten und man schnell ums Leben kam; die Liebe war selten eine heitere Angelegenheit, und die Tragödie lauerte bereits beim ersten Kuß. Doch Catherines Neugierde überwog, es würde immer noch genügend Zeit für einen Rückzieher bleiben. Sie hatte keine Angst vor Tränen. Der Liebe wegen zu weinen war sicherlich eines der schönsten Dinge der Welt. Der schöne Unbekannte war spät dran, und plötzlich schoß ihr durch den Kopf, daß er vielleicht gar nicht käme. Was für eine Taktlosigkeit, wenn der Kerl es sich erlauben würde, nicht zu erscheinen! Für wen hielt er sich eigentlich? Sie hatte ihr rotbraunes Reitkostüm angezogen, ihr Haar war im Nacken zusammengebunden. Ihre Mutter hatte sie scharf angesehen, als sie losgeritten war. War sie etwa eifersüchtig? Catherine jubelte innerlich: Maria eifersüchtig! Glaubte sie denn, sie sei die einzige, die den Männern den Kopf verdrehen konnte? Fortan müßte sie mit ihr rechnen, mit ihrer Jugend, ihrer Frische, ihrem Willen zu verführen: »Oh, Herr, und wenn er nun nicht kommt?«

Der Himmel war von jenen Violettönen überzogen, die kurz vor Weihnachten den Abend ankündigen, als seine Gestalt in der Ferne auftauchte, eine schmale Silhouette, die sich kaum vom Hintergrund abhob. Das erschöpfte Pferd hielt alle fünfzig Meter, um zu verschnaufen, während sein Reiter sich ungeschickt bemühte, es anzutreiben. Sie kämpften sich den Weg herauf, der offensichtlich für beide eine Tortur gewesen war. Catherine konnte es kaum glauben; abgesehen von ihrem Vater hatte sie nie einen Menschen kennengelernt, der nicht reiten konnte. Ihr Vater, gut, ein Gastwirt ... aber ein junger Mann, der noch dazu so gut aussah! Hatte sie sich geirrt? Im trüben Licht des anbrechenden Abends stand er vor ihr, erschöpft, mit ausgetrocknetem Mund, vor Kälte zitternd in seinem zerschlissenen Anzug und seinen Leinenschuhen, die in den Steigbügeln hin und her rutschten, und Catherine entdeckte, daß der Unbekannte arm war. Arme kamen in den Romanen nicht vor, zumindest sah man sie nicht, sie waren Kutscher oder Kammerzofen. Catherine war sprachlos. Ihre Mutter hatte ihr oft erzählt, daß sie in ihrer Kindheit in Armut, ja im Elend gelebt hatte, Catherine hatte das nie interessiert, und sie hatte auch keinen Anlaß gesehen, sich dies genauer vorzustellen.

Giovanni bemerkte voll Verwirrung, daß sich in den vor Überraschung aufgerissenen Augen des Mädchens Enttäuschung abzeichnete. Er mußte reagieren. So gestand er ihr, daß er aus guter Familie stammte, in einem Kloster aufgewachsen wäre, daß das Kaiserreich seine Eltern in den Ruin getrieben hätte, aber daß sich nun alles ändern würde. Er redete und log. Konnte man leben, ohne zu lügen? Er hatte an diesem Morgen begonnen, dies arg zu bezweifeln.

Sie setzten sich auf einen großen Felsbrocken. Der Wind spielte in den Haaren des jungen Mädchens und wehte sie ihm ins Gesicht. Er hörte zu, nun war sie an der Reihe, von sich zu erzählen. Catherine sagte, was ihr gerade einfiel. Sie war die Tochter einer bedeutenden Familie der Stadt, der Lascaris, ihr Palais befand sich in der rue Droite, es handelte sich um eines der schönsten

Häuser der Stadt, ihr Vater und ihre Mutter waren geflüchtet, sie selbst war in Turin aufgewachsen. Giovanni schrie erstaunt auf:

»Ich habe auch einen Teil meiner Kindheit in Turin verbracht!«

Catherine fuhr fort, ihr Vater, ein Generalleutnant der sardischen Armee, sei bei Jena getötet worden, als er für die Kaiserlichen kämpfte. Ihre Mutter hatte vorübergehend bei einem Cousin in Nizza Unterschlupf gefunden, dem Besitzer des Hôtel d'York. Doch bald würde sie ihr Hab und Gut wieder in Besitz nehmen können, der Kaiser hatte es dem Marschall Masséna, Herzog von Rivoli, versprochen, der in dieser Sache für sie interveniert hatte. Sie hatte weder Brüder noch Schwestern und hieß Catherine, in Erinnerung an Catarina von Sienna.

Ihre Geschichten ähnelten sich. Giovanni versprach, daß sie ihn bei ihrem nächsten Treffen in einem neuen Gewand und in anständigen Stiefeln sehen würde. Würden sie sich morgen sehen? Bei Einbruch der Dunkelheit ließ der Wind nach, das Violett über dem Meer und über den Bergen hatte sich aufgelöst. Die beiden jungen Leute auf ihren Pferden waren nun in dasselbe tiefrote Licht getaucht, das die Corniche tränkte und den Weg in einen blutenden Strom zu verwandeln schien. Giovanni verschlang Catherines Haar mit den Augen und dachte an die himmlischen Feuer der Bibel.

Am nächsten Tag erschien er in seiner neuen Kleidung, einem Gehrock mit metallenen Knöpfen, einer Mameluckenhose und Stulpenstiefeln. Er glich einem Militär in Zivilkleidung, doch der Schneider hatte ihm versichert, daß dies der neueste Pariser Schick sei.

Von diesem Tag an verstrickten sich beide immer tiefer in ihre Lügengeschichten. Catherine verfolgte die Kette ihrer Vorfahren zurück bis zu den Kreuzzügen, mit Rittern, die von den Berbern gefangengenommen worden waren, allesamt tapfer, großherzig, wacker und mit treuliebenden Gattinnen. Um dem nicht nachstehen zu müssen, erfand Giovanni sich eine Abstammung, die bis zu den Kammerherrn des Papstes zurückreichte, einer vornehmen Patrizierfamilie. Im Eifer des Erzählens begegneten sich ihre Blicke, berührten sich ihre Hände.

Als sie von der Corniche genug hatten, verlegten sie ihre Spaziergänge an die Ufer des Paillon mit seinen Ölmühlen, in denen die letzte Ernte des Jahres gemahlen wurde. Die beiden jungen Leute blieben stehen und betrachteten schweigend das große Schaufelrad, wie es ins Wasser tauchte. Eines Nachmittags wollte Giovanni sich die Mühle genauer ansehen, sie betraten den dunklen Innenraum, wo ihnen ein kräftiges Olivenaroma entgegenschlug. Giovanni fragte den Müller, ob es störte, wenn sie der Arbeit zusahen. Der Mann schüttelte den Kopf. Giovanni war es, als würden Catherine und er an einer Messe teilnehmen, nur daß sich an Stelle des Altars ein Mühlstein aus Granit befand, an dem eine dunkle Lava herabfloß. Ein Mann mit bloßem Oberkörper schob die Masse mit einer Schaufel immer wieder unter den Bauch des Ungeheuers zurück, ein lautloser Kampf, bei dem seine Bewegungen sich nie veränderten. Catherine konnte ihren Blick von diesem stillen Kampf nicht lösen; der gebeugte Rücken, die Hände, die den Stiel der Schaufel fest umschlossen hielten, die geballte Faust und der Arm, auf dem sich sämtliche Muskeln spannten, all das war wunderschön. Der Geruch dieser schwarzen Frucht und ihres Öls war stärker als jeder andere Duft, den sie bis dahin geatmet hatte. Die lavaartige Masse wurde dann in grobe Wollstrümpfe gefüllt, die wie unförmige, triefende Männchen aussahen. Diese merkwürdigen Geschöpfe wurden unter die bedrohliche, schwarze Pfote der Presse gelegt, die ungeduldig auf sie wartete. Die Schraube senkte sich herab wie ein Tier, das beschlossen hat zu töten, und zermalmte die Kreaturen eine nach der anderen. Die Männlein sackten in sich zusammen, und ihren weichen Bäuchen entwich ein grüngoldener Strahl, das Öl ... Die Männer sahen schweigend zu, wie sich die Flüssigkeit in einen Bottich ergoß, der Müller tauchte einen Finger ein, führte ihn an seine Lippen und benetzte Zunge und Gaumen damit. Es schmeckte gut. Das Pressen konnte weitergehen. Giovanni hätte am liebsten mitgearbeitet, um in das Geheimnis dieser Verwandlung vorzudringen. Er, der tausendmal als Ministrant gedient hatte, das Ziborium gebracht, den Wein eingegossen und die Hostie geschluckt hatte, spürte, daß sein Körper und seine Seele bebten, wie sie es am Fuße des Altars nie getan hatten. Das war das Öl, das heilige Öl vom Anbeginn aller Zeiten. Erleichtert legte der Müller ein paar Brotscheiben, die er zuvor mit Knoblauch eingerieben hatte, auf ein Feuer aus Rebholz. Die Männer nahmen sich jeder eine der gegrillten Scheiben und tunkten sie in eine Schale mit dem frischgewonnenen Olivenöl; man lud Catherine und Giovanni ein, sich gleichfalls zu bedienen, was sie mit Begeisterung taten. Das milde Aroma des Öls und die Schärfe des Knoblauchs vermischten sich an ihrem Gaumen zu einem köstlichen Geschmack. Dann aber machten die Männer sich wieder an ihre Arbeit. Es warteten noch viele weitere Säcke darauf, bis zum letzten goldenen Tropfen ausgewrungen zu werden.

Der eisige Abendwind heulte durch das Tal, vom schwarzen Fluß drang ein unheimliches, dumpfes Tosen herüber. Catherine schmiegte sich an Giovannis Brust, es war so kalt. Er umarmte sie zum ersten Mal, dann nahm er ihren Mund. Eine unsagbare Zärtlichkeit und Lust durchströmte ihn, sein früheres Leben endete hier, eine neue Welt begann.

Im Arbeitszimmer des Präfekten Dubouchage wurde es allmählich dunkel, das Kaminfeuer warf seinen rötlichen Schein an die Zimmerdecke. Joseph Dubouchage mochte es nicht, wenn die Lichter angezündet wurden. Im Dunkeln konnte er besser nachdenken. In weniger als zwei Stunden würde er mit Ihrer Hoheit den Ball eröffnen. Schon seit Tagen dachte er unaufhörlich an diesen beunruhigenden Moment, er, der noch nie gern im Rampenlicht gestanden hatte und alles Mondäne verabscheute. Er war ein schlichter, würdevoller Mann, der sich nun mitten in diesem Aufruhr und Trubel befand, der die ganze Stadt in Trance versetzt hatte. Es verschlug ihm die Sprache, daß selbst die kleinen Leute, dieses ganze barfüßige Volk daran Anteil nahm und sich auf das Fest freute, als sei es selbst dazu eingeladen. Seitdem bekannt war, daß die Prinzessin nach Nizza kommen würde, ahnte Dubouchage, daß ihre Anwesenheit ihm nur Unannehmlichkeiten einbringen würde. Die Rechnungen stapelten sich in seinem Büro, eine große Zahl von Lieferanten mußte irgendwann bezahlt werden. Er öffnete die Briefe nicht einmal mehr. Er würde später sehen. Seine jahrelange Erfahrung in der Verwaltung hatte ihn eines gelehrt: abwarten. Aber viel beunruhigender waren die Gerüchte um ein Komplott, daß nämlich die Prinzessin entführt werden sollte. Er hielt es für weise, ihm nicht allzuviel Glauben zu schenken, mit der Polizei hatte er ohnehin keine guten Erfahrungen gemacht. Er verabscheute diese Leute, die sich nicht regieren ließen, unvorhersehbar handelten und immer bereit waren, sich im Namen irgendeiner Behörde oder höherer Interessen in zwielichtige Geschäfte verwickeln zu lassen. Was das für Geschäfte waren, blieb ein Geheimnis, so daß man sich fragen konnte, ob diese unbekannten Mächte und Behörden nicht je nach Bedarf erfunden wurden. In der Stadt wimmelte es inzwischen nur so vor Aufwieglern, Emigranten, die aus dem Exil zurückgekehrt waren, Jakobinern, die sich nach der Republik zurücksehnten, Agenten jeder Couleur, die sich die zerklüftete Küste zunutze machten, um heimlich an Land zu gehen. Von den Bergen ganz zu schweigen, die Grenze existierte nur auf der Landkarte. Die Armee konnte noch so oft und feierlich verkünden, daß die Bevölkerung endlich befriedet war, Dubouchages Ausflüge in die benachbarten Täler bewiesen ihm das Gegenteil. Immer mehr Leute dort lehnten die Konskription ab, seit der Revolution hatte sich nichts geändert. Während die Stadt Nizza sich schließlich unter französische Verwaltung begeben hatte, wuchs in den Bergen der Haß auf Frankreich, und man sabotierte, wo es nur ging. Gewiß, das alles nährte eine Atmosphäre, die der Rückkehr zur Ruhe wenig zuträglich war, doch diese Ruhe war unerläßlich, wollte man das Departement aus den Fesseln seines jahrhundertealten Obskurantismus befreien. Schulen und Straßen mußten gebaut werden. Doch statt der benötigten Kredite schickte man ihm eine Prinzessin und Leute wie diesen Hureau. Offiziell hatte Hureau nur den Auftrag, für die Sicherheit Ihrer Hoheit zu sorgen. Nun ja. Dem Hauptmann eilte ein merkwürdiger Ruf voraus. Es hieß, er sei mit den höchsten Persönlichkeiten im Staate befreundet und auch noch mit weiteren geheimen Missionen betraut. Dubouchage konnte diesen Mann nicht ausstehen, mit seiner ewigen Zigarre im Mundwinkel und seinem arroganten Lächeln, mit seiner lässigen Art, die ihn, den Präfekten, genötigt hatte, ihn um ein Treffen zu bitten. Hureau hatte das Zimmer betreten wie erobertes Land und ihm den Rauch seiner Zigarre ins Gesicht geblasen; ansonsten hatte er die Zähne nicht auseinandergekriegt. Dubouchage hatte um Informationen über die Sicherheit

Ihrer Hoheit geradezu betteln müssen. Und dieser Kerl hatte einfach nur geantwortet:

»Darum kümmere ich mich.«

»Ja, aber Polizeieinsätze fallen in meine Zuständigkeit, wenn ich Sie daran erinnern darf.«

»Sie sind außerstande, eine solche Aufgabe zu erfüllen, sie sollten sich lieber damit beschäftigen, die Prostitution zu unterbinden, die Huren gehen ihrem Geschäft bis unter die Fenster Ihrer Hoheit nach, die sich wiederholt darüber beschwert hat. Sie sind gewarnt, Dubouchage.«

Mit diesen Worten hatte Hureau den Raum wieder verlassen, ohne sich zu verabschieden. Was für eine Respektlosigkeit! In solchen Augenblicken erinnerte sich Dubouchage, daß seine Vorfahren und er selbst einen adligen Namen getragen hatten: du Bouchage, daß sein Vater Parlamentsrat in Grenoble gewesen war und sein jüngerer Bruder der letzte Marineminister unter Ludwig XVI.

Sein Name war republikanisiert und in Monsieur Dubouchage geändert worden, das Adelsprädikat war in den Namen eingegangen. Er kam sich vor wie einer der Notare in einer Komödie von Molière. Im Schutz der Dunkelheit konnte er es sich eingestehen, daß er noch viel persönlichere Gründe hatte, Hureau zu hassen. Allen voran Maria. Verbanden den Hauptmann und die Hotelbesitzerin zarte Gefühle? Er konnte es nur vermuten. Die Hotelbesitzerin! Als könne man Maria mit diesem Wort erfassen, eine so stolze, ja bisweilen sogar hochmütige Frau. Hochmütig war sie auch an dem Tag gewesen, als sie seine Avancen zurückgewiesen hatte, seine sehr vornehmen Avancen, mit zweiundsechzig Jahren sucht man schließlich nicht mehr zu verführen. Er, der seine Gemahlin, Gott hab sie selig, zu Lebzeiten nicht einen Tag, weder in Gedanken noch in Taten, betrogen hatte, hatte sich erlaubt, Maria zu bitten, seiner Einsamkeit ein Ende zu bereiten.

»Also Ihre Mätresse zu werden.«

»Nennen Sie es, wie Sie wollen, an meinen Gefühlen ändert es nichts.«

»Ich war nie die Mätresse von irgend jemandem, Herr Präfekt, dieses Wort hat einen Beigeschmack von Unterwerfung und Ergebenheit, beides habe ich stets abgelehnt.«

Das war alles. Auch er hatte seine Spione, vor allem die alte Aglaée, eine Jakobinerin, die sich nicht bekehren ließ, sie hatte Marias Tochter Catherine großgezogen. Aglaée hatte Maria immer gehaßt.

»Wenn Sie wüßten, Herr Präfekt, was sie ihm für verliebte Blicke zuwirft, man möchte erröten, ich schwöre es Ihnen. Er zeigt sich hingegen ganz unbeeindruckt, aber meiner Meinung nach verstellt er sich bloß.«

Aglaées vertrauliche Informationen waren für ihn schmerzlich gewesen. Dieser Hureau schlich um Maria herum, doch er ließ sich nicht in die Karten gucken. Marias schroffe Zurückweisung hinderte den Präfekten jedoch nicht, sich weiterhin Hoffnungen zu machen. Weiß man je, was morgen kommt? Aglaée war der Meinung, daß Vincent es nicht mehr lange machen würde. Dann würde er an der Reihe sein. Wenn Maria erst einmal Witwe wäre, und sei sie noch so stolz, würde sie es nicht mehr länger ablehnen, die Frau des Präfekten zu werden. Er fühlte sich imstande, sie glücklich zu machen. Hureau hingegen war nur vorübergehend hier. Und es war gewiß nicht sein Schicksal, sich in dieser Stadt niederzulassen, der mit seinen Stiefeln und seinen ekelhaften Zigarren.

Dubouchage erhob sich wie betäubt. Er mußte seinen festlichen Anzug anziehen. Nachdem er den Ball mit der Prinzessin eröffnet hätte, würde er Maria zum Tanz auffordern. Diese Aussicht ließ sein Herz höher schlagen. Mein Gott, in meinem Alter ... sagte er sich und zog sich beschwingt in seine Privaträume zurück.

Hureau bindet sich seine weiße Krawatte um, durch das offene Fenster strömt laue, salzige Luft, eine Mischung aus Meer und Regen. Er steht in der Mitte des Raumes und zieht bedächtig den Rauch seiner Zigarre ein. Was soll er tun, um diese Frau zu vergessen, die ihn unwiderstehlich anzieht? Heute abend sollte er nur eines im Kopf haben: die Vereitlung des Komplotts. Solche Aufgaben hat er schon oft zu bewältigen gehabt, seitdem er vom Dragonerkorps zur Eliteeinheit der Gendarmerie der Kaisergarde gewechselt ist. Als er noch jung war und mit glühendem Eifer den Italienfeldzug unterstützt hatte, hätte er sich nicht vorstellen können, eines Tages im Schatten zu agieren. Doch die Beziehungen seiner Familie zum Innenminister Crétet, seine Ergebenheit dem Kaiser gegenüber und seine Selbstbeherrschung hatten dazu geführt, daß der Dragoner zum Gendarm wurde, der feurige junge Militär zum Strategen. Hureau stellte sich oft Fragen über seinen ungewöhnlichen Werdegang vom glühenden Verfechter der Republik zum Diener eines despotischen Regimes. Genügte es zu glauben, so wie viele Männer seines Alters es taten, die die Revolution miterlebt hatten, daß dieser aufgeklärte Despot Europa die Freiheit brachte? Diese rein theoretische Erklärung befriedigte ihn nicht, er wußte, daß es weniger die Vernunft als die Leidenschaft war, die ihn trieb. Eine Leidenschaft, die an den Ufern der Adda in der Nähe von Lodi geboren war, eine blinde Begeisterung für diesen General mit dem ungebrochenen Siegeswillen. Er hatte diesem General gedient, und der General war Kaiser geworden. Dieser fulminante Aufstieg bestärkte Hureau in seinem Entschluß und seinem Wunsch, über Widersprüche und Fehler hinwegzusehen und sich der Vollendung dieses Geschicks zu weihen.

Er ging ans Fenster, öffnete es und beugte sich hinaus, um die Lichter des Balls zu sehen. Sein Herz zog sich zusammen. Marias Bild tauchte bebend vor ihm auf. Ihr dunkler Blick brannte in ihm. Er konnte noch so sehr gegen diesen Bann ankämpfen, seine Schutzwälle bröckelten jeden Tag etwas mehr. Er mußte sich eingestehen, daß diese Verzauberung bereits mit den Ereignissen in der Höhle begonnen hatte und all seine Gleichgültigkeit seitdem nur geheuchelt war. Ihr Bild brachte seinen Entschluß ins Wanken, sich der Leidenschaft der Gefühle ein für allemal zu verschließen. Ich bin für die Regungen des Herzens nicht geschaffen, sagte er zu sich selbst. Wie lange würde er dieser Versuchung noch widerstehen können?

Der Hauptmann schloß das Fenster in der Hoffnung, daß seine Gefühle ihn auf dem Balls nicht in allzu arge Verwirrung stürzen würden. Er zupfte an seinen Rockaufschlägen, er haßte es, in bürgerlichem Aufzug zu erscheinen.

Der rote, glänzende Satin unterstreicht ihr Gesicht und hebt ihr Dekolleté hervor. Ja, schön ist sie! Doch wozu? Hureau widersteht ihr, dieser Mann kennt keine Gefühle, kein Verlangen, er beobachtet sie zwar, doch er sieht sie nicht. Dieser Mann will nichts, nichts Menschliches, nichts Fleischliches. Sie tauschen mal einen Blick, er kommt, er geht und lächelt geheimnisvoll, doch er sagt nichts, oder doch sehr wenig. In Momenten der Verzweiflung sagt sie sich, daß sie zu alt ist, nicht mehr schön genug, verbraucht, ja, verbraucht. Dann rennt sie vor den Spiegel. Keine Spur, nicht die kleinste Falte! Sie ist groß und geschmeidig wie mit zwanzig, begehrenswert wie mit dreißig Jahren. Sie will diesen Hureau. Es ist keine Liebe, es ist ein fester Vorsatz, eine Herausforderung, Eroberungswille und auch Neugierde, sie will seinen Widerstand brechen. Heute abend wird sie mit ihm tanzen, sie wird in seinen Armen liegen. Heute abend muß sie gewinnen. Der Wagen wartet unter dem

Torbogen, ein feiner Nieselregen fällt, die Luft ist lau. Der Ball kann beginnen.

Die Menschen, die sich an der Uferpromenade drängen, wissen nicht, wo sie zuerst hingucken sollen, unter all diesen Gästen, die von weither kommen, aus dem Var, aus Aix, Marseille, Avignon. Es ist der Adel des Kaiserreichs, mit viel Gold und Samt behängt, es sind die Aristokraten des Ancien Régime, es sind die Soldaten mit ihren Orden und Ehrenzeichen auf der Uniform, schließlich die Menge der Bürgerlichen, die Herren im schwarzen Gehrock, die Damen in ihrer Tunika, die manchmal noch mit Pelz verbrämt ist. Die andere Attraktion steht auf dem Rasen unter den Bäumen: eine Gasleuchte, die ein blaues Licht spendet. Die Gäste bleiben vor dieser merkwürdigen Beleuchtung stehen, deren Feuer aus dem Nichts zu entspringen und nie auszugehen scheint. Es gab keinerlei Notwendigkeit für diese Gasleuchte, nur daß Ihre Hoheit wünscht, die Verbreitung der technischen Errungenschaften, die ihr Bruder rühmt, zu unterstützen.

Giovanni ist zu Fuß gekommen, er hält die Einladung in der Hand. Der Schneider hat ihm für das Geld des Bankiers einen Anzug mit Revers angefertigt, das plissierte Hemd hat einen gestärkten hohen Kragen, um den eine elfenbeinfarbene Krawatte geschlungen ist. Als er den Saal betritt, bemerkt der junge Mann, daß Dutzende anderer Männer in derselben lächerlichen Aufmachung herumlaufen wie er, lauter Graureiher ohne Flügel. Aber was macht das schon, Giovanni liebt, und vielleicht wird er geliebt. Die Liebe ist in sein Herz gefallen wie die Gnade. Der Himmel hat gesprochen. Seit jenem Kuß in der kalten Nacht am Fuße der Mühle hat sich sein Leben verändert. Catherine wird seine Frau werden. Nun besitzt er zwei Gewißheiten: die Präsenz Gottes in der Liebe und seine Präsenz in der Schönheit und Fruchtbarkeit der Natur. Eine große Umwälzung hat sich in ihm vollzogen, er hat entdeckt, daß es möglich ist, den Glauben zu haben und dabei glücklich zu sein. Was er vor seiner Ankunft in Nizza noch für ein Sakrileg hielt, ist zu einer Offenbarung geworden. Er fragt sich, warum er sich überhaupt unter diese Leute begibt. Was geht ihn die Entführung der Prinzessin an? Die Liebe hat ihn milde und nachsichtig gestimmt. Catherine war erstaunt, als sie hörte, er würde auf dem Ball sein. Wieder einmal hat er sie belügen müssen und behauptet, er hoffe, einige seiner Familienmitglieder zu treffen.

»Können Sie tanzen?«

»Nein, leider nicht.«

»Dann sehen Sie mir eben zu.«

»Ja, das werde ich tun, aber nicht allzu lange, sonst werde ich ganz unglücklich.«

Er hat Mühe, bis zu dem großen Saal vorzudringen, in dem die Prinzessin den Ball eröffnen soll. Die Militärs haben im Vorzimmer Platz genommen und bilden die Vorhut, bereit, bei der Ankunft Ihrer Hoheit sogleich aufzuspringen. In den anderen Sälen stehen die Notablen, die Mitglieder der Verwaltung, die Gerichtsvorsitzenden, die Richter und der Gemeinderat, alle in einer Reihe. Das Bürgertum hat sich in den Salon zurückgezogen, durch den ein kalter Luftzug weht. Giovanni, für den das alles völlig neu ist, hat sich neben die Musiker gestellt. Diese haben die Anweisung erhalten, vor allem Walzer zu spielen, da Ihre Hoheit diesen Tanz der ewigen Quadrille vorzieht. Der junge Mann hat noch nie so viel Stoffe, Edelsteine, Diamanten gesehen, die im Licht der Kerzen glitzern. Die Hälse der Frauen, ihre Dekolletés, ihre Nacken duften nach Puder, Zimt und Moschus, eine betörende, sinnliche Mischung von Gerüchen, die einen berauschen, noch bevor die Violinen zu spielen beginnen.

Die Prinzessin erscheint um zehn Uhr am Arm des

Präfekten. Umgeben von Notabeln schreitet sie durch die Räume und lächelt. Ein bewunderndes Raunen geht durch die Reihen bis hin zu denen, die sie nicht sehen können. Ist sie schön? fragen die Gattinnen. Ja, antworten die Gatten, sogar mehr als das: prachtvoll. Wie ist sie angezogen? Ah, amarantenes Kaschmir, ein langer, goldbestickter Reitrock. Sie vergessen hinzuzufügen, daß unter dem Kaschmir, unter den Goldstickereien ein bebender Körper zu erkennen ist, dessen Konturen trotz der übereinanderfallenden Schichten Seide gut sichtbar bleibt. Ein Körper, den man meint berühren zu können, wenn er tänzelnd vorbeigeht und sich jedem hinzugeben scheint, obwohl die Prinzessin lediglich fragt: »Wie geht es Ihnen?« Neben ihr wirkt der graue Dubouchage wie eine Kerze, die man vergessen hat anzuzünden. Die Prinzessin läßt ihn bald stehen und fliegt von Grüppchen zu Grüppchen: von den Militärs zu den Würdenträgern. Sie mustert die Männer und lächelt ihnen zu, während sie die Frauen nur aus den Augenwinkeln ansieht, die strahlenden, eleganten beachtet sie gar nicht, den traurigen und anmutlosen schenkt sie einen kurzen Blick. Doch niemand bemerkt es, Ihre Hoheit schwirrt viel zu schnell umher, sie ist ungreifbar, ihre Gestalt gleicht einem jungen Mädchen, einer Spitzbübin mit feinen Gesichtszügen, sie hat einen wundervoll geschwungenen Mund und eine herzförmige Oberlippe. Mit dem Diadem in den Haaren sieht sie aus wie eine Göttin, die einem Venustempel entstiegen ist. Nachdem sie alle Gäste begrüßt hat, klatscht sie in die Hände, und das Orchester, das seit etlichen Minuten auf dieses Zeichen gewartet hat, beginnt zu spielen. Ein Kreis bildet sich, Pauline nimmt die Schleppe ihres Rocks in die linke Hand und beginnt mit Dubouchage zu tanzen. Der Präfekt hat ein paar Stunden Walzerunterricht genommen, das reicht, um die zwei Pflichtrunden auf dem Parkett zu drehen. Zwei Runden, dann kommen die anderen Paare auf die

Fläche. Es wird nicht nur im Saal, sondern auch im Vorzimmer, in den kleinen Sälen und trotz der Nieselregens sogar im Garten getanzt. Diener tragen riesige Tabletts mit Getränken herein: Orangensaft, Punsch, Champagner, Muskateller, ungarischer Tokayer. Sie sind auf Wunsch der Prinzessin wie mittelalterliche Pagen gekleidet.

Maria wird nicht als Hotelbesitzerin, sondern als die ehemalige Freundin Massénas begrüßt, als die Frau, die dem Kaiser während des Italienfeldzuges Gesellschaft geleistet hat, als die Vertraute des Präfekten, als Würdenträgerin der Regierung. Sie hat schon bald genug von all den nur allzu bekannten Gesichtern, insbesondere von Notar Tiranty, der sie als die Herrin des Hauses betrachtet. Schließlich ist Ihre Hoheit bei ihr zu Gast! Sie beschließt, in den großen Saal hinüberzugehen, wo das Orchester spielt und auch die Prinzessin sich aufhält. Eine Prinzessin, die ihrem Kavalier nicht von der Seite weicht, einem gewissen Felix Blangini, Italiener, der Romanzen und eine Oper komponiert hat, die gerade auf allen Bühnen gespielt wird. Blangini ist blond und sanft, Pauline hat sich in ihn vernarrt und ihm den Titel des Kapellmeisters ihrer kaiserlichen Hoheit verliehen. Diese Kapelle besteht aus einem Klavier und seiner Stimme, die melodiös und betörend ist. Vom Walzer mitgerissen, wirft der Komponist verängstigte Blicke in die Runde; dunkle Augenringe zeichnen sein blasses Gesicht. Im Taumel des Walzers droht er vor Müdigkeit jeden Moment das Gleichgewicht zu verlieren. Die Prinzessin scheint von der Erschöpfung ihres Kavaliers nichts zu bemerken, sie wirbelt umher, ein breites Lächeln liegt auf ihren tiefroten Lippen. Es gibt keinen Zweifel, die Mattigkeit des Musikers kann nur von seinem ausschweifenden Liebesleben kommen. Die Zyniker unter den Gästen schließen Wetten ab, wie lange es noch dauern mag, bis Felix zusammenbricht.

Maria findet sich in den Armen des Präfekten wieder, ohne darauf zu achten, ihre Blicke streifen durch die Gästeschar auf der Suche nach Hureau, den sie merkwürdigerweise noch nicht entdeckt hat.

»Maria ... Maria ...«, flüstert Dubouchage, in seine Uniform gezwängt.

Er hätte ihr gern gesagt, daß er einer der wichtigen Persönlichkeiten auf diesem Ball ist, daß sie ihn, mein Gott, ja nicht zu lieben brauche, sich aber doch von seiner Macht verführen lassen könne. Doch er schweigt, denn er ahnt, wie lächerlich eine solche Erklärung sein würde. Er hört bereits das grausame, harte Lachen Marias. Der Tanz ist vorüber, er hält sie nicht fest. Der Abend wird lang und öde werden.

Maria lief an der Gruppe vorbei, die Pauline umgab. Auf dem Sofa saß, in sich zusammengesunken, der Komponist, hielt ein Glas Muskateller in der Hand und starrte ins Leere. Auf der gegenüberliegenden Seite befand sich der ehemalige Wintergarten, in dem Penelope einst Orangen- und Zitronenbäume gezogen hatte und der nun in eine Rotunde mit einem Glasdach verwandelt worden war, von der aus man auf das Meer sehen konnte. Eine mondbeschienene Allee führte zum Strand hinunter, und trotz der Geigen und des Stimmengewirrs hörte man deutlich die Brandung und das Geräusch der Wellen, wenn sie auf die Kiesel schlagen. Ein Mann kam langsamen Schrittes die Allee herauf, er betrachtete jede Einzelheit um ihn herum und schien von diesem Ort verzaubert. Ebenso bedächtig stieg er die Marmortreppe hinauf, die zur Veranda führte, betrat die Rotunde und blieb dort stehen, sein Blick begegnete dem von Maria, dann ging er zu den Sälen hinüber. Maria folgte ihm, etwas Unsagbares ging von diesem jungen Mann aus, das ihr dennoch vertraut war, ein Gefühl, wie wenn man glaubt, eine Situation schon einmal erlebt zu haben.

Aber das Gefühl ließ nicht nach, es verstärkte sich sogar. Maria spürte einen Druck in der Brust und im Hals, sie führte es auf die erstickende Hitze im Saal zurück, die von Fackeln und Lüstern ausging, und auf den diffusen Qualm, der den Saal erfüllte und das Atmen erschwerte. Der Mann lief durch verschiedene Säle und schließlich über die Außentreppe hinaus in den Garten, Maria ging ihm nach, doch die frische Luft und der Regen halfen nicht. Der Druck in ihrer Brust blieb, sie bebte. Ihr war heiß und kalt, der junge Mann kehrte zurück, kreuzte wieder ihren Weg, blickte sie einen Moment an, lächelte und drehte eine neue Runde, offenbar um sich die Zeit zu vertreiben. Maria hielt ihn einen Augenblick lang für einen Polizisten. Ein Polizist! Sie schämte sich sogleich für den Gedanken, dieser Mann war viel zu stolz und elegant dafür. Langsamen, bedächtigen Schrittes lief er wieder durch die Räume und blieb kurz im großen Saal stehen, um den Tänzern zuzusehen. Maria näherte sich ihm, sie hätte nur die Hand auszustrecken brauchen, um die weiße Haut seines Halses zu streicheln, deren Geruch sie zu erkennen glaubte. Sie zuckte zusammen und taumelte zu einer Säule, um sich anzulehnen. Ja, diesen Geruch kannte sie, da war kein Zweifel. Wer auf dieser Welt hätte ihn eher erkannt als sie? Er kam von diesem Körper, der Geruch war süß wie Wolle … Es war Benjamins Geruch, der Geruch seiner Brust, wenn sie ihre Lippen darauf gepreßt hatte. Sie glaubte ihn vergessen zu haben, doch nun kehrte er zu ihr zurück, er ging vom Nacken dieses Unbekannten aus. Sie hätte versuchen können, ihn von vorn zu betrachten. Sie sank auf einen Stuhl. Noch nicht! Nein, sie hatte zu große Angst. Und was würde es nutzen? Sie spürte, daß es stimmte. Ihr ganzes Wesen spürte es. Die Musik brach ab, die Diener trugen Tabletts mit kleinen Köstlichkeiten, mit Geschirr und Besteck herein. Die Gruppen vermischten sich, für einen Augenblick war die Hierarchie aufgehoben, man setzte sich mit einem Hähnchenflügel auf dasselbe Sofa: Bürger, Militärs und politische Prominenz. Ein Durcheinander, das der Champagner und der Punsch noch begünstigten. Die Soldaten versuchten mit roten Augen, lauter Stimme und ausladenden Gesten den Verlauf der Schlachten nachzuerzählen. Die jungen Offiziere, die sich sagten, daß es Zeit war für neue Eroberungen, liefen mit gewinnendem Lächeln durch die Säle.

Hureau hatte sich ins Vestibül zurückgezogen, von wo aus er in seinem strengen schwarzen Gehrock die Begegnung von Maria und Giovanni beobachtet hatte. Maria hatte den jungen Mann wiedererkannt, kein Zweifel, Hureau hatte gesehen, wie sie die Fassung verloren hatte und auf einen Stuhl gesunken war. Er mußte eingreifen. Giovanni mußte seinen klaren Kopf behalten, das war wichtig, damit alles problemlos vonstatten ging. Aber wie sollte er eine Mutter davon überzeugen, vor allem eine Mutter wie Maria, den so lange ersehnten Augenblick auf einen späteren Zeitpunkt zu verschieben? Ihr Sohn war mitten in einem Walzer unerwartet vor ihr aufgetaucht, ein unfaßbares Geschenk, ein unvorstellbares Glück! Der als Diener verkleidete Polizist, den Hureau damit betraut hatte, Maria zu bewachen, erschien in der Tür, es mußte schnell gehandelt werden, die Dame hatte sich bereits wieder erhoben und schien jemanden zu suchen. Hureau dachte einige Sekunden nach.

»Gut, Sie werden mir den Jungen von hier wegschaffen. Aber keine Gewalt, gehen Sie sanft mit ihm um. Nehmen Sie ihn fest und stellen Sie ihm Fragen.«

»Was für Fragen?«

»Das ist doch egal, Sie Blödmann. Woher er kommt, warum er sich auf einer Soirée befindet, zu der er nicht eingeladen ist. Sie müssen die Nacht überbrücken. Ich sage Ihnen, wann Sie ihn wieder freilassen können. Informieren Sie die anderen.«

Er war verschwunden ... Maria rannte zum Wintergarten, sie wußte nicht genau, warum, vielleicht nur um den Weg noch einmal abzulaufen. Dicke Regentropfen fielen aufs Glasdach, feuchte Luft drang durch die Fensterritzen, der prasselnde Regen übertönte die Musik, der Geruch von nasser Erde lag im Raum. Ein Kälteschauer lief ihr über den Rücken. Und wenn sie sich geirrt hatte? Wie konnte es sein, daß Jean-Jacques zu den Gästen der Prinzessin gehörte? Das war doch völlig unwahrscheinlich. Sie war ein Opfer ihrer Phantasie gewesen. Aber sein Geruch, sein Gang, dieses Gefühl, das ihr Brust und Kehle zugeschnürt hatte ... Das war ihr Mutterinstinkt, ein Instinkt, an dem sie stets gezweifelt hatte, doch heute abend offenbarte er sich ihr mit aller Macht.

Sie vernahm Schritte hinter sich.

»Ich habe Sie gesucht, Maria, Sie sehen sehr reizvoll aus, Rot ist eine Farbe, die für Sie erfunden zu sein scheint. Warum haben Sie sich hierher zurückgezogen? Geht es Ihnen nicht gut?«

Warum tauchte Hureau erst so spät auf? Sie hatte so sehr gehofft, in seinen Armen zu tanzen und herumzuwirbeln! Sollte sie diesem Mann, der ihr stets auswich, alles anvertrauen? Sie war sich nicht einmal mehr ihrer Gefühle für ihn sicher. Diese Herzensregungen waren letztlich nicht von großer Bedeutung, eine Laune, ein Verlangen, der Wunsch zu verführen.

»Kommen Sie, Maria, ich möchte mit Ihnen tanzen, ich bin zwar etwas steif, aber dafür sehr sicher. Tun Sie mir den Gefallen?«

Maria brauste auf.

»Ich habe so lange von diesem Tanz geträumt. Doch jetzt nicht mehr. Entschuldigen Sie, Herr Hauptmann. Ich bin müde.«

Hureau legte die Hand auf ihren Arm.

»Nein, Maria, Sie sind nicht müde, Sie sind wütend.

Lassen Sie uns nicht hier bleiben, es ist kalt und dunkel. Kommen Sie mit!«

Er zog sie fort, sie ließ sich in den großen Saal führen, wo noch einige Paare Walzer tanzten. Die Prinzessin, Felix und ihr Gefolge hatten sich in ein Séparée zurückgezogen, um Charade zu spielen.

Hureau tanzte gar nicht schlecht. Er setzte seine Füße sehr geschickt, seine Arme hielten die Taille seiner Tänzerin fest umschlungen. Das Paar fiel auf, der Mann mit dem strengen Äußeren und die leuchtendrote Amazone. Es wurde laut applaudiert, und sie tanzten so innig, als würde jeder im Rausch des Walzers das Vergessen suchen. Hureau hatte Mühe, sich nicht in den Haaren seiner Partnerin zu verlieren, nicht die warme Haut ihres Nackens zu berühren. Ein betörender Duft von wildem Jasmin umhüllte ihn.

Der Ball und die Gäste schienen weit entfernt von diesem Kreis, in dem Maria sich drehte, hingegeben und kontrolliert zugleich. Während des Tanzes waren die Ereignisse nicht etwa weggewischt, aber sie wurden von dem Wirbel ergriffen und mitgerissen. Die Musik endete. Sie vollführten noch ein paar Drehungen vor den bewundernden Blicken der Zuschauer. Dann stützte Maria sich auf Hureaus Arm.

»Ich muß mit Ihnen reden«, flüsterte sie atemlos.

Sie begaben sich in den Saal, wo das Buffet stand. Dieser Ort war den ganzen Abend über unerreichbar gewesen, nun aber, zu so vorgerückter Stunde, leerte er sich allmählich. Die abgegessenen Platten wurden so rasch durch neue ersetzt, daß man meinte, die ganze Erde könne sich hier sattessen, ohne daß der Strom von Speisen je versiegen würde. Medaillons aus Gänsestopfleber und gegrillte Puten, Spieße mit zarten Sumpfschnepfen auf dunkelgrünen Tellern, die mit einem goldenen »N«, der Initiale des Kaisers, verziert waren.

Die gute Nizzaer Gesellschaft war erstaunt gewesen,

daß man ihr den traditionellen Sonntagshasen als Pastete in rotbrauner Gelatine serviert hatte, sowie Sankt-Peters-Fische, die mit dem Schleier einer feinen weißen Schaumsauce überzogen waren. Daneben standen auf Silbertabletts die Desserts, Nougat, riesige Schüsseln mit Schokoladensauce, Torten, Hefekuchen, Windbeutel, das Hauptstück war eine Krokant-Nachbildung der Schlacht an der Lodi-Brücke, mit Pferden und Reitern. In der Mitte stand aus Biskuit der Kaiser und schwang siegreich seinen Hut. Maria und der Hauptmann suchten sich ein ruhiges Eckchen. Sie setzte sich in einen der schmalen, unbequemen Sessel, die überall herumstanden. Hureau zog es vor, stehen zu bleiben. Ihm fiel nichts mehr ein, womit er den gefürchteten Moment noch länger hätte hinauszögern können.

»Hauptmann«, sagte Maria, »ich bin heute abend einem jungen Mann begegnet und ihm gefolgt. Es mag vielleicht merkwürdig klingen, aber mir schien es, als hätte ich Jean-Jacques wiedererkannt, ohne daß er ein Wort gesprochen oder ein anderes Zeichen es mir verraten hätte. Nichts. Aber mein Gefühl täuscht sich nicht, es schreit mir entgegen, daß er es ist. Halten Sie das für möglich?«

»Sie täuschen sich nicht, in der Tat, er ist Ihr Sohn.«

Maria war einen Moment verwirrt, dann wurde sie von einer heftigen Übelkeit gepackt. Sie stürzte zu einem der Fenster und riß es auf. Regen und Wind peitschen ihr ins Gesicht.

»Maria ...«

Hureau war näher gekommen und wollte sie bei den Schultern fassen, doch besann er sich.

»Schweigen Sie ...«

Maria drehte sich um, ihr Gesicht war naß vom Regen und von ihren Tränen.

»Sie wußten es und haben es mir verschwiegen, Sie wußten es und haben mich zum Tanzen aufgefordert ...«

»Genug!«

Hureau hatte Mühe, sich zu beherrschen.

»Wieso genug? Warum haben Sie die Anwesenheit meines Sohnes vor mir geheimgehalten? Was treiben Sie für ein Spiel? Oh, ich werde es mir nie verzeihen ... und Ihnen auch nicht.«

Hureau hätte sich gern eine Zigarre angezündet, doch er blieb reglos stehen, während der Wind, der durchs offene Fenster pfiff, sein Haar zerzauste. Sie hatte voller Hingebung in seinen Armen gelegen, alles hätte so gut verlaufen können. Das Unglaubliche war geschehen. Er konnte sich die Verzweiflung in ihrem Blick nicht verzeihen.

»Haben Sie irgend etwas mit seiner Anwesenheit hier in Nizza zu tun?«

»Natürlich nicht! Aber ich glaube zu wissen, was er hier vorhat. Jean-Jacques ist in dunkle Machenschaften verwickelt, deren Ernst er nicht erkennt.«

Maria faßte ihn beim Rockaufschlag.

»Ein junger Mann von achtzehn Jahren kann nur unschuldig sein, Hureau, egal auf was für eine wirre Geschichte er sich eingelassen hat!«

Der Hauptmann berührte sanft ihre Schultern.

»Beruhigen Sie sich, Maria, ich verspreche Ihnen beim Heiligsten, was ich auf dieser Welt habe, daß ich ihn da herausholen und in Ihre Hände geben werde.«

Eine ganze Schar von Dienern trug mit lautem Geklapper die leeren Tabletts an Ihnen vorbei.

Maria fragte leise wie bei einem Geständnis:

»Sie benutzen das Wort ›heilig‹, aber was ist Ihnen denn heilig im Leben?«

Hureau rückte ein wenig seine Jacke zurecht, dann sah er Maria tief in die Augen und antwortete:

»Der Kaiser!«

»Der Kaiser ... So sehr lieben Sie ihn also?«

Sie gingen vom Fenster weg, aber kaum hatte Maria

die ersten Schritte gemacht, überkam sie eine große Schwäche.

»Stützen Sie sich auf mich, wir werden beobachtet.«

»Macht Ihnen das etwas aus?«

Hureau antwortete nicht, sondern zog sie zu einem Raum hinüber, der nach Puder roch und den Damen vorbehalten war.

»Maria, Sie sollten sich wieder ein wenig zurechtmachen. Ich warte hier auf Sie.«

Catherine hatte den ganzen Abend wie im Rausch getanzt, mit Hauptleuten und Obersten, am Ende hatte sie gar nicht mehr auf den Grad geachtet. Sie hatte Erfolg bei den Männern. Sie stellten sich vor, verbeugten sich, sie lächelte, versprach einen Tanz und flog weiter. Sie hatte keine Zeit gehabt, an Giovanni zu denken. Einen Augenblick hatte sie ihn mit bekümmerter Miene umherirren sehen, aber sie war zu beschäftigt und zu ausgelassen, um sich seinetwegen Sorgen zu machen. Einer ihrer Kavaliere war besonders hartnäckig gewesen, obwohl er weder Soldat noch sonderlich hübsch war, er hatte einen verlorenen Eindruck gemacht, genau wie jene Muttersöhnchen, die sich zum ersten Mal in einer Abendgesellschaft bewegen. Er hatte seinen Namen genannt: Pierre-Joseph Arson, er war Bankier. Bankier wie sein Vater und entsprechend einer Familientradition, die wohl bis ins Mittelalter zurückreichte. Er konnte gut tanzen, Catherine war entzückt von den seligen Blicken, mit denen er sie ansah: Sie hatte ihn erobert. Gewiß, dieser Pierre-Joseph besaß weder den Charme noch das Raffinement Giovannis, er war auch in keiner Weise rätselhaft. Der kurze Augenblick, den sie an jenem Abend in der Mühle miteinander verbracht hatten, hatte sie aufgewühlt. Die Situation war so unerwartet gewesen, die Kraft dieser arbeitenden Männer, der intensive Geruch der Oliven, all das verschmolz mit Giovannis

Gegenwart. Aber an diesem Abend, in dieser Nacht wollte sie tanzen, sie wollte gefallen und eine der Königinnen dieses Festes sein. Morgen würde sie noch genug Zeit haben, um wieder auf ihr Herz zu hören. Aber heute abend wollte sie ihre Zeit nicht mit so ernsten Dingen verschwenden.

Der Präfekt, der etwas abseits saß, schaute melancholisch zu, wie die Paare sich im Walzertakt drehten. Wieviel würde ihn dieser Abend kosten? Er würde das Geld vorschießen müssen, und bis Paris ihn entschädigt hätte, würde das Loch im Haushalt seines Departements noch weiter aufreißen. Das hieß: noch weniger Geld für die Straße nach Genua, die berühmte Corniche. Diese Corniche war sein Werk, er hatte den Auftrag für den ersten Spatenstich gegeben, die Planung überwacht und den Fortschritt der Arbeiten beaufsichtigt. Was konnte er sich sonst noch zugute halten? Natürlich, da war noch die Schule, aber auch dafür mangelte es an Geld. Er hatte sich beschwert, man hatte ihm erwidert, er solle sich gedulden. Nizza war weit von der Hauptstadt entfernt, oft sagte er sich, daß Paris sich mehr um seine Angelegenheiten kümmern würde, wenn er Konsul in einer Stadt im Ausland wäre. Vielleicht mochte der Kaiser ihn nicht, er hatte ihn nicht aus Sympathie ernannt, sondern aufgrund seiner Verdienste. Über seine Vergangenheit als Emigrant hatte er hinweggesehen. Nizza war eine Art Exil; die gerngesehenen Präfekten berief man nach Lyon, Marseille oder besser noch in die eroberten Gebiete wie das Rheinland. Nizza war auch erobertes Territorium, aber der Innenminister wußte nicht recht, wo die Stadt hingehörte: War sie italienisch oder französisch? Weder das eine noch das andere, und so geriet sie in Vergessenheit. Dabei verfügte dieses Fleckchen Erde über zahlreiche natürliche Schätze, er wollte diese Provinz in einen fruchtbaren Garten verwandeln, mit der sich die Regierung rühmen könnte. Aber man zog es vor, diesen Ort

Abenteurern und phantasielosen Kaufleuten zu überlassen, die mit Seife und Öl handelten und obendrein das Embargo mit England mißachteten. Diese Leute grinsten ihn an, hielten ihn für einen Narren. Aber er wußte Bescheid. Er wußte alles. Wäre er sonst Präfekt? Man vertraute ihm Geheimnisse an, manchmal verkaufte man sie ihm auch. Und er kaufte sie; die Mächtigen müssen zuweilen niedrig handeln. Nun wurde er auch noch bitter: »Ich bin zu alt für diese Komödie, zu alt, um noch geliebt zu werden, sie hat mit diesem Hureau mit geschlossenen Augen getanzt, den Kopf an seiner Schulter. Mich dagegen hat sie wie einen alten Zausel behandelt, dem sich eine junge Frau verpflichtet fühlt, einen Tanz zu gewähren. Das ist es, ich bin ein alter Zausel.«

Die Reihen lichteten sich, nur zwei Paare tanzten noch, das feurigste bildeten Catherine und der Arson-Sohn. Die Arsons stammten ursprünglich aus Avignon und waren zu Beginn der Revolution nach Nizza gekommen, die Koffer voller Gold, das sich in der Zwischenzeit kräftig vermehrt hatte. Eine Verbindung zwischen der Tochter der angesehensten Hotelbesitzerin der Stadt und dem wohlhabendsten Bankierssohn, warum nicht? Eine solche Heirat würde ein hervorragendes Mittel sein, den Bankier ruhigzustellen, über den Gerüchte besagten, er habe wenig Achtung vor dem Kaiser. Die Sache mußte er jedenfalls im Auge behalten.

Der Augenblick war gekommen, sich von der Prinzessin zu verabschieden. Mit langsamen Schritten ging Dubouchage in den Nebensaal, in den sich die Prinzessin mit ihrem Hofstaat zurückgezogen hatte.

Ein ungewöhnlicher Anblick erwartete ihn dort. Die Prinzessin, die statt ihrer Ballgarderobe nun ein schlichtes Kleid aus weißem Crêpe trug, lag ausgestreckt da, ihr Kopf ruhte auf einem Stapel Kissen, und ihre nackten Füße wühlten in Madame de Chambeaudoins Dekolleté.

Die Zehen der Prinzessin schlüpften unter die durchsichtige Bluse der Gesellschaftsdame und spazierten von einer Brust zu anderen, wanderten über die pralle Rundung bis zur feinen Spitze, an der sie ausgiebig herumspielten. Madame Chambeaudoin gurrte vor Vergnügen und reckte sich ihr wie eine liebestolle Katze entgegen. Dubouchage verschlug es den Atem, ein solcher Anblick war den Sitten des spätrömischen Reichs würdig. Das Erstaunliche daran aber war, daß offenbar alle Anwesenden die stille Übereinkunft getroffen hatten, dies vollkommen normal zu finden. Der Abend bestätigte ihn in seinem Eindruck, daß er alt geworden war. Verkrampft trat er auf die Prinzessin zu, errötete und verbeugte sich.

»Hoheit, ich bin gekommen, mich zu verabschieden.«

Und an Madame de Chambeaudoin gewandt:

»Das muß sehr unbequem für Sie sein.«

»Ich bin es gewohnt, Herr Präfekt«, entgegnete die Gesellschaftsdame.

Die Prinzessin, die nicht eine Sekunde in ihrem Spiel innehielt, schenkte dem Präfekten ein breites Lächeln:

»Monsieur Dubouchage, wir sind mit diesem Abend sehr zufrieden, es war ein sehr gelungenes Fest, Sie verwalten ein schönes Land, und die Bewohner hier sind ganz reizend, von einer rauhen Schönheit, ein Fischer zum Beispiel, den ich gestern im Carras-Viertel sah. Als stünde Suleiman der Prächtige vor mir, mit dunklem Gesicht, goldfarbenen Augen und der stolzen Kopfhaltung eines Piraten.«

»Also, ich habe dunkelhäutige Männer gesehen, die ziemlich kümmerlich aussahen«, meinte Madame de Chambeaudoin mit leicht verhangener Stimme.

»Sei still! Warum siehst du sie dir dann an? Nicht wahr, Herr Präfekt, die Männer hier sind schön?«

»Sagen wir, Hoheit, daß sie die typischen Merkmale der Südländer haben.«

Die Bluse der Gesellschaftsdame war mittlerweile weit

geöffnet und bot freien Blick auf ihre Brust. Die Augen von Madame de Chambeaudoin schlossen sich vor Wonne, eine Art Miauen entschlüpfte ihren halbgeöffneten Lippen. Dubouchage befand, daß er eine so offen zur Schau getragene Schamlosigkeit nicht länger ertragen könne.

»Was gibt es morgen im Theater?« fragte die Prinzessin.

»Eine Komödie, Eure Hoheit: ›Le Portrait ou l'Enterrement impossible‹ mit Mademoiselle Henault, ein Einakter, gefolgt von ›Adélaïde de Duguesclin‹, einem Heldendrama, das seit Jahren große Erfolge feiert.«

»Ah, ich ziehe die Tragödie der Komödie vor«, seufzte die Prinzessin.

»Ich auch«, gurrte Madame de Chambeaudoin, »ich liebe Tragödien, sie erheben die Seele.«

Dubouchage verbeugte sich. Die Prinzessin nickte zum Zeichen, daß er entlassen war. Das letzte Bild, das er mitnahm, war das der bebenden Brust von Madame de Chambeaudoin, über die die Zehen Ihrer Hoheit kreisten.

Um drei Uhr morgens ließen die Polizisten Giovanni laufen. Sie entließen ihn ebenso unerwartet, wie sie ihn einige Stunden zuvor geschnappt und in einen niedrigen Raum geführt hatten, der hinter der Küche lag. Dort hatten die Männer ihn gezwungen, sich zu setzen. Sie sprachen kein Wort. Erst viel später, nach einer Zeit, die ihm unendlich lang erschienen war, fragten sie ihn beiläufig nach seinem Namen. Was er hier tue. Er antwortete, daß er Giovanni Toesca hieße – dies war der Name, den ihm Bruder Francesco zu benutzen empfohlen hatte – und daß er dank seiner Beziehungen zu einer Einladung für diesen Ball gekommen wäre. Merkwürdigerweise hakten die Polizisten nicht nach, so daß Giovanni allmählich Zweifel kamen, ob es sich um echte Polizisten handelte, sie sahen ihn kaum an und schienen auf einen Befehl oder ein Zeichen zu warten, das nicht kam. Wie lange war er festgehalten worden? Zwei Stunden oder drei? Er wußte es nicht. Irgendwann wandte er sich an einen der Männer: Warum hielt man ihn hier fest? Der Wächter zuckte mit den Achseln und bedeutete ihm zu schweigen. Vielleicht, dachte Giovanni, wollte man ihn exekutieren, die Männer würden ihn heimlich erdolchen und ins Meer werfen. Man erzählte sich so viele Dinge in Italien, selbst in den Klöstern, über die Methoden der Geheimpolizei des Kaisers. Aus unerklärlichem Grund hatte er keine Lust zu beten. Er dachte an den Tod, aber es war ihm ganz einfach unmöglich, ihn sich vorzustellen. Er fing an zu beten, doch seine Gedanken wurden gleich wieder abgelenkt. Er sah Catherine vor sich, die einen Walzer nach dem anderen tanzte, sie hatte ihn nicht wahrgenommen, doch er hatte sie betrachtet. Jede ihrer Arabesken und Drehungen hatten ihn schmerz-lich getroffen. Er sah wieder das Licht auf ihrem Gesicht, das Funkeln in ihren Augen: Ein anständiges junges Mädchen sollte sich nicht so benehmen. Da er sich nicht eingestehen wollte, daß er unter ihrer Treulosigkeit litt, schob er seinen Schmerz auf ihre mangelnde Tugend.

Man hatte ihn weder erdolcht noch ins Meer geworfen, er war einfach in den Saal zurückgekehrt, in dem sich die letzten Tänzer drehten. Die Schminke auf den Gesichtern der Frauen war verflogen und ließ die fahle Farbe schlafloser Nächte zum Vorschein kommen. Auf dem Kinn und den Wangen der Männer war der graue Bart nachgewachsen. Die aufgebundenen Krawatten, die zerknitterten Kleider, die schweren Augenlider kündigten die Stunde des Abschieds an. Das Orchester spielte noch, die erschöpften Bögen rieben verbissen über die gemarterten Saiten. Giovanni, den sein Abenteuer verwirrt hatte, blieb im Vorzimmer stehen, durch das eisige Böen wehten. Die Kerzen verlöschten in schwärzlichem

Qualm, es roch intensiv nach geschmolzenem Wachs. Die meisten Räume lagen bereits im Dunkeln.

Das Orchester verstummte. Zum ersten Mal an diesem Abend hörte man draußen den Sturm wüten, das Meer schien bis zur Außentreppe vorgedrungen zu sein, die Brandung schlug wild gegen die großen Fensterscheiben. Am anderen Ende des Saals spielte jemand Klavier. Giovanni hätte gehen sollen, es gab keinen Zweifel, daß die Prinzessin gut bewacht wurde, seine kurze Gefangennahme hatte das deutlich gemacht. Er würde Lepetit Bericht erstatten und die Sache damit auf sich beruhen lassen. Sein Auftrag erschien ihm plötzlich wie ein schlechter Theatercoup. Seit seiner Ankunft hier, seinen Ausritten durch die anmutige Natur fühlte er sich auf undeutliche, aber doch intensive Weise zu etwas anderem berufen als zum Klosterleben. Dieses Leben war dem Haß gewidmet, einem Haß, der nicht nur den revolutionären Ideen galt, sondern sich auf alles bezog, was nicht mit Buße, Demütigung, Weihrauch, feuchten Kirchenfußböden und schummrigem Licht zu tun hatte, es war der Haß auf die Freude, die Erde und die Sonne. Auch diese Entführung gehörte zu jenen niedrigen, hinterhältigen, übelriechenden Taten, die er seit seiner Kindheit immer wieder erlebt hatte. Die Entführung einer Prinzessin, mochte sie auch bürgerlicher Abstammung sein, konnte nur gegen den Willen des Herrn sein. Während er über alle diese Dinge nachdachte, folgte er der Melodie und durchquerte den Saal, in dem ein paar schläfrige Lakaien die Überreste des Buffets abräumten. Alle Köpfe drehten sich zu dem großen jungen Mann um, der schüchtern und melancholisch wirkte.

»Kommen Sie näher«, rief die Prinzessin ihm zu. »Haben Sie keine Angst, wir werden Sie schon nicht aufessen. Wir sitzen hier unter Freunden zusammen.«

Giovanni stotterte, deutete eine Fluchtbewegung an und blieb dann stehen: Er mußte gehorchen. Man gab ihm ein Sitzkissen, in das er einsank. Ein Nebenschleier legte sich vor seinen Blick. Eine Zeitlang, die ihm wie eine Ewigkeit erschien, verstand er überhaupt nicht, was um ihn herum geschah. Sätze schwirrten durch den Raum, es wurde gelacht. Der einzige, der Schweigen wahrte, war Felix Blangini. Er klammerte sich ans Klavier, als wolle er sich hinter dem Instrument verstecken. Die Prinzessin herrschte ihn an:

»Sie hören überhaupt nicht zu, Felix. Dabei betrifft es auch Sie! Also, ich sagte gerade, daß ich heute abend in Spendierlaune bin. Ich werde jedem etwas schenken, der dies begehrt.«

Pauline erhob sich von ihren Kissen, nahm ihre Füße aus Madame de Chambeaudoins Dekolleté und ging durch den Saal. Giovanni stellte erstaunt fest, daß sie von kleinem Wuchs war. Mit ihren nackten Füßen und in ihrer Tunika, die jede ihrer Bewegungen unterstrich, glich sie einem kleinen Mädchen, das sich ein Spiel ausdenkt.

»Du«, rief Pauline Madame de Chambeaudoin zu, »sag mir, was dein heimlicher Wunsch ist.«

»Euer Gnaden«, antwortete die Gesellschaftsdame, »Ihr schönstes Geschenk ist Ihre Freundschaft.«

»Schluß mit diesen Albernheiten, Herzchen, vertraue mir deinen geheimsten, sehnlichsten Wunsch an.«

Die Gesellschaftsdame kniete nieder und flüsterte mit gefalteten Händen:

»Ihr Porträt, Prinzessin.«

»Nur mein Porträt?«

»Ihr Porträt ... besetzt mit Diamanten.«

Ein erstauntes Oh schwebte durch den Raum.

»Das läßt sich hören, mein Täubchen, du sollst es schon morgen haben.«

Pauline wandte sich an die übrigen Anwesenden.

»Nur Mut. Was ist mit dir, Madame de Barnel?«

Die Befragte, eine dreißigjährige Frau mit ausdruckslosem Gesicht, erwiderte kühn:

»Für mich, Hoheit, eine Locke von Ihrem Haar ...«

Sie hielt einige Sekunden inne und spitzte die Lippen:

»Eine Locke in einem mit Rubinen besetzten Medaillon.«

Die anderen applaudierten, Giovanni lächelte, das alles war sicher nur ein Spiel, um den Abend zu beenden. In dem Augenblick ging Pauline mit wogenden Hüften auf das Klavier zu und zeigte auf Felix.

»Und du? Sag's mir.«

»Ich begnüge mich mit einem einzigen Haar«, antwortete der Musiker schelmisch.

Pauline stampfte mit dem Fuß auf.

»Das hast du bereits. Sei ehrlich, genau wie die Damen hier, leg offen, was du im Innern deines Kopfes verborgen hältst.«

Felix legte seine Finger auf die Tasten.

»Geliebte Prinzessin, Sie würden meine Wünsche mit einem silbernen Tafelgedeck erfüllen.«

Pauline rief:

»Bravo Felix, du bist der Ehrlichste von allen. Ein silbernes Tafelgedeck! Sicherlich für deine zukünftige Hochzeit. Du sollst es bekommen, *Carissimo*.«

Es war also kein Spiel ... Giovanni wäre am liebsten geflüchtet! Irgendwohin. Das Geschenkspiel war beendet, die Prinzessin verlangte, daß Felix ein paar Melodien spielte.

»Spiel das Duett aus ›Armida‹, – ›Armide, vous m'allez quitter‹.«

Pauline stützte sich auf das Klavier, und die Anwesenden setzten sich um sie herum auf den Boden, nur Giovanni blieb wie angewurzelt auf seinem Kissen hocken.

Die Mitglieder dieses kleinen Hofstaates, die sich alle gut kannten, die kleinsten Anspielungen und subtilsten Untertöne heraushörten, hatten sofort begriffen, daß mit diesem hübschen Duett für Felix das Ende der Romanze gekommen war. »Armide, Sie wollen mich verlassen ...« hieß ohne jeden Zweifel: »Felix, Sie sind entlassen.«

Die Prinzessin sang mit zarter Stimme. Felix modulierte dazu am Klavier, er fühlte sich befreit und hoffte, daß es bald vorbei wäre. Wer würde sein Nachfolger werden? Er tippte auf diesen Jüngling dort, den keiner kannte und der auf seinem Sitzkissen etwas verloren aussah: Der junge Mann besaß zwei Vorzüge, seine Jugend und seine Unerfahrenheit. Pauline liebte es, junge Männer in die Liebeskünste einzuweisen, natürlich unter der Bedingung, daß der Schüler schnell und bereitwillig lernte. Nachdem Felix das Duett beendet hatte, konnte er es sich nicht verkneifen, den zukünftigen Auserwählten anzusehen. Dieses Mal hatte die Prinzessin sich einen harten Brocken ausgesucht, was Felix einen Moment um seine vermeintlich wiedererlangte Freiheit bangen ließ.

Sempre sarò, sempre t'adorerò. Wann hatte Paulines Leidenschaft aufgehört? Sie mußte seine Liebkosungen irgendwann monoton gefunden haben, das Feuer war ebenso plötzlich erloschen, wie es aufgeflammt war. Bei der Prinzessin wurde nie lange gefackelt, Trennungen hinterließen bei ihr keine Spuren und keine Narben. Schon bald würde sie ihr Gedächtnis noch so sehr anstrengen können, sie würde sich nicht einmal mehr an sein Gesicht erinnern.

Der Musiker hatte die Melodie mit einer hübschen Notenfolge beendet, über die sich ein Hauch von Traurigkeit legte.

Mit einer kurzen Handbewegung verkündete Pauline, daß der Abend nun zu Ende sei. Die Damen verbeugten sich, Felix küßte die Hand der Prinzessin, und auch Giovanni wollte sich diskret entfernen. Doch Pauline hielt ihn am Arm zurück.

»Sie nicht«, murmelte sie. »Folgen Sie mir.«

Die Lakaien machten die Kerzen und die Lampen aus. Der Ball Ihrer Hoheit war zu Ende.

Giovanni folgte der Prinzessin hinauf in ihre Gemächer. Der junge Mann wußte aus der Bibel wie aus der Geschichte der Antike, daß es Frauen gab, die ein lasterhaftes und ausschweifendes Leben führten, Salomé, Kleopatra oder Messalina ... Aber wer war er denn, daß eine Prinzessin sich für ihn interessierte? Er ärgerte sich, daß er sich aus dem Salon nicht hatte losreißen können, in dem er ja nichts verloren hatte. Als er das Boudoir der Prinzessin betrat, begann er zu zittern.

»Ist Ihnen kalt?« fragte Pauline. »Kommen Sie näher, machen Sie es sich bequem und ziehen Sie Ihre Stiefel aus, Sie sitzen doch nicht auf einem Pferd. Lehnen Sie sich gegen diese Kissen hier. Möchten Sie etwas trinken?«

»Nein, vielen Dank, Eure Hoheit.«

»Wie wäre es mit einer heißen Schokolade? Das ist ein köstliches Getränk, es gibt nichts, womit man sich besser aufwärmen könnte.«

Sie beachtete die Ablehnung des jungen Mannes gar nicht, sondern läutete, gab dem Diener die nötigen Anweisungen und verschwand. In diesem Moment zogen zwei Kammerzofen einen Vorhang auf, und vier Diener trugen mit lautem Poltern eine Badewanne herein. Weitere Diener brachten Eimer mit parfümiertem Wasser, Orangenblütenduft strömte durch das Zimmer. Die Prinzessin kehrte in einen Morgenmantel gehüllt zurück. Der Stoff verdeckte zwar ihre Nacktheit, ließ jedoch ihre Formen erahnen. Als sie ihn an ihrem Körper, ihren Schenkeln hinabgleiten ließ, spürte Giovanni, wie eine Woge von Scham in ihm aufstieg, in die sich Zorn und Verlangen mischten. Die Scham, einem solchen Sittenverfall beizuwohnen, und die Wut darüber, daß bei der Betrachtung dieser Formen das Verlangen ihn überkam. Er hatte noch nie eine Frau nackt gesehen. Die Diener zogen sich zurück, die Kammerzofen prüften mit hochgeschobenen Ärmeln die Temperatur des Wassers und fügten mal warmes, mal kaltes Wasser hinzu. Als die Temperatur genau richtig war, tauchte die Prinzessin, gestützt von den Zofen, genüßlich in das Bad ein. Die Frauen liefen geschäftig umher mit Flakons, Bürsten, Salben, weiteren Eimern und Handtüchern, die sie über einen kleinen Ofen legten. Sie schwatzten und lachten, genau wie die Prinzessin.

Es gehörte sich nicht, wie in einer Theaterloge hier sitzen zu bleiben und dem Schattenspiel zuzusehen. Er mußte schnell fort. Die Prinzessin rief ihm hinter dem Vorhang zu:

»Bleiben Sie, Monsieur. Wie heißen Sie?«

»Giovanni, Madame.«

»Was machen Sie, Giovanni?«

»Ich bin Student, Madame, ich reise.«

»Um zu lernen, nehme ich an?«

»Ja, so ist es.«

»Genau dasselbe tun Sie auch in diesem Augenblick, *caro mio*, Sie lernen.«

Die Kammerzofen begannen die Prinzessin abzuspülen, die aufgestanden war. Das warme Wasser rieselte über ihren Körper. Darauf folgte ein andächtiger Moment, in dem die Prinzessin sich ganz den Händen überließ, die sie abtrockneten. Kaum waren die heißen Handtücher mit ihrem Körper in Berührung gekommen, wurden sie durch neue ersetzt, so lange, bis die Prinzessin befand, daß ihre Haut warm genug war und ausreichend duftete. Sie hob die Arme, und die Dienerinnen streiften ihr einen Morgenmantel aus blauer Seide über. Der kleine Negerjunge, von dem die ganze Stadt sprach, betrat den Raum mit einem silbernen Tablett, auf dem eine Kanne mit heißer Schokolade dampfte. Er stellte die Tassen und die Kanne auf ein Beistelltischchen. Die dunkle Farbe des Tranks erinnerte an jenes Gebräu, das man den Verdammten der Hölle einflößt, sobald sie die Pforte zur Finsternis durchschritten haben. Pauline schob den Vorhang zur Seite. Ihr Morgenmantel ließ die Furche zwischen ihren Brüsten unbedeckt, und jedes Mal, wenn sie einatmete, trat die weiße Haut ihres Busens zum Vorschein. Sie setzte sich Giovanni gegenüber und goß die heiße Schokolade ein. Die Dienerinnen gingen in das angrenzende Schlafgemach, in dem Giovanni durch den Türspalt ein großes Bett erspähte. Die Frauen hoben die Decke an und ließen einen mit glühenden Kohlen gefüllten Bettwärmer langsam über das Laken gleiten. Es klang wie das seidene Geräusch eines Kusses.

»Sie trinken ja gar nichts«, bemerkte Pauline mit vorwurfsvoller Miene. »Kakao ist ein hervorragendes Stärkungsmittel, die Indianer sagen ihm aphrodisische Wirkung nach.«

Giovanni hielt die Tasse krampfhaft in seinen Händen, als wolle man ihm gleich den Hals umdrehen. Aus dem Schlafzimmer klangen Lieder herüber, die Frauen kamen und gingen, ruhig und fröhlich. Ihr leiser Gesang beruhigte ihn ein wenig, ebenso wie der Regen, der gegen das Balkongeländer peitschte.

»Haben Sie Angst vor mir?« fragte Pauline und legte sich auf die Kissen.

Giovanni, unfähig, auch nur ein Wort zu sagen, begnügte sich zu lächeln.

»Was hat man Ihnen über mich erzählt? Daß ich ein Ungeheuer sei? Ein männerverschlingendes Wesen? Die Wahrheit ist, daß ich einsam bin, schrecklich einsam, ich brauche Zuneigung. Sie haben doch diese Leute vorhin gesehen, sie erhoffen sich von mir nur die Verbesserung ihrer finanziellen Situation und wollen von meiner Freigebigkeit profitieren. Sie denken, daß ich es nicht merke. Aber ihre Absichten sind so deutlich erkennbar, daß man schon sehr dumm sein müßte, um sich täuschen zu lassen. Sie vergessen, daß ich selbst einmal arm war, sehr arm. Und du, *caro mio*, woher kommst du?«

Plötzlich brach der Gesang der Frauen ab: Sie waren

allein. Im Kamin knisterten die Holzscheite, der Regen trommelte gegen die Fenster, dazu die Stimme Paulines, eine eindringliche und betörende Stimme, die einen dahinschmelzen ließ. O Herr, dachte Giovanni, gib mir die Kraft zu widerstehen.

»Du willst nicht antworten, recht hast du. Du wirst mein *cavaliere misterioso* sein, aber ich weiß alles über dich, ich weiß, daß du noch nie den Körper einer Frau kennengelernt, noch nie eine Frau in den Armen gehalten, vielleicht noch nie geküßt hast. Du weißt nichts von der Wärme, dem Geruch einer Frau ... Ein Mann ist kein Mann, solange er keine Frau hatte.«

Giovanni fand die Kraft zu flüstern:

»Mönche, Madame, sind doch aber auch Männer, selbst wenn sie keusch bleiben.«

Pauline brach in Gelächter aus.

»*Poverino*, Mönche! Ich nehme an, du wurdest von ihnen erzogen, *caro mio*, du tust mir leid, geh von ihnen fort, halte dich von ihren Predigten fern, hör nicht auf sie.«

Giovanni brauste auf:

»Ich glaube an Christus, unseren Retter, und an die zehn Gebote.«

Die Prinzessin schwieg, dann löste sie langsam den Gürtel ihres seidenen Morgenrocks, legte den Kopf auf die Arme und blieb reglos liegen. Mit einem zarten, vagen Lächeln auf den Lippen flüsterte sie:

»Komm, ich werde dich von der Kirche heilen, ich werde dich die Liebe lehren ...«

Er rührte sich nicht und schloß die Augen.

»Sieh mich an, Giovanni, ich bin schön, sieh meine Brüste an, meinen Bauch, meine Schenkel, sieh mich an, du brauchst mich nicht zu berühren, mein schöner Geliebter, sieh mich nur an, solange du willst ...«

Er fiel auf die Knie und bedeckte sein Gesicht mit den Händen.

»Lassen Sie mich … ich flehe Sie an, lassen Sie mich …«

Pauline fuhr mit dem Finger über ihren Bauch hinab bis zu ihrem Geschlecht, ihr Fingernagel malte eine Zickzacklinie auf ihre weiße Haut, über die die goldenen Flammen des Kaminfeuers leckten. Giovannis Knie gaben nach, er vergrub sein Gesicht im Bauch der Prinzessin wie in heißem Sand. Atemlos blieb er liegen, der Duft von Blumen, von Haut, von Wärme und noch geheimnisvolleren Dingen stieg zu ihm auf. Seine Lippen küßten dieses zarte Fleisch. Und dann überwältigte ihn ein Gefühl, das aus einer unbekannten, einer verbotenen Region kam, von deren Existenz er wenige Stunden zuvor noch nichts gewußt hatte, seine Hände, seine gierigen Hände begannen zu streicheln, zu kneten, seine Fingern gruben sich in ihr Fleisch, ein Feuer rannte über seine Arme.

»Du tust mir weh, *amore mio*«, flüsterte Pauline.

Er hörte nicht, sondern grub seine Finger immer tiefer. Als sie vor Schmerz aufschrie, wimmerte er und ließ sich mit herabhängenden Armen neben sie fallen. Pauline zog ihm den Anzug, die Weste mit den metallenen Knöpfen, die ihr so weh taten, aus, das Hemd mit dem hohen Kragen, die Stiefel und die Strümpfe. Als er völlig nackt war, streichelte sie ihn behutsam wie ein verletztes Tier. Sie lächelte, ihre Finger flogen über seinen Körper, ließen die sensiblen Stellen aus, umkreisten ihn wie die Biene eine süße Frucht. Sie ließ seine Lust sich entfalten.

»Sieh mich an«, sagte sie.

Er sah sie an, sie neigte den Kopf, ihre Gesichter berührten sich.

»Du hast Angst, *mio bello*, dein Herz schlägt rasend schnell, du hast keine Angst vor mir, sondern vor der Liebe, aber du brauchst nichts zu befürchten, ich werde dich nehmen, wie eine Blume einen Schmetterling nimmt, *mio bell' amore*, auch ich habe Herzklopfen, hörst du es? Du wirst *il mio amore* sein, der erste Liebhaber der Welt, der erste …«

Sie verstummte, legte sich über ihn, öffnete sich und glitt ganz langsam hinab, dann nahm sie ihn mit einer einzigen Bewegung des ganzen Körpers in sich auf. Sie hielt einen Moment inne und spürte dem warmen feuchten Strömen in ihr nach. Sanft, ganz sanft, zog sie sich zurück und ließ ihn dann aufs neue in sich hineingleiten, Giovanni bäumte sich auf, seine Augen schlossen sich, seine Hände ballten sich zur Faust. Sie bewegte sich nicht mehr. Er spürte sein Herz bis in den Hals schlagen, bis in die Schläfen, er wartete ... er wartete. Sie kreiste einmal, zweimal und stemmte sich mit gestreckten Armen hoch, als wolle sie fortfliegen. Er brach in einen fürchterlichen Schrei aus. »Herr ... Herr...«, murmelte er.

Dann verbarg er sein Gesicht. Er würde sterben, ja, sterben. Ihm war heiß, noch nie zuvor war ihm so heiß gewesen. Dann folgte die Ruhe, die Entspannung der Muskeln, eine sanfte Erschöpfung, die sich bis in seine Schenkel, in seine Brust fortsetzte. Er öffnete die Augen wieder, das Feuer im Kamin prasselte, die Regentropfen peitschten auf den Balkon, und die Prinzessin lag noch immer wie ein Blütenkelch über ihm, zwei Tränen liefen ihm über die Wangen.

Um acht Uhr morgens klopfte es im Hôtel d'York an Hureaus Tür. Der Regen war seit dem Zeitpunkt, wo er mit Maria vom Ball aufgebrochen war, noch heftiger geworden. Mal hatte sie fröhlich gelacht, dann wieder verzweifelt geweint. Catherine, die auch im Wagen gesessen hatte, hatte sie verwundert angesehen und ihr Fragen gestellt, auf die sie keine Antwort bekommen hatte.

Hureau ließ einen triefendnassen Mann ein und schloß hinter ihm die Tür.

»Und?« fragte er.

Der Mann zögerte zunächst und sagte schließlich stotternd:

»Wir haben ihn verloren, Hauptmann.«

Hureau machte einen Satz nach hinten.

»Wie meinen Sie das, verloren?«

Das Wasser rieselte an dem Mann herab und bildete ein Lache auf dem gewachsten Parkett.

»Nun, der junge Mann hat die restliche Nacht im Schlafzimmer der Prinzessin verbracht. Wir dachten, daß es ein Weilchen dauern würde, aber um sechs Uhr früh ist er plötzlich wie ein Verrückter durch den Saal gerannt, das Wetter ...«

»Ihr Armleuchter habt geschlafen.«

»Nein, Herr Hauptmann, aber es hat so heftig geregnet, daß man nichts erkennen konnte, wir haben den ganzen Garten nach ihm abgesucht, ohne Erfolg ...«

»Es waren doch auch Männer vor dem Eingang postiert.«

Der Mann zögerte erneut.

»Es hat wie aus Eimern geschüttet, das müssen Sie verstehen, sie haben im Schuppen Schutz gesucht.«

Hureau seufzte.

»Ihr Idioten, ich werde euch nach Polen versetzen lassen, dort werdet ihr sehen, was Regen, Schlamm und Kälte sind.«

Der Mann senkte den Kopf. Er gab eine jämmerliche Figur ab.

»Geh und sattle mein Pferd, ich brauche vier Männer, die mich begleiten und die vor allem keine Angst vor ein paar Regentropfen haben. Und ich brauche Proviant für einen Tag.«

Hureau überlegte rasch. Wer weiß, wozu ein Novize wie Giovanni fähig war nach einer Nacht mit der Prinzessin? Warum war er Hals über Kopf fortgerannt? Das konnte nur die Folge großer Verwirrung sein oder großen Schmerzes, einer überreizten Empfindsamkeit. Der Hauptmann mußte sein Versprechen halten und Maria ihren Sohn zurückbringen.

Kaum war die kleine Truppe aufgebrochen, schien es ihnen, als würde das Meer auf sie zurollen. Die Wellen schwollen an, brachen sich schäumend und mit lautem Krachen auf dem Cours, wo sie einen dichten Gischtschleier hinterließen. Was die Männer jedoch mit wahrem Entsetzen erfüllte, war das dumpfe Grollen und das darauffolgende ohrenbetäubende Donnern, wenn die Wellen gegen den Fels schlugen, gefolgt von einem schrillen Getöse, das einem durch Mark und Bein ging, einem Krächzen, das den Urtiefen der Finsternis entsprang.

Dort mußten sie hindurch! Die Männer schauderten, und ihre Pferde scheuten.

Hureau brüllte:

»Los jetzt!«

Die Männer stürmten vorwärts, der Wind und die Finsternis packten sie an der Gurgel und raubten ihnen den Atem.

Er lief, ohne zu wissen, wohin, schon seit Stunden lief er durch den Regen, seine Ballgarderobe und seine Stulpenstiefel hatten sich mit Wasser vollgesogen. Er ging mit hängenden Schultern und gebeugtem Oberkörper. Ohne daß es ihm aufgefallen war, hatten ihn seine Schritte zur Corniche geführt, der Weg, der voller Erinnerungen an Catherine war, an jene Catherine, die neben ihrem Pferd auf ihn gewartet hatte, an die unschuldige Catherine, die er soeben betrogen hatte. Es würde nie genug Wasser geben, um ihn von seiner Sünde reinzuwaschen, der süße Geruch Paulines verfolgte ihn bis hierher, er schmeckte noch immer diese reife Frucht auf der Zunge. Am liebsten wäre er immer weitergegangen. Nie würde er in die Gesellschaft zurückkehren, nie mehr ohne Scham dem Blick eines Mädchens begegnen können. In einer einzigen Nacht hatte er seinen Glauben und seine Liebe verraten, in einer einzigen Nacht hatte er sich in ewige Verdammnis gestürzt. Schon bei der ersten Prüfung, der Gott ihn unterzog, war er schwach geworden. Er, der sich doch so sehr wünschte, vollkommen zu sein, hatte der Sünde nicht widerstehen können. Seine Beine trugen ihn kaum noch, er stolperte ständig und erhob sich mit immer größerer Qual. Er wankte, überall war Wasser und Erde. Ein modriger Geruch lag in der Luft, Schlamm tropfte von den Felswänden und überschwemmte den Weg: eine schwarze, blubbernde Masse, die einer riesigen Schlange glich. Es war, als würde die Erde aufbrechen und die Gedärme aus ihr hervorquellen, lebendig und zuckend wie ein Lavastrom.

Der Tag brach an, doch es wurde kaum heller, alles war grau, Himmel und Berge, ein Grau, das weder zum Tag noch zur Nacht gehörte. Für einen Augenblick herrschte bleierne Stille. Dann ertönte ein Grollen, als käme ein Gewitter auf, doch dieses Grollen war viel dumpfer, weicher als der Donner, die Erde begann zu zittern, die Felswand bebte, dann setzte Regen ein, ein heftiger Steinregen. Geröll hatte sich aus der riesigen Schlammflut gelöst, die, Bäume und Felsbrocken mit sich reißend,

Richtung Meer glitt. Giovanni spürte, wie der Boden unter seinen Füßen nachgab, er fiel in eine Spalte und versank bis zur Taille im Schlamm. Er hob die Augen, kein Himmel, kein Grau war zu sehen, nur der schwarze Steinschlag, der ihn allmählich unter sich begrub. Giovanni zog sich aus dem Matsch und warf sich in das Dickicht, das unter ihm aus dem Felshang sproß. Er wußte, daß bei diesem Sprung in den Abgrund womöglich der Tod auf ihn wartete. Über ihm prasselte der Steinhagel, unter ihm toste das Meer. Er war ein winziger Strohhalm, ein Kieselstein, der von Fels zu Fels hüpfte. Ein Felsvorsprung bremste seinen Sturz, er versuchte sich an irgendein Gebet zu erinnern, aber sein Mund füllte sich mit einer klumpigen Masse, seine Arme wurden schwer, seine Hände steif, seine Beine knickten ein, er blieb stecken. Der Sarg schloß sich über ihm, die schwarze Masse rutschte weiter hinab in die schäumende Hölle. Um ihn herum war es stockfinster, seine Gliedmaßen waren gelähmt, es herrschte absolute Stille in diesem Schlammgrab. Der Tod war in ihm, auf ihm, nagelte seinen Körper fest. Das ganze Gewicht des Berges riß ihn weiter hinab. Mit all den Gesteinsbrocken stürzte er dem Meer entgegen in einem höllischen Zischen und Gurgeln … Plötzlich endete der Sturz, Giovannis Leichentuch brach auf, er erblickte den Himmel, einen blaublitzenden Himmel. Die dunklen Schlammassen hatten sich ins Meer ergossen, riesige Wasserfontänen schossen zu allen Seiten hoch und prasselten auf ihn nieder. Er wollte die Hände öffnen, doch er konnte sie nicht bewegen, er versuchte seine Arme zu befreien, aber sie blieben reglos, wie zu Marmor erstarrt. Auch seine Beine gehorchten ihm nicht mehr. Er spuckte die Erde aus und murmelte: »Oh, mein Gott.« Seine Lippen hatten sich bewegt, doch er hörte den Klang seiner Stimme nicht. Große Wolken jagten über den Himmel, prall gefüllt mit schwarzem Wasser. Er lebte.

Hureaus Männer waren die ganze Nacht geritten, bei Tagesanbruch war es kaum heller geworden, alles war in ein schmutziges Gelb getaucht. Obwohl sie schon in schweren Schlachten gekämpft hatten, zitterten die Männer, denn sie begriffen, daß es sich diesmal nicht um ein Verbrechen von Menschenhand handelte, sondern um ein viel größeres Übel, mit dem man nicht verhandeln konnte. Hureau hatte beschlossen, daß die Gruppe am Ufer entlangreiten würde, solange die Naturgewalten es zuließen. Als sie an eine unüberwindbare Wasserstelle kamen, bog der Hauptmann ins Landesinnere ein, zum Paillon-Tal. Wenn Giovanni diesen Weg gewählt hatte, war auch er hier nicht weitergekommen und gewiß wie sie ins Tal gelaufen. Er war schließlich zu jung, um an Selbstmord zu denken, und war es denn ein Grund, sich umzubringen, nur weil man mit einer der schönsten Frauen Europas geschlafen hatte? Sie kamen an ein Dorf, das halb unterm Schlamm begraben lag und dessen Einwohner verängstigt zu den Bergen hinaufstarrten. Die Erdmassen waren die Steilküste hinabgestürzt. War jemand von ihnen erfaßt worden? Häuser, Bauernhöfe, Tiere? Nein, aber die Gärten, Felder, Weinstöcke, Olivenhaine, alles war verwüstet, mit einem Schlag fortgewischt, die jahrtausendalte Arbeit von Menschen. Von hier konnte man nichts sehen, es roch bloß nach vermodertem Stroh, ein hartnäckiger Geruch nach verfaultem Obst, der sich auf den Gaumen legte und sich nicht ausspucken ließ. Hureau ordnete seinen Männern an, sich mit Proviant einzudecken: vor allem Schnaps. Sie gingen in den Krämerladen und kamen mit mehreren Flaschen unterm Arm wieder heraus. Dann liefen sie durch den dichten Nebel, der über dem Fluß lag. Man hörte, wie er wütete und toste, doch man sah ihn nicht. Je näher man der ›Stelle‹ kam, desto ruhiger wurde es, eine bedrohliche, entsetzliche Stille. Plötzlich setzte der Regen wieder ein. Es war das Ende der Welt. Ein Mann begann zu pfeifen, um das Schicksal zu beschwören, die andern taten es ihm gleich. Hier und da riefen sie sich beim Namen, um sicherzugehen, daß sie noch da waren. Hureau, der an der Spitze ritt, konnte nichts erkennen. Er vertraute auf sein Gedächtnis und auf seine Kenntnis von der Region. Den Berichten zufolge hatten sich Giovanni und Catherine oft auf der Corniche getroffen, jener Straße, die in den Berg gehauen war. In seinem Unglück und seiner Ratlosigkeit war Giovanni vielleicht trotz des Regens und des Nebels an diesen verwüsteten Ort zurückgekehrt. Wenn Giovanni irgendwo zu finden war, dann dort.

Schon bald mußten sie zu Fuß weiter und die Pferde an den Zügeln führen. Manchmal versank ein Mann bis zum Bauch im Schlamm. Er schrie auf, die anderen stürzten zu ihm, um ihn herauszuziehen, sie hielten seinen Mund auf und flößten ihm Schnaps ein. Bald würden alle betrunken sein, dachte Hureau. Aber was sollte er machen? Ohne den Alkohol würden sie sich weigern, auch nur einen Schritt weiterzugehen, womöglich würden sie sich noch an ihm vergreifen, trotz des Respekts und der Angst, die sie vor ihm hatten. Sie kletterten weiter bergan, der Himmel riß auf, und sie erblickten eine Gruppe von Bauern, die nach ihrem Vieh oder einem Acker sahen. Die Bauern erkannten die Landschaft nicht wieder, sie rieben sich ungläubig die Augen, das alles konnte nur ein böser Traum sein. Als es sich ereignet hatte, waren sie gerade in ihre alten Kleider geschlüpft, der Tag brach an, die Tiere mußten gefüttert werden, egal ob das Wetter nun gut war oder nicht. Sie waren hinausgegangen und hatten nichts gehört, nichts gesehen, was sie hätte warnen können. Die einen sagten, es habe einen Kanonendonner gegeben, die anderen sprachen von einem Erdrutsch, einige meinten sogar, der Berg habe einen Schritt nach vorn getan. Hastig waren sie in ihre Häuser zurückgelaufen, hatten Frau und Kinder mitgenommen und mit ihnen in den Scheunen zwischen Weinfässern und Öl Schutz gesucht. Dort hatten sie zitternd abgewartet, während im Haus der Gips von den Decken fiel und Holzbalken aus dem Dach brachen. Einige hatten gebetet und sich geschworen, zu Fuß nach Notre-Dame-de-Laghet zu pilgern, wenn sie das überleben würden, um Gott für dieses Wunder zu danken. Jetzt, inmitten von all dem Schlamm, stellten sie fest, daß sie zwar noch am Leben waren, aber keinen Feigen-, keinen Zürgel- und keinen Olivenbaum mehr besaßen, denn das friedliche Stück Garten, auf dem die Bäume Früchte getragen hatten, war verschwunden. Sie hatten weder Schippe noch Karren, sie gruben mit bloßen Händen. Als Hureau sie fragte, ob sie heute morgen, vor der Katastrophe, einen jungen Mann aus der Stadt auf dem Weg gesehen hätten, blickten sie ihn mit entsetzten und traurigen Augen an. Sie antworteten nicht. Sie hatten nichts gesehen, nicht einmal diese Schweinerei, die ihnen alles genommen hatte, ihr Hab und Gut, das ihrer Eltern, das ihrer Großeltern, alles in einem Augenblick. Was war dagegen ein junger Mann … noch dazu einer aus der Stadt …

Die Frage, die niemand zu stellen wagte, war, ob es unter der Lava, unter den Geröllmassen Tote gab? Tote! Einen Nachbarn, einen Verwandten aus La Turbie, aus Èze oder vielleicht von einem Ort weiter unten am Meer, einen Fischer mit seinem Boot, nein, bei solchem Sturm war gewiß keiner hinausgefahren. Der Nebel verzog sich und ließ das ganze Ausmaß der Katastrophe erkennen: Vom Berggipfel bis zum Meer erstreckte sich ein blubbernder Strom, aus dem schwarzer Dunst aufstieg. Darin einen Menschen zu suchen würde Wochen in Anspruch nehmen, man würde Tausende von Pferden und eine Heerschar von Helfern benötigen, um sich einen Weg durch diese Erdmassen zu bahnen. Hureau brachte sein Pferd zum Stehen, seine Hoffnung war verflogen, eine große Müdigkeit überfiel ihn, der Wunsch zu schlafen, dem Grauen zu entfliehen, wurde immer mächtiger. Er konnte sich nicht vorstellen, wie er Maria den Tod des wiedergefundenen Sohns beibringen sollte. Lieber wollte er selbst sterben. Er, der noch nie dem Gefühl der Verzweiflung nachgegeben hatte, dachte zum ersten Mal daran aufzugeben, zu fliehen, so weit wie möglich fortzugehen. Er trank ohne abzusetzen eine halbe Flasche Schnaps, der Alkohol brannte in seiner Kehle und in seinem Magen.

Ein Bote des Generalstabs trat an Hureau heran: Er hatte jemanden gesehen. Man hatte ihn an diesem Morgen mit der Überbringung einer Depesche für das Quartier in La Turbie beauftragt, und um schneller zu sein, war er trotz des schlechten Wetters die neue Straße entlanggeritten, da war ihm irgendwann ein junger Mann aufgefallen, der sehr müde wirkte, oft gestolpert war und sich nur mit Mühe wieder erhoben hatte. Er wollte ihm gerade zur Hilfe eilen, als es geschah. Der Berghang hatte sich in Bewegung gesetzt, das Geröll, die Erde, der Schlamm, alles auf einmal. Er hatte gerade noch gesehen, wie der Junge vor ihm zur Klippe gerannt war und sich buchstäblich hinuntergestürzt hatte. Die Stelle war nicht sehr weit von hier entfernt. Er konnte sie dem Hauptmann zeigen. Hureau winkte seine Leute heran, und der Bote führte sie an den äußersten Rand der Klippe.

»Hier«, sagte er und streckte den Arm aus. Die Felswand fiel senkrecht ins Meer, in den Spalten hing Buschwerk, das sich vom Berg gelöst hatte, Gesteinsbrocken, matschige Erdklumpen und Gras: All das schwebte über dem tiefen Abgrund, und in der Mitte war eine Form erkennbar, die ein Mensch sein konnte, von dem man zwischen zwei Unebenheiten jedoch nichts als einen Haufen Materie erkennen konnte. Hureau ordnete an, daß Seile, Leitern und Decken geholt würden. Man würde den Teufel herausfordern, in das Magma hinabsteigen und den Jungen festbinden müssen. Hureau sah seine Gefährten an. Und dieser Blick ließ ihnen keine Wahl, sie mußten dort hinunter. Immerhin hatte der Regen aufgehört. Ein bleiches, unendlich sanftes Licht lag über dem Meer, die Wolken hatten sich um die Berggipfel gelegt. Es war keine Spur des Zorns mehr übrig, weder am Himmel noch in den Bergen. Es herrschte die reglose Stille eines Winternachmittags.

Die Männer zogen den Jungen vorsichtig hoch, damit er nicht gegen die Felswand stieß. Eine kleine Gruppe von Bauern schaute zu, sie warteten auf ein Wunder, das sie zwar nicht betreffen, ihnen aber ihre Hoffnung zurückgeben würde. Als es Nacht wurde, setzte man die Arbeit bei Fackellicht fort. Es wurde ein Feuer angezündet mit dem wenigen trockenen Holz, das sie unter einem Schutzdach gefunden hatten, ein gelblicher Schein fiel auf die Szenerie. Hureau griff nach einer Spitzhacke, einer der Männer nach einer Schaufel: Vor ihnen lag dieser Panzer aus Erde, der einem dunklen Sarg glich. Aus dem Erdmantel stakte Wurzelwerk, spitz wie Messerklingen.

»Vorsicht«, rief Hureau, sein Helfer und er hockten sich hin und hielten die Fackeln näher, der Hauptmann bohrte ein winziges Loch in den Panzer und grub mit der Hand weiter, während sein Helfer die Erdklumpen herauszog, die voller pflanzlicher Fasern und verrotteter Blätter waren. Er griff nach einer Fackel und hielt sie vor das Loch. Die Flamme, die der Wind anfachte, warf ihren Schein bis ins Innere des Panzers, in dem ein Arm sichtbar wurde.

»Da ist er!« schrie Hureau.

Daraufhin packten alle mit an und rissen hastig die Erde vom Körper des jungen Mannes, legten seine Beine, seinen Oberkörper, seinen zweiten Arm frei. Hureau seufzte, es war Giovanni, er zögerte noch einen Moment, bevor er das Ohr an seine Brust legte. Er vernahm ein schwaches Atmen ... Giovanni lebte! Die Versammelten stießen einen lauten Freudenschrei aus.

»Bringt den Schnaps, alles, was noch da ist, schnell!« befahl Hureau.

Er befreite den Jungen von seinen Kleidern, die mit der Haut verkrustet waren, er nahm ein Messer zur Hilfe, wobei er darauf achtete, Giovanni nicht zu verletzen. Seine Haut war gelb und grün verfärbt: »Verfault«, rief eine der umstehenden Frauen. Als die Schnapsflaschen um ihn bereitstanden, schüttete der Hauptmann ihren Inhalt auf die Schenkel, den Bauch und die Brust des jungen Mannes und begann die kalte, schlaffe Haut zu reiben, die man ohne das bläuliche Licht der Fackeln für die einer Leiche auf einem Seziertisch gehalten hätte.

»Reib kräftiger!« brüllte Hureau. Er sagte es zu sich selbst. Die Anstrengung trieb ihm den Schweiß auf die Stirn, seine Arme, seine Hände schmerzten. Er legte den Flaschenhals zwischen die blauen Lippen des Mannes und goß den Schnaps hinein. Die ersten Schlucke liefen daneben, doch dann lösten sich die Lippen, Hureau steckte den Flaschenhals tiefer in den Mund und goß weiter. Er wiederholte dies mehrere Male. Giovanni schluckte. Der Hauptmann verharrte einige Sekunden reglos, während seine Männer weiter den Körper rieben, der allmählich wieder Farbe bekam.

»Das reicht«, sagte er, »wickelt ihn in die Decken.« Mit ein paar toten Ästen wurde provisorisch eine Tragbahre gebaut, und der Zug trat den Rückweg an, während die Bauern um das wärmende Feuer versammelt blieben, dem einzigen Lebenszeichen auf Dutzenden von Meilen zwischen Gebirge und Meer.

Giovanni lebte, Hureau mußte sich nun um den Rest kümmern. Der Rest, das hieß die Entführung. Er würde gezwungen sein, das Komplott aufzudecken und die Namen der Drahtzieher zu nennen – wenn der Präfekt nicht ohnehin schon Bescheid wußte, er besaß ja die Liste mit den Namen der geladenen Gäste. Giovanni mußte er aus den Ermittlungen heraushalten und ihm zugleich das Hospital ersparen, wo er eher als irgendwo anders riskierte zu sterben. Er mußte ein Versteck für ihn finden, einen Arzt suchen und Maria informieren. Er sah sich bereits stolz das Hôtel d'York betreten und ihr verkünden:

»Ich habe Ihren Sohn gefunden, er lebt.« Sie würde weinen, ihn vielleicht umarmen. Bei La Turbie gönnte er seinen Männern ein paar Stunden Pause. Sie waren seit dem Morgen auf den Beinen und hatten kein einziges Mal über Müdigkeit geklagt. Ein Feuer wurde entfacht, und Hureau hielt neben dem Verletzten Wache, der noch immer starr wie ein Sterbender dalag. Gelegentlich schlief er für ein paar Sekunden ein und schreckte hoch, dann zündete er sich eine seiner Zigarren an, die feucht geworden waren, so daß er sie ständig neu anzünden mußte. Die Zigarre hielt ihn wach. Am Morgen war er steif vor Kälte, aber glücklich, weil ihm ein Versteck für den Seminaristen eingefallen war. Er würde ihn zu einem Priester bringen. Was würde man ohne die Priester in dieser Grafschaft anfangen? Er weckte seine Gefährten, der letzte Weinbrand wurde getrunken, dann brachen sie auf in Richtung Laghet. Ein verdammt langer Weg, wenn man ihn mit einer Tragbahre auf dem Rücken bestreiten muß.

Als sie das Kloster erreichten, ergoß die Sonne ihr perlendes Licht über die Landschaft. Im Wald, einem Mischwald aus Kastanien, Linden und Eschen, sang ein Vogel. Er hatte den Sturm überlebt und war nun glücklich, dies allen anderen mitzuteilen. Am Eingang betätigte Hureau den schweren Eisenhammer und klopfte zweimal gegen die Tür, die Männer stellten die Tragbahre ab, die den ganzen Weg über auf ihren Schultern gelastet hatte. Giovanni schlief, er war bleich und hatte schmale Lippen, als hätte er sein ganzes Blut verloren.

Seitdem die Karmeliter das Kloster verlassen hatten, zur Zeit der Revolution, herrschte Don Conso allein über diesen Ort. Er war nicht geflohen, sondern hatte es vorgezogen, zu seinem Eid zu stehen und nicht auf die Verfassung zu schwören. Als er die schwere Holztür öffnete, erblickte er eine Gruppe Männer, die um eine Trage herumstanden, und rief:

»Oh, Herr Hauptmann, was für eine Überraschung, Sie hat wohl das Erdbeben hierhergeführt?«

Hureau lächelte.

»Sie können sich gar nicht vorstellen, wie recht Sie da haben, ich habe hier einen jungen Mann, der versteckt und wieder zum Leben erweckt werden muß. Er wurde vom Erdrutsch erfaßt, ich habe getan, was ich konnte, aber er ist noch nicht wieder zu sich gekommen.«

Don Conso gehörte zu denen in der Grafschaft wie in der Provence, die, ob arm oder reich, ob Notabeln oder kleine Leute, Hureau nichts abschlagen konnten. Der Hauptmann verstand es, Beziehungen zu knüpfen, die durch nichts auf der Welt wieder gelöst werden konnten.

»Treten Sie ein«, sagte der Kanonikus schlicht.

Er führte die Männer zu den Klosterzellen.

»Hier wird es ihm gut gehen.« Don Conso zeigte auf eine sonnige Zelle, in der ein schmales Bett, ein Stuhl und ein Betpult standen. »Legen Sie ihn erst einmal hierhin. Dann werden wir weitersehen.«

Der Priester fuhr mit seinen schweren Händen über den Körper der jungen Mannes. Kaum hatten sie die erstarrten Glieder berührt, schienen diese sich zu lockern. Nachdem er diese Prozedur beendet hatte, die den Fingerübungen eines Pianisten ähnelte, wischte er sich die Hände an seiner Soutane ab und sagte zu Hureau:

»Das wird eine schwere Aufgabe werden, der Aufprall muß entsetzlich gewesen sein, zwar ist, wie mir scheint, nichts gebrochen, er hat wohl auch keine inneren Blutungen, aber der Körper ist gelähmt, es ist genau so, als sei dieser junge Mann tot. Nur sein Herz schlägt noch. Wenn das Gehirn nicht verletzt ist und ich die Maschine wieder in Gang kriege, ist er gerettet, ansonsten …«

Hureau sah seinem Freund tief in die Augen.

»Don Conso, retten Sie ihn, tun Sie es für mich. Es würde zu lange dauern, Ihnen dies zu erklären. Ich bitte Sie, ich brauche ihn lebendig.«

»Nicht mich sollen Sie bitten, sondern die Jungfrau Maria, Hauptmann. Wunder sind immer möglich, es wäre nicht das erste Mal. Ich werde diesen Jungen pflegen, aber begleiten Sie mich zunächst in die Kirche, dort werden wir gemeinsam beten.«

Hureau wollte protestieren, doch dann folgte er dem Pfarrer.

Don Conso war kein Geistlicher wie andere, er glaubte nicht nur an die Wohltaten des Himmels, sondern auch an die der Natur. Er widmete sich dem Studium der Pflanzen und ihrer Heilkräfte, er versuchte ihnen das Geheimnis des Lebens zu entlocken. Im Innern der Kirche, die seit der Revolution kahl geblieben war, sah man nur sie, die Jungfrau mit ihren Goldverzierungen, dem mitfühlenden Blick, der nicht auf den Gottessohn in ihren Armen gerichtet war, sondern sich in der Ferne verlor. Don Conso sah sie liebevoll an, kniete nieder, faltete die Hände, senkte die Stirn und betete. Hureau blieb stehen und betrachtete den ins Gebet versunkenen Pfarrer. Die Sanftmut des Ortes, die Ruhe, die ihn umfing, ließen ihn die Augen senken, nicht um zu beten, das tat er schon lange nicht mehr, sondern um in diese helle, freundliche Atmosphäre einzutauchen. Don Conso erhob sich mit einem friedlichen Lächeln.

»Auch so ein Wunder«, sagte er leise. »Wissen Sie, wie sie die Ereignisse überstanden hat?«

Er deutete mit dem Kopf auf die Madonna.

»Ein Bauer aus La Turbie, der sie in seiner Hundehütte versteckt hatte, bedeckte sie mit einem Tuch und hob sie auf den Rücken, um sie am Abend im Dorf zu verstekken. Doch der Mann traf auf französische Soldaten, die am Abzweig der ehemaligen Via Julia standen und ihn fragten, was er da auf dem Rücken trüge. ›Den Stamm eines Feigenbaums‹, entgegnete er kühn, und die Soldaten ließen ihn passieren. Sehen Sie, manchmal ist es gut, zu glauben. Nun wollen wir uns aber um Ihren armen Freund kümmern.«

Giovanni lag nun auf dem Eisenbett in der Zelle. Der Pfarrer stellte vier Kerzen an seinem Kopf und an seinen Füßen auf, dann wandte er sich an Hureau:

»Ich brauche Ihre Hilfe.«

»Meine Männer stehen Ihnen zur Verfügung, Pater.«

Der Kanonikus ging mit einem der Gendarmen weg und kam mit einer Wanne voll heißem Wasser und zwei Fläschchen mit einer aromatischen Flüssigkeit wieder.

»Kampfer«, erklärte er. »Kampferspiritus.«

Don Conso hob die Decke an, nackt sah Giovanni noch verletzlicher aus. Dann tauchte der Priester seine Finger in den Kampfer. Seine Hände begannen ein seltsames Ballett, strichen den Körper entlang, entfernten sich, kamen näher, er krempelte die Ärmel seiner Soutane hoch, dann zog er sie gänzlich aus und stand da in seiner alten, löchrigen Unterhose und seiner zerschlissenen Jacke, an der die Knöpfe fehlten. Seine Augen wichen nicht eine Sekunde von dem Kranken. Sie suchten auf seinem Gesicht nach jedem kleinsten Lebenszeichen. Hureau hatte sich erschöpft auf den Stuhl gesetzt, ein Gendarm kümmerte sich um die Kerzen und tauschte sie aus, sobald sie zu blaken begannen. Der andere brachte warmes Wasser, das Don Conso tropfenweise auf Giovannis Körper verteilte. Draußen war es dunkel und einsam, keine Menschenseele war unterwegs, hie und da hörte man einen Vogelruf. Von den Bergen aus konnte man gewiß noch den flackernden Lichtschein im Fenster der Klosterzelle erkennen, doch in dieser dunklen Nacht war kein Mensch dort oben.

Hureau schreckte aus dem Schlaf hoch, Don Conso rieb noch immer den leblosen Körper mit Öl ein. Er sprach kein Wort, wandte nie den Blick zur Seite. Er wischte sich nicht einmal den Schweiß von der Stirn. Die Zeit schien aufgehoben, der Hauptmann sah auf die Uhr, zwei Uhr morgens ... Don Conso war seit Einbruch der Dunkelheit mit der Massage beschäftigt. Der Hauptmann erhob sich, ging hinaus ins Refektorium, wo seine Männer auf Decken schliefen, die sie direkt auf den steinernen Boden gelegt hatten. Er suchte etwas zu essen, fand jedoch nur ein Stück Schwarzbrot und ein paar Oliven. Die Vorräte des Klosters waren bescheiden. Zum Glück gab es Wein, der schwarz war wie Pech. Hureau kehrte in die Zelle zurück und atmete tief durch, bevor er die Tür öffnete. Don Conso war wieder in seine Soutane geschlüpft und wusch sich die Hände in der Wanne.

»So, und nun«, sagte er, wobei er auf Giovanni zeigte, »braucht er Wärme, und wir brauchen Geduld.«

»Hat er eine Chance?« fragte Hureau zweifelnd.

»Sein Schicksal liegt in den Händen der Jungfrau, ich werde den Rest der Nacht zu ihr beten.«

»Essen Sie denn nicht, Pater? Sie brauchen Kraft.«

»Ich werde morgen essen, Hauptmann«, antwortete Don Conso mit einem breiten Lächeln, das sein Gesicht erhellte und die Müdigkeit fortwischte.

Bevor er in das Hôtel d'York zurückkehrte, ging er an der Präfektur vorbei. Dubouchage strahlte und bat ihn, sich zu setzen.

»Ich freue mich sehr, Sie zu sehen, Hauptmann«, begann der Präfekt. »Wissen Sie schon, daß unsere Prinzessin beinahe entführt worden wäre? Die Verschwörer standen im Begriff, zur Tat zu schreiten, aber seien Sie unbesorgt, sie sind alle hinter Schloß und Riegel. Waren Sie informiert?«

»Ja, das war ich.«

»Und worauf haben Sie gewartet, um einzuschreiten?«

»Ich wollte sie auf frischer Tat ertappen, dann hätte diese Verschwörung eine ganze andere Bedeutung bekommen. Wir hätten das Scheitern des Unterfangens gegen die Engländer verwenden können, die das Ganze finanziell unterstützen.«

Dubouchage legte seine feine weiße Hand vor den Mund und hüstelte.

»Aha, ich verstehe«, sagte er.

Was hatte dieser Provinzaristokrat für eine herablassende und verächtliche Art! Die haben das im Blut, dachte Hureau und unterdrückte den aufkeimenden Haß.

»Nun«, fuhr der Präfekt fort, die Dinge sind nicht nach Ihrer Vorstellung verlaufen, das ist zwar bedauerlich für Sie, aber für die Prinzessin ist das sehr positiv. Vermeiden Sie es in Zukunft, die Sicherheit Ihrer Hoheit aufs Spiel zu setzen, zumindest solange sie sich in meinem Gerichtsbezirk aufhält, dafür wäre ich Ihnen dankbar.«

Dubouchage kostete seinen Sieg aus. Jetzt hatte er seine Revanche: Wenn er den Ruf des Soldaten schädigte, schwächte er auch das Ansehen des Liebhabers. Hureau ließ ihm diesen Triumph. Er wußte seit Beginn seiner Militärkarriere, daß sich in diesem komplexen Spiel jede kleinste Schwäche in eine Niederlage verwandelte. Diesmal hatte er also verloren. Nun mußte er retten, was noch zu retten war.

Der Präfekt fuhr fort:

»Hauptmann, einer der Verschwörer ist uns entwischt, ein junger Italiener, der frisch aus einem Kloster kommt, wo man offenbar mehr Zeit damit verbringt, den Kaiser zu verfluchen als zu beten. Kurz, da der Zufall ja manchmal auch sein Gutes hat: Vielleicht wissen Sie, wo wir ihn finden können.«

»Keine Ahnung«, antwortete Hureau mit fester Stimme.

Dubouchage stand auf und ging mit auf dem Rücken verschränkten Händen ans Fenster, von wo aus er das morgendliche Treiben in der Rue Saint-François-de-Paule betrachtete.

»Was für ein wundervolles Wetter, man kann sich kaum vorstellen, daß wir vor zwei Tagen eine solche Katastrophe erlebt haben. Was für ein seltsames Land, was für ein merkwürdiges Klima! Übrigens, Hauptmann, mir wurde gesagt, daß man Sie draußen im Sturm gesehen hat, als sich der furchtbare Erdrutsch von Èze ereignete.«

»Ich hatte eine Mission, Herr Präfekt.«

»Was für eine Mission?«

»Sie fällt nicht in Ihren Zuständigkeitsbereich, es ist meine Pflicht, den Minister davon zu unterrichten, und niemanden sonst, ich bedaure.«

»Mag sein, Hauptmann, aber ich rate Ihnen, gewisse Grenzen nicht zu überschreiten. Der Minister soll schwer krank sein.«

»Im Moment lebt er jedenfalls noch, und solange schulden wir ihm beide Gehorsam.«

Ein Schatten huschte über die Stirn von Dubouchage, dieser Mann konnte ihm ganz offensichtlich immer noch gefährlich werden. Als er seinen Gast zur Tür begleitete, war aller Hochmut aus seinem Gesicht verschwunden.

»Bis bald, Herr Hauptmann.«

»Adieu, Herr Präfekt.«

Maria hatte nicht geweint und sich auch nicht in Hureaus Arme geworfen, sie hatte lediglich gesagt: »Führen Sie mich zu ihm.«

Sie liefen am Paillon entlang, bis sie La Trinité erreichten, und bogen dann in den Weg zum Kloster ein. Maria hatte seit jener schrecklichen Nacht keinen Augenblick aufgehört, sich zu fragen, welche Rolle ihr Sohn in der Sache gespielt haben mochte. Sie hatte mit allem gerechnet. Und das Schlimmste war eingetreten. Jean-Jacques war von dem Erdrutsch erfaßt worden und hatte das Bewußtsein verloren. Brachte sie den Männern Unglück, die sie liebte? Selbst denen, die noch nicht die Gelegenheit gehabt hatten, von ihrer Liebe zu erfahren? Bonaparte war diesem Fluch entronnen, ebenso Gros. Aber hatte sie Jean-Antoine denn geliebt?

Als sie sich Laghet näherten, begann ihr Herz schneller zu schlagen. Hureau klopfte mit dem vereinbarten Zeichen an die Pforte. Vor Maria tauchte ein kleiner Mann in Soutane auf, eines jener Gesichter ohne Ecken und Kanten, die man gleich wieder vergißt. Das Leben ihres Sohnes lag also in den Händen dieses Mannes. Vor Wut und Schmerz hätte sie am liebsten laut aufgeheult. Sie folgte dem Kanonikus in die Klosterzelle, wo Jean-Jacques zu schlafen schien, wenn da nicht diese Blässe, dieses Blau auf den Augenlidern gewesen wäre.

»Lassen Sie mich allein«, sagte sie.

Hureau und Don Conso zogen sich zurück. Maria stellte den Stuhl näher ans Bett und setzte sich, die Nachmittagssonne tauchte das Zimmer in ein rötliches Licht. Herr, wie schön er war, seine ganze Person strahlte etwas Edles, Vornehmes aus. Einen Augenblick war sie eifersüchtig, daß er so wenig von ihr hatte. Er ähnelte Benjamin, so wie sie ihn das erste Mal gesehen hatte, als er barfuß durch den Garten seiner Villa gelaufen kam. Nur seine Haare waren anders als die des Engländers, dunkler, dieses Schwarz hatte er ohne Zweifel von ihr. Sie hatte solche Angst vor dieser Begegnung gehabt, doch die Umstände ließen ihr nun die Möglichkeit, ihn zu betrachten, ohne ihm gegenübertreten zu müssen. Sie sah ihn an, verschlang ihn mit den Augen. Dann erhob sie sich, um ihn von weiter oben zu betrachten, wich einen Schritt zurück, kam wieder an ihn heran, so dicht, daß sie ihn berühren konnte. Sie zögerte einen Augenblick, dann fuhr sie unendlich sacht mit dem Finger über sein Gesicht, spürte den Bartansatz auf seinen Wangen, den regelmäßigen Atemzug, ein Hauch Leben. Als der Priester und der Hauptmann wiederkamen, glaubte sie, es seien nur wenige Minuten vergangen. Sie blickte sich um und stellte erstaunt fest, daß der Raum bereits im Halbdunkel lag.

»Madame«, sagte der Priester, »wenn Sie wollen, können Sie hierbleiben.«

»Danke, Pater, ich möchte diesen Ort eigentlich nur gemeinsam mit meinem genesenen Sohn verlassen.«

»Gott möge Sie erhören, meine Tochter.«

Sie zuckte zusammen. Meine Tochter! Seit Ewigkeiten hatte man sie nicht mehr so genannt. Hureau ging auf sie zu.

»Ich lasse Sie jetzt allein«, sagte er leise. »Don Conso hat in seinem Leben schon einige Wunder vollbracht, ich glaube, daß er bei Ihrem Sohn ein weiteres vollbringen wird. Ich stelle Ihnen zwei Gendarmen zur Verfügung, sie wissen, wo sie mich finden können, falls es nötig ist.«

Der Hauptmann machte zwei Schritte zurück. Maria folgte ihm in den dunklen Flur.

»Ich habe Ihnen zu danken.«

»Das ist nicht nötig, ich habe nur meine Pflicht getan.«

»Sehe ich Sie wieder, Hauptmann?«

»Ich komme wieder, sobald es gute Nachrichten gibt.«

Maria drückte ihm flüchtig die Hand.

»Kommen Sie«, flüsterte sie. »Bitte, kommen Sie oft.«

Nachdem Hureau gegangen war, verbrachte Maria die ganze Zeit am Bett ihres Sohnes, hörte auf das Knistern des Feuers, das Krachen eines Holzscheites. Ihr Blick glitt hin und her zwischen den knisternden Flammen im

Kamin und dem reglosen Körper Jean-Jacques'. Seine Starre ließ ihn unheimlich erscheinen. Was für ein böses Schicksal, sein Kind nach so vielen Jahren wiederzufinden und sich nicht mit ihm austauschen zu können, ihm nicht sagen zu können: »Sieh mich an, ich bin deine Mutter.« In der Nacht überkam sie der Wunsch fortzugehen, aus dieser Zelle zu fliehen, in der dieser gleichgültige Körper lag, der bis auf das schlagende Herz schon tot war. Am folgenden Morgen bat sie darum, daß man ihr frische Wäsche und ein Necessaire von zu Hause brächte.

»Sagen Sie einfach, ich sei auf Reisen.« Niemand durfte davon erfahren. Vincent würde sich nicht wundern. Er wunderte sich über gar nichts mehr. Merkte er überhaupt noch, wie die Tage und die Zeit vergingen? Was Catherine betraf, so würde sie sicher denken, daß ihre Mutter wieder einmal mit einem neuen Mann durch die Berge ritt. Und in gewisser Weise stimmte es ja auch, sie befand sich in den Bergen in Gesellschaft eines Mannes, den sie achtzehn Jahre zuvor auf die Welt gebracht hatte.

Tag und Nacht setzte Don Conso all sein Wissen ein, fuhr eine ganze Reihe von Heilmitteln auf, Puder, Kräutertees und Pappelöl, Malve, Beifuß, um die Gedärme zu reinigen, ›Abbé-de-Grasse‹-Salbe, eine Mischung aus geschmolzenem Wachs und Silberasche, die mindestens zehn Stunden kochen mußte, ein unfehlbares Mittel, um die Blutzirkulation anzuregen. Don Conso hob Giovannis Kopf an und flößte ihm mit einer winzigen Phiole verschiedene Flüssigkeiten ein, manche rochen schauderhaft, andere nach Honig und Lavendel. Maria vermied es, den Priester zu fragen, ob er wirklich noch an eine Genesung des jungen Mannes glaubte, der seit vier Tagen im Koma lag, oder ob die Hoffnung, die er durch seine Anwesenheit, seine vielen Heilmittel und seine Hartnäckigkeit aufrechterhielt, nicht einfach nur eine

Inszenierung für sie war, um ihr das Unausweichliche, die Wahrheit zu ersparen. Ahnte Don Conso etwas von ihren heimlichen Zweifeln?

»Das Herz schlägt langsam, aber regelmäßig«, meinte er. »Der Augenhintergrund zeigt Reaktionen, die natürlichen Bedürfnisse gehen normal vonstatten, unser junger Freund wird leben. Vielleicht wird er noch einige Tage, womöglich noch wochenlang abwesend sein, solche Fälle sind häufig, aber dann wird er plötzlich aufwachen, als sei nichts geschehen.«

In solchen Augenblicken schob Maria die dunklen Gedanken von sich, schüttelte alle Schicksalsergebenheit ab und hätte Don Conso am liebsten auf beide Wangen geküßt. Er war ein so aufrechter Mensch, in seiner Gesellschaft war es gar nicht möglich, sich vorzustellen, daß etwas Schlimmes passieren konnte, sein ganzes Wesen strahlte eine solche Freude aus. Er wanderte durch die Berge und suchte nach Pflanzen, kehrte wieder bei Einbruch der Nacht, trank ein Glas Wein vor dem Kamin, schnitt sich Brot ab und goß Suppe darüber, ließ sich von der Wärme der Flammen wiegen, schlief wie ein Kind ›im Frieden des Herrn‹ ein – so pflegte er zu sagen –, wachte bei Morgengrauen auf und dankte Gott für den neuen Tag, der eine endlose Zahl großer und kleiner Freuden bereithielt.

Heiligabend kam. Der Priester zelebrierte die Weihnachtsmesse vor Maria und den beiden Gendarmen.

»Das Kloster liegt zu weit abseits, und der Weg hier herauf ist anstrengend. Er schreckt die Gläubigen ab. Dieses Jahr habe ich Glück, daß Sie da sind. In den vergangenen Jahren war ich völlig allein, man kann noch so gläubig sein, zu Weihnachten allein zu sein ist bitter.«

Nach der Messe ging es zu Tisch, Don Conso hatte ein kleines Festmahl zubereitet: einen großen goldbraun gebackenen Kapaun, der innen ganz zart war, im Saft des Gefügels gedünstete Artischocken, getrocknete Feigen, die Don Conso im vergangenen Sommer gepflückt hatte, und sogar Orangen von der Küste.

»Verzeihen Sie, es ist wenig für einen solchen Feiertag, das gebe ich zu, aber wir haben genügend Wein und Schnaps.«

Das Essen wurde am großen Tisch des Refektoriums eingenommen, wo vor der Revolution ein Dutzend Mönche jeden Tag ihr Tischgebet gesprochen hatten. Der Pater hatte Kerzen aufgestellt. Die weihnachtlichen Gerüche und Aromen erinnerten Maria an ihre Kindheit, die sie im dunklen Laden ihres Vaters verbracht hatte. Nur einmal im Jahr hatte Giacomo den Ofen angezündet. Dann stiegen dicke Rauchschwaden empor, die die Kälte aus dem Raum vertrieben und sich wie ein wärmender Schal um sie legten, während draußen die Passanten vor Kälte zitterten. Maria erkannte auch den Duft der Orangen wieder, ein Duft, der sie ganz träumerisch machte. Sie sah ihren Vater vor sich, der zu Weihnachten so viel aß wie das ganze Jahr nicht ... Sie trank ein Glas, ein zweites, sie, die so selten trank! Der Kapaun war köstlich, die Artischocken schmolzen am Gaumen, dazu die Feigen, die Orangen, der Wein. Die Gendarmen gingen leicht betrunken zu Bett.

Don Conso zog seinen Stuhl näher an Maria heran.

»Noch ein letztes Tröpfchen?«

Sie lehnte ab, er beharrte jedoch.

Der Schnaps war sehr aromatisch. Don Conso wandte sich an Maria mit einer Stimme, die sie noch nicht von ihm kannte, ernst und sanft zugleich:

»Maria.« Es war das erste Mal, daß er sie bei ihrem Vornamen ansprach. »Sie müssen Ihrem Sohn helfen. Er will nicht aufwachen, es geht ihm gut, wo er jetzt ist, wo auch immer das sein mag, jedenfalls hat er keine Lust, in die Welt zurückzukehren. Sie allein können ihn zwingen. Rufen Sie ihn. Öffnen Sie sich, vergessen Sie Ihre Angst. Er wacht nicht auf, weil Sie in Ihrem tiefsten Innern es selbst nicht wollen, weil Sie Angst haben, Sie sterben vor Angst. Und Ihre Angst hindert ihn daran zu leben.«

Maria trank ihr Glas in einen Zug aus.

»Warum sagen Sie mir solche Widerwärtigkeiten, ich wünsche mir doch nur eines: daß mein Sohn ins Leben zurückkehrt.«

»Nein«, sagte Don Conso und schüttelte den Kopf. »Das glauben Sie vielleicht, doch Sie enthalten ihm Ihre Liebe vor. Nur die Liebe kann Ihren Sohn retten, sie rettet alles auf der Welt. Es ist genau, wie Paulus im Brief an die Korinther schreibt: »Die Liebe ist langmütig und freundlich, die Liebe eifert nicht; die Liebe treibt nicht Mutwillen, sie blähet sich nicht, sie stellet sich nicht ungebärdig, sie suchet nicht das Ihre, sie läßt sich nicht erbittern, sie rechnet das Böse nicht zu, sie freuet sich nicht der Ungerechtigkeit, sie freuet sich aber der Wahrheit; sie verträgt alles, sie glaubet alles, sie hoffet alles, sie duldet alles.«

Maria hielt nicht die Tränen zurück, die ihr über die Wangen rannen, sie wischte sie auch nicht ab.

»Weinen Sie nicht, Maria, sie müssen aufstehen und sich sagen: Ja, ich will! Ja, ich will meinem Sohn gegenübertreten. Ja, ich will ihn lebend in meinen Armen halten. Werden Sie das tun, Maria?«

Maria flüsterte mit erstickter Stimme:

»Ja, ich verspreche es Ihnen.«

Don Conso erhob sich, schüttelte die Brotkrümel von seiner Soutane und verkündete fröhlich:

»Morgen werde ich ihm ein Dampfbad vorbereiten. Sie werden mir helfen, ihn zu tragen, zu stützen und hinzusetzen, Sie werden mit beiden Händen zupacken. So, und nun gehen wir schlafen, es ist Weihnachten, Halleluja!«

Don Conso steckte vier Besenstiele in die Erde des Gemüsegartens, band eine Schnur um sie herum und legte ein Laken darüber, das ein Zelt von der Größe eines Mannes bildete. Darunter stellte er ein große Wanne, die mit kochendem Wasser gefüllt war. Er kehrte ins Zimmer zurück, wo Maria und ein Gendarm bereits warteten:

»Los geht's!«

Der Gendarm nahm Giovanni bei den Schultern, Maria und Don Conso faßten ihn an den Füßen und den Beinen. Man sah nur das Gesicht des Kranken, der restliche Körper war in eine Wolldecke gewickelt. So trugen sie ihn bis zu dem Zelt, dem dicke Dampfwolken entwichen.

»Sachte ...«, mahnte Don Conso, während er den jungen Mann in das Zelt setzte. Daneben brannte ein großes Feuer, auf dem ein Kessel mit Wasser brodelte, um die Wanne jederzeit mit frischem Wasser nachfüllen zu können. Piniennadeln und getrocknete Wiesenblumen schwammen darin.

»Er wird da drin doch nicht ersticken?« fragte Maria besorgt.

»Nein, je mehr er schwitzt, desto besser ist es, er muß alles ausschwitzen, sein Blut muß sich reinigen. Schnell, wir wollen das Wasser auswechseln.«

Die Prozedur wurde vier, fünf Mal im Abstand von dreißig Minuten wiederholt. Dann holte der Gendarm die Kübel mit dem kalten Wasser. Don Conso hob das Laken an, nahm die Decke weg, hielt Giovanni fest und befahl Maria:

»Schütten Sie kaltes Wasser über seinen Rücken, ja, so, und nun reiben Sie mit aller Kraft, damit das Wasser in die Haut eindringen kann, reiben Sie so stark, bis Sie Ihre Arme vor Erschöpfung nicht mehr spüren.«

Maria fühlte unter ihren Fingern die Haut des jungen Mannes, die noch ganz heiß vom Dampf war; die Berührung mit dem eisigen Wasser rief ein Zucken entlang seiner Wirbelsäule hervor.

»Er hat sich bewegt«, rief sie atemlos.

»Gut, machen Sie weiter, meine Tochter!« schrie der Priester.

Sie massierte ihn mit aller Kraft, anfangs glitten ihre Hände noch mühelos über die warme Haut, aber das kalte Wasser führte dazu, daß sich die Haut zusammenzog, weniger elastisch war und sich schwieriger kneten ließ. Maria ächzte, der Schweiß vernebelte ihren Blick, sie keuchte. Vielleicht war es das, was Don Conso von ihr verlangte, völlige Erschöpfung, damit sie über diesem Körper zusammenbrach, bis ihre Arme keine Kraft mehr hatten, diesen Rücken zu massieren, und sich wie an eine Rettungsboje an ihn klammerten. Auf einmal rang sie nach Luft, die Kräfte verließen sie, sie wankte, ihr wurde schwarz vor Augen, sie brach zusammen. Don Conso übernahm ihre Aufgabe, ohne sich um Maria zu kümmern. Der Gendarm hob sie auf und stützte sie.

Giovanni wurde in sein Zimmer zurückgebracht, hingelegt und zugedeckt. Es war vorbei. Eine ganze Weile wechselten Maria und der Priester kein Wort miteinander. Maria saß am Ende des Bettes, Don Conso auf dem Stuhl.

»Nun müssen wir warten«, sagte er. »Lassen Sie uns etwas essen.«

Maria zögerte, ihm zu folgen.

»Kommen Sie«, sagte Don Conso nachdrücklich. »Es wird sich so schnell nichts ereignen. Er muß sich erst innerlich entspannen.«

Nach dem Essen, dem Rest des Kapauns, einem Raukensalat und Feigen, schlief Maria auf ihrem Stuhl ein, die Haare fielen ihr ins Gesicht. Don Consos Geschrei weckte sie, er stürmte in den Speisesaal und hob die Arme zum Himmel.

»Kommen Sie!« rief er.

Maria folgte ihm in den Flur und strich sich übers Haar. Im Zimmer hatte sich auf den ersten Blick nichts verändert. Sie ging auf das Bett zu, Jean-Jacques lag noch immer reglos da.

»Warten Sie«, sagte Don Conso.

Plötzlich sah sie, wie ihr Sohn ganz langsam seinen Arm hob. Er verharrte einen Moment in der Luft und sackte zurück auf die Decke. Dann bewegte Giovanni den anderen Arm, der ebenso plötzlich wieder herabfiel.

Maria sah den Priester an, wagte jedoch nichts zu sagen.

»Er ist gerettet!« rief Don Conso.

Das Wasser hatte Jean-Jacques wieder zum Leben erweckt, das beruhigende, sanfte Wasser, das ihn achtzehn Jahre zuvor in die Welt gelockt hatte. Für einen kurzen Augenblick sah sie sich wieder im Zimmer des Hôtel d'York in der Badewanne liegen, der letzte Versuch, sie zu entbinden. Ihr Bauch war in dem Wasser schwerelos und schmerzfrei gewesen, dann hatte diese Bewegung in ihr eingesetzt, diese Kraft, die sich aus ihr herauswand. Maria hätte fast wieder so gebrüllt wie damals. Der Geburtshelfer hatte die Nabelschnur durchtrennt, es war ein Junge. Derselbe Junge. Das Leben entriß dem Tod ein Stück seines Territoriums, eroberte jedes Glied von neuem, brachte das Fleisch zum Beben und strömte durch ein wirres Geflecht feiner Nerven.

Jean-Jacques öffnete die Augen, große, leere Augen. Maria legte ihre Hand auf seine Stirn, die vor nicht allzu langem noch glatt und kalt gewesen war. Sie brannte. Maria fuhr mit ihrer Hand über seine Brust: Das Herz, der Bauch, der ganze Körper bewegte sich. Sie wandte sich um, doch Don Conso war verschwunden. Sie rannte in die Kirche, der Pater lag flach auf dem Bauch vor der Statue der Jungfrau und betete. Sie beobachtete ihn eine ganze Weile, dann legte sie sich neben ihn auf den kalten Steinboden.

Später, am Bett des Kranken, der zuckte und bebte, flüsterte sie:

»Sie haben ihn gerettet, Pater.«

Don Conso sah sie lächelnd an.

»Nein, ich habe nichts getan, wir waren nur das Werkzeug Gottes und haben seinen Willen ausgeführt, Gott hat das übrige getan.«

Das rätselhafte Verschwinden Giovannis und ihrer Mutter bereitete Catherine Kopfzerbrechen. Als das Wetter es ihr wieder ermöglichte, ritt sie die Corniche entlang, zumindest bis zu dem Erdrutsch. In ihrer Naivität hoffte sie, dort ihren Kavalier zu erblicken. Sie wartete auf Nachricht, auf ein Zeichen von ihm. Vielleicht war er ihr gram, daß sie sich am Abend des Balls nicht ausreichend für ihn interessiert hatte. Das war ungerecht, er hatte ihr doch anvertraut, daß er nicht tanzen konnte? Und was sollte sie an einem Ballabend in Begleitung eines Mannes, der nicht tanzte? Sie merkte, daß sie im Grunde nichts von ihm wußte. Und er nicht viel von ihr, sie hatte ihn die ganze Zeit frech angelogen. Trotzdem fuhr sie fort, ihn zu suchen, morgens ging sie in die Kathedrale. Doch niemand tauchte hinter den Säulen auf, um ihr Weihwasser zu reichen. Über das Verschwinden des jungen Mannes war sie enttäuscht und traurig, über die Abwesenheit der Mutter verspürte sie nur Wut. Als einzige Nachricht hatte Maria ihr hinterlassen, daß es ihr gut ginge und sie bald zurück sein würde. Catherine nahm es ihr übel, daß sie gerade jetzt fortgegangen war, wo sie ihren Rat oder zumindest ihren Trost so dringend gebraucht hätte. Aber nein, ihre Mutter dachte wie immer nur an sich selbst. Catherine zog in Erwägung, aus dieser Stadt zu fliehen, die nach Olivenöl und Kichererbsenmehl roch. Fliehen bedeutete natürlich heiraten. Bei dem Gedanken an eine Hochzeit tauchte das Bild des jungen Arson auf. Er war verliebt, daran gab es keinen Zweifel. Er paßte sie oft ab und bot ihr seinen Arm zu ausgedehnten Spaziergängen am Cours. Es wurde gemunkelt, daß sein Vater wegen krummer Geschäfte festgenommen worden war, Dubouchage ihn aber schnell wieder auf freien Fuß gesetzt hatte. Bei diesen Spaziergängen starrten sie auf das ruhige, glitzernde Meer, und sie dachte sehnsüchtig an Giovanni, der ihr so schöne Geschichten erzählt hatte. Es war so angenehm gewesen, ihm zuzuhören, sein hübscher Akzent hatte sie an das Gezwitscher der Vögel im Frühling erinnert. Während sie daran zurückdachte, spürte sie, daß sie den Tränen nahe war, und sie beschloß, auf Pierre-Josephs Angebot einzugehen, wenn er sie um ihre Hand bitten würde. Dieser Gedanke heiterte sie ein wenig auf.

Kurz nach den Weihnachtsfeiertagen, die sie traurig in Gesellschaft der wenigen Kunden des Hotels verbracht hatte, lud der Präfekt sie unerwartet bei sich zum Kaffee ein. Er machte sich Sorgen, weil er Maria nicht mehr sah, war sie krank? Catherine antwortete leicht beschämt, daß ihre Mutter auf Reisen war. »Auf Reisen!« Dubouchage zuckte zusammen, als habe man ihm eine außergewöhnliche Nachricht überbracht. Aber er beließ es nicht dabei, sondern fügte hinzu, daß er sie, Catherine, am Arm des Bankiersohns Arson gesehen hätte. Bahnte sich da etwa eine Romanze an? Catherine war unbehaglich zumute, sie antwortete: nein. Doch der Präfekt blieb hartnäckig.

»Aber Sie finden den Jungen doch ganz nett, oder?«

»Ich weiß nicht«, stammelte Catherine.

»Darf ich bei Gelegenheit mit Ihrer Mutter darüber sprechen?«

»Ja, vielleicht.«

Sie hatte irgend etwas geantwortet. Ja, vielleicht. Ach egal, gesagt war gesagt! Die Ereignisse nahmen ihren Lauf.

Giovanni konnte wieder seine Arme und Beine gebrauchen, sich ohne fremde Hilfe hinsetzen und einen Löffel an den Mund führen, ohne einen Tropfen zu verschütten. Der junge Mann lebte wieder, doch er blieb stumm.

Er antwortete nicht auf Fragen und schien sich für den Ort, an dem er sich befand, nicht zu interessieren, auch nicht wissen zu wollen, wie er hierher gekommen war. Er schlief, öffnete die Augen, ohne je ein Zeichen der Verwunderung zu zeigen, ob er wach war oder nicht, stets legte er dieselbe Gleichgültigkeit an den Tag. Wie ein Automat, der auf Wärme und Kälte reagiert, ißt und schläft. Don Conso beruhigte Maria. »Dieser Zustand wird nicht lange anhalten.« Er verabreichte ihm Mixturen, um sein Gedächtnis anzuregen: Salbei, Melisse, Minze, Enzian. Morgens bereitete er dem jungen Mann Fußbäder mit Rosmarin und Nußbaumblättern. Am Ende des dritten Tages setzte sich Maria ans Kopfende des Bettes und versuchte Jean-Jacques' Blick zu begegnen, dann sagte sie langsam, wobei sie jedes Wort absetzte:

»Ich bin Ihre Mutter, ich heiße Maria. Ich bin Ihre Mutter.«

Der Blick des jungen Mannes ging durch sie hindurch, die Starrheit und Leere seines Augapfels erinnerte an den ausdruckslosen Blick eines Blinden. Maria dachte an Don Consos Worte, an ihre gegenseitige Weigerung, sich als Mutter und Sohn anzuerkennen. Vielleicht machte sie sich tatsächlich nur etwas vor, wenn sie sich wünschte, Jean-Jacques möge sein Gedächtnis wiederfinden.

Am Silvestertag unternahm sie einen langen Spaziergang, die tiefstehende Sonne tauchte die Eichen in ein gedämpftes Abendlicht, das die Schatten der Bäume gewaltig in die Länge zog. Trotz der Jahreszeit standen am Wegesrand wilde Blumen, die sich mit den letzten Sonnenstrahlen vollsogen, bevor der nächtliche Frost die zarten Blüten vereisen würde. Die kleinen Täler und Hügel zogen sich in sanften Wogen bis zum Meer hinab, es herrschte vollkommene Stille, ein Vogel flog vorbei. Sie fuhr zusammen. Es war eine reine Welt, als sei sie eben erst erschaffen worden. Marias Herz schlug höher vor Freude. Schmerz und Tod waren nicht ausgelöscht, sie wohnten dieser Ruhe inne, wie ein leises Rauschen. Die grünen Eichen und schwarzen Pinien, die sich zuvor in Qualen gewunden hatten, gaben sich dem sanften Licht hin. Sie hatten keine Erinnerung an Regen und Wind bewahrt. An diesem Nachmittag, dem letzten Tag des Jahres, bebten nur die Baumwipfel im leichten Westwind. Maria kehrte um, das Kloster schien friedlich zu schlafen. Als sie den steilen Weg zurücklief, fühlte sie sich gereinigt von aller Vergangenheit, von Schuld und Reue. Lag es daran, daß die Gefühle so flüchtig sind, die Sinne so trügerisch oder die Seele so leichtfertig ... Auf halbem Weg kam ihr ein Mann entgegen. Die Sonne blendete sie, so daß sie nur seine schwarzen Umrisse erkennen konnte. Als bei einer Biegung die Sonne schließlich in sein Gesicht schien, sah sie sein Lächeln, ein Lächeln, das alle Spuren des Schmerzes tilgte. Glücklich warf sie sich in Hureaus Arme. Die beiden drehten und drehten sich minutenlang und lachten, bis sie beinahe das Gleichgewicht verloren.

Abends aßen sie im großen Refektorium, Don Conso hatte sich diskret zurückgezogen. Hureau hatte etwas Schinken, Käse und Orangen mitgebracht. Maria berichtete, wie der Priester Jean-Jacques gepflegt hatte, vermied es jedoch, die Rolle des Gebets zu erwähnen, sondern sprach nur von der wohltuenden Wirkung der Heilkräuter, der Umschläge und des Dampfbads. Nach dem Essen zündete sich Hureau wie gewöhnlich eine schmale Zigarre an und streckte seine gestiefelten Beine auf einem Stuhl aus.

»Maria, ich werde die Region morgen verlassen. Ich habe hier nichts mehr zu tun. Mein Nachfolger, der die Prinzessin betreuen wird, ist bereits benannt. Ich kann fortgehen.«

»Wohin?« fragte Maria.

»Wahrscheinlich werde ich nach Spanien gehen. Ich

habe genug von geheimen Missionen, die frische Luft der Schlachtfelder wird mir guttun.«

Maria schwieg eine Weile, das ganze Glück dieses Tages hatten nur wenige Worte fortgeweht.

»Werden Sie wiederkommen?« flüsterte sie.

Hureau sah sie an.

»Kennen Sie einen guten Grund, der mich hierher zurückführen sollte?«

»Ja, einen: daß wir uns wiedersehen.«

Draußen im Wald hörte man ein merkwürdiges Bellen, das in ein unheimliches Geheul mündete.

»Ein Wolf«, sagte Hureau.

»So nah, glauben Sie wirklich?«

»Ja, im Winter verlassen die Wölfe mitunter die Berge.«

Maria setzte sich näher zu Hureau und ergriff seine Hand.

»Die Wölfe sind mir egal, sie machen mir keine Angst, es gibt ohnehin nicht mehr viele Dinge, die mir Furcht einflößen. Vielleicht ist das mein größter Fehler. Ich mache Ihnen damit Angst! Leugnen Sie es nicht, Sie haben all die vergangenen Wochen damit verbracht, mir aus dem Weg zu gehen. Antworten Sie mir, Hauptmann, es ist zwecklos, erneut zu fliehen.«

»Lassen Sie uns hinausgehen.«

Um das Kloster herum war es stockfinster geworden, sie liefen ein paar Schritte durchs gefrorene Gras. Der Wolf heulte wieder, oder war es ein zweiter, der dem ersten antwortete? Die Nacht wirkte noch eisiger, noch dunkler, noch bedrohlicher.

»Maria«, sagte Hureau mit gedämpfter Stimme, »ich habe Sie vom ersten Augenblick an geliebt, schon in jener Höhle, Sie waren am Ende Ihrer Kräfte und ich völlig nackt. Sie haben mich dazu gebracht, etwas zu versuchen, für das es nur eine Chance auf tausend gab. Bevor Sie erschienen sind, hatte ich beschlossen, mein Schicksal hinzunehmen … und zu sterben. Doch Sie haben mir die Lebenslust wiedergegeben, war es zum Guten oder zum Schlechten, ich weiß es nicht.«

»Kommen Sie«, raunte Maria.

Sie umschlang seine Taille.

»Warum sind Sie vor Gefühlen derartig auf der Hut, man könnte meinen, daß sie Ihnen mehr Angst einjagen als eine Feuersalve?«

Hureau wand sich aus Maria Umarmung und nahm ihre Hände in seine.

»Ich gehöre zu jenen Männern, die beschlossen haben, frei zu bleiben, die die Leidenschaft und die damit verbundene Selbstaufgabe verabscheuen und jederzeit Herr ihrer selbst bleiben wollen, weder leiden noch Leid zufügen wollen. Unter den Soldaten gibt es einige, die die Einsamkeit an der Seite des Kaisers wie eine große Leidenschaft erleben, auf dem Schlachtfeld finden wir jene Genugtuung, die die Männer des Ancien Régime bei der Eroberung einer Frau empfanden.«

»Wer spricht hier von Eroberung?« flüsterte Maria. »Ich spreche von Liebe.«

»Bringen Sie mich nicht in Gefahr, Maria, ich bitte Sie ...«

»Lassen Sie uns wieder hineingehen, Hauptmann, wir holen uns noch den Tod.«

Sie durchquerten das Refektorium und erreichten den Gang, der zu den Zellen führte. Jean-Jacques schlief in seinem Zimmer.

»Geben Sie auf ihn acht«, riet Hureau. »Dubouchage sucht ihn, es bestehen zwar wenig Chancen, daß er ihn hier findet, doch man kann nie wissen. Ihr Sohn darf das Kloster nicht verlassen, solange die Lage sich nicht beruhigt hat.«

Maria gestand:

»Er weiß nicht, wer ich bin, vielleicht will er mich nicht erkennen.«

»Das glaube ich nicht, er steht noch immer unter

Schock, bleiben Sie bei ihm, er wird am Ende schon auf Sie zukommen.«

Sie gingen auf Zehenspitzen hinaus, etwas weiter im Flur blieb Maria vor einer Tür stehen.

»Kommen Sie herein, Hauptmann.«

Hureau zögerte.

»Ich muß fort, wenn ich bei Sonnenaufgang im Quartier sein will.«

»Warum bei Sonnenaufgang?« fragte Maria leise.

Hureau ging einen Schritt auf sie zu. In der schmalen Zelle wirkte er riesig mit seinen Stiefeln und seinem Säbel.

»Es ist besser, wenn ich mich wieder auf den Weg mache ...«

Er wehrte sich nur der Form halber, seine Stimme klang verletzlich wie die eines Kindes. Maria zündete eine Kerze an.

»Ich will weder Ihre Freiheit noch Ihre Liebe, Martial, ich bitte Sie nur darum, mich eine Nacht lang zu wärmen, bevor wir beide in die Wüste zurückkehren. In Spanien ist es nachts sicher kalt.«

Hureau löste den Gurt seines Säbels, der schwer zu Boden fiel.

»Pst«, machte Maria.

Ein Monat war vergangen. Heftige Regenschauer und frühlingshafter Sonnenschein hatten sich abgewechselt. Giovanni konnte wieder laufen, sprach aber immer noch nicht. Er wirkte weder glücklich noch unglücklich, aß mit Appetit und schlief viel, das war alles. Maria hielt ihre Anwesenheit allmählich für überflüssig, vielleicht verhinderte sie sogar seine vollständige Genesung. Sie hatte ihn tagelang dabei beobachtet, wie er mit kleinen Schritten durch den Garten gelaufen war. Es war wie ein Wunder, zugleich aber auch entsetzlich: Ihr Sohn war so nah und blieb doch abwesend, schlimmer noch, fremd. Er war schön und besaß eine natürliche Eleganz, Maria entdeckte an ihm auch einige ihrer eigenen Wesensmerkmale, insbesondere die Fähigkeit, sich selbst zu genügen. Sie hatte bemerkt, daß sein Blick sich veränderte; so hatte er für Don Conso ein anderes Lächeln als für sie. Das für sie hatte eine andere Färbung, sein Strahlen erlosch jäh.

Ja, es war gewiß besser, wenn sie fortging. Don Conso versuchte nicht, sie davon abzubringen. Er versprach, für die Genesung des jungen Mannes zu sorgen. Maria setzte all ihre Hoffnung in diese schlichten Worte. Sie trat die Rückreise in Begleitung der beiden Gendarmen an, deren beruhigende Anwesenheit das letzte Bindeglied zu Hureau war. An jenem Morgen vor einem Monat hatte er seine Stiefel angezogen, seinen Säbel angelegt und war in seinen Mantel geschlüpft, dann hatte er sich über sie gebeugt, ihr einen Kuß auf die Stirn gehaucht und ihre Haare durch seine Finger gleiten lassen. Sie schlief schon lange nicht mehr, tat aber so, als würde sie erst in dem Augenblick erwachen. Sie hielt sein Gesicht fest, um sich seine Züge genau einzuprägen, die beiden Furchen auf seinen Wangen, seinen grauen, müden Blick, das spöttische Lächeln auf seinen Lippen. Sie gingen auseinander wie Liebende einer Nacht. Sie drückte seine Hand, schloß die Augen, und als sie sie wieder öffnete, war er verschwunden. Sie war nicht unglücklich, sie dachte an sein Geständnis: Er liebte sie. Er hatte sie seit ihrer ersten Begegnung in der Höhle geliebt. Die Erinnerung an seine geflüsterten Worte bereiteten ihr das höchste Glücksgefühl. An diesem Morgen wollte sie nichts weiter als sich an seiner so lange verschwiegenen Liebe ergötzen, sich an die gemeinsamen Reisen und ihr Wiedersehen zu erinnern, sich seine Blicke ins Gedächtnis rufen. Alles nahm plötzlich eine andere Bedeutung an. Nicht einen Augenblick war sie die verschmähte Liebhaberin gewesen. Hureau liebte sie. Das entschädigte sie für alles. Sie konnte Hureaus Wärme noch in ihrem Bauch spüren. Sie hatten sich schweigend geliebt, und dieses Schweigen war schöner gewesen als die Lust selbst, oder genauer gesagt, das Schweigen hatte die Lust noch angefacht, hatte dem Liebesakt einen besonderen Ernst verliehen, ihm das Animalische genommen. Es war wie ein Gebet gewesen, das man mit halbgeöffneten Lippen murmelt.

Irgendein Geheimnis geisterte durch die Gänge des Hôtel d'York. Man tuschelte hinter vorgehaltener Hand und verstummte, wenn Maria näher kam. Aglaée warf triumphierende Blick um sich. Maria beließ sie in dem Glauben, nichts bemerkt zu haben. Sie fand Catherine ungewöhnlich überschwenglich, ihre Tochter war kurz davor, mit allem herauszuplatzen, hielt sich aber im letzten Moment doch noch zurück. Als Maria den Präfekten in seinem schwarzen Anzug auf sie zukommen sah, hatte sie bereits eine Ahnung. Sie unterhielten sich über die jüngsten Ereignisse: Die französische Armee hatte in Spanien die Zitadelle von Pamplona besetzt, und General Miollis zog in Rom ein. Dubouchage beschwerte sich:

»Wen interessiert schon das Schicksal der Armeen? Ich finde es viel besorglicher, daß die Zugehörigkeit dieser Stadt zum Kaiserreich sich nur darin äußert, daß die jungen Leute gezwungen werden, Französisch zu lernen. Manchmal bin ich regelrecht verzweifelt, die Bewohner werfen mir den Bau der Corniche vor, dadurch würde die Stabilität der Berge gefährdet. Mit solchen Bedenken hätten die Griechen und die Römer nie einen einzigen Tempel erbaut.«

Der Präfekt machte eine kurze Atempause und knöpfte sich den Kragen auf.

»Meine Aufgabe ist nicht einfach, verehrte Maria. Ich muß diesen Landstrich französisieren, denn offiziell ist er jetzt ein Departement wie jedes andere. Sie wissen, daß das nicht stimmt, aber erklären Sie solche regionalen Besonderheiten mal den Leuten in der Hauptstadt! Damit es gelingt, habe ich eine Strategie entworfen, die darin besteht, so viele Ehen wie möglich zwischen jungen Leuten von hier und von außerhalb zu schließen. Das ist das beste Mittel, um Antagonismen zu überwinden. Wo eine Familie entsteht, werden Meinungsverschiedenheiten beseitigt. Wenn es mir also gelingen sollte, zehn junge Menschen aus alteingesessenen Nizzaer Familien, die sich gegen jede Entwicklung sperren, zu verheiraten, dann hätte ich schon einen großen Schritt nach vorn getan.«

Maria konnte sich gut vorstellen, worauf Dubouchage mit seiner langen Vorrede hinauswollte. Er hielt für Pierre-Joseph Arson um Catherines Hand an, die Hochzeit zwischen einer der angesehensten Erbinnen der Stadt mit einem Bankierssohn, der Franzose war und offenbar eine Familie gründen wollte. Darüber hinaus war der finanzielle Aspekt dabei nicht ganz unwesentlich, Arson würde seinen Sohn mit einer ansehnlichen Rente ausstatten.

Der Präfekt als Heiratsvermittler, Maria wäre in lautes

Gelächter ausgebrochen, wenn es nicht um Catherine gegangen wäre.

»Die ganze Stadt weiß offenbar Bescheid, nur ich nicht!«

»Ich gestehe, ich habe es Monsieur Arson und auch Ihrer Tochter verraten. Leider waren Sie nicht in der Stadt ...«

Maria unterbrach ihn:

»Ich sehe nicht, was zur Eile drängt.«

Dubouchage beteuerte seine guten Absichten.

»Ich hielt es für richtig, Catherine zeigt sich seit einiger Zeit mit diesem Jungen in der Öffentlichkeit, man sieht sie jeden Nachmittag auf dem Cours spazierengehen. Ich habe mich eingeschaltet, um herauszufinden, wie es um die Gefühle der beiden jungen Leute bestellt ist. Sie sind durchaus voneinander angetan. Monsieur Arson, der Vater, ist darüber ganz entzückt.«

Maria lächelte müde. Dieser Trottel glaubt doch allen Ernstes, mich zu kriegen, indem er Catherine zur Bankiersgattin macht.

»Verzeihen Sie, verehrter Freund, Sie werden sicher verstehen, daß ich mich über derartige Pläne mit meinem Mann beraten muß.«

»Aber selbstverständlich«, sagte Dubouchage und knöpfte seinen Kragen wieder zu.

Maria ging in Catherines Zimmer und schlug die Tür hinter sich zu.

»Du hast also vor, zu heiraten?«

Catherine ließ überrascht den Liebesroman fallen, den sie begierig gelesen hatte. Sie stammelte:

»Bin ich nicht alt genug, um in diesen Dingen selbst zu entscheiden?«

»Bist du denn in Pierre-Joseph verliebt?«

Ihre Mutter verunsicherte sie wie immer.

»Ich weiß nicht ... er ist sehr freundlich ... ich denke, schon ...«

»Freundlich!« rief Maria. »Man heiratet einen Mann doch nicht, bloß weil er freundlich ist. Hast du etwa Dummheiten gemacht?«

»Nein!«

Catherines Wangen färbten sich rot.

»Ausgezeichnet, in diesem Fall wirst du warten, bis du dich verliebt hast, um dich für den Rest deines Lebens zu binden.«

Catherine wagte ihr nicht zu gestehen, daß sie in Wahrheit nicht in Pierre-Joseph, sondern in einen jungen Aristokraten verliebt war, der einen Tag nach dem Ball der Prinzessin verschwunden war.

»Sei nicht dumm. Koste vom Leben, bevor du es opferst«, sagte Maria mit sehnsuchtsvollem Ton.

Don Conso und Giovanni unternahmen jeden Nachmittag lange Spaziergänge. Das erste Wort des jungen Mannes war ein »Danke« gewesen. Es hatte sich eines Morgens in der Kirche ereignet, Don Conso betete, Giovanni kniete sich neben ihn und sprach dieses schlichte Wort mit fester Stimme. Don Conso wandte sich ab, um seine Bewegung zu verbergen. Marias Sohn war geheilt. Der Pfarrer dankte dem Herrn und der Jungfrau, öffnete eine Flasche Wein und teilte sie mit Giovanni. Seitdem sprach der junge Mann wieder, doch immer nur über kleine Dinge: den Namen einer Blume, eine Bemerkung über das Wetter, doch über seine Vergangenheit oder über seine Rettung verlor er kein Wort, er benahm sich im Grunde so, als habe seine Existenz erst in diesem Kloster begonnen, als habe es vorher nichts gegeben. Nur sein »Danke« ließ ahnen, daß er sehr wohl wußte und sein Schweigen absichtsvoll gewesen war. Don Conso ließ sich nicht verunsichern, er brachte dem jungen Mann bei, die Pflanzen zu unterscheiden, die auf den umgebenden Hügeln wuchsen, und ihren Geruch zu erkennen. Der Frühling hatte dieses

Jahr sehr früh begonnen, überall blühten Margeriten und Aloen. Don Conso pflückte Kräuter und Blumen und nannte ihre Namen: Rosmarin, Thymian, Hühnerquendel, Heckenrosen, Weißdorn, Strohblumen. Giovanni versuchte in das Geheimnis der Blütenpracht einzudringen. Don Conso zählte auch die Namen der Bäume auf: Ulmen, Kastanien, Linden, Eschen und Akazien. Giovannis anfängliche Neugierde wurde bald zu einer wahren Leidenschaft; er begann Kräuter zu sammeln, pflückte Heilpflanzen und ließ die anderen stehen. Es kam vor, daß er sich irrte, aber nie zweimal hintereinander. Don Conso war verblüfft, wie schnell sein Freund Fortschritte machte. Er hatte bereits bemerkt, daß Giovanni alle rituellen Gesten der Messe und die Gebete beherrschte, sogar jene, die allein dem Klerus vorbehalten waren. Der junge Mann hatte ganz offensichtlich eine religiöse Erziehung genossen.

Abends aßen sie gemeinsam eine einfache, aber schmackhafte Mahlzeit, Brunnenkresse vom Wildbach, jungen wilden Spargel. Don Conso genehmigte sich ein Glas Wein, doch nie mehr. Nach dem Essen rauchte er eine Pfeife. Giovanni sah ihn lächelnd an.

»Warum siehst du mich so an?« fragte der Priester eines Abends.

»Ich betrachte Sie gern«, antwortete der junge Mann.

»Und warum?«

»Das vermag ich nicht zu sagen.«

Don Conso beharrte nicht darauf, statt dessen bot er dem jungen Mann an, zu ministrieren.

»Ja, mit großer Freude. Meine ganze Kindheit, meine ganze Jugend habe ich an einem Ort wie diesem verbracht, mit dem Unterschied, daß es dort kalt war und es auch keinen Don Conso gab, der den Herrn pries.«

»Die Hauptsache ist, ihm zu danken.«

»Das glaube ich nicht, Pater. Wenn derjenige, der betet, nicht sein Herz hineinlegt, bleibt Gott taub!«

»Eine merkwürdige Theorie!«

Die beiden Männer hatten noch nie so viel gesprochen, und es folgten zwei Tage, in denen sie, abgesehen von den liturgischen Antworten während des Gottesdienstes, kein Wort miteinander wechselten. Das einzige, was Don Conso noch ernstlich Sorgen bereitete, war Maria. Er hätte ihr schon längst Nachricht von ihrem Sohn zukommen lassen müssen. Aber wie sollte er ihr beibringen, daß ihre Anwesenheit das mühsam Errungene wieder zerstören konnte? Bevor er die Mutter in Kenntnis setzte, mußte er bei dem Sohn weitermachen. Er fragte ihn nach dem Namen, den ihm die Mönche gegeben hatten.

»Giovanni«, antwortete der junge Mann.

»Bist du sicher, daß dies auch der Name ist, auf den du getauft wurdest?«

»Es ist der Name, auf den ich seit jeher höre, und es ist mir egal, ob ich auch tatsächlich auf ihn getauft wurde.«

Don Conso brauste auf.

»Du hast unrecht, Gott erkennt dich an dem Namen, den die Taufe geheiligt hat. Einen anderen darfst du nicht tragen. Deine Seele heißt nicht Giovanni.«

»Die Seele hat keinen Namen, Pater.«

»Und ob! Die Seele identifiziert sich mit dem Vornamen, den deine Eltern gewählt haben und den Gott anerkannt hat.«

»Ich habe weder Vater noch Mutter!«

Der junge Mann sah Don Conso zum ersten Mal belustigt an. Der Priester widersprach ihm lachend:

»Soviel ich weiß, bist du nicht das Werk des Heiligen Geistes, also hast du einen Erzeuger und eine Mutter, die dir das Leben geschenkt hat.«

Die beiden Männer stiegen einen steilen Pfad hinauf, der zu einem verlassenen Steinbruch führte. Auf einer Seite wuchs Ginster, der den ganzen Tag von der Sonne beschienen wurde. Don Conso, ein wenig außer Atem, bedeutete Giovanni, ein paar Minuten unter einer Linde zu verschnaufen. Giovanni zupfte die vertrockneten Blüten von einem herabgefallenen Zweig. Schmetterlinge, winzige Frühlingsfalter, flatterten berauscht im fahlen Licht umher. Nachdem er wieder zu Atem gekommen war, befand Don Conso, daß er nun keinen Rückzieher mehr machen konnte.

»Dein wahrer Name ist Jean-Jacques, es ist der Name, den deine Mutter ausgesucht hat. Diese Mutter existiert, und du kennst sie, sie hat Tage und Nächte an deinem Bett verbracht, dich gepflegt, dir den Schweiß von der Stirn und den Gliedern gewischt, dich mit meinen Kräutern eingerieben, dir frische Wäsche angezogen, deine Lippen geöffnet, um dir mit etlicher Mühe ein paar Löffel Tee einzuflößen, ja, diese Frau ist deine Muter, sie hat gebetet, sie, die schon lange nicht mehr gebetet hatte, damit du gesund wirst, sie hat sich neben mir auf den Boden geworfen, und dann hat sich das Wunder ereignet, du bist ins Leben zurückgekehrt. Gott sei Dank. Das ist die Wahrheit.«

»Diese Frau«, entgegnete Giovanni heftig, »hat mich bei meiner Geburt verlassen, sie hat sich zu spät meiner angenommen, die Frau, die Sie beten sahen, ist eine Ungläubige, eine Atheistin, eine Revolutionärin, dafür wird sie zu gegebener Stunde geradestehen müssen. Doch das ist nicht meine Angelegenheit. Gott möge mir verzeihen, ich habe diese Frau gehaßt, heute ignoriere ich sie, ich werde sie nie als meine Mutter ansehen. Ich habe sie wiedererkannt, dazu habe ich nicht lange gebraucht, eine Ahnung davon drang bereits in meinen Schlaf. Ihren Duft habe ich selbst in meiner Bewußtlosigkeit wahrgenommen. Ich wußte, daß dieser Schatten, der sich über mich beugte, meine Mutter war. Also beschloß ich, mich in mir selbst zu verschließen und ihr die Freude zu verweigern, daß sie mir ein zweites Mal das Leben gab.«

Don Conso fuhr hoch.

»Für wen hältst du dich, daß du die Vergebung verweigerst, die Christus selbst seinen Henkern gewährte?«

»Pater, bei aller Achtung und allem Respekt, den ich für Sie hege, so weit werde ich nicht gehen.«

»Wir wollen umkehren«, sagte Don Conso, »es ist zu spät für den Ginster, aber hör dir zuvor noch die Worte Salomons an:

> Unter dem Apfelbaum weckte ich dich;
> da ist dein genesen deine Mutter,
> da ist dein genesen, die dich geboren hat.
> Setze mich wie ein Siegel auf dein Herz
> und wie ein Siegel auf deinen Arm.
> Denn Liebe ist stark wie der Tod.«

Giovanni fuhrt im selben Tonfall, wie im Gottesdienst, fort:

> »Daß auch viele Wasser nicht mögen die Liebe auslöschen
> noch die Ströme sie ertränken ...«

»Ich bewundere deine Textkenntnis«, bemerkte Don Conso ironisch.

Schweigend traten sie den Rückweg an.

Giovanni lief mittlerweile auch oft allein durch die Landschaft. Don Conso hatte ihm eine Samthose, eine Drillichjacke und festes Schuhwerk geliehen, mit dem er die steilen Böschungen und terrassierten Hügel besteigen konnte. Der junge Mann ging nicht spazieren, sondern er studierte die Pflanzen und fragte die Bauern, was sie anbauten und wie sie ihre Felder bestellten. Die Männer wunderten sich, noch nie hatte ein Mann aus der Stadt so etwas wissen wollen. Sie pflückten ein paar Oliven und rollten sie zwischen ihren Fingern. Jede hatte ihre besondere Eigenschaft, ihre besondere Farbe, ihren besonderen Geschmack: die *Nostral* war mittelgroß und gut für die Gewinnung von Öl geeignet. Die *Puncia nera* war ganz klein und geschmacksintensiv, man konnte sie eingelegt oder so essen. Die *Columbana* war groß und rund, aus ihr gewann man viel Öl, konnte sie aber auch einlegen. Die *Sauvage* war die Königin unter den Oliven, sie gab wenig Öl, war aber von hervorragender Qualität. Die *Verdala* wiederum war klein und kugelrund. Es war die Zeit, in der man die Bäume zurückschneiden mußte, Februar und März. Giovanni sah die Männer in den Baumkronen. Es dauerte einen Tag, einen Olivenbaum zu beschneiden. Die Mühlen wurden vom Fett gereinigt. Giovanni kehrte zurück zu der Mühle am Paillon, wo seine Lippen zum ersten und einzigen Mal Catherines Lippen berührt hatten. Nichts hatte sich seitdem verändert, es herrschte noch immer dieser intensive Ölgeruch, und auch die riesige Presse stand noch da. Der Ölmüller erkannte Giovanni wieder, bot ihm ein Glas Wein an und erkundigte sich nach der Dame, die ihn begleitet hatte. Giovanni antwortete, es ginge ihr sehr gut. Catherine gehörte in sein früheres Leben, zu dem Weg, den er bis zu jenem Abend beschritten hatte und der ihn ans Ende der Welt, in den Tod geführt hatte. Ja, dort, an der Corniche war er gestorben. Der Mann, der seine Geliebte betrogen hatte, war gestorben. Gestorben war derjenige, der sich der Todsünde, der Fleischeslust mit der Prinzessin hingegeben hatte. Und gestorben war auch der kleine fanatische Mönch, der sich aus lauter Unwissenheit in widerwärtige Machenschaften verstricken ließ. In der Stille seines steinernen Grabes über dem Meer, in sein erdenes Leichentuch gehüllt, hatte er Gott sprechen hören. Es war ein anderer Gott gewesen als der vom Turiner Kloster, ein Gott, der sich weder für Politik noch für die Kirche interessierte, kein Heiliger, keiner, den man anrief. Giovanni hatte einen Hauch wahrgenommen, ein fernes Raunen, das ihm zuflüsterte, der Himmel sei nicht nur im Himmel, sondern auch in der Tiefe der Erde, in den Früchten der Erde, im rauschenden Wasser, in allem, was man als die Natur bezeichnete. Nun wollte er das alles verstehen lernen, die Natur lieben und feiern. Er hatte keine Zeit mehr, keine Tränen mehr, um der nur flüchtig geschauten und ebenso schnell wieder verlorenen Liebe nachzuweinen. Er zog die Olivenbäume vor, die sich ewig vor Schmerz zu winden schienen und ohne zu klagen bei jeder Ernte wieder ihr goldenes Blut hergaben.

Er lief den ganzen Tag, nahm nur ein Stück Brot, Käse und ein paar Oliven als Proviant mit. Er schlug den Weg entlang dem Paillon ein, überquerte eine Furt, die Saint-André-Brücke oder die Contes-Brücke, um zu den Hügeln zu gelangen, die den nächsten Fluß säumten, den majestätischen Var. Er kletterte die Weinberge von Fabron, Pessicart und Magnan hinauf. Zu dieser Jahreszeit reckte die Reben ihre dürren schwarzen Arme empor. Im Weingut erkundigte er sich nach den angebauten Rebsorten und dem Wein, der dort gekeltert wurde. Probieren wollte er gar nicht, er wollte nur alles erklärt bekommen, doch man schlug ihm die Tür vor der Nase zu. Etwas weiter machte er einen erneuten Anlauf und fand am Ende immer jemanden, der bereit war, ihm zu antworten. Selten war es der Besitzer, sondern meist einer der Männer, die auf dem Weinberg arbeiteten, grobe Kerle, die wegen der schweren Arbeit, der Kälte und der Hitze vorzeitig gealtert waren, in den Scheunen schliefen und mit Eseln und Hunden aßen. Diese Männer liebten den Weinberg, sie erzählten bereitwillig von ihrer Arbeit. Worüber hätte sie auch sonst reden können? Sie zählten die Rebsorten auf: die weiße *Claretta*, die schwarze *Fuola*, die rote *Blancona*, den *Sauvaget*, der als Weißer nichts taugt, aber als Roter köstlich ist, der weiße *Verlantin*, der schwarze *Braquet* und viele andere, die seit der Zeit der Römer auf dieser kargen Erde wuchsen. Die Weinberge reichten bis hinab zum Fluß, der von oben wie ein winziger Bach erschien und sich mit einem silbernen Schleier bedeckt durchs Tal wand. Giovanni schrieb alles immer erst bei seiner Rückkehr ins Kloster auf, er wollte die Bauern nicht mit Papier und Bleistift verschrecken. Warum notierte er die Namen der Oliven, der Reben, der Öle, der Weine? Er konnte es sich selbst nicht erklären, er wußte nur, daß er damit einer inneren Notwendigkeit folgte.

Als die Zeit gekommen war, schickte Don Conso einen Boten zu Maria. Die Nachricht war knapp gehalten, der Priester hatte nur zwei Worte geschrieben:

»Kommen Sie!«

Seine Haare waren gewachsen, sein Gesicht wirkte ruhig und ausgeruht. Um ihn herum lagen Blätter und getrocknete Kräuter, die Bauernhose stand ihm gut, auch die Leinenjacke. Maria blieb im Türrahmen stehen.

»Treten Sie ein.«

Sie setzte sich ans Fußende des Bettes, an den Platz, wo sie so viele Stunden damit verbracht hatte, über ihn zu wachen. Sie hätte ihn gern geküßt oder zumindest angefaßt, seine Hand berührt. Der Tisch, auf dem sich alle seine getrockneten Pflanzen und die Notizen türmten, bildete eine Wand zwischen ihnen, ebenso seine sehr steife, aufrechte Haltung. Maria reichte Jean-Jacques das Buch, das sie nach langem Zögern beschlossen hatte ihm zu schenken. Er rührte sich nicht. Maria verharrte einige endlose Augenblicke mit ausgestrecktem Arm und dem Buch in der Hand, dann legte sie es neben sich.

»Ich dachte«, sagte sie, »daß es Sie interessieren würde, es ist ein Werk von Monsieur de Chateaubriand: ›Der Geist des Christentums‹.«

Sie hätte ihm sagen mögen, daß sie ihn liebte, daß sie seit Jahren auf ihn wartete. Aber wer konnte einem so distanzierten jungen Mann etwas Derartiges sagen? Selbst das Buch hatte nicht die erwartete Wirkung gezeigt.

Nun mußte sie sprechen oder aber fortgehen, dieser

Augenblick, in dem zwei Geschichten, zwei Existenzen aufeinanderprallten, die sich unterschiedlich rechtfertigten, wog schwer wie ein Stein. Die Glocke läutete zur Vesper und durchbrach das betretene Schweigen. Don Conso beachtete trotz der Abgeschiedenheit des Ortes sämtliche Rituale. Diese Glocke, die von der Gegenwart Gottes und seines Dieners zeugte, war selbst in weiter Ferne, in den Schluchten, den Tälern und auf den verschneiten Berggipfeln zu hören. Doch niemand kam, niemandem wäre es eingefallen, sich zu dem Kloster zu begeben.

»Entschuldigen Sie mich«, sagte Giovanni, »ich muß zum Gottesdienst.«

In der Kirche setzte sich Maria in die hinteren Reihen. Wie ernst ihr Sohn war. Sie beobachtete, wie er die zeremoniellen Gesten ausführte, sich erst zum Altar und dann zu den leeren Stuhlreihen wandte. Sie bewunderte den Stolz, der in jeder seiner Bewegungen lag, hörte seiner singenden und klaren Stimme zu. Gewiß, er war noch lange nicht devot oder unterwürfig, aber zwischen dem Herrn und ihm gab es ein sehr inniges Verhältnis. Mein Sohn glaubt wie die alten Christen. Wird er mir je vergeben können? Erstickt soviel Glaube nicht die Möglichkeit zu vergeben?

Nachdem die Vesper beendet war, verschwand Don Conso. Giovanni legte die Priestergewänder zusammen und löschte die Kerzen, bis auf jene, die vor der Jungfrau standen. Draußen begrüßten die Vögel den Abend mit derselben Ausgelassenheit, mit der sie zuvor den Anbruch des Tages besungen hatten. Giovanni ging zu der Hütte, die er unter den drei Weiden neben dem Wildbach gebaut hatte; sie war vom Weg aus nicht zu sehen. Maria folgte ihm. Im Innern der Hütte glitten die letzten Sonnenstrahlen durch die Holzbretter und zerschnitten mit ihren Lichtklingen den dunklen Raum. Auf Regalen standen, sorgfältig aneinandergereiht und mit Namensschildern versehen, Gefäße mit Oliven, nach ihrer Größe geordnete Trauben, getrocknete Feigen, keimende Samen. Sie verbreiteten einen süßen, schweren Geruch. Maria stützte sich auf den Tisch, der den gesamten Raum einnahm, und begann zu sprechen, als wolle sie sich von einer schweren Last befreien:

»Ihr Vater sammelte auch Pflanzen und ordnete sie systematisch, er ging in den Sumpfgebieten des Var und in den umliegenden Wäldern spazieren, brachte seltene Kräuter nach Haus, die er in große Herbarien legte, und versah jedes einzelne mit seinem lateinischen Namen, seinem Fundort, dem Datum und der Uhrzeit, wo er es gepflückt hatte. Eines dieser Herbarien habe ich retten können. Ich schlage es selten auf, denn die Luft beschleunigt den Zerfall der Blumen. Ich bin glücklich, daß Sie dieselbe Neigung haben.«

»Das glaube ich nicht«, protestierte Giovanni. »Ich bin kein Botaniker, Kräuter zu sammeln erscheint mir sinnlos, meine Recherchen haben ein ganz anderes Ziel.«

Er griff in eine Schale und nahm eine schwarze, schrumpelige Olive in die Hand.

»Schauen Sie sich diese Olive an, Sie können sie essen oder auch verschrumpeln lassen. Ich will aber alles über sie erfahren, wie sie entsteht, wie ihr Kern beschaffen ist, ihr Fleisch, welche Farbschattierungen sie hat, ich will wissen, wie sie gedeiht und wie sie verrottet. Und das gilt für jede Frucht, ich will in ihr Innerstes vordringen, alles verstehen, das Leben begreifen, das Wesen des Lebens von der Geburt bis zum Tod. Wir wissen noch nichts über die unterschiedlichen Zyklen der Natur. Sehen Sie, es geht mir nicht um das Sammeln, mein Interesse ist wissenschaftlicher Natur, aber es beschränkt sich nicht darauf, ich möchte das Rätsel lüften, nicht um es zu zerstören, sondern um das Geheimnis des Lebens zu feiern und zu lieben. Interessierte sich mein Vater für die göttliche Gegenwart in einer Olive?«

»Ihr Vater«, antwortete Maria lächelnd, »hätte sich bei einer Olive für ihre Schönheit interessiert, ihre Vollkommenheit, ihre runde Form, ihren Duft, ihren Geschmack und das Glück, das man empfindet, wenn man hineinbeißt.«

Giovanni nahm die Olive in den Mund, spuckte den Kern aus und schluckte sie hinunter.

»Ich auch, Madame.«

Plötzlich verschwand die Sonne und hinterließ ein milchiges Licht.

»Lassen Sie uns zurückgehen«, sagte Giovanni, »ich muß das Abendessen vorbereiten.«

»Sie kochen?« fragte Maria erstaunt.

»Nein, nur heute, Ihnen zu Ehren.«

Das Abendessen bestand aus einer Pastete, die mit seltsamen Kräutern gefüllt war, von denen die meisten noch nicht ganz gar waren, vor allem Brennesseln. Don Conso schenkte Wein ein und beobachtete neugierig das Experiment. Er sah abwechselnd zu Giovanni und zu Maria hin, suchte zu ergründen, ob irgendein Gefühl zwischen den beiden erwachte. Doch er entdeckte nichts, beider Haltung blieb abwartend.

»Es ist ungenießbar«, bemerkte der Küchenlehrling, »das tut mir leid.«

»Für einen ersten Versuch finde ich es ganz gelungen«, entgegnete Maria.

»Verzeihen Sie mir, Madame.«

Maria konnte sich nicht mehr zurückhalten, sie ergriff die Hand ihres Sohnes und führte sie an ihre Lippen. Don Conso hielt den Atem an.

»Wann verlassen Sie uns wieder, Madame?« fragte Giovanni mit erstickter Stimme.

»Morgen früh. Aber darf ich Sie ab und zu besuchen kommen?«

»Sooft Sie wollen. Und ich werde mich bemühen, es beim nächsten Mal besser zu machen.«

Hauptmann Martial Hureau
Armee des Generals Miollis
Rom

Frau Maria Tordo
Hôtel d'York
Nizza
Département Alpes-Maritimes
Frankreich

Ja, liebe Maria, ich bin in Rom, das Schicksal, die Anordnungen des Kaisers haben mich nicht nach Spanien geführt. Wir haben die Ewige Stadt am 2. Februar umzingelt, und General Miollis hat zehn Artilleriegeschütze auf den Quirinal gerichtet. Wir haben den Vatikan umstellt, und meiner Ansicht nach wird sich hier Großes ereignen, der Papst spricht halblaut von der Exkommunizierung des Kaisers, den er als Antichrist bezeichnet.

Rom ist eine schöne Stadt, aber wir werden hier nicht geliebt. Es ist nicht wie in Mailand, die Religiosität, oder genauer gesagt, die Dominanz der Kirche ist hier viel stärker. Jeden Tag begegnen wir Scharen von Priestern, vom schwarzen Pfarrer bis zum purpurnen Kardinal. Ich fühle mich hier sehr unwohl. Aber wo fühle ich mich überhaupt wohl? Ich denke stets an Sie, das ist mein Unglück, ich steige aufs Pferd, und Sie sitzen darauf, ich mache einen Ausritt, und Sie reiten an meiner Seite, Sie begleiten mich überallhin. Miollis, den ich während des Italienfeldzuges kennengelernt habe, ein Ehrenmann und Aristokrat, der ein Anhänger der Republik geworden ist, mißtraut dem Kaiser, doch er dient ihm redlich. Ich glaube, daß er in seinem tiefsten Innern eine große

Bewunderung und sogar Zuneigung für Seine Majestät hegt, er hat sich der Republik verschrieben und würde sich nie von ihr abkehren. Miollis also sagte mir, daß ich verliebt sei. Ich entgegnete, für mich sei die Liebe ein vager, verschwommener Begriff, den unsere Schriftsteller in den Mittelpunkt ihres Interesses gehoben haben. Miollis sah mich an und brach in lautes Gelächter aus. Ja, Maria, Sie fehlen mir, ich fühle zu Ihnen eine tiefe Verbundenheit. Ich liebe Sie nicht wie ein unerfahrener, unschuldiger Junge, ich schätze Ihren Mut, ich bewundere Ihre Klugheit, Ihre Schönheit raubt mir den Verstand, die Freiheit, mit der Sie handeln und sprechen, gefällt mir, und – warum sollte ich nicht darüber sprechen? – Sie haben mich gewärmt, meinen alten, eingerosteten Körper geweckt, Sie haben mir Sonne ins Dunkel gebracht und jene Wärme, die das Leben auf den Kopf zu stellen vermag. Ich weiß nicht, ob ich Ihnen dafür danken oder mich darüber beklagen soll, ich stehe auf den Ruinen des Colosseums und bin völlig hilflos. Nachts höre ich Liebespaare flüstern, die die Dunkelheit nutzen, um sich Spielen hinzugeben, die mir jahrelang sinnlos erschienen, mit Ihnen aber ihre ganze Selbstverständlichkeit zurückerlangt haben.

Maria, Rom ist weit von Nizza und Notre-Dame-de-Laghet, es bricht mir das Herz. In dieser Stadt riecht es überall nach Weihrauch. Wenn ich einen dieser dunklen Kirchenräume betrete, in denen die Blumensträuße welken und ich die Darstellungen von Christi Geburt und seiner Kreuzabnahme bewundert habe, nehme ich hinter einer Säule im hintersten Winkel der Kirche Platz und rufe mir Ihr Bild ins Gedächtnis, ich höre Ihr Lachen, ich streichle Ihre sanfte Haut und verfluche mich, daß ich auf das Glück verzichtet habe und statt dessen in einen aussichtslosen Krieg gezogen bin, einen Krieg gegen Sie. Wenn ich zumindest die Gewißheit hätte, Sie wiederzusehen, dann würde ich geduldig sein, aber ich habe mich mit unserem Kaiser in ein Abenteuer gestürzt, von dem ich nicht weiß, wohin es uns führt. Heute ist es der Papst, und morgen …? Die Verwicklungen nehmen kein Ende, es scheint, als könne auf jeden Kampf nur der nächste folgen, noch mehr Heldentaten, noch mehr Leid, noch mehr Opfer, es geht endlos so weiter. Vielleicht liegt es an der Atmosphäre in dieser Stadt. Aber manchmal habe ich das Gefühl, bereits die dunklen Wolken an einem Himmel aufziehen zu sehen, der noch blau funkelt.

Bevor ich Sie verlasse, muß ich Ihnen noch etwas Wichtiges anvertrauen, das Ihnen Kummer bereiten wird. In den Tagen, die diesem verfluchten Ball vorausgingen, auf dem Sie dank eines unfaßbaren Zufalls oder einer Laune des Schicksals Jean-Jacques wiedergefunden haben, berichtete mir einer meiner Informanten, daß Ihr Sohn Catherine begegnet sei. Zwischen den beiden habe sich ein zartes Band geknüpft. Nichts Ernstes, seien Sie unbesorgt. Doch es lag mir am Herzen, Sie über diese Dinge zu unterrichten, die Ereignisse haben es mir erst jetzt möglich gemacht. Die beiden jungen Leute wissen nicht, daß sie verwandt sind.

An jenem Abend habe ich versucht, Ihren Sohn aus dem Komplott herauszuziehen, auf den er sich unvorsichtigerweise eingelassen hatte. Ich konnte nicht ahnen, welche Macht den Regungen des Herzens innewohnt. Pauline hat Jean-Jacques verführt und ihm, wie ich stark annehmen muß, seine Unschuld genommen. Gefühle der Reue, Schwermut und Liebe haben den jungen Mann dann zur Corniche geführt, alles Weitere wissen Sie. Ich bedauere sehr diese schicksalhafte Verkettung der Ereignisse, die ihn beinahe das Leben gekostet hätte. Dubouchage, der mir aus Gründen, die auch mit Ihnen zu tun haben, nicht wohlgesonnen ist, hat sich daraufhin meiner entledigt. Er hat den Bankier Arson in der Hand, der in das Komplott verwickelt war. Der Präfekt will aus einem Opponenten einen Getreuen machen, und um die Sache zu besiegeln, versucht er eine Verbindung zwischen Catherine und Pierre-Joseph, dem Sohn des Bankiers, einzufädeln. Ich rate Ihnen, sich mit dem Gedanken an diese Hochzeit anzufreunden. Jean-Jacques wird eines Tages versuchen, Catherine wiederzufinden, und dann beginnt das Drama. Versuchen Sie es zu vermeiden.

Adieu, Maria, denken Sie an mich.

Martial Hureau

Die Vögel sind als erste verstummt. Die Luft beginnt zu zittern, die ersten Standarten tauchen auf der Brücke auf, die sich über den Wildbach wölbt. Dahinter erscheinen Kreuze und goldene Kirchenfahnen, auf denen der Heilige der Bruderschaft prangt. Über dem langen Menschenstrom aus Kindern, Frauen und Männern schwebt, mit einem roten Tuch bekleidet, ein riesiger Christus. Die Trinitatis-Prozession. Don Conso hatte seit Tagen kein Auge zugetan. Würden die Gläubigen kommen? Würde der Präfekt die Genehmigung erteilen? Die ersten Gendarmen sind um sechs Uhr morgens eingetroffen, sie halten sich im Hintergrund. Die Prozession ist nicht verboten, sie wird lediglich überwacht. Hinter den Bruderschaften der Pénitents in Weiß, Blau und Rot drängen sich die Menschen, die aus Nizza, Saint-Pons, Drap, Peillon, Sainte-Agnès, Gorbio, Tourrette, Castagniers und d'Aspremont gekommen sind. Sie waren die ganze Nacht singend unterwegs. Bauern in ihrem Sonntagsstaat und dem einzigen Paar Schuhe mit einer Sohle, die fest genug ist, um eine solche Entfernung zurückzulegen. Don Conso steht mit zwei weiteren Priestern in Chorhemd und Stola vor dem Eingang des Klosters. Einer der Priester trägt das Weihwasser, mit dem sich jeder bekreuzigen wird. Es werden zwar nicht alle hineinpassen, aber sie werden einmal durchs Kloster schreiten und die Jungfrau grüßen, Hymnen und Psalmen singen. Don Conso ist glücklich, sie sind gekommen, zahlreicher als im Vorjahr! Sie sind da, und voller Stolz zeigen sie, daß sie Anhänger eines Glauben sind, der so lange verboten war. Sie sind wie die Kinder, die ihre Mutter wiedergefunden haben. Auf die Freude folgen die Tränen der Frauen, die Ergriffenheit, endlich das glänzende Licht auf dem Tabernakel und die leuchtenden Kerzen wiederzusehen, die Litanei der Gesänge zu hören, die ihre Schritte begleitet, ihre Bewegungen untermalt. Sie haben sich in den Staub gekniet, die Kinder zerren an ihnen und schubsen, doch sie sehen nichts außer der Jungfrau dort vorne, die im dunklen Kirchenchor erstrahlt. Sie wenden sich an sie, begegnen ihrem goldenen Blick, flüstern ihre Wünsche: Gesundheit für die Kinder, Gesundheit für den Mann, der sie nährt, daß der älteste Sohn der Zwangsrekrutierung entgehen möge und nicht zu diesen Wilden im Osten geschickt werde, an den Rhein oder noch weiter fort, wo er doch kein Wort Französisch spricht, noch nie sein Heimatdorf verlassen hat und noch nie etwas anderes gesehen hat als die Berge oder das Meer … Die Jungfrau kennt das alles auswendig. Aber sie lächelt. Ein so inniger Glaube steigt zu ihr auf. Diese Männer und Frauen sind nichts und besitzen nichts. Sie weiß alles über sie, kennt die Stunde ihrer Geburt, die Stunde ihres Todes.

Herr! was für eine verschrobene Vorstellung hatte er sich von der Religion gemacht, dort in dem kalten Kloster in Turin! Eine fleischlose Religion, ein bedrohlicher, ewig zürnender Vater, ein freudloser Christus, der seit Jahrhunderten leidet, eine Religion mit lauter ängstlichen, bigotten Anhängern. Eine Kirche voller Kleingeister. Doch in Wirklichkeit ist die Religion fröhlich, singt und tanzt, und Gott wohnt im ewigen Gebet der Natur, mitten unter diesen Pilgern in ihrem Sonntagsstaat, die nichts zu geben haben außer ihrem Gesang.

Giovanni lächelt, man lächelt zurück, die jungen Mädchen betrachten ihn, es ist Mittagszeit, aus Säcken und Taschen werden Salami und Schinken hervorgeholt, *porchetta*, gefülltes Gemüse, bunt angemalte Eier wie zu Ostern, und Brot vom Heiligen Kreuz, das *pan carita*, das man in die Bohnen, in die Linsen, in die Kichererbsen tunkt. Sie beißen große Stücke ab, vom Brot tropft es, sie lecken sich über die Lippen. Die Kinder schlafen auf der Wiese, den Männern, die zuviel Wein getrunken haben, fallen die Augen zu. Die Kirchenpforte wird wieder geschlossen. Don Conso ist bei der Madonna geblieben. Er kann es noch gar nicht fassen, sie sind wiedergekommen. Er weint. Er ist so müde, so glücklich. Giovanni geht auf ihn zu, kniet nieder, ergreift seine Hand. Don Conso ist verwirrt und gerührt, er umfaßt die Schultern des junges Mannes und drückt ihn an seine Brust. Die beiden Männer lassen sich vor Freude auf den Marmorboden der Sakristei fallen.

»Verflucht, mein Sohn«, entfährt es Don Conso, »das Leben ...«

»Ja«, erwidert Giovanni, »es ist wunderschön.«

Am Nachmittag folgen das Rosenkranzgebet, die Litanei und der Lobgesang. Man bittet um Gnade. Es ist still geworden, als Don Conso, die beiden Priester und Giovanni etwas im Abseits das *Maria, Mater gracia, Maria misericordia* anstimmen. In Erwartung eines Wunders, eines Zeichens göttlicher Gegenwart, haben die Anwesenden sich wieder in der Kirche versammelt, die Familien kranker Kinder und die Gebrechlichen sitzen am Fuße des Altars. Es herrscht eine unerträgliche Hitze, die Eltern tragen ihre Kleinen auf dem Arm. Einige haben Votivbilder mitgebracht, sie stellen die Rettung eines Fischers im Meer dar, den glücklichen Soldaten, den die Kanonenkugel nur gestreift hat, das Kind, das von einem bösen Fieber geheilt wurde. Don Conso sammelt sie demütig ein, später wird er ihnen einen besonderen Platz geben. Nach der Meßfeier strömt die Prozession auf den Vorplatz. Es wird gemurmelt, geflüstert, gefragt: Hat das Wunder stattgefunden? Gesänge erklingen. Als die Sonne untergeht, treten die Gläubigen den Rückweg an.

Die Gendarmen entfernen sich, es ist nichts passiert. Alles ist in bester Ordnung. Die Schritte der Pferde hallen durch die Nacht, eine schöne, sternklare Juninacht. Giovanni weiß, daß auch er bald fortgehen wird, sein Herz zittert nicht mehr. Seine Entscheidung ist gefallen. Er wird sich den Kräutern widmen, in die Wälder ziehen, um sie besser verstehen und lieben zu lernen. Er wird eine Ähre im Wind sein.

Maria kam um vor Hitze in ihrem Caraco und ihrem Rock. Das Pferd schien im Gehen einzuschlafen, nur die Bienen, die um seinen Kopf schwirrten, hielten es wach. Es zuckte mit den Ohren, um sie zu verjagen. Die Luft schmeckte süß wie Honig und klebte auf der Haut. Hinter einem kleinen Wald erhob sich das Sanctuaire-Kloster, umgeben vom harzigen Geruch der Pinien. Der Weg dorthin stieg steil an. Maria ging den Rest zu Fuß und zog das Pferd an den Zügeln hinter sich her, um es zu schonen, aber auch um den Moment hinauszuzögern, wo sie Jean-Jacques wieder gegenüberstehen würde. Wieder einmal hatte sie den Eindruck, daß ihr alles aus den Händen glitt.

Hureaus Brief hatte sie niedergeschmettert. Verzweifelt war sie die ganze Nacht am Meer entlanggelaufen. Sie war an den Villen vorbeigekommen, die von den Engländern aufgegeben worden waren, und an den Gärten, die eine üppige Vegetation unter sich begraben hatte. Auf diesem Weg hatte einst alles für sie begonnen. Sie sah sich zu dem neuangekommenen englischen Herrn gehen und ihre Dienste als Wäscherin anbieten. Sie hatte ihn vom ersten Augenblick an geliebt. Alles hatte an einem Frühlingsmorgen dort angefangen. Der Salon der Villa hatte nach Wachs gerochen, draußen hatten die Bienen gesummt. Es war heiß gewesen.

In dieser Nacht stand ihr ganzes Leben wieder vor ihr, all die kleinen Glücksmomente, die sie sich erobert, die sie dem Schicksal abgetrotzt und dann doch wieder verloren hatte, als würden ihre Träume sich jedes Mal in Alpträume verwandeln, als seien ihr Herz und ihre Seele für Tragik, Angst und Schmerz geschaffen. Was war das für ein Schicksal, was war das für eine unheilvolle Verkettung von Umständen, die sie zwang, ihre Tochter einem reichen Grünschnabel zu überlassen, um sie vor der Torheit einer Liebe zu ihrem Halbbruder zu bewahren? Welche Ursünde hatte zu so viel Leid geführt? Hätte sie nicht besser daran getan, an ihrem Platz zu bleiben, im Schatten der Kirche Sainte-Réparate, und ihre Nase nie hinauszustekken? Aufklärung, Revolution, Kaiserreich – was bedeutete das alles, die Sünde existierte, und sie war mächtiger als die Freiheit. Mächtiger als eine Frau, die versuchte, ein anderes Leben zu führen als das einer Sklavin.

Sie würde Catherine also mit dem Bankierssohn vermählen. Warum eigentlich nicht? Der Präfekt hatte ihr oft genug erklärt, daß der Fortschritt Geld benötige. Sie würde ihre Tochter mit dem Fortschritt vermählen, um die Vergangenheit ein für allemal zu überwinden. Doch heute sehnte sie sich nach der Vergangenheit, nach diesem verbotenen Sohn, diesem Kindskopf, der sich in Oliven, Trauben und Feigen vernarrt hatte. Durch seine Adern floß das Blut des Engländers; wußte er auch, daß jede Frucht, die er untersuchte, jeder Ast, den er aufhob, jede getrocknete Blume, jedes notierte Heilkraut die Arbeit seines Vaters fortführte? Sie hatte es ihm anvertraut, aber es war zu überraschend gewesen. Heute morgen, als sie sich auf den Weg gemacht hatte, wußte sie, daß nun die Zeit gekommen war, Jean-Jacques von Benjamin zu erzählen.

Don Conso schnitt gerade mit hochgekrempelten Ärmeln die toten Äste eines Haselnußstrauchs ab, als er Maria am Ende des Weges erblickte.

»Seien Sie willkommen!« rief er.

Maria ahnte bereits, daß irgend etwas nicht stimmte, als der Priester ihr mit einem breiten Lächeln die Neuigkeit mitteilte:

»Er ist fort«, sagte er. »Ich konnte nichts tun, um ihn zurückzuhalten, er wäre höchstens noch ein oder zwei Tage geblieben, genauso lange, wie ich gebraucht hätte, um Sie davon in Kenntnis zu setzen. Kommen Sie, wir wollen nicht in dieser Gluthitze stehenbleiben.«

Jean-Jacques' Zimmer war leer, die Matratze zusammengerollt, der Tisch und die Stühle waren verschwunden, das Zimmer hatte wieder sein einstiges mönchisches Aussehen zurückerlangt. Nirgends waren mehr Heilkräuter oder Ginsterblüten, die vom Aufenthalt und der Arbeit des jungen Mannes in diesen vier Wänden gezeugt hätten.

»Er hat mir Anfang der Woche mitgeteilt«, begann Don Conso von neuem, »daß er vorhabe, durch die Provence zu streifen, durch ganz Frankreich. Er wolle auf dem Feld arbeiten, die Leute und ihre Arbeit kennenlernen, ihre Mühe, ihre Liebe zu ihrer Arbeit teilen. Wie hätte ich ihn davon abbringen können? Ich habe ihm geraten, auf Sie zu warten. Doch vergeblich. Er hat diesen Brief für Sie hinterlassen.«

Don Conso holte einen leicht zerknitterten, gefalteten Brief aus seiner Tasche.

»Ich lasse Sie jetzt allein«, sagte er.

Maria faltete den Brief auseinander, er war kurz.

Madame,

jedes Kind schuldet seiner Mutter das unerhörte Wunder des Lebens. Ihnen verdanke ich es sogar zweimal, ich weiß, welche Pflege Sie für mich aufgewandt haben, um mich aus meinem lethargischen Zustand zurückzuholen, in dem ich mich nach dem Erdrutsch befand. Danke. Nochmals danke.

Madame, die Welt ruft mich, ich werde Sie nicht vergessen. Küssen Sie Don Conso die Hände, wie ich es getan habe. Er hat mir so viel gegeben.

Im übrigen glaube ich zu wissen, daß in Ihrem Hotel ein junges Mädchen namens Catherine wohnt, ich habe sie nur flüchtig gekannt und werde vermutlich nicht die Gelegenheit haben, sie wiederzusehen, könnten Sie ihr einen Brief von mir überbringen? Don Conso wird ihn Ihnen geben.

Madame, ich verlasse Sie ohne Bitterkeit, ich küsse Sie mit der ganzen Verehrung, die ein Sohn seiner Mutter entgegenbringen kann.

Giovanni

Maria blieb eine ganze Weile auf der Bettkante sitzen. Als sie ein leichtes Klopfen an der Tür hörte, erhob sie sich. Don Conso hielt einen Brief in der Hand. Maria nahm ihn an sich und steckte ihn eilig in ihr Dekolleté, als würde das Papier brennen.

»Danke, Pater, ich muß wieder zurück.«

»Um diese Zeit!«

»Es ist Sommer, die Nächte sind hell.«

Don Conso begleitete sie bis ans Portal.

»Ihr Sohn ist mutig, weise und klug, das sind viele gute Eigenschaften für einen einzigen Menschen.«

Maria ergriff die Hände des Priesters und küßte sie lange.

»Ich bitte Sie«, flüsterte Don Conso.

»Ich folge dem Wunsch von Jean-Jacques.«

Der Himmel funkelte vor lauter Sternen, Maria ritt durch eine samtweiche Nacht.

Die Hochzeit von Catherine Tordo und Pierre-Joseph Arson fand Anfang Juli statt. Es wurde ein Ball veranstaltet, zu dem alle Bewohner der Stadt eingeladen waren. Am Strand wurde ein großes Feuerwerk gezündet.

Dritter Teil

1814

Wälder und Felder sind weite Asyle,
Frei wie das Meer, das die dunklen Inseln säumt.

Alfred de Vigny

»Es lebe der Heilige Vater! Viva il Santo Padre!« Hinterm Var begannen die Leute von allen Seiten zu strömen, die Menschenmenge wurde immer dichter, je mehr sich der Zug der Stadt näherte. Die Rufe wurden lauter, die Menschen liefen auf den Wagen zu, der auf dem unebenen Weg ins Wanken geriet. Die Frauen warfen sich auf die Erde, einige küßten gierig die Räder. Es begann zu regnen, doch selbst das vermochte die Begeisterung der Menge nicht zu dämpfen, die bis zum Meeresufer hinab wogte. Aus dem Wagen glitt eine blaugeäderte Hand, sie gab ihren Segen und zog sich wieder zurück, um auf der anderen Seite dasselbe zu tun, der restliche Körper von Papst Pius VII. blieb verborgen. Dort im Innern kostete der Papst seinen Triumph aus, er, das Schilfrohr, das sich so oft gebogen hatte. Er hatte gelogen, unterzeichnet, seine Unterschrift widerrufen – der Oger hatte ihn nicht geschluckt. Der Usurpator, der Antichrist schickte ihn zurück nach Rom, wie ein lästiges Paket, jetzt, da die Grenzen im Osten gefallen waren, jetzt, da Bonaparte zum ersten Mal auf französischem Boden kämpfen würde. Pius VII. hatte sieben Jahre in Gefangenschaft in Fontainebleau verbracht, er hatte Tag und Nacht gebetet, das Ungeheuer möge geschlagen werden. Und Gott hatte ihn erhört. Die Österreicher, die Russen, die Preußen, die heiligen Armeen der Gotteskinder rückten vor. Nie hatte er auch nur einen Augenblick an diesem Zusammenbruch gezweifelt. Der Glaube ist eine Frage der Geduld. Gott weiß am Ende immer, wer auf seiner Seite steht. Die Hand des Papstes zitterte, sie war knitterig, fleckig, aber an diesem Februarnachmittag bebte sie vor Freude und Ausgelassenheit.

Als der Zug am Marmorkreuz angelangt war, wo der

Weg schmaler wurde, stoppte er. Die Pferde konnten nicht mehr weiter, ohne daß man riskierte, einige der Leute, die sich vor den Wagen warfen, zu überrollen. Die Nationalgarde, die eigentlich ein Spalier bilden sollte, hatte sich in den Wogen aufgelöst. Die päpstliche Eskorte bestand nur noch aus der Gendarmenschwadron, die Hureau befehligte. Er hatte Dubouchage benachrichtigt, den Brief hatte eine Stafette überbracht: »Bitte keine Freudenkundgebungen, keine jubelnde Menge.« Doch Dubouchage hatte nichts unternommen. Er war sogar in Begleitung des Bischofs Colonna dem Papst entgegengegangen, um Pius VII. mit viel Pomp willkommen zu heißen. Dennoch blieb der Präfekt vorsichtig, die Stunde des Verrats war noch nicht gekommen, allenfalls die eines wohlüberlegten Ungehorsams.

Sollte er seine Männer angreifen lassen? Unmöglich. Sie waren nicht zahlreich genug. Hureau verfluchte diese Mission. Ja, er verfluchte sie, trotz der tiefen Freude, die er empfand, das erste Mal seit sechs Jahren nach Nizza zurückzukehren. Was blieb ihm also anderes übrig, als in diese riesige Masse einzutauchen, in dieses betende, weinende, schreiende Menschengewimmel? Plötzlich erhob sich eine Stimme, keiner wußte, woher sie kam, aber alle hörten sie, ein göttlicher Befehl, verkündet durch die Stimme eines Propheten: »Schneidet die Zugseile durch«, sagte diese Stimme, »laßt uns den Heiligen Vater auf unseren Schultern tragen ...« Alle pflichteten ihr bei, eine Woge des Glücks, ein dumpfes Brausen stieg aus den Kehlen empor. Die Gendarmen, die um den Wagen standen, zogen sich zurück. Die Pferde scheuten vor Angst; wenn man sie nicht schleunigst abspannte, würde der Wagen umkippen.

»Laßt sie!« schrie Hureau seinen Leuten zu. Tausende von Händen streckten sich aus, ergriffen die Zügel, lösten die Seile, die befreiten Pferde liefen zur Seite und warfen jeden um, der sich an ihren Flanken festzuhalten suchte. Eine Frau wurde überrannt. Die Pferde flohen mit entsetzten Augen und fliegender Mähne zum Strand. Die Frau wurde herausgetragen, die Reihen schlossen sich wieder. Darauf folgte ein Moment der Ruhe, die kräftigsten Männer spannten ihre Muskeln an, Arme, dick wie Baumstämme, Baumfällerhände, packten den Wagen und hoben ihn in die Luft. Der Papst spürte, wie sich die Erde entfernte, und warf seine dürren Arme haltsuchend nach vorn. Sein Almosenier half ihm, sein Gleichgewicht wiederzufinden, während der Wagen, nun auf zahlreichen Schultern getragen, sanft im Rauch der Kerzen und Fackeln hin und her wogte. Tausende von Flammen bildeten einen funkelnden Teppich, der bis hinunter zum Meer reichte. Hureau hielt sich im Hintergrund und ließ die Prozession weiterströmen; das Benedictus und das Laudate erklangen. Die Seminaristen reckten stolz die Kirchenfahnen in die Höhe, das Domkapitel in vollem Ornat lief dem Papst entgegen. Überall Ovationen, in Beaucaire, in Aix, in Tourves, in Fréjus. Liebte man den Papst so sehr? Dieser altersschwache Prälat, von dem seit Jahren niemand etwas gehört hatte. Doch der Beifall galt nicht dem Oberhaupt des Christentums, sondern der Rückkehr der alten Welt, die aus der Asche auferstanden war. Noch nie war die Verachtung des Volkes gegenüber dem Kaiser so deutlich und offen bekundet worden wie hier in Nizza. Die Nationalgarde stimmte in den Jubelgesang der Massen ein, sie hatte ihre Hüte auf die Bajonette gespießt.

Maria sah von ihrem Fenster aus den Wagen des Papstes stehen, auf dessen Sitzen sich jetzt junge Geistliche drängten, während sich die Kinder an die Deichselstange hängten. Der Zug, der aus der Kirche Sainte-Réparate kam, brauchte lange, bis er sich einen Weg durch die Menge gebahnt und die Place Impériale erreicht hatte. Die Seminaristen tanzten, eine Bande betrunkener Seeleute warf ihre Mützen in die Luft. Feuer wurden entzündet. Der Rauch von feuchtem Holz schwebte über dem Platz und drang ins Hotelgebäude. Maria hatte Anweisung gegeben, alle Fenster und Türen zu schließen und auch die Fensterläden zuzumachen. Abgesehen von Vincent und dem Personal war sie die einzige im Hotel. Nicht einmal ein Geschäftsreisender auf Durchreise. Es wurde auch gar kein Handel mehr getrieben, keiner kaufte, keiner verkaufte, alle warteten ab. Das einzige offene Fenster war das, an dem sie stand und hoffte, Hureau zu erblicken. Heute abend würde er bei ihr sein. Mehr als sechs Jahre waren vergangen! Damals hatte er den Papst in entgegengesetzter Richtung begleitet, von Rom nach Savona, und von Savona nach Fontainebleau. Beim Abschied hatte der Hauptmann sie in seine Arme geschlossen; mit seinem Geruch auf den Lippen war sie zurückgeblieben. Lange Zeit hatte sie sich gefragt, ob sie das alles nicht bloß geträumt hatte, diese Umarmung, diesen Mund, der ihren Mund nahm, dann dieses jähe Auseinanderreißen. Die Glocken läuteten unaufhörlich. Das ganze Ufer entlang wurden Bengalische Feuer gezündet, die ihre Farben über die Schloßruinen ausgossen. Dieses Fest war nicht ihres. Sie zündete Lampen und Kerzen an, ging zum Spiegel und warf einen Blick hinein. Sie fuhr sich mit der Hand übers Gesicht und über die Haare, in denen einige weiße Strähnen schimmerten, die noch kaum auffielen. Sie erhob sich, strich sich über Bauch und Hüften. Nichts hatte sich geändert. Nichts, es gab da nur diese diffuse Traurigkeit auf ihrem Gesicht, ein Schatten, der von ihren Augen ausging. Doch er hatte genügt, ihre Jugend auszulöschen. Maria machte sich nichts daraus, sie wollte keine ewige Jugend. Ja, sie mochte diese Müdigkeit in ihrem Blick, sie erkannte sich darin wieder, erkannte die ernste, schmerzerfüllte Frau, die noch immer die Sehnsucht im Herzen trug. An diesem Abend, während die Glocken läuteten und die Menschen Buße taten und beteten, wartete sie auf einen Mann. Der bloße Gedanke an ihn ließ sie vor Verlangen taumeln. War es nicht lächerlich, sich nach so langer Enthaltsamkeit von der Lust überwältigen zu lassen? Ihrer Wollust haftete eine gewisse Schamlosigkeit an. Sie hatte in all diesen Nächten so gefroren. Mein Gott, sagte sie sich, ich habe die Liebe mit so viel Einsamkeit bezahlen müssen, wie oft bin ich aus dem Schlaf hochgeschreckt, erstaunt und verzweifelt, noch am Leben zu sein, für ein paar Phantome zu leben. Sie öffnete das Schubfach, in das sie Hureaus Briefe gelegt hatte, sechs Jahre waren nicht viel, wenn sie erst einmal auf Papier geschrieben waren. Die Briefe kamen aus Rom, aus Fontainebleau und aus Spanien, wo dieser schreckliche Krieg wütete, in dem einem selbst die Pfarrer in den Rücken schossen. Jeder dieser Briefe war ein Markstein im Fluß der Zeit gewesen, der Beweis, daß sie immer noch für jemanden lebte. Manchmal vergingen Monate, bis Nachricht kam ... Dann die Erleichterung, er war nicht tot! Doch bei jedem Brief begann das Bangen aufs neue, oft blieb sie vor der Präfektur stehen, wo man die Namen derer anschlug, die für das Kaiserreich gefallen waren. Natürlich wußte sie, daß der Name Hureau hier nicht stehen konnte, er stammte nicht aus dieser Gegend. Sie las die Namen, manche von ihnen kannte sie, Söhne von Nachbarn, ein Hausierer, ein Fuhrmann. Sie las sie immer wieder, um den Gedanken an den Tod mit etwas in Verbindung bringen zu können, ihn greifbar zu machen. Der eine hatte dieses Lächeln gehabt, der andere diesen dichten Haarschopf, dann war da ein kleiner Dicker und der mit dem vertrottelten Gesichtsausdruck, sie waren alle irgendwo in Schnee und Eis umgekommen. Die Nachrichten brauchten einen Monat, um bis hierher zu gelangen. Manchmal erfuhr man sie erst in der drückenden Hitze des Augusts; von dem Toten, der in klirrender Kälte gestorben war, war dann wohl schon nichts weiter übrig als die Uniform und ein Haufen Dreck. Sie stellte sich Hureau vor, wie er auf seinem Pferd von den Fluten der Beresina, der Newa, des Rheins, der Donau, der Bidassoa mitgerissen wurde, all dieser Flüsse, die ebensoviel Blut wie Wasser führten. Sie verjagte den Gedanken schnell und schrieb einen Brief, um die makabre Vision auszulöschen, Hunderte von Briefen, von denen sie nur einen Bruchteil abschickte. Was blieb, war der Trost des Schreibens, sie erinnerte sich, wie sie unter Benjamins Aufsicht das Alphabet aufgesagt hatte, wie sie die Zungenspitze herausstreckte, um das ›a‹ und das ›o‹ richtig zu schreiben, sie tat es noch immer, es war eine Angewohnheit, ein Tick geworden. Sie schrieb stundenlang und vergaß darüber die Zeit, trotzte dem Tod. Sie schrieb an Hureau, an Jean-Jacques und sogar an Catherine, dann warf sie die Briefe in eine alte Hutschachtel. Das Schreiben hatte ihr die Tore zum Leben geöffnet, heute gab es ihr die Kraft, weiterzuleben.

Ich bin alt geworden, sagt sich Hureau. Ich habe Federn gelassen in Spanien. Sieht man mir die verlorenen Illusionen an? Wenn ja, dann bin ich heute abend hundert Jahre alt. Er verlangsamt den Schritt, ein schwaches Licht ist im Fenster des zweiten Stocks zu sehen. Sie erwartet mich … Er betätigt den Klopfer am Eingang, ein Stallbursche öffnet ihm. Hureau durchquert den großen, dunklen Speisesaal, er hält sich am Treppengeländer fest, er hat weiche Knie. Langsam steigt er hinauf, eine Frau steht auf dem zweiten Treppenabsatz, die Frau hält eine Kerze, deren Flamme von tänzelnden Rauchschwaden umhüllt ist. Sie steht vor ihm, zehn Stufen von ihm entfernt. Er erkennt nur ihre Umrisse, ihr Gesicht, ihr Körper sind im Dunkeln. Maria stößt einen Schrei aus, die Kerze fällt auf die Stufen, sie sehen einander nicht mehr, sie berühren sich, atmen den Geruch des anderen, erkennen sich. Sie wagen nicht, sich zu küssen. Mit einem Mal schlingt Hureau die Arme um sie, hebt sie hoch und trägt sie ins Zimmer. Mit dem Fuß tritt er die Kerze aus. Sie stehen in der Mitte des Raumes, unfähig zu sprechen. Maria weint, Martial trocknet ihre Tränen. Sie trinken sich mit den Augen. Schön ist er, denkt sie, und mehr als das, seine Härte, seine Trockenheit, sein Zynismus sind verschwunden, sie sind einer schmerzhaften Menschlichkeit, einer unsagbaren Zärtlichkeit gewichen. Er schließt ihre Augen mit seinen Lippen, geht einen Schritt zurück und betrachtet sie. Schön ist sie, schön wie die Frauen auf den Gemälden, die ich in Spanien gesehen habe, stolz, tragisch. Ist es möglich, daß eine solche Frau mich liebt, wirklich liebt? Er verbirgt sein Gesicht an ihrer Brust, jetzt, da er sie nicht mehr sieht und ihren Duft atmet, der ihn betört, kann er es glauben.

»Wo bleiben meine Diener?«

»Sie sind ausgegangen, um den Papst zu sehen, Eure Hoheit.«

Pauline stampft mit dem Fuß auf, ihre Züge verzerren sich, sie legt ihre Hand an die flache Brust.

»Ich bin allein, ständig bin ich allein.«

»Aber ich bin doch hier«, flüstert Madame de Cavour.

Pauline achtet nicht auf die Bemerkung ihrer Hofdame, mit kleinen Schritten geht sie auf das Bett zu, das sie seit ihrer Ankunft in Nizza nicht mehr verlassen hat. Die Laken sind zerknittert, zerwühlt, der Raum ist voller Rauch: Der Kamin zieht schlecht.

»Dieses Holz taugt nichts. Ich habe es Ihnen bereits gesagt«, klagt die Prinzessin mit erschöpfter Stimme.

»Ich habe neues in Paris bestellt, Eure Hoheit. Es ist nur eine Frage von ein paar Tagen, schönes, trockenes Holz.«

»Ein paar Tage! Immer ein paar Tage ... In ein paar Tagen bin ich vielleicht schon tot.«

»Madame!«

Pauline legt sich hin, zieht die Decken über sich und schiebt sie gleich wieder fort.

»Mir ist warm … Cavour, kommen Sie her, kommen Sie näher. Sie wissen, daß ich Sie liebe, viel mehr als dieses Miststück von Chambeaudoin, das mich bestohlen hat. Was nicht so wichtig ist, aber sie hat mich verraten, ja, genau wie die andern.«

Emma de Cavour hat den Charme einer englischen Gouvernante. Pauline ist ihr Zögling, ein erschreckend abgemagertes Kind, dessen Bauch von einem unbekannten Übel befallen ist. Einen Tag ist Ruhe, dann wieder folgen acht Tage furchtbarer Krämpfe, mit jeder Stunde schwinden die Reize dieser Frau, die Rippen treten hervor, das Fleisch wird schlaff, und die Haut hat einen gräulichfahlen Teint. Das einst so strahlende Gesicht ist bleich geworden, die Wangen ausgehöhlt, der Blick glänzt fiebrig.

Die Hofdame setzt sich ans Fußende des Bettes, zieht die Bettücher zurecht mit einer Handbewegung, die sie täglich Tausende Male mechanisch wiederholt, Pauline wirft sie augenblicklich wieder von sich und knüllt sie zusammen.

»Emma«, flüstert die Prinzessin, »wollen Sie mir etwas versprechen, etwas sehr Wichtiges?«

Emma nickt. Was wird sie ihr jetzt schon wieder für ein Versprechen abverlangen? Zehn Versprechen pro Tag, zehn schreckliche Weinkrämpfe, zehn Alpträume, von denen sie nachts schreiend aufwacht.

»Emma«, beginnt Pauline, »versprechen Sie mir, daß sie mir nicht den Bauch aufschlitzen werden … wenn ich schließlich …«

»Schweigen Sie«, fällt ihr Emma ins Wort, »ich verbiete Ihnen, an so grausige Dinge zu denken.«

»Ja, aber es heißt, daß sie das tun, man hat es mir gesagt, sie schneiden ihn auf, wühlen darin herum, holen die Gedärme heraus und werfen sie dann weg. Das werden sie nicht tun, nicht wahr, ich bin doch eine Prinzessin!«

In ihrer Stimme schwingt Furcht mit, Madame de Cavour streckt die Hand aus und streichelt ihr die Wange.

»Beruhigen Sie sich. Sie werden noch Jahre leben, meine schöne Prinzessin.«

»Nein, das glaube ich nicht ... also, versprichst du es mir?«

»Ich verspreche es Ihnen, Eure Hoheit, sie werden ihn nicht anrühren ...«

»Mein Bauch ist für die Liebe geschaffen, nicht wahr?«

»Ja, Eure Hoheit.«

»Ein Bauch für die Liebe ...«

Plötzlich richtet sie sich auf und schreit:

»Alle diese Weiber, die mich beneiden, diese Huren, die sich für eine Rente verkauft haben, die ihr gehörnter Ehemann kriegt, sie alle hassen mich, weil ich die Liebe liebe, und weil ich gern Liebe mache, oh, ja! Herr ... vielleicht werde ich nie wieder Liebe machen können, vielleicht ist da drinnen alles vergiftet. Ich habe zu sehr gesündigt. Gott bestraft mich. Deshalb auch wollte ich Seine Heiligkeit sehen. Ich habe darum gebeten, daß der Zug vor der Villa halten möge. Hureau hat es abgelehnt. Einfach abgelehnt! Niemand gehorcht hier mehr.«

»Sie werden morgen früh zu ihm gehen, Madame. Seine Heiligkeit erwartet Sie um zehn in der Präfektur.«

»Ja, ja, dieser Gendarmerie-Hauptmann Hureau, ich kenne ihn, er hat 1807 meine Eskorte angeführt. Ein gutaussehender Mann. Den hab ich nicht ins Bett gekriegt. Ich mußte ihn mir aus dem Kopf schlagen. Ich glaube, er hat eine Affäre mit Maria, unserer Gastgeberin. Sie sind beide schön. Es ist gut. Er ist bestimmt ein toller Liebhaber, dieser Hureau. Er ist groß und mager, das sind die besten, immer vorausgesetzt, daß sie nicht zu steif sind, sonst zerbrechen sie.«

Pauline bricht in Lachen aus, erstickt beinahe daran. Emma klopft der Prinzessin zwischen zwei Hustenanfällen auf den Rücken.

»Ich brauche ein schwarzes Kleid, Emma, für morgen.«

»Wir werden es gemeinsam aussuchen, Eure Hoheit.«

»Oh, ja! Das wird lustig, bitte die Küche, daß sie uns ein Abendessen bereiten. Ich habe Hunger, ein Abendessen nur für uns zwei.«

Die Menschen, die sich draußen am Zaun der Villa festhalten, jubeln noch immer: »Es lebe der Papst ... Viva il papa ...« Einige heben drohend die Faust zur Villa. Ein Orchester beginnt zu spielen, Männer und Frauen fassen sich bei den Händen und tanzen einen Reigen. Eine Querpfeife tiriliert, junge Mädchen lassen ihre Röcke im Kreis wirbeln, Männer springen um sie herum und schwingen die Beine in die Luft. Die Nacht ist schön, die vielen Entbehrungen und der Hunger sind vergessen.

Pauline hat sich in ihrem Bett zusammengekauert und hält sich die Ohren zu.

»Sie ziehen mich auf ... warum hassen sie mich bloß? Früher haben sie mich doch so geliebt. Niemand liebt mich heute mehr.«

»Ich werde die Kleider holen gehen!« ruft Emma mit aufgesetzter Fröhlichkeit.

»Nicht nötig, ich bin müde, lassen Sie mich, Sie werden eins aussuchen, das Ihnen gefällt, es wird ohnehin kein passendes geben, keines meiner Kleider wurde dafür angefertigt, einem Papst zu gefallen, nur um Männer zu verführen. Machen Sie die Kerzen aus, bevor Sie den Raum verlassen, es ist zu hell ... ich werde Sie später rufen.«

Nachdem die Hofdame hinausgegangen ist, steht

Pauline von ihrem Bett auf und tritt ans Fenster, sie schiebt die Vorhänge ein wenig zur Seite. Der Mond erhellt den Garten mit seinem sanften, fast morgendlichen Licht. Jenseits der Bäume und über den Köpfen der Tänzer funkelt golden das Meer. Das alles ist so schön, viel zu schön. Pauline legt ihre brennende Stirn an die kühle Fensterscheibe. Wozu all diese Schönheit, diese gleichgültige Schönheit? Sie ist hierhergekommen, um zu genesen. Die Sonne sollte ihr Leiden bezwingen, doch die Sonne tut nichts, auch nicht das Meer oder der Himmel, der blaue Himmel, nichts, allein die Liebe könnte sie heilen, das weiß sie. Aber an wen kann sie sich wenden? Sicher nicht an die Ärzte, diese hinterhältigen Katzbuckler, die sie verachten. Sie denken, ihr würde bloß recht geschehen. Sie kann es an ihren Augen ablesen. Mit wem soll sie reden? Mit Maria. Sie hat sie bei ihrer Ankunft entdeckt, sie hat gelächelt, war liebenswürdig und hilfsbereit, aber keine Spur untertänig oder kriecherisch. Eine intelligente Frau, die vom Schmerz gezeichnet ist, man sieht es ihrem Lächeln an. Sie haben einige Abende miteinander verbracht und sich unterhalten, sie haben sich gegenseitig Dinge anvertraut, um ihr Leid besser zu ertragen. Heute abend bedauert die Prinzessin, daß Maria nicht bei ihr ist. Um diese Zeit wird sie wohl in Hureaus Armen liegen. Ich bin nicht eifersüchtig, aber es muß phantastisch sein, einen Mann nach sechs Jahren Abwesenheit wiederzusehen, wo ich meine Männer doch schon nach zwei Wochen wieder vergessen hatte.

Nein, nicht alle. Da gab es noch diesen Jungen, dem sie genau hier, in diesem Zimmer, am Abend des Balls die Unschuld geraubt hat. Er wird jetzt ein Mann sein: Er war so sanft, so rein, ja, genau das war er, rein. Habe ich ihn zu einem zügellosen Mann gemacht? Ich hoffe nicht, ich habe es mit soviel Liebe getan, soviel Zärtlichkeit hineingelegt. Doch dann ist er hinausgelaufen in den

Regen, es war die Nacht, in der sich der Erdrutsch ereignete. Sie sah Giovanni vor sich, wie er in den Sturm hinausgerannt war. Sie hatte lange geweint. Vielleicht war das das Geheimnis: eine Erinnerung, die nie erlosch.

Sie legt sich wieder schlafen. Die Nacht wird lang werden, endlos. Wenn sie nicht solche Schmerzen hätte, würde sie sich einen dieser jungen Trottel bringen lassen, die da unten tanzten. Sie würde ihm schon beibringen, etwas anderes als »Es lebe der Papst« zu schreien. Der Papst ... Sie mußte ihre Beichte vorbereiten. Nichts vergessen, damit sie von allen Sünden losgesprochen würde.

Giovanni hatte sich bei Einbruch der Nacht auf den Weg nach Laghet gemacht. Der Regen störte ihn nicht, er war es gewohnt, bei jedem Wetter zu laufen. Was ihn beunruhigte, war das Geheul der Wölfe. Sie näherten sich der Stadt, man hatte schon welche in Aspremont, in Tourrette, in Bellet, in Falicon gesehen. Ein Mann war dem Tod nur knapp entronnen, das Tier hatte ihm einen Arm abgerissen. Die Hungersnot trieb die Wölfe aus den Bergen hinab in die Orte, dieselbe Hungersnot, die auch die Menschen dahinraffte. Während des Papstbesuchs war ein Mann zusammengebrochen. Täglich starben Menschen in den Straßen. Die Ernte war schlecht gewesen, die Beschlagnahmen durch das Militär hatten die Vorräte dezimiert. Hinzu kamen die vorüberziehenden Regimenter, die auf dem Weg nach Italien waren oder von dort zurückkehrten und auch noch plünderten, was sie finden konnten. Die Grafschaft hatte Hunger. Es kamen keine Lebensmittel mehr aus dem Piemont oder aus Frankreich, und der Handel mit England war eingestellt, das Öl lagerte in den Fässern.

Giovannis Weg hatte ihn zurückgeführt in die Stadt, die er liebte und haßte. Hier konnten sich, mehr als an jedem anderen Ort, seine Kenntnisse als nützlich erweisen. Aber, warum sollte er sich etwas vormachen, etwas anderes zog ihn hierher. Nizza war der einzige Ort gewesen, an dem er sich je geliebt gefühlt hatte. Sechs Jahre lang war er durch die Einöde geirrt, durch eine Einöde des Landes und der Gefühle. Er schenkte, ohne etwas zurückzubekommen. Er half in den Bauernhöfen, er versuchte den Anbau zu verbessern, neue Techniken zu ersinnen, doch die Leute blieben mißtrauisch. Wer war dieser ungewöhnliche Pilger, dessen Tasche mit Pinzetten und Reagenzgläsern gefüllt war? Ein Spion, den die Engländer geschickt hatten? Zumindest war er Ausländer und hatte einen verdächtigen Akzent.

Eines Abends, als er völlig erschöpft war, verspürte er den Wunsch, Don Conso wiederzusehen, ja, es war ihm ein tiefes Bedürfnis gewesen. Und so schlug er den Weg entlang der sumpfigen Var-Ebene ein. Die goldenen Glockentürme ragten in den grauen Himmel, bei jedem seiner Schritte schienen sie weiterzuwandern, wie zwei gelbe Wachhunde, die ihn von ferne argwöhnisch beobachteten. Als Giovanni die Menschenmenge erblickte, wußte er sofort: der Papst! Er bebte, Papst Pius VII., der Herrscher über die Seelen, in dessen Namen er, der verlorene Sohn, seinerzeit mit einer Mission betraut worden war. Er mischte sich unter die Leute, folgte dem Strom. Er wollte ihn sehen, den Stellvertreter Gottes, den klapprigen Greis, der sich mit letzter Kraft dem Despotismus widersetzt hatte. Dann erblickte er ihn, der Papst betrat die Kathedrale, in der Giovanni einmal so viele Stunde mit banger Hoffnung gewartet hatte … wie jung war er damals! Die Gestalt des alten Mannes hob sich vom hellen Schein der Fackeln ab, und Giovanni glaubte auch einen jener gepuderten Prälaten wiederzuerkennen, die an hohen Kirchenfesten das Kloster seiner Kindheit besucht hatten. Sie glitten durch den Raum wie Vögel, mit zusammengekniffenem Schnabel und hochmütigem Gesichtsausdruck, nie begegnete ihr Blick einem der Gottesfürchtigen, die sich vor ihnen auf den

Boden warfen. Man sah weder ihre Füße noch ihre Beine unter dem Rock, sie schwebten vorüber und verschwanden. Alles, was sie hinterließen, war der eigenartige Geruch welker Blumen. Giovanni bahnte sich einen Weg durch die ergriffene Menge und lief aus der Stadt hinaus; die Stille der Nacht, der Mond, der über die Berggipfel schlich, der friedlich murmelnde Fluß taten ihm wohl. Er atmete tief ein. Der Gesang des Himmels, das Rauschen der Eichen und seine regelmäßigen Schritte ließen ihn den kleinen, mageren Mann vergessen, der das Kirchenschiff wie ein Herrscher betreten hatte.

Auf einmal hörte Giovanni im Brausen des Windes ein düsteres Klagegeheul, es kam aus dem Pinienwäldchen, einem dunklen Fleck, in den kein Mondlicht drang. Giovanni verlangsamte seine Schritte. Der Wolf mußte ihn schon wahrgenommen haben. Vor allem nicht stehenbleiben, weitergehen. Giovanni rauchte selten, doch dies war der Augenblick, die kleine Meerschaumpfeife anzuzünden, die er sich an einem melancholischen Abend in einem Laden am Dorfausgang von Cogolin gekauft hatte. Er zog kräftig daran, bis Rauch aufstieg. Der Wolf gab einen Heullaut von sich, der Giovanni durch Mark und Bein fuhr. Die darauffolgende Stille füllte sich mit Angst. Das Tier konnte jeden Moment vor ihm auftauchen, es hatte den Mann mit der Pfeife gewittert. Nun folgte es ihm auf Schritt und Tritt, pirschte sich vorsichtig heran und hielt inne, wenn er stehenblieb. Es würde sich erst dann auf ihn stürzen, wenn es ganz sicher war, daß seine Beute keine Chance hätte. Giovanni sagte sich, daß er ohne Messer, ohne jegliche Waffe ein hilfloses Opfer war. Er begann zu singen, doch seine Stimme versagte, er brachte nur ein heiseres Krächzen zustande. Er durchsuchte seine Taschen und fand ein Feuerzeug. Bei seinen vielen Wanderungen hatte er gelernt, schnell einen geeigneten Ort zu finden, wo er ein Feuer machen konnte. Er blickte sich hastig um und entdeckte unter einer Humusschicht etwas trockenes Holz. Er machte einen Satz zur Seite und schlüpfte in einen dichten Dornwald, dort tastete er mit der Hand nach etwas trockenem Gras und morschem Geast, häufte sie übereinander, hielt das Feuerzeug hinein und wartete. Ein dünnes Flämmchen züngelte empor und breitete sich allmählich aus. Die Zweige knackten, Giovanni fachte das Feuer an und legte ein feuchtes Holzscheit hinein, das zögernd zu brennen begann. Es war ein gutes Versteck, das Tier lief auf das Gestrüpp zu, doch als die Flammen aufstiegen, wich es zurück und jaulte wie ein Welpe auf. Das Feuer verhinderte jedoch nicht, daß der Geruch des Mannes zu ihm drang; knurrend legte es sich auf die Lauer. Trotz des Feuers spürte Giovanni die Kälte in den Knochen. Er durfte vor allem nicht steif werden oder gar einschlafen. Er wühlte in seiner Tasche und holte ein Buch mit fleckigem Umschlag heraus, das durch Hitze und sintflutartige Regenfälle, durch Schlamm und Erde gegangen und durch häufiges Lesen ganz zerfleddert war, einige Buchstaben waren vollkommen unleserlich geworden. Er hatte es Wochen nach dem Verlassen des Klosters zum ersten Mal aufgeschlagen. Als die Einsamkeit und Langeweile zu stark wurden, hatte er begonnen, hier und da eine Zeile zu lesen, dann größere Absätze, doch überließ er es dem Zufall und versuchte nicht in den tieferen Sinn des Buches vorzudringen. Er las das Buch von Chateaubriand wie ein Gedicht voller Leidenschaft und Melancholie, das als Protagonisten Christus und die Natur hatte. Ein verworrenes Epos mit geschmeidigen Sätzen, die sich ineinander verwoben und wieder lösten, mit den Wolken verschwammen, durch die Wälder krochen, doch immer wieder ans Licht gelangten, um ihren Leser zu einem kleinen Hügel zu führen, wo er ausruhen, nachdenken und sich zu neuen Reisen aufschwingen konnte. Am Ende des Buchs bemerkte Giovanni, daß er sich auf dem gesamten Weg nicht ein einziges Mal nach dem Grund der Reise gefragt hatte.

Er saß vor dem Feuer und begann mit lauter Stimme zu lesen. Diese Übung würde ihn wach halten, und vielleicht würden das Feuer und seine laute Lektüre den Wolf vertreiben. Seine Stimme war schwach, von der Weite des Raums erdrückt, dennoch fuhr er fort. Die Buchstaben tanzten vor seinen Augen, die züngelnden Flammen blendeten ihn. »Ein Spanier aus Florida erzählte uns folgende Geschichte. Nachdem er einem Krokodil die Brut geraubt hatte und diese von Negern in einem Korb forttragen ließ, verfolgte ihn das Weibchen und gab herzzerreißende Laute von sich. Zwei der Jungen wurden daraufhin wieder ausgesetzt: Sogleich begann die Mutter, die Jungen mit ihren Pfoten und ihrer Nase zu stubsen. Mal legte sie sich schützend hinter sie, mal kroch sie voran, um ihnen den Weg zu weisen.« Giovanni betete den Text herunter, ohne seinen Sinn zu erfassen. Sein Mund war ausgedörrt, seine Kehle brannte, und die Worte vermochten auch seine Angst nicht zu stillen.

Er legte das Buch zur Seite und reckte seine steifen Glieder. Die nächtlichen Geräusche des Waldes erfüllten den Raum, knackende Äste, die hastige Flucht eines Nagetiers, der jähe Schrei eines Vogels. Von dem Wolf war nichts mehr zu hören, aber gewiß lauerte er noch im Dornengestrüpp, er würde bis zur Morgendämmerung lauern und darauf warten, daß er aufgab oder der Schlaf ihn übermannte. Giovanni schürte das Feuer, nahm das Buch wieder in die Hand und blätterte darin; Maria hatte es ihm geschenkt. Und wieder stand ihr Bild vor seinen Augen, dieses Gesicht, das er zum ersten Mal an seinem Bett erblickt hatte, ihre dunkle Schönheit, die allmählich durch ihr Lächeln erhellt wurde, der Hauch von Traurigkeit in ihren Zügen. Er drückte das Buch an seine Brust und gestand sich, daß das Ziel der Reise nicht in der

Suche nach neuen Anbaumethoden lag, um etwas gegen die Hungersnot zu tun. Auch der brave Don Conso war nicht sein eigentliches Ziel. Er wollte seine Mutter wiedersehen. Er schämte sich für dieses Gefühl, das er sich so lange verwehrt hatte.

Mit Entsetzen stellte er plötzlich fest, daß ihm das Holz ausging. Er würde neue Zweige suchen müssen. Hinter ihm befand sich ein Abhang, vielleicht floß unten im Tal ein Bach. Er stürzte sich hinunter. Er hatte richtig vermutet, dort war Wasser, ein stehendes Gewässer. Er holte tief Luft und tauchte unter, nur sein Mund war zwischen den toten Blättern auf der Wasseroberfläche zu sehen. Das schwarze, eisige Wasser murmelte ein düsteres Klagelied. Wie lange würde er durchhalten, bis er vor Kälte erstarrt war?

Der Wolf hatte bemerkt, daß der Mann sich bewegt hatte. Er richtete sich auf und witterte, dann lief er auf den Graben zu, wobei er einen weiten Bogen um das erlöschende Feuer machte. Auf der Böschung blieb er stehen, drehte sich mehrmals um sich selbst und stieß einen langgezogenen Heulton aus, als wolle er dem Menschen Angst einjagen, ihn zwingen, aus seinem Versteck zu kriechen. Giovanni tauchte den Kopf unter Wasser und hielt sich, solange sein Atem es ihm erlaubte, unter den Zweigen eines versunkenen Waldes. Dann tauchte er wieder auf. Mutlosigkeit erfaßte ihn, seine Glieder hatten keine Kraft mehr. Das Tier würde seine Angst spüren und wissen, daß seine Beute nahe war. Ein Röcheln entwich seiner Kehle: Er würde hier sterben, am Grunde dieser Schlucht. Er schloß die Augen, sein Widerstand war dahin. Ich habe keine Zeit gehabt zu leben, keine Zeit zu lieben. Gott spielte mit ihm; einmal hatte er ihn gerettet, und nun würde sein Leben in diesem fauligen Tümpel sein Ende finden. Er schüttelte sich und stieg aus dem Wasser. Als er wieder auf der Erde stand, kehrte auch sein Mut zurück. Die Felswand auf der anderen

Seite war zu steil, um ihre Besteigung auch nur zu erwägen. So blieb ihm nur der Hang, den er eben heruntergestürzt war. Er zögerte nicht länger. Wenn der Wolf oben auf ihn wartete, würde er eben mit bloßen Händen kämpfen; auf Knien kroch er hinauf. Als er auf der Böschung angekommen war, sah er, daß er weit von der Feuerstelle fortgetrieben war, deren schwaches Glimmen er sah. Er kauerte sich zusammen, die Nacht schien von seinem Atem widerzuhallen. Dann beschloß er, bis hundert zu zählen, bevor er dorthin zurückgehen würde. Als er nach langer, langer Zeit bei hundert angekommen war, lief er ruhigen Schrittes auf die Feuerstelle zu, bückte sich und griff nach dem Buch und seiner Tasche. In diesem Moment sah er zwei rote Augen auf sich gerichtet. Er trat heftig in die Glut, um das Feuer neu zu entfachen. Er schrie aus Leibeskräften, schrie minutenlang. Und als er keine Kraft mehr hatte, noch Wörter zu bilden, stieß er unter Tränen des Schmerzes nur noch unverständliche Laute aus. Das Tier wartete, zögerte, und als das merkwürdige Kriegsgebrüll nicht aufhörte, wich es schließlich zurück und verschwand in die Berge.

Als der Morgen kam, brach Giovanni kraftlos zusammen. Er träumte von Sonne und Wärme. Doch es war kein Traum, als er erwachte, schien die Sonne, und es war warm.

Catherine schwirrt zwischen all den gesetzten Herren umher, die sich im Salon der Stadtvilla ihres Schwiegervaters versammelt haben. Sie serviert Liköre und Tee. Lauter bekannte Gesichter: Bürgermeister Caissotti de Roubion, Notar Tiranty, die ehemaligen Konventsmitglieder Massard, Joseph Dabray und Hilarion Spitalieri de Cessole, die Royalisten Barthélemy Tonduti de l'Escarène, Eugène Spitalieri de Cessole, der Bruder des ersten, sowie der Kaufmann Toselli. Wenn sie sich am Ende eines so denkwürdigen Tages bei den Arsons treffen, während der Papst in der Präfektur schläft, dann, weil der Moment gekommen ist, über die Zukunft nachzudenken. Oh, sie denken schon seit einiger Zeit darüber nach, genaugenommen seit dem Desaster im Rußlandfeldzug, dem Anfang vom Ende. Diese Männer, die nichts verbindet, Jakobiner und Anhänger des Königreichs Piemont-Sardinien, wollen um die Grafschaft Nizza streiten, das Stiefkind des Kaiserreichs.

»Wenn ich richtig verstanden habe«, grunzt Dabray hinter dem Flügel, »haben wir nur eine Alternative: entweder den König von Frankreich oder den König des Piemont. Die Republik verschwindet in der Versenkung.«

»Dafür können wir nichts!« ruft Tonduti. »Daran sind die Franzosen schuld. Es sollte mich wundern, wenn sie sich für die Republik entscheiden, eure Republik hängt ihnen doch zum Halse raus.«

»Ich rede von der Republik Nizza«, fügt Dabray hinzu.

Die Versammelten protestieren lauthals.

»Genug mit dem Unsinn, es hat nie eine Nizzaer Republik gegeben, nicht einen Hauch davon«, ruft der Bürgermeister erregt.

»Ich weiß.« Dabray lächelt mit jenem spöttischen Blick, den selbst seine Freunde fürchten. »Ich war dabei, als wir an die Französische Republik übergeben wurden, wie ein junges Mädchen am Vorabend seiner Hochzeit, naiv und unwissend. Laßt uns die Republik ausrufen, jetzt, wo das Kaiserreich am Boden liegt, anschließend werden wir mit Frankreich und dem Piemont verhandeln.«

»Blödsinn«, ruft der Notar Tiranty, in einen Sessel versunken aus dem sein dicker Wanst quillt. »Wenn in Frankreich wieder die Monarchie eingeführt wird, um so besser. Dann werden wir die Untertanen Ludwigs XVIII.«

»Da freuen Sie sich mal nicht zu früh«, merkt Barthélemy Tonduti ironisch an, »es ist anzunehmen, daß die französische Monarchie verlangen wird, daß die beschlagnahmten Güter, von denen Sie ja reichlich profitiert haben, an ihre Eigentümer zurückgegeben werden. Aber das ist jetzt nicht unsere Angelegenheit, wir Nizzaer haben einen Souverän, und der heißt Vittorio Emmanuele, wir sollten zu ihm zurückkehren. Die Maskerade ist aus.«

Der Bankier Arson fragt sich, warum ihm soviel daran gelegen war, diese Leute zusammenzubringen, die so vieles trennt; aus einer solchen Begegnung kann nichts Fruchtbares hervorgehen. Er selbst zieht die Monarchie vor, lieber Ludwig XVIII. als Vittorio Emmanuele, aber andererseits ... Vittorio Emmanuele wird wie ausgewechselt und glücklich darüber sein, seine verlorenen Gebiete zurückzubekommen. Er wird einen Finanzminister vor Ort brauchen, und der könnte er, Arson, sein. Uff! Endlich ein Ende abzusehen des Handelsverbots mit England. Das Kaiserreich hat nur die Marschälle reicher gemacht, nicht die Bankiers. Es wird Zeit, daß die Dinge wieder ins Lot kommen.

»Meine Herren«, sagt er, »wir wollen nicht voreilig sein, der Kaiser hat noch nicht sein letztes Wort gesprochen. Bei diesem Teufelskerl muß man mit allem rechnen.«

»Er wird zermalmt werden!« ruft Eugène de Cessole, »und zwar so!« Der Mann preßt seine Hände zusammen und sucht den Blick seines Bruders, seines Intimfeindes. Der ehemalige Offizier der sardischen Truppen, der vor zwei Jahren Priester geworden ist, kennt keine Gnade.

Hilarion, der genauso rund ist wie sein Bruder Eugène, ist verbittert, er zieht es vor, nicht auf die Provokation einzugehen. Er hat unter Masséna gedient, bevor er Richter am hiesigen Gericht wurde. Seit einigen Tagen macht er kein Auge mehr zu, wie wird seine Zukunft aussehen?

Wird er eine Art Gegenrevolution erleben, angezettelt von Fanatikern wie seinem Bruder?

»Auf jeden Fall«, meint der Bürgermeister, »sollten wir uns vom Präfekten fernhalten.«

»Es heißt, daß er keine Weisungen mehr aus Paris erhält«, wirft Tonduti ein.

»Er soll ein Anhänger der Bourbonen sein«, sagt Tiranty.

»Immerhin aber ist er adlig«, bemerkt Eugène de Cessole hochmütig.

»Richtig, also kann er nicht ganz schlecht sein«, kichert Dabray. »Meine Herren, ich finde dieses Treffen verfrüht, und was mich betrifft, so halte ich es für subversiv. Ich höre hier Dinge, die ein Republikaner nicht hören sollte, ohne sie gleich weiterzugeben. Erlauben Sie mir daher, mich zurückzuziehen. Ich mag Napoléon zwar nicht, doch ich fürchte jene, die auf ihn folgen werden, noch mehr. Wir kehren in dunkle Zeiten zurück.«

Mit diesen Worten und einem Abschiedsgruß in die Runde verläßt er die Gesellschaft. Catherine als gute Gastgeberin geleitet ihn zur Treppe.

»Diese Treffen langweilen Sie doch sicher?«

»Ich muß gestehen, manchmal schon.«

»Ja«, brummelt Dabray mehr zu sich als zu der jungen Frau, »die Zukunft wird nicht heiter sein.«

Catherine langweilte sich nicht nur an den Abenden, wo über Politik diskutiert wurde, sie langweilte sich ständig. Ihr Gatte Pierre-Joseph hatte sich rasch als ziemlich unmündig entpuppt, ein Sohn, der völlig unter der Fuchtel des Vaters stand. Seine Rolle in der Bank war unbedeutend. Pierre-Joseph tat nichts. Er interessierte sich für nichts, weder für Reisen noch für Gesellschaft, noch für Politik. Sein einziges Interesse bestand darin, sich stundenlang einzuschließen und Abhandlungen über Okkultismus und Magie zu lesen. Pierre-Joseph lebte in den Sternen. Catherine hatte ihm vorgeschlagen, einmal nach Paris zu reisen. Warum? hatte er erstaunt geantwortet. Die Ungebührlichkeit ihres Wunsches hatte ihn sprachlos gemacht. Sie fuhren weder nach Paris noch sonstwohin. Catherine begann ihren Mann zu hassen, doch dann fand sie, daß es weniger ermüdend sei, ihn zu verachten. Die Welt brach zusammen, das Reich fiel auseinander, das alles gab der jungen Frau die Hoffnung, daß sich irgend etwas ereignen würde. Jedenfalls hatte sie beschlossen zu leben. Sie verstand ihre Mutter jetzt besser. Ach, wenn er bloß käme, der Mann, der sie entführen würde! Sie würde ihm ohne Zögern folgen. Der Bankier war nicht einmal imstande gewesen, ihr ein Kind zu machen, also fühlte sie sich frei. Pierre-Joseph hatte sich wie auf allen anderen Gebieten auch hierbei nicht sonderlich begabt erwiesen. Ausübung der ehelichen Pflicht, diese juristische Formulierung schien ihr die Sache genau zu treffen.

Der Abend endete spät, jeder hatte sich positioniert, vorsichtig sein Gebiet abgesteckt. Catherine begleitete die Gäste zur Tür, sie küßte ihren Schwiegervater und sagte sich, daß ihr Mann gewiß schon schlief, was ihr eine Last ersparte.

Maria schlug die Decke zurück, Hureau schlief noch, sie betrachtete sein Gesicht, auf dem der Bart nachgewachsen war, das schöne Gesicht eines Mannes, der viel durchgemacht hatte, der erschöpft war von seinen Abenteuern, Prüfungen und verlorenen Illusionen und den nur sein Mut und seine Beharrlichkeit noch aufrecht hielten.

Sie hatten sich sehr behutsam geliebt, sie hatten sich erst wiederentdecken, die Scham über ihre Nacktheit, über ihre gealterten Körper verdrängen müssen. Bald werden wir ein altes Liebespaar sein, bevor wir überhaupt eins waren, dachte Maria. Die Nacht war von Zärtlichkeit, aber nur flüchtigen Umarmungen erfüllt gewesen, als fürchte jeder von beiden, dem anderen könne die Tiefe seiner Leidenschaft lächerlich erscheinen. Sollte sie ihn wecken? Er hatte sicherlich viel Schlaf nachzuholen. Würde er ein einziges Mal nicht am Morgen fortgehen? Würden sie ein einziges Mal einen Tag gemeinsam verbringen? War es zu spät für ein solches Glück? Sie machte sich zurecht und ging zum Bett zurück. Sie sah, daß er sie lächelnd anblickte.

»Verträgt mein Gesicht noch soviel Licht?« fragte sie, während sie ihn küßte. Er drückte sie an sich und nickte. Sie rollten übers Kopfkissen und blickten in den blauen, klaren Himmel, kein Schatten, kein Hauch einer Wolke. Einen Moment blieben sie schweigend liegen.

»Wozu soviel Schönheit«, flüsterte Maria, »wenn Sie immer wieder fortmüssen? Es ist ungerecht.«

»Ich habe solche Himmel auch in Spanien gesehen«, antwortete Hureau, »blühende Kirschbäume, süße Düfte, das Glück, den Geschmack des Glücks, und an der nächsten Wegkreuzung sahen wir unsere Männer, die gekreuzigt worden waren, oder abgerissene Glieder, die zwischen zwei Blumenhecken an einer Mauer hingen.«

»Warum all diese Greuel?« fragte Maria zitternd.

Hureau zuckte mit den Schultern.

»Der Fanatismus ... Ich hasse diesen zerbrechlichen Greis, den ich in seinen Bau zurückbegleiten muß. Kein Tropfen Blut hat je seine Hände besudelt, das haben andere für ihn getan, oder doch in seinem Namen.«

Maria protestierte:

»Das hat nichts mit Jesus Christus und auch nichts mit der Religion zu tun.«

»Ich weiß nicht«, brummte Hureau, »ich weiß nur, daß beide damit zusammenhängen.«

Er richtete sich auf und küßte Maria.

»Verzeihen Sie mir, daß ich Sie vor meine Abreise so traurig mache.«

»Ich bin es gewohnt«, erwiderte Maria.

»Was?«

»Daß Sie abreisen. Werde ich nun wieder sechs Jahre warten müssen, bis ich Sie wiedersehe? Ich warne Sie, in sechs Jahren werde ich eine jener schwarzgekleideten Frauen sein, die keiner mehr ansieht.«

Er schlüpfte in seine Uniform, band sich seinen Säbel um, schlug den Kragen seines Hemdes hoch, seine Stiefel knallten auf dem Boden.

»Nein, Maria, diesmal kehre ich früher zurück, die Geschichte ist bald zu Ende.«

»Warum sollte der Kaiser diesen Krieg verlieren, er hat bisher doch immer gewonnen?«

Hureau ging zum Fenster und atmete die würzige Morgenluft ein.

»Der Verrat lauert überall, sie spüren, daß das Tier verletzt ist und geschwächt, sie werden sich auf ihre Beute stürzen. Haben Sie diese jubelnde Menge gestern gesehen? Das Volk will keinen Ruhm mehr, es will Frieden und das ewige Leben.«

»Um so besser«, rief Maria, »wenn das Sie zu mir zurückführt!«

»Werden Sie auch einen Besiegten lieben? Ich bezweifle es. Die Liebe verträgt sich nicht gut mit der Niederlage.«

Maria fiel dem Hauptmann um den Hals.

»Wir haben keine Zeit mehr, uns solche Fragen zu stellen.«

Hureau wirbelte sie durch die Luft.

»Ich werde wiederkommen«, hauchte er ihr ins Ohr.

»Ich werde auf Sie warten, aber machen Sie schnell, die Zeit ist unser Feind.«

Sie sah ihn die Place Impériale überqueren. Allein, wieder einmal allein ... Sie stieß einen verzweifelten Schrei aus und ließ sich auf das zerwühlte Bett fallen, in dem noch die Kuhle zu sehen war, wo der Hauptmann gelegen hatte. Sie rollte sich hinein und suchte die letzten Spuren seiner Wärme einzufangen.

Die Sonne scheint, es herrscht fast völlige Windstille, die Flagge der Prinzessin hängt schlaff vom Mast herab. Nur langsam gleitet das schwere Boot, von kleinen Beibooten umgeben, durchs Wasser. Die Stadtmauern von Antibes tauchen auf, das Fort Carré bleibt im Dunst verborgen. Die Prinzessin will das Haus wiedersehen, in dem sie einen Teil ihrer Jugend verbracht hatte. Der Präfekt ist in Uniform, seinen Hut hält er in der Hand; er will sich nicht setzen. Vielleicht ist er seekrank? Pauline fühlt sich wohl, sie hat heute keinen Anfall, keine Schmerzen gehabt. Ihr Bauch gönnt ihr eine Ruhepause. Sie schließt die Augen, eine leichte Brise trägt die Gerüche vom Land herüber, die Aromen des Frühlings. Auf den Hügeln wachsen wilde Blumen, Feldthymian, Fenchel, Oregano, Malve, die ihren Duft über die Täler und bis aufs Meer aushauchen. Madame de Cavour schläft neben der Prinzessin, sie verbringt so viele schlaflose Nächte. Maria sitzt Pauline zu Füßen, die Prinzessin hat darauf bestanden, daß ihre neue Freundin sie auf diesem Ausflug und bei ihrer Suche nach dem versunkenen Glück begleitet. Sowenig Maria den einst strahlenden Stern geliebt hat, sosehr empfindet sie nun Zärtlichkeit für diese kranke, verängstigte Frau. Sie gestehen es sich nicht ein, doch beide Frauen teilen dieselbe Angst vor der Zukunft. Die Region ist von der übrigen Welt abgeschnitten, es kommen keine Nachrichten mehr aus Paris, man erfährt nichts über die Armeen oder den Kaiser. Der Krieg hat Frankreich zweigeteilt, um nach Nizza zu gelangen, müßte ein Bote den Umweg über Bordeaux machen, ein so großer Umweg, daß niemand ihn auf sich nimmt. Die Prinzessin wartet, der Präfekt wartet, Maria wartet. Das Boot gleitet weiter, die Ruderer stimmen einen Gesang an, in dem von einem jungen Mädchen die Rede ist, dessen Liebhaber in den Krieg zieht. Es ist für alle dasselbe Warten, nur die damit verknüpften Hoffnungen sind andere. Pauline hofft, daß ihr Bruder siegreich sein möge, damit das Fest weitergeht. Maria hofft auf den Sieg und auf die Rückkehr Hureaus. Der Präfekt, worauf wartet er? Und all die Menschen, denen sie begegnet sind, als die Prinzessin das Boot bestieg, all die Leute, die gekommen waren, um ihr zuzuwinken, worauf warteten sie? Auf das Ende? Auf den Wandel? Auf den Frieden!

Der erste Kanonenschuß zu Ehren Ihrer Hoheit ertönt. Sie erhebt sich, im perlenden Licht der Nachmittagssonne, die auf ihr Haar scheint, gleicht sie einer Kleopatra, die in den Hafen von Alexandria einfährt. Der Garnisonschef eilt der Prinzessin entgegen. Ein Mann um die Vierzig, der glänzend aussieht in seiner Uniform, ein tapferer Mann, den die Kriege verschont, vielleicht auch übersehen haben, er befehligt die Garnison von Antibes. Doch weit und breit ist kein Feind in Sicht. Pauline stützt sich auf sein Handgelenk, sie lächelt, der Kommandeur schmilzt dahin, die Männer präsentieren das Gewehr, ein zweiter Kanonenschuß läßt die Kinder zusammenzucken, die gekommen sind, um der Prinzessin Blumen zuzuwerfen. Der Kommandeur geht einige Schritte mit Pauline an seiner Seite, die sich immer noch aufstützt, es ist der größte, der schönste Tag seines Lebens, seiner Karriere, diese kaiserliche Hand, die sich auf ihn stützt, wird ihm immer im Gedächtnis bleiben. Vom Haus des Kommandeurs aus sieht man den Hafen und das Meer. Die Gäste erreichen den Ehrenhof. Es wird Champagner gereicht, der Bürgermeister hält eine Rede, doch niemand hört zu, die Kanone fährt fort zu schießen. Einundzwanzig Schüsse. Der Kommandeur hat alles gut vorbereitet. Er hat von Paulines Vorliebe für das Baden gehört und die Wohnräume geheizt.

Im ersten Stock stürzt die Prinzessin ans Fenster, reißt es auf, ein Wolkenstreifen zerteilt den Himmel, rot im Westen, grün in Richtung Italien. Das goldene Licht über den Stadtmauern erlischt, schwarze Vögel schwirren über die Dächer. Die Nacht rückt näher …

»Schau«, ruft Pauline und greift nach Marias Arm, »schau, wie schön es ist, so schön, daß man weinen möchte! Oh, Maria! Wenn ich jetzt davongehen könnte, in genau diesem Moment, in deinen Armen, und diese Landschaft vor Augen, dann – glaube ich – könnte ich friedlich sterben.«

»Ist es möglich, friedlich zu sterben, Eure Hoheit?«

Nach einem kurzen Innehalten schließt Pauline das Fenster wieder.

»Maria, sag, bist du verliebt? Ich bin neugierig. Du bist so, wie soll ich sagen, anders, nein, das ist es nicht, was ich sagen wollte, so reserviert, ja, das ist es, reserviert.«

Maria versucht nicht, sich der Frage zu entziehen.

»Ja, Eure Hoheit, Sie werden vielleicht finden, daß es dafür ein wenig spät ist, aber ich muß zugeben, ich bin verliebt.«

Schelmisch geht Pauline auf Maria zu.

»Wer ist es? Kenne ich ihn?«

»Ja, Hoheit, es ist Hauptmann Hureau. Er hat die Eskorte begleitet, als Sie das erste Mal nach Nizza kamen.«

»Ach ja, Hureau ...«

Pauline verstummt, im Zimmer ist es dunkel geworden. Das Bett, das auf einem Sockel steht, gleicht einem Tabernakel. Madame de Cavour zündet schweigend die Kerzen an.

»Hureau«, beginnt Pauline erneut, »gewiß, er ist ein schöner Mann, er hat auch mir gefallen, aber nicht in diesem Sinne ... Und hast du andere Männer geliebt?«

»Es gab einen anderen, er ist tot.«

»Denkst du oft an ihn?«

»Immerzu.«

Pauline setzt sich an den Frisiertisch, Madame de Cavour bringt die Bürsten und die Kämme.

»Immerzu? Wie ist das möglich, ist das Liebe, Erinnerung? Herr! Ich habe nie Erinnerungen an meine Männer bewahrt. Weißt du, daß vor einigen Tagen, als ich zum Papst zur Beichte ging, mir auf einmal nicht mehr einfiel, was ich sagen wollte? Er saß da, die Hände vor den Augen, ich kniete. ›Ich höre‹, sagte er zu mir. Ich hatte keine Stimme, keine Erinnerung, keine Gewissensbisse, keine Reue, nichts mehr ... ich habe irgend etwas gestammelt ... Und er hat mich angesehen. Ich habe gezittert, mein Gott, habe ich gezittert. Dann erhob er sich, ich kniete noch immer. Er streckte die Hände aus, um mir beim Aufstehen behilflich zu sein. Ich wagte kaum, sie zu nehmen. Sie waren eiskalt ... Als sein Gesicht ganz nah an meinem war, ich war ihm so nah, daß ich ihn fast berührte, flüsterte er mir ins Ohr: ›Nur Mut ... alle Verfolgungen werden einmal ein Ende haben.‹ Ich verstand nicht, von welchen Verfolgungen sprach er? Ich habe mich verbeugt und bin rückwärts hinausgegangen. Ich werde Napoleon nichts von dieser Begegnung erzählen, er würde nur schimpfen. Ich hätte meine Sünden beichten sollen, anstatt stumm zu bleiben.«

Maria begegnet dem Blick der Prinzessin im Spiegel des Frisiertischs.

»Vielleicht gibt es keine Sünden, für die Sie um Vergebung bitten müßten?«

»Oh, doch!«

»Ja, aber Sie haben sie vergessen, das kommt auf dasselbe hinaus.«

»Bist du sicher, Maria?«

»Ja, Eure Hoheit.«

Pauline wirft sich Maria in die Arme, küßt sie, wie ein Kind, dem man soeben angekündigt hat, daß die Strafe erlassen wurde. Madame de Cavour greift nach Kamm und Bürste und seufzt:

»Jetzt muß ich noch einmal von vorn beginnen …«

Das Abendessen war festlich, man hätte meinen können, daß die Einschränkungen aufgrund der Hungersnot für diese Gegend nicht galten. Die Gäste lächelten und versuchten das Thema Krieg zu vermeiden, zumal die Verbündeten einen Teil des Territoriums besetzt hatten. Maria schnappte hinter den Äußerungen der steifen Notabeln hier und da ein ironisches Lächeln auf und bemerkte ein besorgtes Flackern im Blick der Militärs. Der Kommandeur fuhr fort, den schönsten Tag seines Lebens zu genießen. Dubouchage war schweigsam wie die Sphinx und aß wenig. Als er schließlich den Ball eröffnen sollte, schob er starke rheumatische Schmerzen vor, die ihm gewiß die Bootsfahrt eingetragen hatte. So mußte der Kommandeur einspringen. Pauline sank in seine Arme, dieser Mann war so stattlich, er hatte so muskulöse, starke Arme. Sie verspürte augenblicklich ein heftiges, unwiderstehliches Verlangen nach ihm. Heute abend tat ihr nichts weh. Die Ärzte hatten ihr jeglichen intimen Kontakt verboten. Für wie lange? Doch nicht für das ganze Leben? Sie tanzte Walzer, wirbelte umher, der Kommandeur tanzte nicht schlecht, er hielt sie fest im Arm, seine Brust war breit, sie atmete seinen Geruch. Als die Musik aufhörte, hatte sie weiche Knie und hielt sich an Maria fest.

»Halt mich zurück, er gefällt mir, ich will ihn, ich will ihn haben ...«

»Nein, Prinzessin, Sie wissen doch, daß es nicht möglich ist, nehmen Sie lieber einen Schluck Likör.«

»Ich pfeif auf den Likör, was ich brauche, ist ein Mann.«

Maria legte ihren Arm um die Schultern der Prinzessin. Die versammelten Gäste sahen erstaunt auf diese unbekannte Frau, die keine Adelige war und die Prinzessin umarmte.

Sie gingen hinaus, und die Anwesenden verneigten sich vor dem merkwürdigen Paar. Der Präfekt und der Kommandeur folgten den beiden in einigem Abstand. Bevor sie sich von ihnen verabschiedeten, versicherte Pauline, daß sie sich gleich am nächsten Tag an den Ort ihrer Jugend begeben wolle, zu der Zeit, als noch der Artilleriegeneral Bonaparte die hiesige Garnison befehligte.

»Lassen Sie ein paar kalte Speisen servieren«, sagte sie lächelnd.

Der Kommandeur und der Präfekt verneigten sich, und die Prinzessin verließ den Ball an Marias Arm. Nachdem sie die Tür geschlossen hatten, begann Pauline erneut zu zittern.

»Ich will nicht allein schlafen ...«, schluchzte sie.

»Ich werde bei Ihnen schlafen, Eure Hoheit.«

Madame de Cavour stand am Fuße des Betts mit einer Tasse heißer Schokolade in der Hand.

Der Kommandeur ging voran, er schwitzte unter der Mittagssonne, Dubouchage folgte ihm. Die Bauern betrachteten von weitem diese merkwürdige Kolonne, die über ihr Gebiet lief, Damen in Grün und Rosa, Männer in Schwarz und Gold, die mit feinen Schuhen durch das trockene Laub des vergangenen Herbstes schritten. Pauline trug eine rosafarbene Tunika, die kurz und luftig war. Sie sah darin wie ein Schulmädchen aus. Der Morgennebel hatte sich verzogen, dahinter kam ein tiefblauer Himmel zum Vorschein, von dem sich in der Ferne die Berggipfel abhoben. Der Weg stieg an. Es wurde viel gelacht, die Militärs trugen Körbe mit Proviant und Eimer, die mit Eis und Flaschen gefüllt waren. Endlich tauchte das Haus auf, ein großes, baufälliges Bauernhaus, einer jener Höfe aus dem 17. Jahrhundert mit dicken Mauern, die weder Wärme noch Kälte eindringen ließen. Pauline blieb stehen, alle schwiegen, dann begann die Prinzessin zu rennen, sie durchquerte den Garten und lief bis zur Terrasse. Ein Mann, der seinen Hut in der Hand hielt, kam aus dem Haus, sein Gesicht war von der Sonne gegerbt, seine Finger voller Schnittwunden, seine kräftigen Arme waren die eines Bauern, der ebenso stämmig und knorrig war wie ein Olivenbaum.

»Monsieur Baptiste!« rief Pauline.

Sie fiel dem Mann um den Hals. Er rührte sich nicht. Zwei dicke Tränen rannen über sein zerfurchtes Gesicht. Langsam schloß er seine Arme um die zerbrechliche Frau. Pauline wandte sich tief gerührt zu den Anwesenden um.

»Monsieur Baptiste«, rief sie, »unser Nachbar.«

Sie konnte nicht weitersprechen … Sie sah sich wieder im strahlenden Sonnenschein umherlaufen, das Gesicht ganz verschmiert von süßen, frischen Feigen, unverschämt, schön, jung, so jung … Monsieur Baptiste rannte ihr immer vergeblich hinterher: »Meine Feigen, meine Feigen …« Sie versteckte sich auf dem Heuboden. Monsieur Baptiste konnte sie suchen und suchen, er konnte den ganzen Staub der Erde aufwühlen, schreien und wüten, er würde sie nie finden. Damals war er ihr egal, die ganze Welt war ihr egal, bis auf ihren großen

Bruder, der mit ihr schimpfte, doch er tat es nur aus Scherz.

»Monsieur Baptiste, Monsieur Baptiste.«

Es lag so viel Sehnsucht und Zärtlichkeit in der Art, wie sie den Namen aussprach, der aus der Tiefe der Erinnerung zu ihr zurückgekehrt war.

»Es ist noch nicht die richtige Jahreszeit für die Feigen, aber ich habe ein paar getrocknete vom letzten Jahr übrig, zuckersüß ... ich mußte an Sie denken.« Die warme und tiefe Stimme von Monsieur Baptiste, fast unverändert ...

»Oh, ja, Feigen!«

Pauline hüpfte vor Freude, während sie durch die Räume des Hauses ging. Sie waren alle leer, grau und staubig, nur ihre Lage zur Sonne veränderte ihre Atmosphäre, der eine war heller, der andere dunkler. Pauline stieß kleine Schreie der Überraschung aus, sie erkannte das Zimmer ihrer Mutter wieder mit der kleinen Nebenkammer, in der ihr Bett stand, auf der anderen Seite des Flurs befand sich das Schlafzimmer ihrer Schwestern. Im obersten Stockwerk rief sie:

»Das Schlafzimmer meines Bruders«, und nach kurzem Zögern, »des Kaisers. Hier schlief er, wenn er überraschend zu Besuch kam, dann verbrachte er zwei Tage mit uns. Wie sehr er uns liebte ...«

Das Gefolge scharte sich in dem engen Flur und hielt es für klug, nicht in Begeisterungsstürme auszubrechen. Bemerkte Pauline das peinliche Schweigen? Sie machte kehrt, die Besichtigung war beendet.

Die Militärs und die Diener hatten die Tischdecke auf der Wiese vor dem Haus ausgebreitet. Bevor alle Platz nahmen, wurde Champagner gebracht. Monsieur Baptiste betrachtete den schäumenden Wein, es war das erste Mal, daß er so etwas sah. Pauline blieb bei ihm stehen und hielt ihn zurück, wenn er Anstalten machte, sich entfernen zu wollen.

»Soll ich jetzt die Feigen bringen?« stotterte er.

»Nein, später«, flüsterte Pauline, »jetzt essen wir erst einmal.«

»Aber ich bin nicht eingeladen«, gab Baptiste zu bedenken.

»Doch, ich lade Sie ein.«

Alle nahmen Platz, Maria zur einen, Baptiste zur anderen Seite der Prinzessin. Der Kommandeur und der Präfekt setzten sich ihr gegenüber. Etwa ein Dutzend weiterer Gäste saß »an der Tafel der Prinzessin«, der Rest der Anwesenden verteilte sich um drei andere Tischdecken. Dubouchage, der die Aufgabe gehabt hatte, sich um die Speisen zu kümmern, hatte ein leichtes Essen zusammengestellt: Spargel aus dem Vaucluse, kalter Sankt-Peters-Fisch, und trotz der Anweisung der Prinzessin auch ein paar warme Speisen: ein Lamm aus den Alpen, eine Poularde mit Gemüse, die in der Küche eines benachbarten Landhauses zubereitet worden war. Die Früchte kamen aus den umliegenden Obstgärten: Orangen, Kaki, Haselnüsse, die ersten Erdbeeren. Die Prinzessin kostete kaum von den Speisen, ihr Gesicht war wieder bleich, und sie hatte Mühe, die Augen offenzuhalten. Sie hatte so wenig und so schlecht geschlafen und ständig vor Angst geschrien, sich an Maria geschmiegt, gefleht, sie möge sie beschützen und niemanden hereinlassen.

»Sie wollen mich umbringen …«

»Aber kein Mensch will Sie umbringen«, widersprach Maria sanft.

»Glaubst du wirklich?«

»Ja, schlafen Sie jetzt.«

Erst im Morgengrauen war sie eingeschlafen. Als die Vögel zu zwitschern begannen, schlief die Prinzessin mit weit offenem Mund, als würde sie noch im Schlaf einen Schrei ausstoßen wollen.

War es die Hitze, oder hatte er es sich nicht mehr

verkneifen können? Der Kommandeur begann von den neuesten Ereignissen zu berichten, von denen selbst Dubouchage nichts wußte.

»Ich bin stolz, Ihnen mitzuteilen, daß unsere tapfere Armee nach der Befreiung von Chalon nun auch Reims eingenommen hat. Wir haben die Hoffnung, daß Schwarzenberg sich nach Chaumont oder Troyes zurückzieht. Blücher steht in Laon und bewegt sich nicht von der Stelle. Der Kaiser rechnet damit, Vitry auf seine Seite zu bringen, und will sich mit einer Armee von siebzigtausend Mann auf Nancy stürzen. Damit zieht er Schwarzenberg weit weg von Blücher und drängt die Österreicher hinter den Rhein zurück.«

»Von wann sind Ihre Nachrichten?« fragte Dubouchage.

»Kaum zehn Tage alt, Herr Präfekt, sie wurden mir von einem Fuhrmann überbracht, der früher meine Ordonnanz war und mein vollstes Vertrauen genießt. Er hielt sich ganz in der Nähe der Kämpfe auf.«

Pauline, die bei den Worten des Kommandeurs wieder etwas Farbe bekommen hatte, erhob sich.

»Trinken wir auf diese guten Neuigkeiten.«

Es wurden weitere Champagnerflaschen geöffnet, Monsieur Baptiste, der kurz weggegangen war, kehrte mit einem Korb voller getrockneter Feigen zurück. Die Gäste stießen ein bewunderndes Ah! aus.

»Wir wollen anstoßen, Freunde«, rief Pauline, »auf den Kaiser, auf den Sieg, laßt uns auf die Freiheit des französischen Territoriums anstoßen und auf meinen guten alten Freund Monsieur Baptiste.«

Die Gläser wurden erhoben, der Champagner perlte, die Anwesenden jubelten: »Hurra … Hurra … Hurra …«

Pauline küßte den Bauern auf beide Wangen, die Gäste brachen erneut in Freudengeschrei aus. Was war das für ein herrlicher Frühlingstag.

Der Mann stieg vom Pferd und nahm seine Kopfbedeckung ab, die mit einer feinen weißen Staubschicht überzogen war. Er ging auf die Gäste zu, blieb vor dem Präfekten stehen, verneigte sich ein wenig und sagte dann mit heiserer Stimme, die seine Müdigkeit verriet:

»Herr Präfekt, ich bin beauftragt, Ihnen von Marschall Masséna, der die achte militärische Region befehligt, mitzuteilen, daß der Kaiser, Ihre Majestät Napoleon, in Schloß Fontainebleau kapituliert hat.«

Pauline stieß einen kurzen, entsetzlichen Schrei aus und fiel ohnmächtig zwischen die Gläser und die Teller. Die Gasteschar hatte sich nicht gerührt, der Wind, der den Abend ankündigte, wehte durch die Haare der Frauen. Es herrschte tiefe Stille. Nur aus der Küche drang noch Gelächter, Pfeifen und Gesang.

»Das ist doch nicht möglich«, Maria schüttelte den Kopf, »das ist doch nicht möglich.«

Sie kniete sich hin und hob die Prinzessin hoch.

»Wasser«, rief sie, »schnell Wasser und Essig.«

Der Präfekt zupfte seine Kleidung zurecht, setzte seinen Hut auf und sagte dem Boten:

»Ich danke Ihnen für Ihren prompten Bericht, kennt man schon das Datum der Kapitulation?«

»Der 4. April.«

»Am 4.!« rief Dubouchage, »aber wir haben heute erst den 6.!«

»Wir haben die Nachricht per Telegramm erhalten.«

»Ganz außerordentlich«, rief Dubouchage, den die Geschwindigkeit der Nachricht mehr verblüffte als ihr Inhalt.

Der Kommandeur weinte, dann überkam ihn die Wut.

»Verrat, der Kaiser wurde verraten, wir wissen das, wir Soldaten, er wurde verraten von denen, die ihm Brot und Ehre verdanken, diese Schweine haben sich an den Feind verkauft. Die Marschälle wollten keinen Krieg mehr, der

Krieg interessierte sie nicht, sie wollten sich endlich auf ihr Landgut und in ihre Stadtvillen zurückziehen und sich den Bauch vollschlagen. Neureiche Landstreicher. Nichtsnutze!«

»Schweigen Sie«, versuchte Dubouchage ihn zu beruhigen, »die Feier ist vorüber, die Prinzessin muß zurückgebracht werden. Jeder hat jetzt seine Pflicht zu erfüllen, Sie die Ihre, ich die meine.«

»Ich habe immer meine Pflicht erfüllt!«

»Gut Kommandeur, sobald sich die Neuigkeit herumgesprochen hat, wird es zu Zwischenfällen kommen. Ich werde rasch nach Nizza zurückkehren. Suchen Sie Männer aus, die die Prinzessin begleiten werden.«

»Sie bleiben nicht bei ihr?« fragte der Kommandeur verwundert.

»Dazu habe ich keine Zeit«, antwortete der Präfekt.

Pauline kam wieder zu sich und blickte in die Gesichter der gepuderten Damen, die sich über sie beugten. Sie streckte die Arme zu Maria aus, die sie vorsichtig hochhob.

»Ich will fort von hier«, flüsterte Pauline. »Ich will bei ihm sein.«

Sie stammelte, sie zitterte, jemand reichte ihr einen Pelz.

»Wir fahren umgehend zurück, Eure Hoheit«, sagte Maria, »wo ist Monsieur Dubouchage?«

»Fortgeflogen«, antwortete der Kommandeur. »Was kann ich tun, um Ihnen behilflich zu sein, Madame?«

»Stellen Sie uns eine Eskorte zur Verfügung, wir wollen nach Nizza.«

»Nicht nach Nizza, nach Paris«, rief die Prinzessin dazwischen.

Madame de Cavour kam Maria zur Hilfe:

»Morgen werden wir weiterreisen, aber heute müssen Sie sich ausruhen.«

»Ich brauche mich nicht auszuruhen.«

Madame de Cavour wandte sich besorgt an Maria:

»Wie sollen wir Frankreich durchqueren? Sind die Straßen sicher? Werden wir unterwegs Pferde finden?«

»Wir sollten erst einmal versuchen nach Nizza zu kommen«, entgegnete Maria, »dann sehen wir weiter. Es ist ja nicht das Ende der Welt.«

Und ob es das war. Das Ende einer Welt. Der ihren. Der Kaiser war gefallen, der Kaiser war besiegt, damit war ihre Jugend besiegt und vorbei. Das Glück wandte dem Kaiser den Rücken, und auf sie fiel die Einsamkeit herab. Sie hatte ihr Schicksal mit dem seinen verknüpft. Sie wußte, daß es einen unsichtbaren, geheimen Pakt zwischen ihnen gab, ihr konnte nichts geschehen, solange der General siegte und regierte.

Der Rückweg war lang, die provisorische Brücke über den Var schien unter der schweren Last, den erschöpften Soldatenkolonnen aus Italien und den Strömen von Flüchtlingen zusammenbrechen zu wollen. Als die Menschen die Prinzessin erkannten, drehten sich die Köpfe nach ihr um. In Nizza rannten kleine Gruppen durch die Straßen und riefen: »Es lebe der König!« Welcher König? Der französische? Der italienische? Nachts warfen die Fackeln bedrohliche Schatten auf die Häuserwände, der junge Leutnant, der den Zug anführte, zog es vor, ihn zu teilen. Madame de Cavour, die im ersten Wagen saß, sollte an der Küste entlangfahren, die Prinzessin und Maria im zweiten Wagen würden die Route de France im Landesinnern nehmen.

Vor der Villa Grandi hatte sich eine krakeelende Menschenmenge versammelt, die von einem militärischen Sondertrupp in Schach gehalten wurde. Das Gebrüll schwoll an, als die Prinzessin erschien.

»Nieder! Nieder mit der Schwester des Tyrannen!«

Pauline schlug die Hände vors Gesicht.

»Warum?« rief sie. »Warum? Ich habe nie jemandem etwas Böses getan.«

»Hören Sie nicht auf den Pöbel«, sagte Maria. »Das Volk liebt Sie, es liebt seinen Kaiser.«

»Was soll nur aus mir werden? Und aus Napoleon?« Paulines Stimme versagte.

Und wir, die an den Kaiser geglaubt haben, sagte sich Maria, was wird aus uns? Sie dachte nicht an sich, sondern an Hureau, an die unzähligen Männer, die wie er fünfzehn Jahre lang Krieg geführt hatten. Diese Männer hatten nur an eines geglaubt, sie hatten für die Idee der Freiheit gekämpft und aus ganzem Herzen einem Mann gedient, der ihrer Meinung nach diese Idee verkörperte.

Die Dienerschaft hatte das Haus verlassen, die düstere Villa hallte von haßerfülltem Geschrei wider. Madame de Cavour und Maria bezogen das Bett der Prinzessin im Halbdunkel.

»Machen Sie kein Licht«, flehte Pauline.

Die Soldaten standen im Garten, Gewehr bei Fuß. Werden sie die ganze Nacht dort bleiben und uns bewachen? fragte sich Maria. Eine andere Frage quälte sie: Und wenn diese Männer, die nun niemandem mehr gehorchten, sie den Hetzhunden dort draußen auslieferten?

Pauline hockte zitternd in ihrem Bett und wartete. Sie wartete auf den kommenden Tag, auf die Abreise, auf neue Nachrichten ... Sie wartete, sie wußte gar nicht mehr, worauf ... Maria hatte ein leichtes Abendessen vorbereitet, Suppe, Salat und etwas Obst. Pauline schob alles zur Seite. Madame de Cavour und Maria setzten sich zu beiden Seiten auf das Bett der Prinzessin. Draußen verebbten die Rufe allmählich. Maria stand auf und lugte vorsichtig durch die Vorhänge: Die Krakeeler waren fort, die Soldaten standen noch da. Maria atmete auf. Sie versuchte die Prinzessin zu beruhigen, aber die war im Sitzen eingeschlafen, mit halbgeschlossenen Augen, wie eine etruskische Statue.

Ein grauer, feuchter Morgen brach an, der ewig brauchte, die Dunkelheit zu verjagen. Schwarze Wolken zogen über das Meer. Maria und Madame de Cavour hatten kein Auge zugetan, sie fuhren zusammen, als jemand an die Tür klopfte, die zum Garten führte. Maria zupfte ihr Kleid zurecht und öffnete. Vor der Tür stand der General Gaspard Éberlé, der Ortskommandeur. Der Krieg hatte für ihn im Jahre 1800 auf dem Mincio geendet, als der Splitter eines Artilleriegeschosses ihm den Arm zerfetzte. Nun lief er mit amputiertem Arm durch die Ruinen des Schlosses. Trotz seines unfreiwilligen Ruhestands roch dieser Mann nach Schießpulver, und sein Blick loderte wie beim Angriff.

Er hielt sich sehr gerade, sein Dolman war tadellos, der Ärmel des fehlenden Armes fiel wie eine nasse Standarte herab.

»Madame«, sagte er mit einer Grabesstimme, »wecken Sie Ihre Hoheit auf, eine Eskorte wird sie aus Sicherheitsgründen von hier fortbringen, denn in Nizza kann sie nicht bleiben.«

Er verkniff es sich, die Hacken zusammenzuschlagen.

Pauline, die aufgewacht war, sprang aus dem Bett.

»Was will er? Mich festnehmen?«

»Sie festnehmen! Wie kommen Sie denn darauf! Ganz im Gegenteil, er schlägt vor, Sie im Schutz seiner Männer an einen sicheren Ort zu geleiten.«

Pauline drehte sich um sich selbst und hielt die Hände auf den Bauch.

»An einen sicheren Ort? Was soll das heißen? Wenn ich noch immer Prinzessin bin, bin ich überall sicher ...«

Sie beendete ihren Satz nicht.

»Sie müssen fort«, bestätigte Maria, »Eure Hoheit ist in Gefahr, Sie haben es ja selbst gesehen heute nacht.«

»Muß ich alles zurücklassen, mein Gepäck, meine Wäsche, mein Geschirr?«

»Ja«, sagte Maria. »Madame de Cavour wird das Nötigste für Sie einpacken, ich werde auf den Rest achtgeben, es wird nichts zerstört werden, das verspreche ich Ihnen.«

Pauline ließ sich mit zerzaustem Haar aufs Bett fallen, das halboffene Nachthemd ließ ihre abgemagerten Brüste und die vorstehenden Rippen erkennen.

»Vielleicht kehre ich nie mehr hierher zurück, Maria! Ich war hier so glücklich, der Duft der Orangen am Morgen ... Und dieser Ball, erinnerst du dich an ihn, Maria? Es war ein wundervoller Abend, eine Nacht voller Liebe, und ich war schön! Ich konnte das Verlangen in den Augen der Männer sehen, die jungen, die weniger jungen ... alle begehrten mich! Und ich liebte es, begehrt zu werden.«

Der Ball. Maria erinnerte sich gut an ihn und an die darauffolgenden Ereignisse. Jean-Jacques war in den Armen der Prinzessin gelandet, und schuld daran waren jene gewesen, die ihn für ihre Zwecke mißbrauchen wollten. Pauline hatte ihm ihre Liebe gegeben, auf ihre Weise. Ihr ganzes Wesen, ihren ganzen Körper, ihr ganzes Fleisch.

Die ungeduldigen Schritte Éberlés hallten im Salon. Während Madame de Cavour der Prinzessin die Haare bürstete, packte Maria ihre Koffer. Pauline erhob sich, durchquerte das Zimmer und ging in den großen Salon hinüber, in diesem Augenblick war sie trotz ihrer Blässe wieder ganz die kaiserliche Hoheit. Éberlé verneigte sich, Pauline reichte ihm die Hand zum Kuß.

»Nun General, wohin fahren wir?«

»Eure Hoheit, haben Sie Freunde, bei denen Sie sich vorübergehend verstecken können?«

Pauline dachte nach und nannte dann Gréoulx.

Gaspard Éberlé zog die Augenbrauen hoch.

»Das ist weit weg, aber wir werden versuchen hinzukommen. Ich stelle Ihnen zwanzig Gendarmen zur Verfügung, die dem Befehl meiner besten Offiziere unterstellt sind.«

»Und Sie?« fragte Pauline.

»Ich bleibe hier, Eure Hoheit, ich habe die Aufgabe, dafür zu sorgen, daß sich in dieser Stadt keine Zwischenfälle ereignen.«

Pauline wandte sich erschöpft zu Maria.

»Du wirst mich auch verlassen, Maria, nicht wahr?«

Maria antwortete nicht, sie konnte der Prinzessin auf ihrer Flucht nicht folgen. Ihr Platz war in Nizza, das war der einzige Ort, an dem Jean-Jacques und Hureau sie finden würden. Sie schloß Pauline fest in ihre Arme. Die kleine Schar ging vors Haus, wo ein großer Wagen mit sechs Pferden stand. Das Gepäck wurde aufs Dach geschnallt, bis auf eine kleine Tasche, die Madame de Cavour an ihre Brust drückte. Der Schmuck der Prinzessin, ihr Vermögen. Der Offizier trat auf Éberlé zu, der ihm ein paar Ratschläge und Anweisungen gab, die Männer nahmen ihren Posten ein. Pauline stieg nach hinten in den Wagen, Madame de Cavour folgte ihr. Die Prinzessin lehnte sich aus der Tür, ihr Blick schweifte ein letztes Mal über die Bäume, den Rasen, der in sanften Wogen zum Meer hinabfiel, und die regennasse Blumenpracht. Sie hob den Kopf, erblickte die Hügel und im Hintergrund die Berge, um die sich Nebel gelegt hatte. Bevor der Befehl zur Abfahrt gegeben wurde, warf sie Maria einen Blick zu. Maria lächelte schwach. Pauline legte die Fingerspitzen an ihre Lippen und hauchte ihr einen Kuß zu.

Maria schaute ihr noch lange nach. Als sie sich entschloß, wieder ins Haus zu gehen, waren die Prinzessin und ihre Eskorte schon längst im Dunst verschwunden.

Tiranty tobte. Er ging im Büro des Präfekten auf und ab, stieß laute Seufzer aus, schwitzte, rauchte und schnaufte. Er wandte sich an Dubouchage, der sehr aufrecht in einem Sessel saß und durch das weit geöffnete Fenster auf den Horizont hinaussah.

»Sie müssen zur Bevölkerung sprechen«, hämmerte Tiranty, »die Stadt ist in Aufruhr, Sie müssen für die Bourbonen Partei ergreifen, und Sie müssen sich beeilen, bevor die Anhänger von Piemont-Sardinien wach werden.«

»Mein lieber Herr Notar«, rief der Präfekt verblüfft, »ich hätte Ihnen derartige royalistische Gefühle gar nicht zugetraut, Ihnen, der Galionsfigur des Jakobinertums.«

Tiranty zündete seine Pfeife an und ließ sich in einen breiten Sessel fallen.

»Ja, ja, das mag Sie wundern, aber ich bin in erster Linie Realist, die Revolution gehört der Vergangenheit an, genau wie Napoleon. Was also bleibt uns? Die Bourbonen! Die Hauptsache ist doch, daß die Grafschaft französisch bleibt. Dabei habe ich doch nur die Interessen der Stadt im Auge.«

Dubouchage lächelte, Tiranty war wie üblich wieder nur auf seinen eigenen Vorteil bedacht, ihn interessierte nur der Handel, er gehörte zu jenen Bürgern, die während der Revolution reich geworden waren, ihr Vermögen unter dem Kaiser vermehrt hatten und sich nun bereitwillig zu dieser oder jener Flagge bekannten, wenn nur das Wesentliche erhalten blieb: ihr Geld. Dubouchage wußte im Grunde, daß Tirantys Vorschlag vernünftig war, er selbst war immer ein Anhänger der Monarchie geblieben, sie war sein Ursprung, und er würde in ihren Schoß zurückkehren wie der verlorene Sohn ins

Elternhaus. Fraglich war jedoch, wie man elegant vom kaiserlichen Adler zur weißen Kokarde überschwenken konnte, ohne als Verräter dazustehen. Tiranty schien seine Gedanken lesen zu können:

»Vermeiden Sie halbherzige Maßnahmen und Doppeldeutigkeiten, das Volk liebt klar formulierte Ideen. Sie repräsentieren Frankreich, und Frankreich verschwindet nicht mit dem Kaiserreich. Der Kaiser ist tot, es lebe der König. Es ist Ihre Aufgabe als Staatsbeamter, im Interesse des Gemeinwesens zu sprechen. Ich an Ihrer Stelle würde nicht zögern.«

»Sie sind nicht an meiner Stelle«, erwiderte Dubouchage scharf.

Er stand auf und durchmaß den Raum. An meiner Stelle, eine Unverschämtheit! Aber dieses Schlitzohr hatte recht, ob er es nun mit Samthandschuhen anpackte oder nicht, Verrat blieb Verrat. Er drehte sich zu den Anwesenden um:

»Ich werde noch heute abend alles Notwendige in die Wege leiten.«

Er wußte, daß er eigentlich demissionieren und die Stadt für immer verlassen müßte. Doch er liebte den Blick aus seinem Arbeitszimmer, wenn rot die Sonne über dem Meer aufging, er liebte es, an den Sommerabenden im Garten der Präfektur, umgeben vom pfeffrigen Geruch des Lorbeers, die Dämmerung hereinbrechen zu sehen, und er träumte von einem neuen Leben in diesem harten, heißen Klima. Hier fühlte er sich weniger alt, ja eigentlich noch jung. Hier lebte die Frau, die er immer noch zu erobern hoffte. Ja, er würde Verrat üben, nicht für die Karriere, nicht für die künftigen Belohnungen, auch nicht für Geld, wie irgendein Tiranty, nein, er würde den Verrat begehen im Hinblick auf ein einziges Ziel: um weiterhin dieselbe Luft wie Maria zu atmen, unter demselben Himmel wie sie aufzuwachen. Ich werde wegen einer kindischen Verliebtheit zum Verräter, sagte er sich. Doch er verspürte deswegen keinerlei Scham, nur ein wenig Traurigkeit.

Die Flußschwalben kreisten über dem Cours, sie schienen zu wissen, wohin sie flogen, dann plötzlich machten sie kehrt, eine übernahm die Führung, die anderen formierten sich wie zu zwei weitgespannten Flügeln. Von Zeit zu Zeit hörte man einen Schrei, oder war es ein Rufen? Abends gegen sieben Uhr pflegte Catherine sich auf die Terrasse des Café du Commerce zu setzen und ein Zitronensorbet zu schlürfen. Es war frühlingshaft mild, viele Leute waren unterwegs, gingen spazieren, hinter den Gatten liefen, mit Hut und Schleife geschmückt, die Ehefrauen, man sah Soldaten, Dragoner, Husaren mit breiten Schnurrbärten und stolze Grenadiere. Was mochten all diese Militärs und Bürger von ihr denken? Eine anständige junge Frau setzte sich doch nicht allein an einen Kaffeehaustisch. Doch man ließ sie in Ruhe, man hatte zur Zeit ohnehin andere Dinge im Kopf. Wie würde die Zukunft aussehen? Wer würde an die Macht kommen? Würde Nizza französisch bleiben? Was geschah in Paris? Hier wußte man von nichts. Man war so weit weg. Die Soldaten bekamen keine Anweisungen, der Kaiser war fort, nichts würde je wieder so sein wie früher. Würde man sie heimschicken? Würde es Krieg geben, und gegen wen? Seit der Kaiser abgesetzt war, fühlten sie sich wie Waisenkinder, sogar die Jüngeren unter ihnen, die noch gar nicht in der Armee gedient hatten. Man hatte ihnen alle Hoffnung auf Ruhm geraubt, bevor sie überhaupt auf die Probe gestellt worden waren. Mit finsterer Miene irrten sie durch die Straßen, sie, die einst das Rückgrat des Kaiserreichs gewesen waren, fühlten sich verstoßen, überflüssig, ausgelacht, verachtet.

An diesem Abend sah Catherine niemanden an, sie war in Gedanken noch immer bei diesem Verrückten, dem sie am Morgen im Hospiz De la Charité begegnet war. Dorthin brachte sie jeden Tag, was von der Tafel ihres Schwiegervaters übriggeblieben war, große Stücke Fleisch, die die Augen der Hungrigen zum Leuchten brachten. Sie hätte einen der Hausangestellten schicken können, doch es gehörte zum guten Ton, daß die Dame des Hauses sich wohltätigen Zwecken zuwendete. Sie tat dies mit dem gebotenen Ernst, sorgte sich um jeden und schenkte den Kranken ihre Zeit. Die Gerüche und der Schmutz ekelten sie anfangs, es hatte sie einige Überwindung gekostet, das Sterbeheim zu betreten, doch dann hatte sie sich allmählich daran gewöhnt. Sie durchquerte den großen Saal, wo die Kranken und Verletzten vor sich hinsiechten, wer Glück hatte, war auf Stroh gebettet, die anderen lagen am Boden auf Matratzen, die von Ungeziefer nur so wimmelten. Die Küche befand sich in einem langen fensterlosen Raum mit einem großen Ofen, der nie ausging. Darauf standen Töpfe mit einer hellen Schleimsuppe, in der Gemüsestrünke und Brotkanten schwammen. Dort lebten die Köchinnen, umringt von ihren Sprößlingen. Eine Schar von zwanzig Kindern rannte schreiend umher und gab erst nachts Ruhe, wenn sich alle auf alten Getreidesäcken um den Ofen zum Schlafen legten. Catherine war ihm in dem großen Saal begegnet, er trug eine lange Jacke, die ihm bis zu den Füßen reichte, und lief zwischen den Kranken umher, die Arme voller dunkler Brotlaibe. Der Mann war jung und trotz seines Aufzugs von aparter Schönheit. Eine Schönheit, die um so auffälliger war, als sie im krassen Gegensatz zu dem Elend und dem Grauen dieses Ortes stand. Am ungewöhnlichsten jedoch war sein langes, lockiges Haar. Er schien weder Soldat noch Arzt, noch Priester zu sein, er ließ sich keiner Gesellschaftsschicht klar zuordnen. Ohne zu wissen, warum, beschleunigte Catherine ihre Schritte. Als sie die Küche betrat, war sie sich sicher, daß sie diesen Mann schon einmal gesehen hatte.

Das anfangs noch verschwommene Bild wurde deutlicher, dieser dunkle Teint, diese Zurückhaltung weckten Erinnerungen in ihr. Sie war sich nicht völlig sicher, aber ihre feuchten Hände, ihr Herzklopfen sagten ihr, daß sie sich nicht irrte, dieser Mann war Giovanni. Sie dachte an die Ölmühle zurück, an die Winternacht, an den tosenden Fluß und vor allem an den Kuß. Einen Kuß, wie sie ihn nie mehr erhalten hatte. Einen Kuß voller Liebe, der erste, der einzige. Sie fragte die Frauen: Kannten sie den Mann in dem Spital? Natürlich, jeder kannte ihn. Eines Tages war er mit seinen Broten aus Kastanienmehl aufgetaucht. Er verteilte sie an die Kranken, an die Krankenwärter, an die Kinder und selbst an die Köchinnen, wegen seiner Haare wurde er der »Engel« genannt. Man wußte nichts über ihn, weder woher er kam, noch warum er das hier tat.

Catherine stellte ihr schweres Bündel ab und rannte zurück in den Krankensaal, doch der Mann war verschwunden.

Das Sorbet schmolz vor sich hin, Catherine hatte es nicht angerührt. Giovanni war zurückgekehrt! Ihr wurde klar, daß sie nie aufgehört hatte, an ihn zu denken, an jenen rätselhaften jungen Mann, der durch die Leere ihres Lebens gegeistert war. Er hatte als einziger eine Spur von Gefühl in ihren Träumen hinterlassen. Doch ihre Begegnungen waren so kurz gewesen, daß sie sich manchmal fragte, ob sie sich das alles nicht nur eingebildet hatte. Eines Tages war er verschwunden, und Jahre später tauchte er plötzlich wieder auf ... In der Zwischenzeit hatte sie jeden Tag, jede Stunde, jede Minute erleben müssen, wie ihre Illusionen eine nach der anderen zerbrachen. Heute war sie bereit zu lieben, ihr Leben würde endlich zum Roman werden.

Lautes Geschrei riß sie aus ihren Träumen. Um sie herum hatte sich eine große Menschentraube versammelt, die Terrasse war voller Leute. »Es lebe der König«,

»Nieder mit dem Tyrannen!« rief man von allen Seiten. Catherine wurde von der wogenden Menge gegen eine Mauer gedrückt. Dort hing ein Anschlag, um den sich alles drängte, die Leute ganz vorn begannen vorzulesen:

»Bewohner der Alpes-Maritimes! Großzügige Fürsten haben Frankreich soeben den Frieden angeboten, der nach all den Schicksalsschlägen, all dem Leid und Elend so brennend herbeigesehnt wurde. Und diese mächtigen Herrscher haben die Größe, einen Bourbonen auf den Thron seiner Vorfahren zu rufen, um getreuen Untertanen auch einen legitimen König zu geben, sowie einen zärtlichen Vater seinen ergebenen Kindern. Einen Garanten dieser Treue sehen wir in den schon vollzogenen Amtshandlungen der provisorischen Regierung, die in Paris zusammengetreten ist und die die Zügel der Verwaltung in ihren Händen halten wird bis zur Ankunft des Königs Ludwig XVIII.

Bewohner der Alpes-Maritimes! Die Zeit ist gekommen, da Ihr die Früchte der großen Opfer, die Euch abverlangt wurden, ernten werdet. Seit zwölf Jahren habe ich die Ehre, Euer Land zu verwalten; die schwierige und mitunter mühselige Aufgabe, die ich zu erfüllen hatte, wurde stets belohnt. Ich bin daher überzeugt, daß Ihr mir auch weiterhin mit all Eurem Eifer und Eurem guten Willen zur Seite stehen werdet. Mit vereinten Kräften werden wir für den Erhalt der öffentlichen Ordnung kämpfen, für den Ruhm unseres Souveräns und Euer persönliches Glück.

Nizza, 16. April 1814. Der Präfekt«

»Auf zur Präfektur ... Auf zur Präfektur«, hieß die Parole. Und als hätte die gewaltige Menschenmenge, die über den Cours flutete, nur auf dieses Zeichen gewartet, begann sie zur Rue Saint-François-de-Paule zu stürmen. Am Ende des Cours jedoch, in den engen Gassen, kam es zu einem heillosen Gedränge. Menschen wurden niedergetrampelt. »Macht Platz ... Macht Platz!« schrie es von allen Seiten. Doch niemand wich auch nur um Haaresbreite zurück. Eine neue Parole kam auf: »Auf den Balkon, Präfekt!«, dann: »Die Kokarde, Präfekt!« Zehn, zwanzig, hundert weitere stimmten sofort ein. Manch einer fragte: »Welche Kokarde denn?« Doch sie riefen mit, ihre Augen glänzten vor Freude, sie warfen ihre Hüte in die Luft. »Nieder mit dem Despotismus!« Das Gebrüll ließ die Fensterscheiben erzittern. In diesem Augenblick erschien eine Gestalt auf dem Balkon, schweigend und reglos. Er war es! Bravorufe ertönten von allen Seiten. Und wieder die Parole: »Die Kokarde, Präfekt, die Kokarde ...« Die ganze Menge wiederholte »Die Kokarde, die Kokarde«, wie zwei Wellen, die zu einer einzigen verschmolzen und donnernd gegen die Präfektur schlugen. Catherine vermochte in der von den Fackeln flüchtig erhellten Silhouette nicht den Mann zu erkennen, der ihre Heirat arrangiert hatte – den Mann des Kaisers. Er verschwand für einige Sekunden im Haus und kehrte mit einem weißen Taschentuch zurück, das er zu beiden Seiten des Balkons schwenkte. Rasender Beifall empfing dieses Taschentuch, das die meisten kaum erkennen konnten. Der Mann mit der improvisierten Kokarde an der Brust blieb einen Augenblick stehen. Genoß er die Jubelrufe? Identifizierte er sich mit diesem weißen Fetzen, kostete er den kurzen Triumph aus? Die Versammlung begann sich allmählich zu zerstreuen, und der Präfekt zog sich mit bedächtigen Schritten in sein Amtszimmer zurück.

Die Menschen strömten nun zum Fluß, in dem Gedränge fielen Dutzende zu Boden. Plötzlich ein Grüppchen, vielleicht hundert Mann, sie schwenkten die blauweißrote Fahne. Ein Aufschrei ging durch die Menge: »Bonapartisten!« Der Aufschrei verwandelte sich in blankes Entsetzen, als die jungen Leute die Präfektur erreichten. Mit dem Mut der Verzweiflung stürzten sie sich in die Masse, die auseinandersprengte. Die Spaziergänger und all jene, die eben noch nach der Kokarde gerufen hatten, ergriffen die Flucht. Rette sich, wer kann! Innerhalb weniger Minuten hatte sich die Menge aufgelöst ... Die Bonapartisten bildeten einen Kreis vor der Präfektur und zogen Taschentücher, Schals, Hemden heraus, egal was, Hauptsache, es war blau, weiß oder rot. »Es lebe der Kaiser!« und »Nieder mit den Royalisten!«, »Der Präfekt an die Laterne!«, »Aufs Schafott mit den Bourbonen!« Von der anderen Seite des Cours drängten die Royalisten heran, mit weißer Kokarde am Hut und Knüppel in der Hand. Die beiden Gruppen standen sich nun frontal gegenüber. Totenstille. Man hörte es von der Kirche neun Uhr schlagen, man hörte sogar das Geräusch der Wellen, wenn sie sich sanft am Ufer brachen. Dann der Angriff. Merkwürdigerweise fand der Kampf ohne Worte statt, Schreie und Beleidigungen waren verebbt, jetzt flogen die Fäuste, man hörte nur noch dumpfe Schläge in Bäuche, Stöhnen und den Aufprall von Körpern am Boden. Die Anhänger des Kaisers, die keine Knüppel dabeihatten, griffen sich die Kaffeehausstühle und zerschlugen sie auf den Köpfen ihrer Gegner.

Die kurz darauf einsetzende Panik riß Catherine mit, sie wurde in dem heftigen Gedränge zu Boden geworfen. Ihr blieb die Luft weg, ihr Samtkleid wurde in den Dreck gezerrt, jemand trat ihr auf die Brust. Sie schloß die Augen und zog die Knie an. Nachdem es wieder ruhig geworden war, erhob sie sich wankend, faßte nach einem umgefallenen Stuhl und lehnte ihn gegen einen Torbogen. Durchatmen. Da erst bemerkte sie die eigenartige Stille ringsum, die Leere, die Abwesenheit allen Lebens, nicht ein Fenster war geöffnet, alle Läden waren geschlossen, nichts, niemand, nicht die kleinste Spur, daß hier eben noch eine wildgewordene Menschenmenge vorübergezogen war. Die anständigen Leute waren schlafen gegangen, wie die Flußschwalben. Catherine dachte an die Arsons, die sicher fürchteten, ihr sei etwas zugestoßen. Der Vater war gewiß in heller Aufregung und schickte bereits Dienstboten zur Polizei und in die Krankenhäuser, während der Sohn sich bemühte, ein besorgtes Gesicht zu machen. Würde er unglücklich sein, wenn sie tot wäre? Sie fühlte sich sicher auf diesem Stuhl, nur wenige Schritte entfernt waren noch einmal zwei Männer aufgetaucht, die so verrückt, so mutig und so fanatisch überzeugt waren, daß sie sich noch immer schlugen. Wirklich ein ungewöhnlicher Tag. Catherine streckte ihre Beine von sich wie ein Mann. Sollten sie sich doch alle zum Teufel scheren, sie würde zu den Arsons zurückkehren, wenn es ihr gefiel, und vielleicht würde sie zum Hotel ihrer Mutter gehen und dort den Rest der Nacht verbringen. In diesen vergangenen Jahren zunehmender Langeweile hatte sie begonnen, Maria zu verstehen und sogar zu beneiden.

Aber schon wieder strömten die sich prügelnden Parteien auf den Cours zurück. Catherine war erneut ins Zentrum des Tumults geraten. Sie versuchte zu fliehen, doch als sie loslaufen wollte, verlor sie das Gleichgewicht und mußte sich mit den Armen schützen, um nicht noch einmal niedergetrampelt zu werden. Die Meute zog weiter, Catherine blieb zwischen den Verletzten liegen. Sie versuchte von der Straße zu kriechen, doch ihr wurde schwindelig, und sie blieb auf dem eisigen Boden liegen. Da spürte sie, wie jemand sie hochhob und auf einen Marktstand legte, da wo sonst die Fische lagen. Sie hob den Blick zu dem Mann, der ihr zur Hilfe geeilt war, und erkannte ihn augenblicklich. Giovanni. Er beachtete sie nicht, er war da, um den Verletzten zu helfen, gemeinsam mit zwei anderen Männern. Sie hoben sie auf Bänke, legten ihnen Verbände an, säuberten Wunden mit Alkohol. Catherine dachte, daß sie nach Fisch riechen würde, daß sie zerzaust und verschmiert sei und er sie deshalb nicht erkannt hatte. Die Nacht funkelte vor Sternen, der Mond stand genau über ihr. Sie rückte ihr Kleid zurecht, klopfte sich den Staub ab und stand vorsichtig auf.

Sie verfolgte jede Bewegung des jungen Mannes, schließlich ging sie auf ihn zu und ergriff seinen Arm.

»Kann ich Ihnen helfen?« fragte sie,

Er antwortete, ohne sie anzublicken:

»Ja, wenn Sie verbinden können und keine Angst vor Blut haben.«

Dabei reichte er ihr etwas Watte, Stoffreste und eine Flasche, die zur Hälfte mit Alkohol gefüllt war.

»Gehen Sie aber sparsam damit um«, sagte er.

Catherine ging auf einen ohnmächtigen Mann zu, der am Kopf blutete; ohne zu zögern begann sie die Wunde zu waschen und den Kopf des Verletzten behelfsmäßig zu verbinden. Er kam wieder zu sich und faßte dankbar ihre Hand. Sie fühlte sich wie eine Marketenderin in der Schlacht bei Wagram, sie lief hin und her mit blutigen Händen, ihr Samtkleid war fleckig, die Ärmel hatte sie hochgekrempelt. Sie tat dies alles unter den Blicken des Mannes, den sie erobern wollte, Blicken, die sie beflügelten. Giovanni wusch sich Hände und Unterarme am Brunnen, wo sonst der Fisch gespült wurde. Er hörte, wie sie näher kam, ein Schauer lief ihm über den Rücken. Sie war schön, trotz des Bluts, das überall an ihr klebte, ihre zerzausten blonden Haare ließen ihr Gesicht noch sanfter erscheinen. Obwohl sie nun eine Frau war, sah sie immer noch aus wie ein Kind.

»Erkennen Sie mich nicht wieder?« fragte sie spitzbübisch.

Er hatte sie sofort wiedererkannt, als sie in ihrem schönen Kleid zu Boden gesunken war. Wie oft hatte er sie nicht vor sich gesehen in den vielen einsamen Nächten der vergangenen Jahre: wie sie über die Tanzfläche gewirbelt war, leichtfüßig, geschmeidig, von einem Tanz zum anderen, von einem Arm zum nächsten gereicht, ein Bild der Anmut, das ihn so sehr geschmerzt hatte. Heute nacht glich sie diesem Bild nicht mehr; war es das Blut an ihren Händen und auf ihrem Kleid oder waren es die zerzausten Haare?

Er antwortete kurz angebunden.

»Wie geht es Ihnen, Mademoiselle Catherine?«

Diese Kälte ... dieses »Mademoiselle«, das wie ein Vorwurf klang! Wo war er in all den Jahren gewesen? Warum war er ohne ein Wort des Abschieds gegangen? Sie schwieg, sie wollte ihn nicht verärgern. Die Hauptsache war, daß er da war. An diesem Abend trug er nicht seine lange Jacke, sondern eine Weste aus grobem Tuch. Catherine zitterte, während sie mit ihm über den menschenleeren Cours lief.

»Sind Sie für die Bourbonen oder die Bonapartisten?« fragte sie, um das Schweigen zu brechen.

»Ich bin für niemanden«, entgegnete ihr Giovanni. »Ich pflege die einen wie die anderen.«

»Sie geben ihnen auch zu essen.«

Giovanni sah sie verwundert an.

»Woher wissen Sie das?«

»Ich tue es auch«, sagte sie mit ein wenig Stolz in der Stimme. »Ich habe gesehen, wie Sie Ihre komischen Brote im Krankenhaus verteilt haben.«

»Ja, sie sind aus Kastanienmehl gebacken, das ist sehr nahrhaft.«

»Ach so.«

Er regte sie auf mit seinem Brot und dieser distanzierten Art, ihr zu antworten. Hielt er sich für Jesus? Sie suchte nach einer Strategie und hatte einen Einfall: Sie tat, als würde ihr schwindelig, sie begann zu wanken, und er fing sie in seinen Armen auf. Sie legte ihren Kopf an seine Brust, der Stoff seines Hemdes konnte ihr sein Herzklopfen nicht verbergen. Das beruhigte sie. Sie suchte seinen Blick, sah ihn aus ihren klaren, wäßrigen Augen mit tiefer Zärtlichkeit an.

»Geht es Ihnen besser«, fragte er mit sehr veränderter Stimme.

»Oh, ja! Es geht mir besser ... Ich hatte nicht damit gerechnet, Sie wiederzusehen.«

Auf seinen Arm gestützt und den Kopf an seiner Schulter, liefen sie weiter. Unbewußt hatten sie den Weg zum Hôtel d'York eingeschlagen. Catherine war leicht ums Herz, sie fühlte sich verführerisch, jedoch nicht genug, um ihm zu gestehen, daß sie verheiratet war. Statt dessen ging sie zum Angriff über.

»Sie sind damals so ohne jede Vorwarnung verschwunden, haben Sie inzwischen geheiratet?«

Sie kannte die Antwort, alles in ihr sagte ihr, daß Giovanni nie eine ernsthafte Bindung gehabt hatte, sein Herz war frei.

Er schüttelte nur den Kopf.

»Wohnen Sie noch immer hier?« fragte er und zeigte auf das Hôtel.

»Ja«, antwortete sie keck. »Und Sie?«

»Im Kloster von Laghet, wenn ich es schaffe, abends rechtzeitig dorthin zurückzukehren, sonst schlafe ich im Hospital.«

»Haben Sie keine Angst, sich anzustecken?«

Er zuckte mit den Achseln.

»Nein. Ich gebe mich in die Hände des Herrn.«

Diese letzten Worte ließen sie frösteln.

»Werden wir uns wiedersehen?«

»Ich bin jeden Morgen im Hospital.«

»Ich auch.«

Er machte eine Verbeugung als Zeichen seiner Zustimmung und entfernte sich.

Er wird sich umdrehen, sagte sie sich. Wenn er sich noch vor der Rue Saint-François-de-Paule umdreht, liebt er mich. Ich will, daß er sich umdreht. Ich will es ... dreh dich um, Geliebter, dreh dich um.

Er drehte sich um.

Gewonnen … er liebt mich …

Catherine wartete noch einen Augenblick, dann machte sie sich auf den Weg zur Villa der Arsons. Was sollte sie ihrem Mann sagen?

Ach was, mir wird schon etwas einfallen …

Maria kaufte drei in rotes Leder gebundene Hefte, dazu Federn und Tinte und schloß das Hotel. Sie schrieb den ganzen Tag über und verbrachte wie üblich die Mahlzeiten bei ihrem Mann. Am späten Nachmittag ging sie zum Meer hinunter, machte einen langen Spaziergang und ließ ihre Gedanken schweifen, sie stellte sich vor, wie der Kaiser sich in Fréjus nach Elba einschiffte, einer kleinen verlorenen Insel im Mittelmeer, das letzte Reich jenes Mannes, der über ganz Europa geherrscht hatte. Sie wäre gern bei ihm gewesen, um ihm zuzulächeln, ihn zu trösten. Sie sah ihn an Korsika vorbeisegeln, wo er geboren war, und ein letztes Mal seinen Duft atmen. Woran mochte er denken? Woran dachte man, wenn man alles verloren hatte? Blieb ihm trotz allem noch Hoffnung, ein Lebenswille? Sie waren beide im gleichen Alter, er war im Morgenland gewesen, hatte Europa durchquert von Katalonien bis zur Moskwa, von Mailand bis nach Berlin, von Wien bis nach Warschau. Sie hatte sich in all der Zeit nicht vom Fleck bewegt. Er hatte alle besiegt, sie hatte nur von Erinnerung und Hoffnung gelebt, hin und her gerissen zwischen der Liebe zu einem Toten und einem Abwesenden. Ihr einziger, wunderbarer Ausbruch hatte sie nach Italien geführt, in seinem Gefolge und in seinem strahlenden Ruhm.

Maria sah niemanden an, wurde aber von den Leuten angestarrt, sie, die Bonapartistin, die Revolutionärin, die aus dem Nichts gekommen und doch so hochmütig war, man sah sie hämisch an, mit einer Art verächtlichem Mitleid. Sie gehörte zum Clan der Besiegten. Eines Abends warf einer einen Stein nach ihr, einen Kiesel vom

Strand. Sie drehte sich um. Keiner wollte es getan haben, lauter Unschuldige, die nur ein wenig frische Luft schnappten, Kinder, die Reifen schoben, Bürgerinnen, die im wiegenden Schatten ihrer Schirme spazierengingen. Haßte man sie so sehr? Maria war so verblüfft, daß sie nicht wußte, ob sie weinen oder vor Wut schreien sollte. Als sie in ihr Zimmer zurückgekehrt war, zog sie die Vorhänge zu und schloß die Fensterläden. Nur das Fenster von Vincents Schlafzimmer blieb offen, das Treiben auf der Straße zu beobachten war zur einzigen Beschäftigung des Hoteliers geworden.

Er verbrachte ganze Tage damit, in seinem Sessel am Fenster zu sitzen und stumpfsinnig hinauszustarren. Er sprach kaum noch, abgesehen von dem unverständlichen Gebrummel, das nur noch Maria und Aglaée zu deuten wußten. Vincent wähnte sich in der Zeit vor der Revolution. Was er draußen erblickte, war ein Schauspiel, das zwanzig Jahre zurücklag. Die Guillotine war verschwunden, aber er sah noch immer ihre hochgereckten schwarzen Arme. Die Generäle, deren Namen er nannte, waren die der Italienarmee. Manchmal sorgte er sich um das Schicksal Robespierres des Jüngeren, der 1793 in seinem Hotel gewohnt hatte. Masséna war noch immer seine Obsession, er glaubte ihn überall zu sehen. Auch Benjamin kam ihn regelmäßig besuchen, der Engländer erzählte ihm von der Weltlage. Maria nickte und lächelte, nie widersprach sie ihm. Vincent tauchte aus seiner Stumpfheit nur auf, wenn sie ihn fütterte, sein Blick wurde lebhaft, wenn sie ihm das Fleisch schnitt. Sie pflegte zu sagen: »Essen Sie, es schmeckt gut ...« Das Essen war ihm gleichgültig. Aber er lebte auf, wenn sie sich über ihn beugte und er ihren Geruch einatmen konnte, dann weiteten sich seine Nasenflügel wie bei einem Hund, der sein Terrain wiederfindet. Er schlief ein, sobald er den letzten Bissen heruntergeschluckt hatte.

Da alle Lichter gelöscht waren, konnte Maria vom

Fenster aus die Menschenmenge betrachten, die über den Cours drängte, von der Place Impériale bis zum Hotel. Sie hörte die Jubelrufe, als Dubouchage dem Volk seine weiße Kokarde präsentierte. Unter den Versammelten, die »Nieder mit dem Tyrannen!« schrien, erkannte sie Männer, die dem Kaiserreich alles verdankten, ihr Ansehen und ihr ganzes Vermögen. Sie sah, daß sie die weiße Kokarde trugen und sie ihren Frauen an die Brust hefteten.

»Was ist los?« babbelte Vincent verängstigt.

»Nichts, bleiben Sie ganz ruhig«, sagte Maria und band ihm seine Krawatte neu.

Er liebte es, wenn sie sich um solche kleinen Dinge kümmerte.

Die Menschen draußen flüchteten sich in die Gassen. Die Bonapartisten schossen! Maria sah die »Weißen« zurückkehren, und sie sah das beginnende Gemetzel. Sie lief die Treppe hinunter, um die Tür zu öffnen und zu helfen.

Da erklang lautes Gepolter aus Vincents Zimmer. Schnell sprang sie die Stufen wieder hoch, Vincent stand im Zimmer, eine entsetzliche Grimasse entstellte sein Gesicht, er hatte seine Arme zu ihr ausgestreckt und versuchte auf diese Weise seinen Schmerzen Ausdruck zu verleihen, sprechen konnte er nicht. Sein Mund verzerrte sich, er gab grunzende Laute von sich und sabberte. Maria stürzte auf ihn zu, knöpfte seinen Kragen auf und versuchte ihn wieder zum Sitzen zu bringen. Vincent schlug wie wild um sich, Maria verlor das Gleichgewicht und fiel hin. Sie hörte Vincent wimmern, sah, wie er die Hände an die Kehle preßte, er bekam keine Luft mehr, ein Pfeifen drang aus seinen Lungen, er atmete nicht mehr.

»Vincent!«

Mit weit aufgerissenen Augen sah er sie an.

»Vincent, kommen Sie zurück ... ich bitte Sie, kommen Sie zurück.«

Sie versuchte ihm den Mund mit einem Löffel zu öffnen, damit Luft in seine Lungen drang. Doch Vincents Knie gaben nach, er sackte zu Boden.

»Vincent ...«

Sie legte die Hand auf sein Herz, das Ohr auf seine Brust. Doch Vincent lag nur noch starr da. Er war tot. Maria erhob sich wieder und schloß instinktiv die Fensterläden. Sie zündete eine Öllampe auf dem kleinen Tisch neben dem Sessel an, zog einen Stuhl heran und setzte sich neben ihren Mann. Sie sah ihn vor sich am Tag ihrer Hochzeit, er platzte vor Stolz. Wie glücklich mußte er an diesem Tag gewesen sein! Gewiß hatte sie ihm viel Leid zugefügt, mehr als jedem anderen; ihr Glück war immer auf seine Kosten gegangen. Mit Vincents Tod ging auch ein Teil ihres Lebens zu Ende. Ihre Jugend, ihre Verrücktheiten, ihre Naivität, ihre Träume waren mit der unwiderruflichen Erstarrung dieses gütigen Menschen für immer vorbei.

Sie wachte die ganze Nacht hindurch bis zur Morgendämmerung. In dem Augenblick, als man an der Poststation die Pferde tränkte, weckte Maria das Zimmermädchen und teilte ihr mit:

»Monsieur ist heute nacht gestorben, gehen Sie zum Haus der Arsons und benachrichtigen Sie meine Tochter. Sagen Sie ihr nur, ihr Vater sei schwer erkrankt. Aber schicken Sie mir vorher noch zwei Reitknechte hoch, sie sollen mir helfen, meinen Mann aufs Bett zu legen.«

Die Männer hatten Mühe, den schweren Körper anzuheben und zum Bett zu tragen. Nachdem sie gegangen waren, entkleidete Maria ihn, wusch ihn, und zog ihm seinen schönsten Anzug an. Erst dann gab sie Aglaée Bescheid.

»Sie können zu ihm gehen«, fügte sie hinzu. »Er ruht jetzt in Frieden.«

Giovanni hatte unter den Felsen von Rauba Capeu geschlafen, er wachte vor Kälte ganz starr und mit schmerzenden Muskeln auf, doch zugleich spürte er eine wunderbare Erregung. Er liebte Catherine! Welche Kraft hatte es ihn gekostet, sie nicht von der ersten Minute an in seine Arme zu schließen und es ihr zu sagen. So hatte sie sich als erste offenbart. Kann man Herzklopfen vortäuschen? In seiner Fröhlichkeit beschloß er, noch am selben Tag seine Mutter zu besuchen. Endlich hatte er den Mut dazu. Er würde ihr sagen: »Ich vergebe Ihnen.« Er würde vor ihr auf die Knie fallen. Er würde ein neuer Mensch sein, von all seiner Not befreit. Pfeifend lief er zum Hospital, heute hatte er kein Brot zu verteilen, er würde einfach seine Freundschaft geben. Der Vormittag verging, ohne daß Catherine aufgetaucht war. Er starrte auf die große Uhr, die im Saal an der Wand hing, die Minuten, die Stunden verstrichen, Giovannis gute Laune war dahin. Mittags hatte er keine Hoffnung mehr, daß Catherine noch käme. Als er es nicht mehr aushielt, beschloß er, eine Frau im Saal zu fragen:

»Wissen Sie, ob das junge Fräulein, das jeden Morgen vorbeikommt, zu so später Stunde noch erscheinen wird?«

Die Frau, die ein fleckiges Wäschestück vor ihren Bauch gedrückt hielt, antwortete ohne zu zögern:

»Sie meinen Frau Catherine, die Gattin des Bankiers Arson? Ich glaube nicht, ihr Vater ist heute nacht gestorben.«

Giovanni, der sonst immer sehr reserviert war, brach in lautes Lachen aus.

»Der Engel« hatte gelacht! Dieses unerhörte Ereignis sprach sich bis in die Küche herum.

Dubouchage bemerkte ein paar weiße Strähnen in Marias dichtem Haar. Waren sie schon vor Vincents Tod dagewesen? Oder war es das schwarze Kleid, das sie sichtbar machte? Maria hatte den Raum im Halbdunkel gelassen, die Flammen des Kamins leckten über ihr Gesicht und warfen einen schwachen Schein auf die Wände des Speisesaals, der riesig wirkte mit all den aufgestapelten Stühlen und zusammengerückten Tischen. Ein leichter Geruch von ranzigem Öl, der aus der verlassenen Küche kam, schwebte in der Luft. Sie wird alt, dachte Dubouchage, und diese Feststellung tröstete ihn. Der Präfekt fühlte sich immer weniger als Präfekt, auf die weiße Kokarde war die blaue Kokarde des Hauses Savoyen gefolgt, der ganze östliche Teil des Departements wollte mit den Bourbonen nichts zu tun haben, die Bevölkerung wollte zu den früheren Zuständen zurückkehren, einige träumten von der Republik Genua, aber die Mehrzahl wollte den König von Sardinien. In San Remo herrschte große Aufregung, man hatte das Steuerregister, die Kataster und die Archive in Ceriana, Bajadro, Taggia und Bordighera verbrannt. In der Grafschaft von einst flammten alte Animositäten auf, die vom Kaiserreich ernannten Bürgermeister fragten sich, wie lange sie sich noch auf ihren Posten halten könnten. Alle, die dem Kaiser gedient hatten, zitterten. Und Paris schwieg. Keiner beantwortete die Briefe, die Dubouchage schrieb. Man ließ sie im Stich. Alles spielte sich zwischen den Fürstenhäusern ab, dieser verlorene Winkel Frankreichs, gestern noch französisch, war nur ein winziges Stück in Napoleons Kuchen, der nun aufzuteilen war.

Die Demütigung durch die weiße Kokarde hatte also nicht mal etwas genutzt.

»Meine Tage sind gezählt«, sagte Dubouchage niedergeschlagen. »Wir werden bald die Rückkehr der Sarden erleben. Es heißt, die ersten Truppen stünden vor den Grenzen des Departements. Maria, was werden Sie tun? Sie können doch nicht seelenruhig hier sitzen bleiben und warten, bis sie kommen, Sie haben sich durch die ehemalige Regierung zu sehr kompromittiert. Sie sind sich offenbar gar nicht darüber im Klaren, aber Sie sind in Gefahr.«

Maria war nicht grausam genug gewesen, ihm das Treffen zu verweigern. Irgendwie verspürte sie Mitleid mit diesem Mann, der sich verzweifelt an seine Aufgabe klammerte. Hatte es ihn viel gekostet, seine Überzeugungen zu verraten? Wie kann man Verrat üben, wenn man es sich sein ganzes Leben lang zum obersten Gebot gemacht hat, Würde zu bewahren?

»Was soll ich denn Ihrer Meinung nach tun?« fragte sie. »Ich bin hier zu Hause, alles, was ich besitze, ist hier, wohin soll ich in Frankreich? Es wäre doch das Letzte, wenn ich ausgerechnet bei den Bourbonen Zuflucht suchen würde.«

Er wußte, es war wenig aussichtsreich, doch er mußte es wagen. Wenn er dank dieser Umwälzung die Achtung dieser Frau gewinnen konnte, dann, mein Gott, hätte er nicht all die Jahre umsonst gelebt. Und die Ungnade, in die er beim Kaiser gefallen war, wäre vergessen, ebenso die Abscheu, die ihm die Militärs einflößten, die in der Gosse geboren und Barone, Grafen, Fürsten geworden waren, dieser ganze lächerliche Karnevalsadel, und vergessen wäre auch die schreckliche Pauline! Vor ihr hatte er sich verbeugt, den Kopf geneigt, und nicht nur vor ihr, auch vor allen kleinen Potentaten, die bei ihr zu Besuch gewesen waren. Er hätte sein Amt niederlegen und das Ende des ganzen Zirkus abwarten sollen, genau wie alle andern. Er hätte, ja, aber ohne Macht … und ohne sie zu sehen. Wie schön sie war in ihrer Trauerkleidung! Wenn ihm auch noch die geringste Chance blieb, dann mußte er sie jetzt ergreifen …

»Maria, verzeihen Sie, daß ich Sie in Ihrer Trauer störe, doch die Zeit drängt, die Ereignisse entscheiden manchmal an unserer Stelle. Kurz, ich habe Sie um dieses Treffen gebeten, um Ihnen ein Geständnis zu machen. Die Zeit hat an meinen Gefühlen nichts geändert. Ich liebe Sie, Maria, und ich bin bereit, Ihnen meine verbleibenden Tage zu opfern. Sie waren die Frau eines anständigen Mannes, heute sind Sie frei. Frei … Entschuldigen Sie meine Unverblümtheit, aber morgen werde ich vielleicht für immer fortgehen. Maria, ich bin gekommen, um Sie um Ihre Hand zu bitten. Ich bin wohlhabend, ich kann von meinem Einkommen leben …«

Marias Antlitz blieb ungerührt, er konnte noch so sehr nach einem Zeichen der Überraschung, der Erregung, der Wut, der Zufriedenheit darin suchen, sie wirkte nur gleichgültig. Er hatte sich offenbart, seine Worte hatten ihn verletzlich gemacht, doch ihm war, als habe er sich an eine Statue gerichtet, ein Eindruck, der durch den Widerschein der züngelnden Flammen auf ihrem Gesicht noch verstärkt wurde. Er sprach als Mann, als Liebender, sie hörte ihm zu, doch sie war weit weg, unnahbar.

Endlich gewährte sie ihm einen Blick.

»Ihre Gefühle sind beständiger als Ihre Überzeugungen«, sagte sie lächelnd.

Dieses Lächeln konnte Dubouchage nicht akzeptieren, diese Lächeln zeigte ihm all die Verachtung, die sie für ihn empfand. Jäh sprang er auf. Mit welchem Recht erlaubte sie sich, in einem solchen Ton mit ihm zu sprechen? Zornig sagte er:

»Diese Kokarde, denn die meinen Sie ja wohl, habe ich Ihretwegen getragen, um die Möglichkeit zu haben, Frankreich zu dienen und dabei in Ihrer Nähe zu bleiben.«

»Welchem Frankreich?« unterbrach ihn Maria.

»Dem Frankreich der Könige, dem ewigen Frankreich.«

Er hatte alle Vorsicht vergessen. Schon bereute er es, so aufgebraust zu sein.

»Aber das ist nicht mein Frankreich«, sagte Maria. »Das Frankreich, das 1792 den Var überschritten hat, trug die blauweißrote Kokarde am Hut, es sang das *Ça ira* und hatte durchlöcherte Schuhe. Das ist das Frankreich, das ich kenne und das ich liebe.«

»Schnickschnack, eines Tages werden Sie Ihren Hochmut ablegen müssen, Maria.«

»Indem ich Sie heirate? Lieber sterbe ich unter den Schlägen Ihrer Freunde.«

Maria erhob sich. Das Gespräch war beendet.

Mit baumelnden Armen und leerem Kopf blieb Dubouchage stehen, er hatte einen dicken Kloß im Hals. Wut und Trauer. Er machte auf dem Absatz kehrt, schritt durch den Saal, der kein Ende nahm, er spürte Marias Blick im Rücken. In diesem Augenblick war er nicht mehr der Präfekt, er war nichts mehr, nichts als ein unglücklicher Greis. Eine Wäscherin! wiederholte er. Eine Wäscherin … Doch die Trauer siegte über die Wut, und Tränen quollen ihm aus den Augen.

Die Sonne schien mild, ein frühlingshafter, glitzernder Morgen. Durch dieses flirrende Licht liefen Männer mit zu Tode erschöpften Gesichtern, sie kamen aus Italien, tagelang waren sie ohne Anführer und ohne Proviant marschiert. Zuerst hatten sie die Pferde gegessen, dann das Stroh der Pferde. Sie hatten den Col de Tende überwunden, das letzte Hindernis, das sie von zu Hause trennte. Niemand hatte ihnen dazu den Befehl erteilt, sie hatten selbst beschlossen, nach Frankreich zurückzukehren. Die Reise war lang gewesen, Durchfall und Typhus grassierten. Wer sich noch auf den Beinen halten konnte, stützte die Kranken und Verwundeten. Wo sie entlangkamen, verdunkelte sich der Himmel, und der Duft des Grases wurde überlagert vom Gestank der Verwesung. Sie waren bleich und schmutzig, nur ihre Augen waren in dem Schmutz noch zu erkennen. Und diese Blicke waren entsetzlich, hart wie Stein, fiebrig und grausam. Sie liefen den Paillon entlang Richtung Stadt. Sie fragten sich untereinander, wie die Stadt hieß. Einer antwortete: »Nizza.« Der Name war ihnen im Grunde egal, was sie wollten, war eine französische Stadt, in der sie ausruhen konnten, wo man ihnen zu essen und zu trinken geben würde, wo sie schlafen konnten, Befehle, einen Anführer und Proviant für den Weg erhielten. Wo war der Kaiser? In Paris, in Berlin, keine Ahnung … Man hatte sie einfach allein gelassen. Dabei waren sie alle Männer gewesen, die sich unter Napoleon verdient gemacht hatten. Zehn Jahre lang hatten sie zu Fuß ganz Europa durchquert, fürchterliche Märsche im Rhythmus der Trommeln, der Pfeifen, der Kanonen und in der Stille des Todes. Dieser Paß, dieser Col de Tende war jedoch zuviel gewesen für die leeren Bäuche, die von fauligem Wasser ganz aufgedunsen waren. Die Männer wagten nicht, sich zu zählen, aus Furcht herauszufinden, wie viele am Wegrand zusammengebrochen waren. Man konnte nichts für sie tun. Sie legten sich hin, um das Leiden zu verkürzen und ohne allzu große Schmerzen zu sterben. Man ging an ihnen vorüber, ohne sie anzusehen, wußte aber, daß sie da waren, manchmal hörte man sie wimmern, ihre Mutter rufen, und das war das schrecklichste. Wenn sie ihre Mutter riefen, hieß das, daß der Abgrund sich auftat, der schwarze Schlund näher rückte. Diese verdammten Pässe, und der Weg hinunter war ebenso beschwerlich wie der Weg hinauf, an einigen Stellen mußte man sich am Fels festhalten. Als sie unten angekommen waren, glaubten sie, schon das Meer erreicht zu haben. Doch sie brauchten noch drei weitere Tage, bevor sie es endlich riechen konnten.

Dieses Mal hatten sie es geschafft! Sie sahen es, leuchtend, wogend, dort, wo der Fluß schäumend hineinströmte. Sie trafen auf die ersten Häuser, die meisten waren von Gärten gesäumt, in denen Himbeersträucher oder Zürgelbäume standen, die ihren Schatten auf die fensterlosen Fassaden warfen. Frauen mit gefüllten Körben auf den Köpfen gingen an den Soldaten vorüber, ohne sie eines Blickes zu würdigen. Sie rollten mit den Hüften, wackelten mit dem Hintern. Die Jungen, Dunkelhäutigen waren stolz, arrogant, und sie unterhielten sich in einer Sprache, die an das Klickern der Kiesel im Flußbett erinnerte. Sie lachten, als sie der zerlumpten Bande begegneten. Die Soldaten blieben stehen und sahen sie an, sahen weniger auf die Frauen als auf das Gemüse und das Obst in ihren Körben, die Orangen, die Paprikaschoten, die Kohlköpfe. Sie hätten ihnen alles entreißen können, aber sie blieben reglos stehen, erstarrt, sie waren viel zu müde, um irgend etwas zu unternehmen, vielleicht, wenn eines des Mädchen ihnen einen Korb mit Erdbeeren angeboten hätte, ja, dann hätten sie sich darauf gestürzt und die Früchte wie das heilige Brot gegessen. Aber die Frauen blickten sich nicht einmal um. Auch die Alten nicht mit ihren zahnlosen Mündern und den hängenden Brüsten. Nicht ein Wort. Nicht ein Lächeln. Die Männer sahen sich an ... Wo waren sie? In Frankreich? Sie setzten ihren Marsch fort, einige ließ man auf dem gepflasterten Weg zurück, man versprach ihnen, sie später zu holen.

Wohl wissend, daß es dann zu spät sein würde.

Die Stärkeren erreichten einen großen, von Arkaden gesäumten Platz, und sie beschlossen, nicht weiterzugehen. Wer lesen konnte, bemerkte, daß der Platz auf einigen Schildern Place Napoléon hieß, auf anderen Place de la République. Also waren sie in Frankreich. Sie legten ihr Gepäck ab und streckten sich in der Sonne aus. Die Passanten vermieden es, sie anzusehen, einige stiegen höflich über sie hinweg. Der Geruch von Kichererbsen und gebratenen Zwiebeln drang aus den dunklen Gassen auf der anderen Seite des Platzes zu ihnen herüber. Die Kirchtürme schlugen zwölf. Hunger ... In diesem fiebrigen Zustand der Schwäche, der Halluzinationen hervorruft, sahen sie eine Art Mönch auf sie zu kommen, mit einer Jacke, die ihm bis zu den Füßen reichte, und einem langen, lockigen Haarschopf. Er zog zwei Maultiere hinter sich her, die mit riesigen Brotkörben beladen waren. Hinter ihm – die Männer rieben sich die Augen – lief eine blonde junge Frau, die elegant gekleidet war und mit ihren feinen Händen einen Karren voller Tonkrüge schob. Alles geschah in völliger Stille. Der junge Mann öffnete einen der Körbe und holte daraus ein Brot hervor, das schwärzer war als die Hölle. Es war genug für alle da, sie stürzten sich darauf und bissen in den harten Laib. Nie zuvor hatten sie etwas Derartiges gegessen. Es war scheußlich und wunderbar. Die elegante Frau reichte ihnen Wasser. Gutes, kühles, klares Wasser. Sie wollte ihnen sogar eingießen ... nein, wirklich, danke. Sie hoben die Tonkrüge hoch und ließen die Flüssigkeit in ihren Mund strömen. Wasser und Brot! Sie vergaßen darüber den Geruch der gefüllten Gemüse, des gedünsteten Knoblauchs, der heißen Kichererbsen, einige übergaben sich, ihr Magen war es nicht mehr gewohnt, so voll zu sein, andere legten sich hin und schliefen sofort ein. Die blonde Frau teilte noch mehr Wasser aus und lächelte. Ihr Glockenrock wogte beim kleinsten Windhauch hin und her. Die ganze Zeit über wurde kein einziges Wort gesprochen. Aber was machte eine so junge, zerbrechliche Frau in Begleitung dieses merkwürdigen Mannes?

Am anderen Ende der Stadt kamen in einer gewaltigen weißen Staubwolke fünfhundert Pferde geritten, und in ihren Sätteln fünfhundert Kroaten, Österreicher und

Ungarn. Man konnte sie kaum erkennen in dem Staub, aber was man ahnte, verschlug einem die Sprache. So etwas hatte man noch nie gesehen; nicht einmal die schwedischen und norwegischen Seeleute, die Nizza mit Stockfisch belieferten, sahen so herrlich aus. Blonde Riesen näherten sich ihnen, mit hellem Schnurrbart, rotem Wehrgehenk, weißem Mantel und einem Säbel, der quer über den Sattel hing, die glänzenden Stiefel reichten ihnen bis zu den Knien. Fünfhundert wackere Kerle auf fünfhundert wohlgenährten Pferden, die vor Gesundheit und Kraft strotzten. Nachdem sie an Sainte-Hélène und Les Baumettes vorbeigeritten waren, verlangsamten sie ihren Galopp, die Staubwolke, die sie umgab, verzog sich, und nun sah man, wie kostbar das Tuch ihrer Uniformen, wie teuer das Leder ihrer Stiefel war, und wie funkelnd und arrogant ihre ganze Person. Diese fünfhundert Reiter kamen aus Fréjus, wo sie den Kaiser nach Elba eingeschifft hatten. Nun nahmen sie diese Stadt in Besitz, sie wußten nicht mal genau, für wen, aber was machte das schon, die Männer aus den kroatischen Bergen und der ungarischen Tiefebene wähnten sich hier bereits in Nordafrika bei den Mauren, den Berbern! Die Pferde liefen Schritt. Als sie La Croix de Marbre erreichten, erwartete sie eine große Menschentraube, die ihnen zujubelte: »Viva! Viva!« Sie wurden als Befreier empfangen und wußten nicht, warum. Doch es erfüllte sie nur mit noch mehr Stolz, ihre blauen Augen begannen die Mädchen zu mustern, die ihnen mit wippenden Brüsten hinterherrannten. Sie hoben die Mädchen hoch und setzten sie zwischen sich und den Sattelknopf. Die Mädchen in ihren Spitzenkleidern lachten. Die wendigsten unter ihnen hatten sich gleich hinter den Reiter geschwungen und umschlangen ihn mit ihren Armen. So konnten sie seine Kraft, seine Muskeln, seinen Leder- und Bergamottegeruch besser spüren. In Paris, hieß es, hätten es die jungen Bürgerstöchter mit den Kosaken genauso getan und sich übermütig auf die Pferde ihrer Befreier geschwungen. Der fröhliche Zug bewegte sich auf den Quai Saint-Jean-Baptiste zu, an einigen Fenstern hing die Fahne des Hauses Savoyen. Man feierte diese Soldaten, denn sie kündigten das Ende der Franzosenherrschaft an, man kehrte zum Frieden zurück und zu dem guten König in Turin. Mit diesen Ungarn, Kroaten und Österreichern in ihren goldbetreßten Uniformen war die Vergangenheit wiederauferstanden, sie sahen ganz so aus wie einst die Soldaten der königlichen Armeen, die sich immer wieder mal wegen irgendeines Erbfolgestreits bekriegten. Aber damals holte man ihnen den Sohn nicht von zu Hause weg, damit er auf einem fernen Schlachtfeld für die Freiheit kämpfte. Wenn man Glück hatte und der Krieg nicht bis vor die eigene Schwelle kam, konnte man unbeschadet mehrere Kriege erleben, ohne auch nur etwas davon zu merken. Diese Ungarn, Kroaten und Österreicher löschten mit ihrer stattlichen Erscheinung zwanzig Jahre Geschichte aus. Sie schlugen ihr Biwak am Quai Saint-Jean-Baptiste auf, dort gab es Pferdeställe und Heu. Sie zündeten große Lagerfeuer an, deren funkensprühende Flammen hoch in den rosafarbenen Abendhimmel loderten. Die Männer legten ihre Jacken ab und bereiteten singend und lachend große Kessel mit Specksuppe zu.

Ihr Vater war der erste Tote in ihrem Leben gewesen. Als Catherine ihn am Morgen sah, lag er da, den Kiefer mit einem Tuch festgebunden. Er schien zu schlafen. Sie ging zu ihm, sie berührte ihn, sein Körper war eiskalt, erschrocken wich sie zurück. Maria sagte zu ihr: »Er ist heute nacht ganz plötzlich gestorben …« Zum ersten Mal seit vielen Jahren legte sie den Arm um die Schultern ihrer Tochter. Catherine ging linkisch auf sie zu, als würde sie etwas Verbotenes tun, und brach in Tränen aus, dabei vergrub sie ganz natürlich ihr Gesicht an

Marias Busen. So blieben sie eine ganze Weile stehen, Maria flüsterte:

»Geh nach Haus, Catherine, ich werde bei ihm wachen.»

»Nein«, entgegnete sie, »ich will hierbleiben. Ich habe keine Angst. Ich habe ihn geliebt.«

Die Beerdigung fand am folgenden Tag statt. Vincent hatte eine Gruft bauen lassen, die groß genug für sie beide war, doch er hatte ihr gegenüber nie ein Wort darüber verloren. Vor dem offenen Grab standen nur wenige Leute. Aglaée weinte, Tiranty, der Notar, sagte sich, daß der arme Vincent nach einem freudlosen Leben es auch noch geschafft hatte, inkognito und ganz unerwartet zu sterben, Vater Arson hatte eine Trauermine aufgesetzt, und sein Sohn hielt sich an Catherine fest, als sei er es, der den Vater verloren hatte. Der Gedanke an den Tod ließ ihn zittern. Als der Sarg auf dem Grund des Grabes aufsetzte, stieß er einen entsetzten Schrei aus.

Durch die Männer der Italienarmee, die mit Ungeziefer übersät waren, unter Ruhr und übelriechenden Fieberkrankheiten litten, hatte Catherine Leid, Schmutz und Demütigung kennengelernt: Am Tage nach der Bestattung ihres Vaters war sie Giovanni mit klopfendem Herzen entgegengelaufen. Er saß am Bett eines Sterbenden und hob kaum den Kopf, als er ihr sagte:

»Ich habe erfahren, daß Sie ihren Vater verloren haben, ich möchte Ihnen in diesem Zusammenhang mein tiefes Mitgefühl aussprechen, und ich habe erfahren, daß Sie verheiratet sind, das waren zwei furchtbare Nachrichten.«

»Ich hätte es Ihnen ja gesagt«, stotterte Catherine mit der dünnen Stimme eines kleinen Mädchens, das sich auf frischer Tat ertappt sieht.

»Gleich, was Sie mir gesagt hätten und was nicht, Sie gehen sehr leichtfertig mit den Gefühlen anderer um, Madame.«

»Nennen Sie mich Catherine, ich bitte Sie.«

Der Kranke, dem Giovanni den Schweiß von der Stirn wischte, stieß ein Wimmern aus, dann fiel sein Kopf zur Seite. Er war tot.

»Ich spiele nicht mit Gefühlen und Menschen«, sagte Giovanni, »ich bin eher ernster Natur.«

»Lassen Sie mich Ihnen helfen ...«

Der jungen Frau war in ihrer Verwirrung nichts Besseres eingefallen.

»Helfen Sie nicht mir, sondern den Kranken, wenn Sie dazu den Mut und die Kraft haben.«

»Oh, ja!«

Als die Kolonne mit den erschöpften Männern ankam, begann sie, Brot auszuteilen, wusch die Verletzten, zerdrückte die Läuse und reinigte die Wunden. Giovanni sagte schließlich, zu ihr gewandt:

»Lassen Sie das jetzt und gehen Sie ins Hospital, Hilfe holen. Und die Ärzte mögen sich beeilen. Diese Männer müssen behandelt werden.«

Im Krankensaal verwandelte Catherine sich wieder in die junge Madame Arson mit dem großzügigen Schwiegervater. Sie war überglücklich, noch nie war ihr das Leben so intensiv, so stark, so herrlich erschienen. Sie half, sie fütterte, sie tröstete, aber vor allem, sie liebte. Giovannis abweisende Art beflügelte ihre Liebe. Was anfangs nur Neigung und Anziehung gewesen war, hatte sich in wahre Leidenschaft verwandelt. Sie bewunderte ihn, diese Bewunderung erfüllte sie mit einer Wärme, die bis in ihren Bauch strömte. Sie brannte. Ich liebe, sagte sie sich. Sie liebte sein Schweigen, sie liebte seine Zurückweisungen, sie glaubte sogar, daß es seine Härte ihr gegenüber war, die sie am meisten schätzte. Sie würde die Sklavin eines Heiligen werden!

Die Ärzte kamen, doch sie unternahmen nichts, sie wollten die Verletzten und die Kranken ins Spital bringen lassen. Das Spital! Nein, nur das nicht. Lieber wollten sie draußen an der frischen Luft sterben. Hier hatten sie wenigstens eine kleine Chance, da drinnen gar keine. Einige wurden bis vor den Eingang des Gebäudes gezerrt, da sie es aber ablehnten, hineingebracht zu werden, ließ man sie auf Strohmatten vor dem Gemäuer liegen. Die verängstigten Bewohner machten einen weiten Bogen um sie. Keiner wollte sich diesen Todgeweihten nähern, aus Angst vor Ansteckung, wegen des Gestanks und des Ungeziefers. Bis in die Nacht hörte man ihr Rufen und ihre Schmerzensschreie.

»Hören Sie auf, mir zu folgen«, rief Giovanni, »diese Männer haben ansteckende Krankheiten, ruhen Sie sich aus und kommen Sie morgen früh wieder.«

»Warum darf ich nicht mit Ihnen gehen?« fragte Catherine ein wenig empört. »Wenn diese Männer ansteckende Krankheiten haben, dann sind Sie doch genauso betroffen.«

»Nein«, entgegnete der junge Mann, »Sie sind zu anmutig, zu zerbrechlich, Sie kommen aus einer zu feinen Welt, um dem Übel Widerstand bieten zu können. Es würde sich auf Sie stürzen wie auf eine schwache Beute.«

Sie schwieg ... Sie machte eine vage Handbewegung und flüsterte dann mit Tränen in den Augen:

»Sie wissen doch, daß ich Sie liebe.«

»Schweigen Sie ... ich bitte Sie, schweigen Sie.«

Er kehrte ihr den Rücken und ging zu der Mauer, an der einige Fackeln qualmten.

Der Geruch wand sich durch die engen Gassen, ein schweres, saftiges Aroma. »Das riecht nach Speck!« riefen die Männer. Der Geruch wurde immer hartnäckiger, er erinnerte sie an Weihnachten. Die am Boden liegenden Männer erhoben sich und hielten die Nase in den Wind. Verflucht, woher kam das? »Speck, Speck«, hundert Jahre, tausend Jahre war es her, daß sie diesen wundervollen Duft eingeatmet hatten. Bald waren sie alle aufgestanden und versuchten herauszufinden, woher der Geruch kam. Sie begannen, sich auf den Weg zu machen, das Wasser lief ihnen im Munde zusammen. »Dort!« rief einer. Vor ihnen befand sich das Lager der Ungarn, aus dem blaue Rauchschwaden in den nächtlichen Himmel aufstiegen. In den Kesseln dampfte eine fette, sämige Specksuppe. Die Ungarn, Kroaten und Österreicher ahnten nichts, sie rauchten Pfeife, wuschen ihre Wäsche, putzten ihre Stiefel. Der Abend war so schön ... Der Anblick der Suppe hatte in den ausgehungerten Franzosen jedoch einen Instinkt wiedererweckt, mit dem sie früher die feindlichen Linien ausgekundschaftet hatten. Schweigend machten sie kehrt, sie wußten, was sie zu tun hatten. Sie liefen zur Place Napoléon zurück, griffen nach ihren Karabinern, ihren Säbeln, ihren Bajonetten und luden ihre Pistolen. Sie waren fest entschlossen, sie brauchten keinen Anführer, ihre Bewegungen waren präzise, es würde vielleicht ihre letzte Schlacht sein. Für eine Specksuppe zu kämpfen... daran fanden sie nichts Entwürdigendes, ganz im Gegenteil, in jeder Schlacht mußte es eine Belohnung geben, ein Ziel: die Republik retten, dem Kaiser dienen, dem Feind den Speck entreißen – nach so vielen Jahren beim Militär nahm sich das nicht viel. Nicht Hungers zu sterben war oberste Pflicht. Sie gingen den Paillon entlang und kamen am Quai Saint-Jean-Baptiste heraus, von dort aus verteilten sie sich und griffen im Sturmschritt an. Zu spät bemerkten die Ungarn, daß die französische Armee in ihr Lager einbrach. Sie stürzten sich auf ihre Waffen. Sie standen da im Hemd, in Hosenträgern, mit offenem Gürtel, sie rannten in alle Richtungen, die Befehle ihrer Offiziere verhallten ungehört. Die französische Vorhut feuerte die erste Salve ab, während die nachfolgenden Reihen brüllten: »À la soupe ... schießt nicht auf die Kessel, verdammt noch mal!« Ungarn, Kroaten und Österreicher ergriffen die Flucht.

Die Suppe kochte noch immer, die Kessel brodelten

ruhig vor sich hin. Sie brauchten nur die Hand nach dieser wunderbaren Specksuppe auszustrecken, die Verbündeten waren geflüchtet, sie brauchten die Kessel nur noch anzuheben und dorthin zu tragen, wo alle anderen warteten, die sich nicht auf den Beinen halten konnten ... Doch auf einmal hatte die Suppe Zeit, eigentlich dachten sie schon gar nicht mehr an sie, sondern nahmen die Verfolgung auf. Der Jagdinstinkt war stärker als der Hunger. Sie hatten nichts zu gewinnen, nichts zu erwarten, der Krieg war zu Ende, doch es war ihnen egal, der Feind stand vor ihnen. Er war seit eh und je ihr Feind gewesen, sie würden ihn nicht für eine armselige Specksuppe laufen lassen. Die »Weißen« hatten sich im Gewirr der Hinterhöfe des Viertels verkrochen. Die Franzosen teilten sich in kleine Gruppen auf und folgten ihnen in die finsteren Gassen, in die selbst das helle Mondlicht nicht fiel. Überall lagen Männer auf der Lauer, die man nicht sah. Gelegentlich hörte man einen Schuß, auf den eine beunruhigende Stille folgte. Dann wieder ein jäher Aufschrei, eilige Schritte, Stiefel, die auf das Straßenpflaster schlugen. Ein Mann blieb am Boden zurück, blutüberströmt, mit einer Kugel im Bauch. Er stöhnte, doch keiner sah, wo er sich befand; wenn er noch die Kraft dazu hätte, würde er im Heu eines Stalls Schutz suchen. Vom Quai Saint-François-de-Paule bis zum Meer, vom Paillon bis zur Rue Saint-François-de-Paule, in den steilen Gassen, die zur Schloßruine hinaufführten, überall verfolgten die Männer einander, und häufig war es ein Zweikampf. Wer hier zusammenbrach, wußte, daß der andere ihn nicht verschonen würde. Hier war man weit von den Schlachtfeldern entfernt, hier regierten der blanke Haß und die Verzweiflung.

Beim ersten Schuß dachte Giovanni an Catherine, die gewiß schon zu Hause und in Sicherheit war. Zu Hause – der Gedanke versetzte ihm einen Stich. Er dachte an

Maria, die sich womöglich in Gefahr befand, Maria, die er seit seiner Rückkehr noch immer nicht aufgesucht hatte, trotz Don Consos flehentlicher Bitte. Er ging zum Hotel. Kein einziger Lichtstreif filterte durch die Fensterläden. Er klopfte mehrmals laut gegen die Tür, doch die mächtige Pforte schien jedes Geräusch zu verschlukken. Eilige Schritte näherten sich, Giovanni drehte sich um und sah einen weißen Fleck, das Hemd eines kroatischen Husaren. Der Mann zog das Bein nach, er verlor Blut. Er versteckte sich in einer Mauervertiefung des ehemaligen Klosters; Giovanni hörte ihn atmen. Ein Franzose folgte mit gezücktem Säbel, er sah zu Giovanni hinüber und wandte die Augen ab, dann aber erblickte er ein weißes Schimmern an der Klostermauer. Das war sein Mann. Mit langsamen, ruhigen Schritten überquerte er den Platz und ging auf den hellen Fleck zu. Beide Männer sahen sich einen Augenblick an, dann stürzten sie aufeinander los. Der Kampf war kurz, der Kroate, als er keine Waffe mehr hatte, versuchte das Handgelenk des Franzosen zu fassen, doch sein Bein gab nach, er wankte und fiel auf die Klinge des Säbels. Der Franzose blieb einen Moment stehen und betrachtete den Toten, dann beugte er sich nieder und wischte seinen bluttriefenden Säbel an dem weißen Hemd ab.

Giovanni pochte immer verzweifelter gegen die Tür, nahm Fäuste und Füße zu Hilfe. Endlich öffnete sich ein Flügel, und im Türspalt erschien das Gesicht einer verängstigten Frau.

»Ich möchte zur Chefin«, sagte Giovanni.

Die Frau schien ihn nicht zu verstehen. Giovanni wiederholte sein Anliegen auf italienisch. Die Dienerin murmelte etwas, es klang wie:

»Wen soll ich melden?«

»Ihren Sohn«, antwortete Giovanni gereizt.

Die Tür öffnete sich, die Dienerin hielt eine Kerze in der Hand, die ein spärliches Licht gab. Giovanni trat in den dunklen Raum. Am oberen Treppenabsatz erschien Maria mit einem Leuchter in der Hand, sie trug ein langes schwarzes Kleid. Während sie hinunterstieg, bemerkte Giovanni, wie verändert ihre Schönheit war, eine sehr ernste Schönheit, die das flackernde Licht dramatisch unterstrich. Ihr Gesicht war hohler geworden, die Gesichtszüge klarer, die Stirn wirkte höher, die Augen leuchteten kalt und sanft zugleich.

»Ich bin es«, sagte er unbeholfen.

Maria ging auf ihn zu, stellte den Leuchter auf den Tisch und streckte die Arme aus. Der junge Mann zögerte einen Augenblick, dann warf er sich in ihre Arme, die sich um seine Schultern legten. Sie roch gut, ein Duft von Kräutern am Ende eines langen, sonnigen Tages. Er schloß die Augen. Es herrschte vollkommene Stille, eine Stille, die nur vom Knarren des Holzbodens durchbrochen wurde.

»Lassen Sie uns in die Küche gehen«, sagte Maria. »Sie sind sicher hungrig. Ich fürchte, daß ich nicht viel dahabe. Wenn das Hotel noch geöffnet wäre, aber so ... Ich habe nach Vincents Tod die Köchin entlassen.«

Giovanni schluckte: Das war also der Grund für das schwarze Kleid, dachte er. Er folgte seiner Mutter in die Küche, aus der dieser Geruch von kaltem Öl kam, der ihm gleich beim Eintreten aufgefallen war. Maria lief lautlos über den Fliesenboden, der viele Sprünge hatte. Das ist also der Ort, wo ich geboren wurde, das Schicksal führt mich hierher zurück, nach vielen Fluchten und Umwegen, die nichts genutzt haben. Hier sitze ich nun mit meiner Mutter, es ist Nacht, und ich trinke eine Tasse Kaffee. Er ist zwar schlecht, aber wie glücklich bin ich, ihn mit ihr zu trinken. Sie sieht mich nach so vielen Jahren wieder, und doch ist es so, als seien wir gestern auseinandergegangen. Sie fragt sich nicht, woher ich komme noch warum ich zurückgekehrt bin, kann diese Frau überhaupt irgend etwas überraschen? Ich bin mit dieser bequemen, aber lächerlichen Jacke bekleidet, doch sie verliert kein Wort darüber. Sie könnte mir sagen, daß ich älter geworden bin, daß ich jetzt ein Mann bin …

Maria hatte sich über Eck an den Tisch gesetzt. Sie hatte ein paar Krapfen und eine Art Biskuit mit Orangenblütenaroma auf einen Teller gestellt.

»Das ist all mein Reichtum.«

»Es ist gut.«

Sie ließ ihn nicht aus den Augen.

Die Schicksalsprüfungen haben ihm seine aufreizende Jugendlichkeit genommen, jetzt ist er ein wirklich schöner Mann, edel, ohne Fadheit. Die Augen, das Haar hat er von mir, sein Mund und seine Nase sind die von Benjamin. Er dürfte den Frauen gefallen. Vielleicht sollte ich ihm das Zimmer zeigen, in dem er geboren wurde. Aber ist es wirklich nötig? Heute hat das alles keine Bedeutung mehr. Ich bin in meinem Haus, und mein Sohn, ja, mein Sohn trinkt meinen Kaffee, er ißt meine Krapfen wie jedes Kind, er liebt die Naschereien, die ihm seine Mutter bereitet. Er ist da. All seine Abwesenheit ist vergessen. Ich will diesen Moment auskosten, bevor er fortgeht, denn er wird wieder fortgehen. Er ist genauso unzufrieden wie ich, nur mit dem Unterschied, daß er ein Mann ist und versuchen kann, einen Ausweg aus seinem Unbehagen zu finden. Ich wollte mein Leben ändern, er will das der anderen ändern, vielleicht ist das ein würdigeres Ziel.

»Wissen Sie, Madame«, sagte Giovanni, »daß Sie in Gefahr sind in diesem Gebäude, bei allem, was draußen vor sich geht?«

»Glauben Sie?« fragte sie erstaunt, damit er ihr gestehen konnte, daß er gekommen war, sie zu beschützen.

»Ich bin mir ganz sicher«, sagte er überzeugt. »Das ist der Grund, weshalb ich heute abend hier bin.«

»Sie sind also gekommen, um mich zu beschützen.«

»Ja, in gewissem Sinne.«

Maria erhob sich und küßte ihn auf die Stirn.

»Sie haben recht, und ich bin Ihnen sehr dankbar«, flüsterte Sie ihm ins Ohr.

Giovanni verschlang die Krapfen und kostete von den Biskuits. Maria sah ihm beim Essen zu, und als er fertig war, fragte sie:

»Sie sind müde? An Betten fehlt es hier nicht.«

»Nein«, sagte Giovanni, »ich will lieber bei Ihnen bleiben, man weiß nie.«

»Also mache ich frischen Kaffee!« rief Maria fröhlich.

Sie warfen sich verstohlene Blicke zu, und in diese Blicke mischten sich allmählich Zärtlichkeit und Liebe. Als ihre Augen sich endlich begegneten, streckte Giovanni die Hand aus, Maria ergriff sie, betrachtete und küßte sie. Er suchte seine Tränen nicht zu verbergen. Tränen, die Maria am liebsten von seinen Wangen getrunken hätte, doch sie wagte es nicht, sie wischte sie nur mit dem Daumen weg, wie man es bei kleinen Kindern tut.

Zuerst hörten sie Rufe, weinseliges Gebrüll, dann wurde an die Fensterläden geschlagen. Giovanni rannte zur Eingangstür, stellte sich auf einen Stuhl und spähte durch das Guckloch. Draußen stand eine krakeelende Menge, betrunkene Männer und Frauen mit Fackeln in der Hand. Die Militärs waren verschwunden. Der junge Mann sprang vom Stuhl. Die Schreie verwandelten sich in lautes Haßgebrüll: »Tod!« riefen sie, »Bringt diese Sau um ...«, »Tod der Bonapartistin! ...«, »Tod dieser Hure!«

Sie mußten sich beeilen. Giovanni fragte:

»Kann man sich hier irgendwo verstecken?«

»Nein«, antwortete Maria, »aber man kann über den Keller fliehen.«

»Wir dürfen keine Zeit verlieren. Haben Sie eine Laterne, Decken und eine Wasserflasche? Dann los. Sie hören sie ja, die wollen Ihnen an den Kragen.«

Maria erwiderte nichts, sie hastete die Treppe hinauf

zu den oberen Stockwerken und kam mit zwei Decken zurück. Aus der Küche nahm sie eine schmiedeeiserne Lampe, eine Wasserflasche und den Rest der Kekse. In der Kammer hinter der Küche befand sich eine Falltür, hinter der eine Stiege in den Keller hinabführte. Maria kletterte als erste hinunter und lief an einer Reihe staubiger Fässer entlang bis zu einer Stelle, an der sich ein Eisenring befand.

»Ich bin noch nie dort hinuntergestiegen«, sagte sie, »diese unterirdischen Gänge stammen aus dem Mittelalter, als die Zitadelle auf dem Schloßhügel erbaut wurde. Wohin sie führen, weiß ich nicht. Vincent, mein Mann, meinte, daß sie am Paillon enden. Die Invasionen der Berber kamen immer vom Meer, man mußte ihm also den Rücken kehren und den Fluß entlang in Richtung Berge flüchten.

»Genau was wir brauchen«, sagte Giovanni.

Bei diesen Worten umfaßte er den rostigen Eisenring und zog aus Leibeskräften daran, doch der Ring bewegte sich nicht von der Stelle.

»Ich brauche eine Spitzhacke oder einen Pickel, um ihn hochzuhebeln. Haben Sie so etwas?«

»Das hoffe ich«, antwortete Maria.

Sie ließ ihrem Sohn die Lampe und verschwand mit einer Kerze in der Hand.

Sie kehrte mit einer Hacke zurück, die sie Giovanni reichte.

»Nun müßte es gehen ...«

Er führte die Hacke in den Ring und drückte sie nach unten. Einmal ... zweimal... Der Ring bewegte sich, und die Falltür ging knarrend auf, ein entsetzlicher Modergeruch schlug ihnen entgegen. Giovanni ließ die Laterne in das Loch hinab. Eine eiserne Leiter, die im Stein verankert war, führte senkrecht in die Tiefe, das schwache Licht erlaubte einem jedoch nicht zu sehen, wo sie endete.

»Folgen Sie mir«, sagte Giovanni, »und passen Sie auf Ihr Kleid auf.«

»Ich bin es gewohnt.«

Sie hob ihren Rock hoch, band ihn an der Taille fest, so daß ihre Beine nackt waren.

»Werden Sie auch nicht frieren?«

»Gehen Sie, wir werden sehen.«

Während sie hinabstiegen, wurde die Luft immer feuchter, der Salpetergeruch immer stärker. Von Zeit zu Zeit hielt Giovanni an und ließ die Lampe, die er sich um den Hals gebunden hatte, hinabgleiten.

»Ich glaube, wir sind da«, sagte er.

Die Leiter endete an einem Tunnel, der hoch genug war, daß man darin stehen konnte, aber die Finsternis war beklemmend wie eine weiche Substanz, in die man eintauchen mußte; sie legte sich schwer auf Herz und Lungen.

»Wir sollten sparsam mit dem Öl umgehen«, empfahl Giovanni.

»Ich habe auch Kerzen mitgebracht«, sagte Maria, »und ein Feuerzeug.«

Der junge Mann ging voran, für einige Sekunden meinte er, daß sie das Tageslicht nie wieder erblicken würden.

Es war unmöglich, sich eine Vorstellung von dem Weg zu machen, den sie zurückgelegt hatten, oder zu erahnen, was sie am Ende erwartete. Sie liefen weiter, der Gang wurde immer schmaler, aus den Mauern sickerte eine widerliche klebrige Flüssigkeit. Maria dachte plötzlich, daß sie hier, von einem Erdrutsch begraben, ersticken könnten, diese Gänge hatten das Artilleriebombardement und die Zerstörung des Schlosses unter Ludwig XIV. erlebt, niemand war seitdem hier unten gewesen. Einige Leute wußten zwar von ihrer Existenz, doch sie hatten eine abergläubische Angst davor. Der Gang endete plötzlich an einer Wand, und Maria und Giovanni mußten durch ein schmales Loch kriechen.

»Weiter«, sagte Maria, »wir müssen ja schließlich irgendwo ankommen.«

Giovanni teilte Marias Optimismus nicht, kroch aber hinein. Die Decke kam immer tiefer, sie mußten auf Knien rutschen, auf einem Erdboden, der zu Staub zersprang, in den Mund eindrang, sich zwischen die Zähne legte und die Nasenlöcher verstopfte. Jeder Atemzug kostete Mühe, die Luft war wie ein dickflüssiger Brei aus Kohlenstaub. Wir werden ersticken, dachte Giovanni, doch er schob den Gedanken gleich wieder fort, sie mußten, sie würden hier herauskommen! Er begann schneller zu kriechen und rang nach Luft. Plötzlich flammte die Laterne wieder auf, das Licht wurde klarer, heller. Ein Luftzug! Und ganz am Ende dieses schrecklichen Tunnels erblickten sie ein undeutliches, diffuses Licht, wenn es auch noch weit weg war. Maria seufzte auf. Giovanni nahm all seine Kräfte zusammen und kroch weiter. Schnaufend erreichten sie eine Höhle, die ihnen riesig erschien. Sie standen auf, hoben den Kopf und sahen den Himmel, ja, ein kleines Stück Himmel schimmerte durch das Loch im Fels über ihnen. Sie setzten sich hin und sahen hinauf, ein Stern funkelte, der eben noch von einer Wolke verdeckt gewesen war.

»Wir sollten uns ausruhen und etwas essen«, sagte Giovanni leise wie in einer Kirche.

Maria legte die Kekse auf ein Taschentuch, sie waren voller Staub.

»Wie schade«, sagte sie, »wollen wir hoffen, daß wenigstens das Wasser noch genießbar ist.«

Sie reichte ihm die Flasche, die sie sich um den Hals gebunden hatte. Das Wasser war klar und rein geblieben. Sie tranken jeder mehrere Schlucke davon, um ihren Hals von der dicken Staubschicht zu befreien. Sie husteten und spuckten.

»Haben Sie eine Ahnung, wo wir uns befinden?« fragte Giovanni.

»Wahrscheinlich unter dem Schloßberg, nur dort kann sich ein so großer Felsspalt befinden. Vielleicht auch unter der ehemaligen Kathedrale, ich glaube, daß dies der höchste Punkt war.«

»Es gab hier eine Kathedrale!« rief Giovanni erstaunt.

»Ja, eine Kathedrale und einen Marktflecken, der gut vor Invasionen geschützt war. Die Bewohner bauten Wein und Gemüse an. Weiter unten am Meer gab es nur ein kleines Fischernest. Lange Zeit rivalisierten die beiden Dörfer, die Unterstadt gewann. Als die Armeen Ludwigs XIV. anrückten, war nur noch die Zitadelle übrig. Die Armeen demolierten sie Stein für Stein, der König hatte angeordnet, daß nichts von ihr übrigbleiben sollte.«

»Städte und ganze Zivilisationen verschwinden«, sagte Giovanni, »Ähnliches habe ich auch in Italien gesehen. In der Nähe des Klosters, wo ich lebte, wurde Ruinen aus der Zeit der Römer ausgegraben, ganze Straßen, Thermen mit unbeschädigten Fresken, auf denen Frauen abgebildet waren, die Wasserkrüge trugen. Sie waren schön, sie lächelten. Die Mönche haben die Fresken zerstören lassen, ›heidnisches Zeug‹, sagten sie. Damals war ich noch so dumm, bei dieser Zerstörung mitzumachen. Ich bereue es heute sehr.«

Es war das erste Mal, daß Giovanni von seiner Vergangenheit sprach: von seiner Kindheit, seiner Jugend ohne die Mutter. Wie sehr mußte er sie hassen …

»Wollen wir nicht doch etwas essen?« schlug Giovanni aufgeräumt vor. »Wir brauchen Kraft, um hier herauszukommen.«

Während er sich auf die Suche nach der Fortsetzung des Ganges machte, versuchte Maria bei Kerzenlicht zwei Kekse von ihrem Staub zu befreien. Als der junge Mann zurückgekehrt war, sahen sie wieder eßbar aus.

»Es gibt einen Tunnel«, sagte er, »aber er führt nach Westen, während der Paillon und das Hinterland im Osten liegen.«

»Hauptsache, wir kommen hier heraus.«

Giovanni knabberte an den Keksen, Maria überließ ihm ihr Stück.

»Ich habe keinen Hunger. Ich ziehe es vor, mich ein wenig auszuruhen«, sagte sie und streckte ihre Beine aus. »Haben Sie manchmal Angst?«

»Ja«, antwortete Giovanni. »Es ist noch nicht lange her, da bin ich auf dem Weg nach Laghet einem Wolf begegnet. Der Teufel wollte mich holen, da habe ich ein Feuer gemacht und die ganze Nacht Chateaubriand gelesen.«

»Chateaubriand!«

»Das Buch, das Sie mir einst geschenkt haben, hat mich nie verlassen, ich kenne ganze Seiten davon auswendig. Es hat mich oft getröstet, und vielleicht hat es mir in jener Nacht sogar das Leben gerettet. Wer weiß? Am Morgen jedenfalls war der Wolf fort. So ein Wolf, der nur wenige Schritte von Ihnen entfernt heult, das ist furchtbar. Ich meinte die ganze Nacht seine Augen zu sehen, zwei grausame rote Kugeln.«

Maria lächelte. Ich habe ihn beschützt, meine Seele hat ihn beschützt, nicht Chateaubriand...

»Hat das Buch Sie interessiert?«

Giovanni lehnte sich gegen den Fels.

»Machen Sie die Kerze aus, das Mondlicht genügt«, sagte er, bevor er antwortete. »Ich habe vor allem die Passagen über die Natur gemocht, wenn vom Himmel und den Teichen, dem Zug der Vögel, dem Keimen der Pflanzen die Rede war. Das alles ist so überwältigend schön. Erinnern Sie sich an die Beschreibung des Mississippi in ›Atala‹? Bäume in allen Farben ragen dort in die Höhe, so hoch, daß sich die Wipfel kaum noch erahnen lassen; Magnolien mit ihren weißen Blüten und Palmen, fest wie ein Fels, die jedoch der leiseste Windhauch erschauern läßt. Solche leidenschaftlichen Beschreibungen haben in mir die Sehnsucht geweckt, mir diese unberührten Landschaften eines Tages zu erschließen. Ich möchte noch andere Dinge entdecken als den Olivenbaum, oh, ich liebe die Oliven, doch ich möchte auch Ahorn, Tulpenbäume, Alkanna sehen, ich will durch die Savanne mit ihren hohen Gräsern laufen, ich will unbekannte Flußläufe entlangwandern. Hier wird man doch bald nicht mehr atmen können.«

Giovanni verstummte, er keuchte.

»Gehen Sie, mein Sohn, gehen Sie fort und kommen Sie bereichert von all diesen Schätzen wieder«, flüsterte sie.

Bewegt erhob sich Giovanni.

»Jetzt wollen wir aber erst einmal von hier weg«, sagte er.

Sie liefen den Schacht entlang, den Giovanni ausfindig gemacht hatte. Er stieg langsam an. Bald hörten sie ein lautes Krachen, ein regelmäßiges Klatschen, dumpf und schwer.

»Das Meer!« rief Maria.

Noch ein paar Schritte, und durch eine Höhlung im Fels bot sich ihnen der atemberaubende Anblick der schäumenden Brandung. Sie standen nicht über dem Meer, sondern mittendrin, in einer Grotte, deren Ausgang durchs Wasser führte, das sich in gewaltigen Wellen vor ihnen auftürmte und wie ein Regenguß herabpeitschte.

»Wir sind unterhalb der Felsen von Rauba Capeu«, erklärte Maria, »am Fuße des Schlosses. Die Brandung ist hier manchmal sehr stark.«

Sie mußten schreien, um sich verständlich zu machen, das Meer toste ohrenbetäubend. Giovanni näherte sich dem Wasserwall. Es gab nur eine Möglichkeit: sich in die Fluten stürzen, nachdem man soviel Luft wie möglich eingeatmet hatte, und warten, bis die Welle sich brach, um wieder aufzutauchen – falls man nicht mit dem Kopf gegen einen Felsen geschleudert oder von der Strömung hinausgerissen wurde. Sie hatten die Wahl zwischen dem Ersticken, wenn sie umkehrten, oder dem Ertrinken, wenn sie weitergingen. Maria schien dasselbe gedacht zu haben. Mit fester Stimme fragte sie:

»Ich hoffe, Sie können schwimmen?«

»Ja, keine Sorge.«

»Ziehen Sie diese Jacke aus, sonst werden Sie gleich untergehen.«

Er warf seine Jacke und das Hemd darunter weg, zog seine abgetragenen Wanderschuhe aus und stand mit nacktem Oberkörper, nur mit einer Unterhose bekleidet da.

»Ich springe zuerst«, sagte Maria, »ich kenne das Meer hier, früher kam ich mit den Kindern von Sainte-Réparate hierher, und wir ließen uns von den Felsen ins Wasser fallen. Folgen Sie mir.«

»Gott, erbarme dich«, murmelte Giovanni.

Maria erwiderte nichts, sie sprang in die Welle, die sich vor ihr auftürmte, Giovanni sah, wie sie verschwand und wieder auftauchte, die Arme am Körper, von der Welle in die Höhe gehoben, ihr offenes Haar schwamm um ihr Gesicht wie ein Strauß Algen.

Er tauchte hinterher und wurde von dem Strudel fortgesogen in die Dunkelheit. Als er die Augen wieder öffnete, erblickte er Maria, die wie ein weißes Segel auf der Oberfläche des Wassers schaukelte. Eine Welle erfaßte ihn und hob ihn empor. Der Tag brach an, es war genau der Augenblick, wo die Sonne zwischen den Bergen aufgeht und ins Meer rollt. Auf der Wasseroberfläche lag ein leichter Dunst, der sich rosa und grün färbte wie der Himmel. Giovanni schnappte nach Luft, Maria lag reglos neben ihm auf dem Rücken, das Gesicht zur Sonne gewandt. Sie lächelte. Als sie den Strand erreichten, sagte ihr Sohn:

»Lassen Sie uns nach Laghet gehen, dort sind Sie in Sicherheit, bis diese Idioten wieder zur Vernunft gekommen sind.«

Triefend vor Nässe liefen sie durch die Stadt zum Hôtel d'York. Am Eingang stiegen sie über die Tollwütigen des Vortages hinweg, die dort mit einer Flasche in der Hand am Boden lagen und schliefen. Maria holte sich einen Mantel aus brauner Wolle und gab Giovanni einen Anzug von Vincent, der ihm viel zu weit war.

Eine Stunde später machten sie sich auf den Weg in die Berge, Maria auf ihrem Pferd, Giovanni auf einem Maultier, das er vom Spital geholt hatte.

Don Conso hatte gerade die Vesper beendet und schickte sich an, vor Einbruch der Dunkelheit noch das Gemüsebeet zu gießen, als er sie im goldenen Abendlicht kommen sah.

»Die Mutter und der Sohn ... der Sohn und die Mutter«, flüsterte er.

Es herrschte große Hitze, die Fensterläden blieben geschlossen, man zog sich in die dunkelsten Räume zurück. Zur Mittagszeit waren die Straßen leer, bis auf ein paar Hunde, die mit hängender Zunge umherstreunten. Von der Küste bis tief ins Landesinnere war keine Menschenseele unterwegs, eine bleierne Stille lag über der Landschaft. Nur die Kirchenglocken läuteten selbst zur heißesten Stunde; die Mönche waren zurückgekehrt, die Kapuziner nach Saint-Barthélemy, die Franziskaner nach Cimiez. Richter und Konsuln waren wieder in ihre Roben geschlüpft, die sie vor 1792 getragen hatten, und wischten den Staub von ihren Hüten und ihren Perükken.

Eines Morgens hatten die schwarzen Gestalten der Priester wieder vor den Toren des Gymnasiums gestanden, das Dubouchage ein Jahr zuvor eingeweiht hatte. In den Klassenräumen waren über Nacht sämtliche französischen Begriffe durch italienische ersetzt worden. Bevor der Unterricht begann, wurde gebetet. Wer kein Gebet kannte, tat so als ob. Die jüdischen Kinder wurden daran erinnert, daß für sie eine Schule im Ghetto existierte.

»*Coma dinans*!« hatte König Vittorio Emmanuele gesagt. »Wie früher!« – vor 1793. In über zwanzig Jahren, zwanzig Sommern, zwanzig Wintern war nichts, aber auch gar nichts passiert. Es genügte, alle französischen Spuren in den Geistern, in den Herzen, ja selbst in den Seelen zu löschen. Dazu hatte man die Polizei und die Priester. Und die Sonne, die ohnehin alles verbrannte.

In Kirchen und Klöstern läuten die Glocken, besorgt um das Seelenheil der Menschen. Warum sollte man sich dagegen auflehnen? Wenn es Abend wird, läßt man zerstoßenes Eis mit Erdbeeren oder Zitrone auf der Zunge zergehen und betrachtet den Himmel, der sich perlgrau färbt. Die Wellen gleiten über das Ufer mit kaum hörbarem Plätschern, die Nacht bringt den ersten frischen Lufthauch. An der Kaserne der Place Impériale, die nun wieder Saint-Dominique heißt, bläst die Trompete der sardischen Garnison den Zapfenstreich. Auf dem Cours tragen die Offiziere ihre goldglänzenden Uniformen zur Schau, das Wehrgehänge blitzt silbern auf, und der Federbusch des Tschakos ragt stolz in die Höhe.

Zu jeder Stunde, ob in der Gluthitze des Tages oder in der milderen Nacht, kommen Soldaten an, die das Kaiserreich vergessen hat. Sie kehren nach Frankreich zurück. Sie strecken die Hand aus nach einem Stück Brot und einem Schluck Wasser. Einige von ihnen waren in Böhmen und Moldawien in Gefangenschaft. Kurz vor dem Ziel brechen sie zusammen. Sie suchen die kühlen Kirchen auf, schlafen in den Gängen, verwandeln sich in Bettler. Einige gehen an den Strand, um zu sterben, so weit wie möglich weg von den Menschen. Die Polizei verjagt sie; obwohl sie unbewaffnet, hilflos und hungrig sind, jagen sie immer noch Angst ein. Das kleinste Zeichen, das an den »Oger« erinnert, läßt die Leute erbeben. Die zerschlissenen Uniformen sind Zeuge zu vieler Siege; man müßte sie verbrennen wie die Kleider von Cholerakranken. Kein Sieg, keine Uniform, keine Erinnerung mehr, die neue Regierung will jedes Gedächtnis auslöschen.

Maria betrachtete die Männer mit den verstörten Blicken, wird sie auch Hureau eines Tages so zu ihr zurückkehren sehen? Manchmal brachte sie einem der Soldaten zu essen und befragte ihn. Ach, Hauptleute gab es so viele … sie erinnerten sich nicht mehr. Naja, es war ja auch eine riesige Armee. Aber man weiß nie. Sie hatten sich in alle Winde zerstreut. Vielleicht war er gefangengenommen worden? Vielleicht siechte er in irgendeinem Winkel des alten Europa vor sich hin, das zu seinen früheren Grenzen und Fürstentümern zurückgefunden hatte?

Der General Éberlé hatte den Straßenkämpfen ein Ende gesetzt und seine Leute zusammengetrommelt; nur die Sterbenden ließ er zurück. Einige Tage später mußte auch Dubouchage gehen. Maria sah den grünen Wagen des Präfekten mit dem kaiserlichen Wappen am Hotel vorbeifahren, den Platz einmal umrunden, kurz verweilen und dann verschwinden. Tags darauf schloß sie das Hotel und zog in ihre Villa. Als sie am Meer entlanglief, dachte sie, daß dies der Weg ihres Lebens gewesen war, der Weg von der Altstadt zur englischen Kolonie, vom Viertel der Engländer zurück zur Altstadt. Bitterkeit verspürte sie nicht. Eine Seite war umgeblättert worden, das war alles. Umgeblättert in jener Nacht in den unterirdischen Gängen, als sie nach so vielen Jahren die Liebe ihres Sohnes wiedergefunden hatte. Nun konnte sie warten. Auf das Alter, wie andere Frauen? Nein, sie wartete auf Hureau. Wenn er umgekommen wäre, hätte sie es gewiß erfahren, Hureau lebte. Manchmal befielen sie Zweifel, wenn sie einem jener Bataillone begegnete, die aus den Überresten einstiger Regimenter bestanden, Husaren, Kürassiere, Grenadiere, die man ihrem Schicksal überlassen hatte. Dem einen fehlte ein Arm, dem anderen ein Auge, die Nase, ein Bein, einige hatten das Gesicht voller purpurner Narben. In ihren eiternden Wunden war der Tod am Werk und entriß ihnen Stück für Stück das Fleisch und das Leben.

Am Nachmittag läutete es an der Tür der Villa. Es war Giovanni. Er kam fast jeden Tag. Maria lief ihm durch die Veranda entgegen, da wo sie ihn am Abend von Paulines Ball das erstemal gesehen hatte. Giovanni hatte über die Ereignisse jener Nacht stets geschwiegen, die den Lauf seines Leben verändert hatte. Gemeinsam gingen sie in den kühlen, großen Saal, Maria hatte Eistee zubereitet. Doch merkwürdigerweise fanden sie nicht zu jener Vertrautheit zurück, die sie in den unterirdischen Gängen des Schlosses erlebt hatten. Giovanni hatte sich die Haare schneiden lassen und trug einen neuen Samtanzug, er wirkte ruhiger, manchmal auch etwas abwesend, aber glücklich.

Maria begriff, daß ihr Sohn verliebt war. Es konnte nur der Gedanke an einen geliebten Menschen sein, der die Augen eines Mannes derartig zum Leuchten brachte. Sie wagte sich nicht darüber zu freuen, verwehrte sich aber auch düstere Ahnungen. Es gab so viele junge Mädchen und hübsche Frauen, denen Giovanni gefallen konnte. Die Tatsache, daß Catherine ihr während ihrer Besuche noch nie so liebenswürdig und strahlend erschienen war, sie, die so viele verdrießliche und langweilige Ehejahre hinter sich hatte, mochte nur ein Zufall sein! Giovanni pflegte sich am frühen Abend zu verabschieden und kehrte auf dem Rücken seines Maultiers nach Laghet zurück. Oft blieb er aber auch in Nizza, um morgens früher im Spital zu sein, wo der Strom der Kranken und Verletzten nicht abriß. Wo mochte er dann die Nacht verbringen? Maria bot ihm ein Zimmer in ihrem großen Haus an. Doch er lehnte lächelnd ab.

»Ich schlafe lieber unter freiem Himmel.«

An einem Tag im August, als die Hitze ihren Höhepunkt erreicht hatte und sich ein dichter Regenvorhang vor den Horizont schob, stand plötzlich ein Mann in schwarzem Gehrock vor der Tür, den Hut tief ins Gesicht gezogen. Trotz seines bürgerlichen Aufzugs erkannte Maria an seiner steifen Haltung den Soldaten.

»Sind Sie Maria Tordo?« sagte er mit einer Stimme, die es gewohnt war, Befehle zu erteilen.

Sie nickte.

Der Mann reichte ihr einen Umschlag, der von der langen Reise ganz zerknittert war. Maria wußte augenblicklich, daß es ein Brief von Hureau war. Sie überspielte jedoch ihre Ungeduld und lud den Boten ein, sich auszuruhen.

»Danke, Madame«, sagte der Mann, »doch je weniger man mich hier in der Gegend sieht, desto besser, die sardische Polizei schläft nicht. Ein Wagen wartet auf mich, der mich nach Toulon bringt, wo ich hoffentlich noch heute nacht ankommen werde. Sie sehen, ich habe keine Zeit zu verlieren.«

Der Mann lüftete seinen Hut und wandte sich zum Gehen. Maria wartete, bis er den Garten durchquert hatte, und ging dann mit betont langsamen Schritten in die Kühle des Salons zurück. Der Brief kam aus Portoferraio, von der Insel Elba, er war von Hureau unterzeichnet.

Liebe Maria,

Sie haben sich gewiß große Sorgen gemacht. Ich habe nur eine Entschuldigung: Die Welt um uns herum ist zusammengebrochen. Ich habe die letzten Monate wie in einem Alptraum verbracht, von dem ich mich noch immer nicht ganz erholt habe. Das Glück hat mich jedoch nicht verlassen: Ich bin am Leben. Ich habe so viele meiner Freunde ihren Verletzungen erliegen sehen, daß ich mich wohl glücklich schätzen darf, überlebt zu haben. Ich werde Ihnen hier jedoch nicht all die Wechselfälle meiner Rückkehr nach Frankreich erzählen. Als ich den Papst in Savona verließ, schien mir der alte Mann um zehn Jahre jünger geworden zu sein. Um so besser für ihn. Kommen wir zum Wesentlichen. Ich habe an der Seite des Kaisers an den Kämpfen in Frankreich teilgenommen, und unsere Männer – meist junge Rekruten – haben sich wie Helden verhalten und mit festem Willen gekämpft. Wir hatten die Partie gewonnen und wurden doch durch Verrat besiegt. Ja, wir sind verraten worden. Verraten von den Marschällen, von der Politik, von all jenen, die der Kaiser zuvor mit Reichtum und Pfründen überhäuft hatte.

Es gab keinen Augenblick, wo Sie nicht vor meinen Augen, in meinem Herzen gewesen wären. Und hätte mich eine Kugel getroffen, dann hätte mein letzter Gedanke Ihnen gehört. Der Tod hat mich verschont, das Glück ist mir bis zum Schluß hold geblieben, und nun bin ich unter den Getreuen des Kaisers, die ihm auf diese Insel gefolgt sind. Als unser Regiment ankam, war Seine Majestät bereits seit vierzehn Tagen hier. Er wurde in Fréjus eingeschifft ... Wir sind eine ganze Weile an der Küste entlanggeritten, ich habe Antibes, das Cap und die weite Bucht von Nizza gesehen. Dort waren Sie, so nahe ... Ich fuhr aufs Meer hinaus, wir gerieten in eine Windstille und kamen kaum voran. Wenn mich nicht die Pflicht zurückgehalten hätte, wäre ich ins Wasser gesprungen und zu Ihnen gekommen. Dann tauchte die korsische Küste vor uns auf. Was mag Er gedacht haben, als er an der Stätte seiner Geburt vorbeisegelte? Ende Mai haben wir Elba erreicht. Ein Fleckchen Erde, das Seine Hoheit rasch in ein »kleines Kaiserreich« verwandelt hat. Die Armee begann die Straßenführung zu verändern, die Bewohner hier haben vordem nur schmutziges Wasser getrunken, der Kaiser hat mit Erfolg nach einer Quelle gesucht, deren Lauf nach Portoferraio umgeleitet wurde. Aus der Toskana hat er Maulbeerbäume kommen lassen, um etwas gegen die Kargheit dieses im Mittelmeer verlorenen Felsbrockens zu tun. In Portoferraio wird jetzt allerorts gebaut. Zur Zeit werden die alten Häuser abgerissen, die den Blick aufs Meer verstellen. Der zentrale Platz des Marktfleckens wurde erweitert und hat nun die Ausmaße eines Paradeplatzes. Mit anderen Worten, er gibt nicht auf, und wir auch nicht. Es arbeiten fast nur Soldaten auf diesen Baustellen. Sie haben ihre Grenadier-Uniform gegen den Kittel eines Erdarbeiters eingetauscht. Der Kaiser besucht die Baustelle jeden Tag, hört sich die Beschwerden an und bemüht sich, eine Lösung zu finden. Er sieht glücklich aus; doch als einer der Männer, die zu seiner engsten Umgebung gehören, weiß ich, daß die Tage hier schwer auf ihm lasten.

Obwohl ich so weit weg bin von Ihnen, liebe Maria, habe ich Nachricht von Ihnen erhalten. Raten Sie, von wem. Prinzessin Pauline ist angereist. Ich wurde beauftragt, sie zu empfangen, es war sieben Jahre her, seit ich sie das letzte Mal gesehen hatte, ich fand, daß sie müde aussieht und doch immer noch diesen wundervollen Charme besitzt. Sie hat mir ihre letzte Nacht in Nizza bei Ihnen erzählt, eine Nacht voller Angst und Schrekken, in der sie froh war, daß Sie in ihrer Nähe waren. Während die Prinzessin erzählte, sah ich immer nur Sie. Ich hatte Angst um Sie in dieser Stadt, wo die Feinde unseres Regimes so zahlreich sind. Womöglich waren Sie in Gefahr? Dieser Gedanke war mir unerträglich. Ich versuche mich zu beruhigen, indem ich mir Ihren Mut und Ihre Entschlossenheit ins Gedächtnis rufe. Wann werde ich mich endlich davon überzeugen dürfen? Ich bitte Sie, beantworten Sie diesen Brief nur, wenn Sie einen Boten finden, dem Sie vertrauen können, denn die Post wird überwacht.

Ich komme auf die Prinzessin zurück, die so viel Leichtigkeit und Unbeschwertheit um sich verbreitet, ach, wie hat uns das gefehlt. Jeden Abend geht der Kaiser zu ihr hinauf und speist mit ihr. An ihrem Tisch sitzen dann auch die Stadtväter, der Intendant Balbiani, der Kammerherr Vantini, der Bürgermeister, der Oberst der hiesigen Garde, und Ihre Hoheit verhält sich Ihnen gegenüber so, als seien sie die vornehmsten Abgesandten der europäischen Königshäuser. Die Prinzessin veranstaltet Theateraufführungen, Bälle und Spielabende, die um Mitternacht enden; die Menschen hier sind es nicht gewohnt, lange aufzubleiben. Der Kaiser zieht sich meist noch früher zurück, um zu arbeiten.

An manchen Abenden begibt sich Seine Majestät zu dem Landhaus, das für ihn in San Martino gebaut wurde.

Dort fließt ein kleiner Bach, so daß es an diesem Ort immer kühl ist, selbst an den heißesten Tagen. Man hat einen herrlichen Blick über die ganze Stadt und den Hafen. In klaren Vollmondnächten erkennt man in der Ferne die Toskana. Der Kaiser übernachtet nie in diesem Haus, doch er setzt sich gern einen Moment hinaus, betrachtet das Meer, in dem sich der Mond spiegelt, und macht sich dann wieder auf den Weg nach Portoferraio. Nur wenige begleiten ihn auf diesem Spaziergang, bei dem er zu meditieren scheint; wir halten uns meist im Hintergrund, um ihn nicht zu stören. Vor ein paar Tagen jedoch bat er Cornuel, Loubers, Lamourette, Combi und mich, zu ihm zu kommen. Er berichtete uns die jüngsten Nachrichten aus Frankreich, die ihn dank Besuchern und Gesandten fast täglich erreichen. Die Begeisterung für die Bourbonen läßt nach, sagte er uns. Das Volk duckt sich wieder unter den Klerus; die Steuern, die eigentlich gesenkt werden sollten, wurden erhöht, und was den Adel angeht, so hat er weder dazugelernt noch seinen Hochmut abgelegt. Es ist, als hätte sich das Antlitz Frankreichs seit 1789 nicht verändert. Ich würde Ihnen das alles nicht erzählen, wenn ich damit nicht ein wichtiges Ereignis verbinden würde. Dieses Ereignis könnte meine Rückkehr sein!

In der Zwischenzeit feiern wir an diesem 15. August den Geburtstag des Kaisers. Ein großes Zelt wurde auf dem Paradeplatz aufgestellt, damit die Bevölkerung an der Jubelfeier teilnehmen kann. Es wird Musik und Reden geben.

Maria, verzeihen Sie, ich habe mich kaum nach Ihnen erkundigt, aber ich hatte ein solches Bedürfnis, Ihnen mein Herz auszuschütten. Heute abend wird es mir scheinen, als seien Sie an meiner Seite. Ich werde Sie an die Hand nehmen, und wir werden gemeinsam tanzen. Sie werden mich lieben, so wie ich Sie liebe.

Eines Tages werden unsere Schicksale aufhören, sich nur zu kreuzen, und endlich vereint sein.

Bis bald, Maria, mit all meiner Liebe.

PS. Der Kaiser hat mich zum Oberst ernannt und mich umarmt. Ich habe vor Glück geweint, aber nicht wegen der Beförderung …

Maria saß eine ganze Weile mit dem Brief auf dem Schoß da: Ihr vorherrschendes Gefühl war Wut, sie verstand nicht, sie verstand nichts mehr, warum hatte Hureau sie so lange ohne Nachricht gelassen, hätte er von Fréjus nicht in einer Nacht im Galopp zu ihr reiten können? Ein verliebterer Hureau hätte es getan. Gewiß liebte er sie, aber weniger als den Kaiser oder das, was er als seine »Missionen« bezeichnete. Maria stand auf und lief durch die riesige Villa, über die sich die Dunkelheit herabsenkte. Draußen stimmten Nachtvögel und Frösche ihren Gesang an. Die Nacht brachte keinerlei Abkühlung, eine bleierne Hitze lag in den Räumen. Schwerfällig rollte das dunkle Meer über die Kiesel.

Maria mußte sich eingestehen, daß sie eifersüchtig war auf Pauline. »Ich fand, daß sie müde aussieht und doch immer noch diesen wundervollen Charme besitzt«. Mit anderen Worten, ihre Müdigkeit ließ sie noch schöner erscheinen! Pauline, die männerverschlingende Pflanze, wen mochte sie schon auf dieser verlorenen Insel verschlingen? Hureau gefiel ihr, daraus hatte sie nie ein Hehl gemacht. Und was konnte man auf Hureaus Zurückhaltung geben? Kann man sich überhaupt je auf einen Mann verlassen, wenn er obendrein auch noch einsam ist? Natürlich war da die Krankheit der Prinzessin, aber wie stand es eigentlich genau um sie? Und wenn sie plötzlich in Ohnmacht fiele und so eine leichte Beute für eine Umarmung wurde? Für einen Moment sah Maria Pauline und Hureau eng umschlungen vor sich, in jenem Landhaus, von dem der Oberst gesprochen hatte und das für solche Begegnungen wie geschaffen schien. Sie zog sich in ihr Zimmer zurück, wusch sich das Gesicht und legte sich auf die warmen Bettlaken. Warum ging sie nicht auch wie alle anderen nach Elba? Die Insel wurde, so hieß es, stark frequentiert, vor allem Engländer reisten dorthin, um einen Blick auf den besiegten Kaiser zu werfen. Was hinderte sie daran? Sie stellte sich ihre Überfahrt, ihre Ankunft auf der Insel vor, Hureaus Überraschung, Paulines echte oder gespielte Freude. Sie dachte sich sogar eine Begegnung mit dem Kaiser aus, sie liefen gemeinsam am Meeresufer entlang, dachten an Italien zurück, er würde ihr gestehen, daß er nie wieder so gute Spiegeleier gegessen hatte wie ihre. Ein lautloser Blitz erhellte plötzlich den Garten und riß Maria aus ihren Wachträumen. Die Blitze zuckten geräuschlos durch den Himmel und warfen ihr violettes Licht über die Landschaft. Maria machte das Fenster weit auf und legte sich wieder hin. Ihr Eifersuchtsanfall ließ nach, sie hatte unrecht, an einem Mann wie Hureau zu zweifeln. Sie mußte die bösen Gedanken vertreiben, die ihren Geist verfinsterten. Hureau erfüllte seine Pflicht; würde sie einen Mann bewundern, der nur auf seine Leidenschaft hörte, könnte sie einen ehrlosen Mann lieben? Vielleicht wurzelte ihre merkwürdige Liebe ja in dieser Mischung aus Abwesenheit und Erinnerung, in diesem ständigen Wechsel zwischen Leere und Fülle?

Bei Morgengrauen brach das Gewitter endlich los und brachte Abkühlung. Maria fröstelte und zog eine leichte Baumwolldecke über ihren schweißgebadeten Körper. Sie hörte noch lange dem heftigen Regenschauer zu, der auf die Bäume niederprasselte, bevor der Schlaf sie übermannte.

Giovanni bemerkte rasch, daß ein Tag ohne Catherine ein reizloser, verlorener Tag war. Es wurde zur Gewohnheit, daß sie sich außerhalb des Spitals trafen und lange Spaziergänge unternahmen, bei denen sie Villefranche hinter sich ließen und durch die Wiesen am Cap Ferrat liefen, am Fuße des Dorfes Èze. Catherine hatte keine Schwierigkeiten, aus dem Haus zu gehen, wann es ihr gefiel. Sie behauptete, Kranke pflegen zu müssen, was zum Teil auch stimmte. Aber es stellte ihr auch niemand Fragen. So kam es, daß sie jeden Nachmittag mit Giovanni am Meeresufer entlangritt, sie zu Pferd, er auf seinem Maulesel. Catherine brachte köstliche Speisen von zu Hause mit: ein zartes Huhn, Hase in Gelee, gefülltes Gemüse, Früchte und sogar Wein. Nach zwei Stunden suchten sie sich einen großen Pinienbaum, dessen Nadeln fast schwarz wirkten, sie mochte diese Bäume mit ihrem müde herabhängenden Geäst. Sie packten die Speisen aus, öffneten den Wein und stellten alles auf eine weiße Tischdecke. Doch um diese Tageszeit herrschte eine so erbarmungslose Hitze, die vom Zirpen der Grillen scheinbar noch angefacht wurde, daß sie die Speisen kaum anrührten, allein das Kauen trieb ihnen schon den Schweiß auf die Stirn. Giovanni, der am Morgen früh aufgestanden war, fiel oft in einen tiefen Schlaf, und Catherine betrachtete ihn. Sie wartete voller Wonne auf diesen Augenblick, wo sie ihn so lange ansehen konnte, wie sie wollte, und mit zarter Hand die Insekten vertrieb, die sich auf ihn setzten. Sie knöpfte sein Hemd ein wenig auf, schob den Stoff zur Seite und strich mit dem Finger zart über seine Haut, eine Haut, die von der frischen Luft gebräunt war. Über diese flüchtige Berührung ging sie nie hinaus. Giovanni entzog sich ihr, sobald sie versuchte, ihm zu nahe zu kommen. Die einzige Intimität, die er ihr erlaubte, war, seine Hand zu ergreifen und sie manchmal mit einer raschen, unerwarteten Bewegung an ihre Lippen zu führen. Catherines Kühnheit ging manchmal so weit, daß sie ihre Lippen der Stirn und den Wangen des Schlafenden näherte und seinen Schweiß fortblies. Ihre Lippen tanzten über der Haut, ohne sie zu berühren. Doch eines Tages würde sie es nicht mehr aushalten und auf seine dünnen, zarten Augenlider einen Kuß hauchen, leicht wie ein Schmetterling.

Bei Aufwachen entschuldigte sich Giovanni, geschlafen zu haben, sein Blick füllte sich mit Zärtlichkeit, er nahm ihre Hand in seine, wohl nicht sehr lange, aber lange genug, daß Catherine erbebte. Ihr Herz brannte, während sie die Nahrungsmittel wieder in den Korb zurücklegte und das zerknitterte Tischtuch darüberbreitete. Dann kehrten sie zurück, noch zwei lange Stunden in seiner Gesellschaft. Noch flimmerte die Luft, aber die Erde bereitete sich schon auf die abendliche Kühle vor, die Schatten wurden länger, die Vögel schossen im Sturzflug herab, der Himmel überzog sich mit einem hellgrauen Schleier. Und unterhalb ihres Weges sahen sie mit blinzelnden Augen, wie die Sonne leuchtendrot ins Meer sank.

Ab und zu begegneten sie einem Mann, der Schilf schnitt, einem Fischer, dem noch das Wasser von den nackten Beinen rieselte, oder einem alten Bauern auf seinem Feld, das auf den sanften Ausläufern der Berge lag: Sie waren im Paradies.

Der Sommer huschte vorüber, die Tage wurden kürzer, und Giovanni blieb bei seiner schüchternen Zärtlichkeit, bei seinen unmerklichen Berührungen, die sie wahnsinnig machten. Was machte es denn, wenn die Leute wußten, daß sie ihn liebte? Ihr war ihr Ruf egal. Nicht umsonst war sie Marias Tochter. Der Respekt der Gesellschaft war ihr gleichgültig. Sie wollte fort aus dieser Stadt, gemeinsam mit dem Mann, den sie begehrte. Ihr war das Gerede egal. Pierre-Joseph Leid zufügen? Allein der Gedanke, daß dieser dicke Tölpel unglücklich sein könne, brachte sie zum Lächeln. Sie würde bald fünfundzwanzig Jahre alt sein und hatte noch nie die Leidenschaft, die Verrücktheit, die Wonne der Jugend kennengelernt. Es war ein schmerzhafter physischer Eindruck, der immer unerträglicher wurde, je mehr Tage vergingen.

Ende August wurde das Licht fahl, die Sonne versteckte sich hinter einem Dunstschleier, der heiße Wind trieb Wolken übers Meer. Die Insekten schwirrten unruhig im Gras umher, hefteten sich an die Haut und stachen blutrünstig zu. Die Gewitter mehrten sich, man konnte sehen, wie sie sich über den Gipfeln der italienischen Berge zusammenbrauten; ihre schwarzen Vorreiter galoppierten über den Himmel, und barsten beim ersten Blitz. Catherine hatte den Einfall gehabt, eine Nacht unter freiem Himmel zu verbringen. Ach, nur eine Nacht oder zwei, im Schutz einer kleinen Holzhütte oder eines Baums, wie zwei Kinder, die Wildnis spielen. Sie entdeckten einen Felsvorsprung über dem Meer, eine riesige Pinie ragte dort auf wie ein einsamer König. Aber sie erinnerte Giovanni an jenen kleineren Baum unweit von hier, der ihm einst das Leben gerettet hatte. Er fürchtete sich vor dieser Nacht, die in ihm die Erinnerung an jene Stunden wachrief, die er in dem irdenen Leichentuch verbracht hatte. Und nun führte ihn das Schicksal in diese Gegend zurück, in Gesellschaft jener Frau, für die er damals beinahe gestorben wäre. Sie bauten sich zwei Lager aus Zweigen und Moos, zündeten ein Feuer an, das der Wind fast ausblies. Große Wellen schlugen gegen die Felswand, noch war es kein Sturm, aber das Meer schien seine Kräfte zu sammeln, bevor es zum Angriff überging. Ein schwarzes Tuch legte sich über den Himmel, die Nacht war schwül, sinnlich, voller Honig- und Blütenaromen. Eine Gänsehaut huschte über Giovannis Körper, es wischte sich die feuchten Hände, ein Gefühl der Beklemmung überkam ihn. Er mußte schlafen oder fiebernd auf den anbrechenden Tag warten. Er betete leise, die Hände vors Gesicht gelegt. Er hatte schon seit Monaten nicht mehr gebetet, doch heute abend war die Angst zu groß. Er legte sich hin, der Stein roch nach verbranntem Holz. Trotz der Brandung, des unaufhörlichen Seufzens der Bäume, des Wimmerns, des Schluchzens hörte er Catherines Atem, ein schnelles, nervöses Atmen. Ein Regenguß fegte plötzlich über den Felsvorsprung, dicke, warme Tropfen schlugen wie reifes Obst auf den Stein. Catherine schmiegte sich an Giovanni, ihre Hände knöpften hastig seine Jacke auf. Wassertropfen rannen über seine Schulter, rieselten über ihr Gesicht. Sie legte die Hände um seinen Hals und senkte ihren Mund langsam auf seine Lippen. Sie umarmten sich und rollten umschlungen über den Boden. Er spürte, wie sein Leib sich gegen den ihren preßte, sein ganzes Wesen brannte, er öffnete seinen Ledergürtel.

»Komm! Komm, Geliebter ...«, flüsterte Catherine und löste sich von seinen Lippen.

Da durchfuhr es ihn wie eine eiskalte Klinge, er blieb wie gelähmt liegen. Es war stärker als alles andere, stärker selbst als sein Verlangen. Er kroch unter den Baum und begann zu weinen. Catherine warf sich an ihn.

»Willst du mich denn nicht ... willst du mich denn nicht?«

Sie ließ ihn los und ohrfeigte ihn mehrmals.

»Ich hasse dich!« schrie sie. »Ich hasse dich!«

Sie rannte zum Meer hinab. Giovanni lief ihr hinterher.

»Catherine! Catherine!«

Blitze zuckten lautlos durch den Himmel.

Er sah, wie sie in die Wellen eintauchte, verschwand und wieder hochkam, von den Fluten gewiegt, wie ein dünner weißer Halm. Er sprang in die nächste Welle, das Wasser schäumte warm, als würde in der Tiefe ein Feuer lodern. Catherine ließ sich von den Fluten an das schmale weiße Sandufer spülen, sie war nackt. Er schwamm zu ihr hinüber. Sie wartete auf ihn. Er dachte an die Madonnen aus seiner Kindheit, die blond, rein, unschuldig und so zerbrechlich waren. Atemlos ließ er sich neben sie fallen. Erst nach einer langen Weile kehrten sie in den Schutz der großen Pinie zurück.

»Decken Sie sich zu«, flüsterte Giovanni.

Catherine schüttelte in weitem Bogen das Wasser aus ihrem blonden Haar.

»Nein«, entgegnete sie, »sich mich an, ich bin nackt … ich bin schön.«

Er schüttelte verzweifelt den Kopf.

»Sie haben Angst vor der Sünde«, rief sie wütend. »Kümmern Sie sich nicht darum, tun Sie so, als hätte die Frau im Spital Ihnen nichts über mich erzählt. Ich bin einfach Catherine, und ich habe jahrelang treu auf Sie gewartet. Davon abgesehen, hätten Sie nie fortgehen dürfen. Wenn ich verheiratet bin und keine gute Ehe führe, dann ist das Ihre Schuld. Sie sind damals fortgelaufen, ich weiß nicht, wovor oder vor wem. Sie liebten mich nicht.«

»Doch, ich liebte sie« , widersprach Giovanni.

»Warum also?«

»Ich habe Sie betrogen, zumindest glaubte ich es damals, aber ich habe Ihnen das doch alles schon in dem Brief erklärt, den ich Ihnen zukommen ließ.«

»Was für einen Brief? Ich habe nie einen Brief erhalten.«

»Unmöglich, ich habe diesen Brief einer Vertrauensperson gegeben, Madame Tordo, der Frau, bei der Sie wohnten.«

Catherine zuckte zusammen.

»Meine Mutter … merkwürdig, sie hat ihn mir nie gegeben.«

Giovanni meinte, das Herz bliebe ihm stehen, er wankte. Alles erhellte sich, alles verdunkelte sich. Nun verstand er, woher die eiskalte Klinge rührte, die ihn wenige Minuten zuvor urplötzlich gelähmt hatte.«

»Gewiß hat sie ihn verloren«, sagte er. »Und nun bitte ich Sie, sich wieder anzuziehen.«

Das Gewitter grollte und warf seine funkelnden Arme ins Meer.

Catherine lächelte.

»Meine Kleider sind völlig durchnäßt. Ich werde mich morgen früh anziehen. Schützt du mich vor dem Gewitter?«

»Ja«, murmelte er, »ich werde Sie beschützen.«

Die Gewitter hatten den Himmel reingewaschen. Eines Morgens erstrahlte er in samtigem Blau. Und zum Sommerende kehrte eine frühlingshafte Zartheit zurück. Nur nachmittags stach noch die Sonne, und die Wespen summten. Maria saß in der Veranda und schrieb, als Giovanni am Gartenzaun erschien. Noch nie hatte sie ihn so elegant gekleidet gesehen, er trug eine enge hellgraue Hose und Stulpenstiefel, eine Jacke mit silbernen, ziselierten Knöpfen und trotz der Hitze einen Gehrock mit hohem Kragen. Sein Gesichtsausdruck kontrastierte mit seinem Aufzug, es fand sich darin keine Spur mehr jenes überirdischen Glücks, das Maria bei seinen letzten Besuchen entdeckt zu haben meinte. Sie stand auf und wollte ihn zur Begrüßung küssen. Zunächst machte Giovanni eine abweisende Geste, doch dann ließ er es zu. Schweigend bereitete Maria den Tee, sie wußte, daß sie damit nur Zeit gewinnen wollte. Als sie mit dem Tablett unter die Veranda zurückkehrte, wirkte Giovanni ausgeglichener. Er half ihr, die Tassen und die Zitronenbiskuits auf den Tisch zu stellen. Nach dem ersten Schluck stellte er die Tasse wieder ab.

»Madame«, sagte er in feierlichem Ton, »ich bin gekommen, um Ihnen zu sagen, daß ich abreisen werde. Ich habe hier das Gefühl zu ersticken. Wie ich Ihnen schon einmal sagte, ich brauche andere Horizonte, ich will neue Länder und Kulturen entdecken.«

»Sie haben sich sehr plötzlich entschlossen«, sagte Maria und versuchte ihre Fassung zu bewahren.

»Ich weiß, aber die Umstände zwingen mich dazu.«

Sie fragte nicht, welche Umstände.

»Wann gehen Sie fort?«

»Noch heute abend werde ich nach Genua reisen, von wo aus ich das erste Schiff besteigen werde, das nach Amerika in See sticht.«

Maria sah über Giovanni hinweg, ein rotes Segel hob sich vom Meer ab, sicherlich ein Fischerboot, das in den Hafen zurückkehrte. Wunderbare Unbeweglichkeit der Dinge. Was auch immer die Gründe für diesen überstürzten Aufbruch waren, so lag der Fehler bei ihr. Ein Fluch lastete auf ihr. Dann verdrängte sie diesen Gedanken wieder. Es gab keinen Fluch, nur Unglück und Schicksal, eine unglückliche Verknüpfung der Umstände. Wie hatte er das mit Catherine herausgefunden? Denn er wußte es. Giovannis Augen logen nicht, und sie verrieten ihr, daß er wußte. Das Wie war unwichtig. Er wußte es, und dieses Wissen bereitete ihm einen reißenden Schmerz, es war ein kleiner Tod. Sie dachte an das Glück, das sie verspürt hatte, als sie beim Licht der Morgendämmerung an seiner Seite im Wasser gelegen hatte, nachdem sie den unterirdischen Gängen entronnen waren. Sie lächelte bei dieser Erinnerung, die sich für ewig in ihr Gedächtnis eingegraben hatte.

»Haben Sie Geld?«

»Nein.«

»Ich habe welches für Sie.«

Er protestierte.

»Seien Sie ganz beruhigt. Dieses Geld gehört Ihnen ohnehin, Ihr Vater hat es für Sie hinterlassen. Ich denke, der Moment ist gekommen, es Ihnen zu übergeben. Sie werden an ihn denken, ich glaube, daß er Sie sehr geliebt hätte. Sie sind ein würdevoller und aufrechter Mensch, genau was Benjamin schätzte. Ich bin mir sicher, daß Sie mit Ihrem Leben klug umgehen werden, jedenfalls klüger als ich.«

»Sagen Sie das nicht«, erwiderte er.

»Warten Sie hier, ich komme gleich wieder ...«

Maria lief in ihr Schlafzimmer. Sie hatte das Vermögen

ihres Vaters in eine Kassette gelegt, es war eine große Geldsumme. Dieses gestohlene Geld würde endlich einem guten Zweck dienen. Grandi war es dem Sohn von Benjamin schon lange schuldig.

Sie überreichte Giovanni die Kassette.

»Öffnen Sie sie nicht gleich und danken Sie mir nicht, es ist alles gut so.«

Giovanni erhob sich. Er war sehr bleich. Er ging auf sie zu und umarmte sie.

»Auf Wiedersehen, Madame, ich liebe Sie.«

Maria schloß vor Glück die Augen.

»Auch ich liebe Sie, mein Sohn.«

Sie blieben einen Augenblick wortlos umschlungen. Maria löste sich als erste aus der Umarmung.

»Möchten Sie jemandem eine Nachricht hinterlassen?«

Giovanni zögerte:

»Sie brauchen nur zu sagen, daß ich abgereist bin, alles andere ...«

»Lassen Sie sich ein letztes Mal anschauen, danach gehen Sie, und drehen Sie sich nicht noch einmal um. Gehen Sie ein Stück zurück, damit ich Sie besser sehen kann.«

Giovanni machte zwei Schritte nach hinten und stand nun im Rahmen der verglasten Tür. Die Sonne ergoß sich über sein Haar, während seine Gestalt im Dunkeln blieb. Maria betrachtete ihn lange, dann fügte sie mit heiterer Stimme hinzu, als verabschiede sie sich von einem ganz gewöhnlichen Besuch:

»Es stimmt, Sie sind schön.«

»Danke«, sagte er.

Dann wandte er ihr jäh den Rücken zu und lief ruhigen Schrittes hinaus, ohne sich auch nur einmal umzudrehen.

Maria folgte ihm mit dem Blick, bis er das Tor durchschritten hatte und im Silbergefunkel des Meeres verschwunden war.

Vierter Teil

1815

Seine Feinde sind wie gebannt, sie suchen ihn und sehen ihn nicht; er verbirgt sich in seinem Ruhm wie der Löwe der Sahara im Sonnenlicht.

Chateaubriand
Mémoires d'outre-tombe

Der Dampf, der aus den Nüstern des Pferdes quillt, gibt ihr ein wenig Wärme und das Hämmern der Hufe auf dem Fels beruhigt sie. Immer wenn der Mond hinter einer Wolke verschwindet und der Weg in der Dunkelheit versinkt, bleibt dem Tier nichts anderes übrig, als sich auf seinen Instinkt zu verlassen. Maria wispert ihm ermutigende Worte ins Ohr. Das Pferd ist vorsichtig: Wenn es auf Geröll tritt, gegen Felsbrocken stößt, die ihm den Weg versperren, oder der Weg unerwartet steil abfällt, genügt ein falscher Schritt, um in den Abgrund zu stürzen. Maria hat sich in eine Decke gewickelt, unter der sie ihre alte Uniform vom Italienfeldzug trägt. Mit ihrer Pelzmütze auf der Stirn, über das Pferd gebeugt, gleicht sie jenen unheimlichen Kreaturen, die in manchen Winternächten in den Bergen herumgeistern. Sobald der Mond wieder hervortritt, stehen auch die Felswände wieder dunkel und furchteinflößend vor ihr, und in der Tiefe der Schlucht funkelt ein kleiner Bach. Doch weder Finsternis noch Gefahren können sie aufhalten. Ist es nicht das letzte Mal, daß sie fortreitet? Gleich nachdem sie die Nachricht erhalten hat, ist sie aufgebrochen, seitdem hat sie zweimal das Pferd gewechselt, weder geschlafen noch gegessen. Fürst Honoré de Monaco, der, mit seiner Berline von Paris kommend, den Weg über das Esterel-Gebirge genommen hat, hat den Kaiser in Begleitung einer kleinen Truppe am Strand von Cannes getroffen; er war kurz zuvor in Golfe-Juan an Land gegangen. Honoré de Monaco konnte es nicht fassen und erzählte jedem aufgeregt die unglaubliche, unerhörte Nachricht. Napoleon hatte ihm zugerufen: »Kommen Sie mit uns, Fürst!« Ja, er hatte ihm angeboten, sich ihm anzuschließen! Er hatte geantwortet:

»Sire, ich fahre nach Hause.« Darauf der Kaiser: »Ich auch ...«

Ohne Zeit zu verlieren, hatte sie ein Pferd gesattelt. Das Meer war grau, der kräftige Wind blies ihr in die Augen. In Gedanken kam ihr der Kaiser schon entgegen, seine Füße versanken im Sand, stapften über Kiesel, er war da, und bei ihm war Hureau, mit ihm kehrte das Leben zurück, die Liebe, die Jugend. Wenn sie gekonnt hätte, wäre sie zu ihm geflogen, seine Rückkehr bedeutete das Ende ihrer Langeweile und Schwermut. Er kehrte zurück, und sie fühlte sich wieder, als sei sie zwanzig Jahre alt. Alles war wieder wie damals: die Nacht, die Kälte, der Wind, die unvergleichliche Lust, das Blut, das in ihren Adern pochte. Ja, sie hatte recht gehabt, daran zu glauben und sich nie der Verzweiflung hinzugeben! Es war noch nicht zu spät, alles konnte von vorn beginnen, sie würde Hureau in die Arme schließen, ihn vor Liebe erdrücken, an seiner Seite sein, dahin gehen, wo er hinging, von Schlacht zu Schlacht ziehen, den Ruhm auskosten. Leben, endlich leben, selbst wenn dann plötzlich der Tod käme! In Golfe-Juan hatte man ihr gesagt, sie solle die Straße nach Cannes nehmen. Aber als sie den Ort erreichte, lag am Ufer nur noch die Asche der Biwaks. Der Kaiser hatte den Weg ins Landesinnere genommen, Richtung Grasse. In der Stadt der Düfte schickte man sie in die Berge, die sich über Digne, Sisteron und Gap bis nach Grenoble erstrecken. Also wagte sie sich in das schwarze Bergmassiv hinein, nachts waren hier nur Wölfe und Räuber unterwegs. Sie hielt die Pistole, die Hureau ihr vor Jahren gegeben hatte, fest umklammert. Die Truppe hatte nur wenige Stunden Vorsprung und kam nur langsam voran. Maria hingegen hatte kein Gepäck, es konnte also nicht mehr lange dauern, bis sie sie eingeholt hatte.

Sie steigt vom Pferd, atmet tief, schaut sich um. Hat sie sich geirrt? Es gibt nur diesen einen Weg. Sie muß weiter. Sie beugt sich zum Ohr des Pferdes. »Ich weiß, daß es dir nicht ganz geheuer ist. Aber was soll uns schon passieren? Der Mond schaut wieder hervor, sein heller Schein wird uns davor bewahren, in den Abgrund zu stürzen. Da, hör mal! träume ich ... nein, ich träume nicht ... ich höre Stimmen. Es klingt so, als würden sie singen! Ja, sie singen. Hörst du? Sie sind es!«

Bon, bon, Napoléon est de retour en France
Bon, bon, Napoléon a chassé les Bourbons.*

Maria hebt den Kopf, da laufen sie die Serpentinen hinauf, die Fackeln werfen ihr rauchiges Licht auf eine schwerbeladene Soldatenkolonne. »Bon, bon, Napoléon ...« Rufe, wütende Schreie, wenn der Gewehrlauf gegen die Felswand stößt, wenn einer ausrutscht und samt seinem Rucksack hinfällt. Fluchen, Lachen. Einer ruft: »Es lebe der Kaiser!«, und von der anderen Seite kommt das Echo zurück. Wieder folgt Stille, sie keuchen, sie spucken in weitem Bogen auf die Erde, räuspern sich ... Ein Offizier läuft die Kolonne ab und macht den Männern Mut. Marias Blick folgt der langen Kette, an deren Ende sich die Maultiere befinden. Weiter oben laufen die Grenadiere, vor der Schwadron der Polen, Reitern ohne Pferde, die den Sattel auf ihrem Rücken tragen, und ganz vorn der Generalstab, Maria erkennt die Federbüsche der Offiziere. Und schließlich allein an der Spitze der Kaiser, der mit gleichmäßigen Schritten, auf einen Stock gestützt, den Troß anführt. Seine kurzen Beine scheinen in dem vereisten Matsch einzusinken, der die Straße bedeckt. Maria hat nur vier Pferde für die gesamte Armee gezählt. Der Kaiser rutscht aus und fällt. Maria kann einen Schrei nicht unterdrücken. Sie bereut es, sich auf diese Weise bemerkbar gemacht zu haben, doch das Stim-

* Gut, gut, Napoleon ist nach Frankreich zurückgekehrt
Gut, gut, Napoleon hat die Bourbonen verjagt.

mengewirr der Truppe hat ihren Aufschrei überdeckt. Der Kaiser steht wieder auf, man eilt ihm zur Hilfe, klopft ihm den Dreck ab, er geht weiter, stürzt erneut, die Männer hinter ihm ebenfalls, eine vereiste Stelle. Der Kaiser erhebt sich wieder, wimmelt die helfenden Hände ab und marschiert weiter. Ganz in der Ferne die Lichter von Séranon.

Maria holt die Männer ein, die sich in ein absurdes Unterfangen eingelassen haben: Frankreich ohne Kanonen, ohne Pferde zurückzuerobern, tausend brave Kerle, die keine großen Helden sind und bereits jetzt mit ihrem zu schweren Rucksack und den Riemen zu kämpfen haben, die ihnen in die Schultern schneiden. Sehen sie sich bereits in Paris? Paris ist ihnen egal, sie glauben an nichts, sie glauben nur an Ihn. Im Moment sind sie zum Umfallen müde. Als sie Séranon erreichen, lassen sie sich um die Lagerfeuer zu Boden fallen und schlafen ohne zu essen ein. Der Mann, der die Kohlenbecken anzünden läßt, heißt Blaise, er sieht den schlammbespritzten Kaiser auf sich zuschreiten und verbeugt sich, er ist kein Bonapartist, er ist kein Royalist, er ist nur ein gastfreundlicher Mensch. Erschöpfte Reisende muß man selbst in der Nacht noch freundlich empfangen. Er führt den Kaiser zum Herrenhaus, so nennt man hier jedenfalls etwas geschwollen die großen Landhäuser aus dicken Steinmauern. Das Haus steht leer, seit Jahrhunderten hat es keiner mehr bewohnt. Blaise hat den Kamin des Prunksaals mit Holz bestückt. Als der Kaiser den Raum betritt, werfen die Flammen züngelnde Schatten auf das graue Gemäuer. Es ist angenehm warm. Ein schöner, bequemer Sessel thront in der Mitte des Raumes vor dem Feuer. Das wird der Sessel des Kaisers sein. Blaise ist untröstlich, er hat kein Bett, das er Seiner Majestät anbieten könnte. Nichts. Außer diesem Sessel. Man sinkt in ihn ein, es ist, als würde er sich über einem verschließen, so durchgesessen und verformt ist er. Der Kaiser läßt sich hineinfallen, er hat sich nicht die Mühe gemacht, seinen grauen Umhang oder auch nur die Stiefel auszuziehen. Die Grenadiere, die ihn beschützen sollen, legen sich wie große ruhige Hunde auf den Boden, ein Auge wacht, das andere schläft.

Draußen herrscht klirrende Kälte, der Mond ist nun vollkommen von Wolken bedeckt, und die erschöpften Männer schlafen. Im kargen Licht der Fackeln irrt Maria durch die Stille von einer Gruppe zur anderen. Niemand hat sie irgend etwas gefragt oder sich auch nur über ihre Anwesenheit gewundert. Sie geht auf das große Gebäude zu, in dem Napoleon schläft, Hureau kann nicht weit sein. Plötzlich bekommt sie Angst. Was, wenn eine der Wachen, die den Auftrag hat, den Kaiser zu schützen, auf sie schießt? Wer weiß, für wen man sie im Dunkeln hält? Besser ist es, die Morgendämmerung abzuwarten. Abseits vom Biwak kauert sie sich an einem Mäuerchen nieder, doch die Eiseskälte läßt ihre Beine und Arme erstarren. Sie steht wieder auf, sie muß es riskieren und sich unter die Soldaten mischen, die um das Feuer lagern. Sie schlüpft zwischen den Gewehren hindurch, steigt über die schlafenden Männer. Dort, warum nicht? Zwei undeutliche Gestalten, sie legt sich dazwischen, und gleich wird ihr wärmer. Sie zieht die Decke übers Gesicht und schließt die Augen, doch sie kann nicht schlafen. Wie wird Hureau reagieren? Wird er ihr womöglich befehlen, nach Nizza umzukehren? Für wen hält sie sich? Sie will Soldat, Offizier, General sein und dabei doch auch immer Frau bleiben? Sie dreht sich nervös hin und her, einer ihrer Nachbarn knurrt, sie erstarrt. Der aufgewachte Grenadier betrachtet sie schweigend. Sie bemerkt, daß die Mütze, die ihr Haar verborgen hatte, neben ihr liegt. Der Mann blickt auf dieses schwarze Haar, das ein viel zu feines Gesicht umrahmt, um das Gesicht eines Mannes zu sein. Er grinst, beugt sich keuchend über sie, hebt eine Hand und nähert sich ihrem Hals mit der warmen Haut. Dabei spricht er kein Wort. Maria auch nicht. Sie legt den Lauf ihrer Pistole auf den halbgeöffneten Mund des Mannes, der sie zu küssen versucht. Der Mann zuckt zusammen, die ausgestreckte Hand fällt auf den eisigen Boden.

Maria murmelt ganz leise, als spräche sie zu einem Kind:

»Keine Bewegung, oder ich schieß dir in den Kopf.«

»Ich habe verstanden, ich habe verstanden«, stammelt der Mann, »nimm das Ding da weg ... Herrgott, nimm das Ding da weg ...«

»Wie heißt du?«

»Innocent Louis, erste Kompanie.«

»Wie heißt dein Hauptmann?«

Der Mann zittert, doch nicht vor Kälte.

»Lamourette ... Antoine ... aber Sie werden mich doch nicht denunzieren ... ich habe nichts getan ... Lamourette ist imstande und stellt mich an einen Baum ...«

»An einen Baum?«

»Ja, verflucht, an einen Baum, Sie kapieren doch wohl, was das heißt?«

Maria läßt die Waffe sinken, hält sie aber noch immer in Richtung des Grenadiers.

»Kennt du den Hauptmann Hureau?«

»Nein, von welchem Regiment? Ein Kavallerist?«

»Ein Gendarm.«

Der Mann überlegt einen Moment.

»Wenn er Gendarm ist, muß er zum Generalstab gehören, ich glaube, einige davon sind bei General Cambronne.«

»Wo befindet sich dieser General?«

»Weiter vorn, er hat die Aufgabe, neue Pferde zu beschaffen und eine Unterkunft für den ›kleinen Korporal‹ ausfindig zu machen. Er erkundet das Gelände, damit wir nicht in einen Hinterhalt geraten.«

»Wo ist er jetzt?«

»Genau weiß ich es nicht, aber in der Gegend von Castellane vielleicht.«

Maria zieht sich die Mütze über den Kopf.

»Innocent, du wirst mich begleiten.«

Er springt entrüstet auf.

»Sind Sie verrückt? Soll ich etwa um Ihrer schönen Augen willen desertieren? Dann laß ich mich doch lieber gleich erschießen.«

»Du desertierst ja nicht, sondern reitest zur Vorhut, wobei du mich begleitest. Ich brauche einen Mann, der mich beschützt. Du bist doch einer, Innocent?«

»Und ob ich einer bin!«

»Na, dann los. Mein Pferd steht gleich hier.«

»Aber ich habe keins ...«

»Dann nehmen wir uns eins von den Maultieren.«

»Oh, nur zu. Tun Sie sich bloß keinen Zwang an.«

Ein schwarzer Tag bricht an, schwere aschgraue Wolken brauen sich zusammen.

»Es wird Schnee geben«, sagt Innocent, und in dieser einfachen Feststellung schwingt ein wenig seine Verzweiflung darüber mit, daß er dieser Verrückten begegnet ist und nun auf dem Rücken eines Maultiers sitzt, das obendrein noch gestohlen ist, und dieser Frau durch einen dichten Wald folgen muß, der so dunkel ist wie die Nacht.

Als der Verdon wie eine riesige silberglänzende Schlange vor ihnen auftaucht, rieseln erst ein paar feine Flocken vom Himmel. Hinter den Dörfern La Bâtie und La Garde aber setzt ein heftiger Schneesturm ein, durch den man die Ortschaft Castellane oben auf dem Felsen kaum erkennen kann. Das Dorf ist in einen glitzernden weißen Schal gehüllt. Hie und da steigen Rauchwolken auf, die zeigen, daß es dort oben noch Leben gibt. Je höher man steigt, desto deutlicher wird der Geruch von feuchtem Holz und warmer Asche. Die Fenster der ersten Häuser sind völlig dunkel, doch ab und zu sieht man im Innern den rotglühenden Schein eines Kaminfeuers.

Wie lange hatte der Anstieg bis nach Castellane gedauert? Mehrere Stunden? So war es ihnen zumindest erschienen. Erschöpft erreichten sie das Dorf und eine menschenleere Straße; im Schnee waren Spuren von Menschen und Pferden zu erkennen, die erst kürzlich hier durchgezogen sein mußten. Kein Mensch war zu sehen, doch hinter den Mauern ahnte man überall lauernde, neugierige Blicke. Sie warteten. Um nichts auf der Welt wollten sie gesehen werden, aber sehen wollten sie. Diesen Verrückten sehen, der mit seiner Bande zurückkehrte, anders konnte man die elende Handvoll Männer, die ihn angeblich begleitete, wohl nicht nennen. Seltsam war nur, daß er schon bis hierher vorgedrungen war, so weit entfernt vom Meer, und niemand sich ihm in den Weg gestellt hatte. Als Maria das Rathaus erreichte, stieg sie vom Pferd. Neben einem vergitterten Fenster klebten mehrere Anschläge, einige waren bereits unleserlich geworden. Sie ging darauf zu und begann trotz des Schneetreibens die beiden Aufrufe zu lesen. Einer war an die Franzosen und der andere an die Armee gerichtet.

Im ersten verkündete der Kaiser:

»Franzosen!

Ich kehre zurück, um meine und damit auch eure Rechte zurückzuerobern. Was einzelne seit der Einnahme von Paris getan, geschrieben oder gesagt haben mögen, werde ich nie erfahren, doch die großen Dienste, die sie mir geleistet haben, werde ich immer in Erinnerung bewahren …

Franzosen!

Es gibt keine Nation, und sei sie noch so klein, die nicht das Recht hätte, sich der Schmach zu entziehen, von einem Fürsten regiert zu werden, der ›ihr von einem gegenwärtig siegreichen Feind aufgezwungen wurde‹ …«

Im zweiten Aufruf forderte er die Armee auf:

»Soldaten!

Kommt und holt euch eure Adler zurück, wie ihr es in Ulm, Austerlitz, Wagram, Jena, Friedland, Tudela, Ekmühl, Essling, Smolensk, an der Moskwa, in Lützen, in Montmirail getan habt ... Versammelt euch unter der Flagge eures Anführers. Euer Leben ist sein Leben! Seine Rechte sind auch die des Volkes, sind eure Rechte! Sein Ziel, seine Ehre, sein Ruhm sind dieselben wie euer Ziel, eure Ehre, euer Ruhm. Der Sieg wird im Sturm errungen werden; der Adler in den Nationalfarben Frankreichs wird von Kirchturm zu Kirchturm fliegen bis zu den Türmen von Notre-Dame. Dann werdet ihr voller Stolz eure Narben zeigen können; dann werdet ihr euch dessen rühmen können, was ihr getan habt: Denn ihr werdet die ›Befreier des Vaterlandes‹ sein!«

»Lesen Sie«, befahl Maria.

Der Grenadier schüttelte den Kopf.

»Ich kann nicht lesen. Ist es von ihm? Dann brauche ich es auch nicht zu lesen. Was er sagt, ist richtig. Das Lesen überlasse ich den Zivilisten.«

Maria ging auf das Tor des Rathauses zu, das sie zu ihrer Überraschung offen fand. Das Vorzimmer sah finster aus, Wasser rieselte von den Wänden. Im Halbdunkel entdeckte sie, eng zusammengekauert, eine kleine Gruppe schwarzgekleideter Männer und Frauen in ihrem Sonntagsstaat, die sie verdutzt ansahen. Das war nicht der große Mann, den sie erwartet hatten. Sie beäugten die beiden mißtrauisch.

»Ich suche General Cambronne, ist er hier irgendwo im Gebäude?«

Ein Mann kam auf sie zu, und an seinem Embonpoint erkannte sie, daß er etwas zu sagen hatte.

»Ich bin der Bürgermeister«, sagte er, »der General,

von dem Sie sprechen, ist hier durchgekommen, doch er ist inzwischen schon auf dem Weg nach Barrême.«

War es weit bis Barrême?

»Gut sechs Meilen.«

»Vierundzwanzig Kilometer«, verbesserte der Bürgermeister, um zu zeigen, daß Castellane nicht am Ende der Welt und fernab von der Zivilisation lag, »aber der Weg dorthin ist recht steil«, fügte er mit einem feinsinnigen Lächeln hinzu.

»Haben Sie frische Pferde?« fragte Maria.

»Nein«, antwortete ein anderer Mann, der vielleicht der Gastwirt oder der Chef der Relaisstation war. »Der General hat alle aufgekauft, im übrigen für einen guten Preis, und ebenso verhält es sich mit den Vorräten.«

»Und Maultiere? Sie haben doch sicher noch Maultiere?«

Es mußte welche geben, sonst würde die Reise hier enden, ihr Pferd war nicht mehr in der Lage, auch nur einen einzigen Schritt zu tun. Ein dritter Mann trat vor, er war etwas eleganter gekleidet, mit Schal, Krawatte und einer Brille, die dem Gesprächspartner signalisierte, daß das Lesen seine Lieblingsbeschäftigung sein mußte.

»François de Saint-Martin, zu Ihren Diensten, stellvertretender Bürgermeister, ich habe noch vier Maulesel ...«

»Ich bin bereit, einen guten Preis zu zahlen.«

»Mein Gott, das ist es ja gar nicht, aber sehen Sie, mein Herz schlägt für die Royalisten, und ich möchte sichergehen, daß sie am Ende nicht Bonaparte dienen werden.«

Der Bürgermeister rief dazwischen:

»Saint-Martin, Sie haben schließlich auch geduldet, daß seine Ankündigungen angeschlagen wurden ...«

»Ich habe überhaupt nichts geduldet, die Soldaten haben sie selbst geklebt.«

»Sie haben ihnen Pinsel und Leim zur Verfügung gestellt.«

Saint-Martin wollte empört den Streit fortsetzen, doch Maria rief dazwischen:

»Lassen Sie uns einen Blick auf die Maultiere werfen, ich verspreche Ihnen, daß ich sie ausschließlich zu persönlichen Zwecken verwenden werde, ich bin auf der Suche nach einem Freund, dem Hauptmann Hureau.«

»Wenn das so ist ...«, erwiderte der Mann mit der Brille.

Es schneite noch immer. Der Stall befand sich außerhalb des Dorfs. Maria holte ein paar Goldstücke aus dem Schal hervor, den sie sich um die Taille gebunden hatte.

»Reicht das?«

Saint-Martin verneigte sich.

»Nach Barrême geht es immer geradeaus. Cambronne und seine Männer haben zwei Stunden Vorsprung, Sie werden sie in dem Dorf finden, falls sie dort haltmachen.«

Maria überließ Innocent die Zügel der Maultiere. Vor ihr erstreckte sich eine unberührte weiße Landschaft.

Der Wind wirbelte den Schnee auf, sie hatten die Ebene des Palus durchquert, den Col de Lèque erklommen, waren in das Asse-Tal hinabgestiegen, Maria war nahe daran aufzugeben, ihr Körper schmerzte, ihre Willenskraft ließ nach. Die Nacht war weiß, die Stille erdrückend. Doch sie ritt weiter. Innocent klagte nicht. Er lief im gleichmäßigen Rhythmus der Maultiere. Maria wandte sich um und sah seine undeutliche Gestalt, die schweigend und stur weiterlief. Sie stieg vom Maultier und ging auch zu Fuß weiter. Jenseits der Brücke, die über den Asse führte, tauchte endlich Barrême auf. Cambronne hatte keine Zeit verloren, die Gassen glänzten wie an einem Ballabend, Laternen in den Fenstern warfen ihr flackerndes Licht auf die Häuserwände.

»Sieht ja aus wie zu Weihnachten«, meinte Innocent. Es waren seine ersten Worte seit Castellane.

Die Leute zeigten Maria den Weg zum Haus des Friedensrichters, wo Cambronne die Unterkunft für den Kaiser vorbereitete. Im Salon stand gegen den Kamin gelehnt der General, er sah imposanter und größer aus, als er in Wirklichkeit war. Das Feuer warf einen violetten Schein auf sein Gesicht mit der harten Stirn und der kräftigen Nase, ein Gesicht, das gezeichnet war von den kalten Winternächten Mährens, Sachsens, Polens, Spaniens und Rußlands.

Maria kam näher.

»General, ich suche den Hauptmann Hureau.«

Cambronne blickte sie mißtrauisch an, eine Frau, die durch den Sturm geritten war, um einen Hauptmann der Gendarmerie zu finden, konnte nur eine Spionin oder eine Hure sein.

»Wer sind Sie? Woher kommen Sie?«

»Ich heiße Maria Tordo und komme aus Nizza, ich bin eine Freundin des Hauptmanns. Ich möchte ihn wiederfinden.«

»Ausgerechnet Nizza«, brummelte Cambronne, »die Stadt von Masséna, dieser Verräter hetzt uns seine Hunde aus Marseille hinterher ...«

Er schwieg einen Augenblick. Dann fuhr er fort:

»Ich habe unter ihm gedient. Ein großartiger Soldat, aber daß er sich an die Bourbonen verkauft hat, ich kann es einfach nicht fassen. Kennen Sie ihn?«

Maria zögerte, bevor sie nickte.

»Nun, Sie können ihm ausrichten, sollte er es wagen, dem Kaiser auch nur ein Haar zu krümmen, werde ich ihm, mit Verlaub, die Eier abschneiden.«

»Ich werde ihm Ihre Absicht wohl kaum übermitteln können, ich habe ihn seit zwanzig Jahren nicht mehr gesehen!«

Cambronne brach in ein kurzes Lachen aus, ein bösartiges, spitzes Lachen, das seinen Unterkiefer beben ließ.

»Sie haben ja Humor, meine Schöne.«

Er nahm etwas Schnupftabak aus einer Dose, die mit dem Porträt des Kaisers verziert war, und sog ihn kräftig ein.

»Leider muß ich Ihnen sagen, meine Schöne, daß Ihr Hureau sich in diesem Moment auf dem Weg nach Digne befindet. Wir müssen fliegen, hat der Kaiser gesagt, der Erfolg unseres Unternehmens hängt davon ab, wie schnell wir sind.«

Maria wankte, und zum ersten Mal seit langem war sie nicht mehr imstande, ihre Tränen zurückzuhalten.

»Setzen Sie sich«, sagte Cambronne, »ich verstehe Ihre Enttäuschung. Wie kann man aber auch einem Mann so hinterherlaufen! Naja, das ist Ihre Sache. Es bleibt Ihnen gar nichts anderes übrig, als hier zu warten, ich werde morgen früh beim ersten Tageslicht aufbrechen. Sie werden mich begleiten.«

Schlafen ... im Warmen schlafen. Maria war einverstanden, Cambronnes tiefe Stimme lullte sie ein.

In einem Zimmer, das im ersten Stock im hinteren Teil des Hauses lag und nach Wachs und Lavendel roch, legte sich Maria auf einem Sofa schlafen. Nach drei Stunden wachte sie vor Kälte auf, das letzte Stück Rebholz verglühte im Kamin. In einem halb erblindenden Spiegel entdeckte sie ihr Gesicht. »Mein Gott, ich sehe ja furchterregend aus!« Sie löste ihr Haar und kämmte es mit den Fingern. Die Glut ließ ihren brünetten Teint noch dunkler erscheinen. Aber sie spürte ihre Müdigkeit so deutlich wie nie zuvor, ihre Beine waren schwer, ihr Kreuz war steif, ihre Schultern verkrampft, ihre Augen brannten, und ein heftiger Schmerz durchbohrte ihre Schläfen. Das ist das Alter, aber ich habe jetzt keine Zeit zum Altwerden, das muß ich auf später verschieben. Versprochen, dies hier wird mein letztes Abenteuer. Na los, rafft euch auf, ihr alten Knochen, reißt euch zusammen. Später kann ich mir eure Klagen immer noch anhören. Seht ihr nicht, daß wir außergewöhnliche Dinge erleben?

Morgen ... aber denken wir nicht an morgen. Ich habe Hunger ...

Geräusche drangen aus dem Salon herauf, in dem sie einige Stunden zuvor mit Cambronne gestanden hatte. Die Treppe knarrte unter ihren Schritten. Sie versuchte sich ganz klein und unauffällig zu machen, die Tür stand einen Spalt breit offen. Im Schutz der Dunkelheit konnte sie sehen, ohne selbst gesehen zu werden. Am Fenster war der Generalstab versammelt, Bertrand, Drouot, Cambronne; gegenüber vom Kamin stand der Kaiser und unterhielt sich mit dem Gastgeber, einem Friedensrichter, ein sanfter, alter Mann mit weißem Haar; aber sie sah den Kaiser nur von hinten. Plötzlich wandte er sich um und legte seinen Arm um die Schultern des Richters. Maria hatte Bonaparte seit dem Italienfeldzug nicht mehr gesehen, das war vor zwanzig Jahren. Ohne die Porträts und Stiche hätte sie ihn nicht wiedererkannt. Er war nicht nur älter geworden, sondern auch vollkommen verwandelt. Wann hatte sich dieser Wandel vollzogen? Es verschlug ihr die Sprache. Himmel! War das die Möglichkeit? Der Kaiser ging auf seine Generäle zu, sein Gesicht trat nun deutlicher hervor: Ja, das war er, in der Tat! Die Nase, die Augen, vor allem die Augen, diese flammenden Augen. Die Vision dauerte nur so lange, wie er im Licht stand; die Dunkelheit gab ihm augenblicklich seine Schwere, seinen kahlen Kopf, seinen gebeugten Rücken, seine krummen Beine zurück. »Hat die Zeit auf mich ebenso gewirkt? Bin ich womöglich genausowenig zu erkennen?«

Maria verließ das Vorzimmer und lief den Flur entlang. Dem Geruch nach mußte die Küche ganz in der Nähe sein. Ein großer gußeiserner Herd stand in der Mitte eines dunklen Raums. Vor dem glühenden Ofen saß eine Frau mit Schürze und einem Tuch auf dem Kopf. Als Maria eintrat, hob die Frau kaum den Kopf. Maria blieb stehen, sie wußte nicht, was sie tun sollte. Sie hörte Schritte hinter sich. Es war Cambronne, gefolgt von zwei Adjutanten, er wandte sich an die Alte mit dem Tuch:

»Die Mahlzeit für den Kaiser, was haben Sie in den Töpfen, einen Pot-au-feu?«

»Es ist Freitag«, antwortete die zahnlose Alte, »da gibt es kein Fett.«

»Kein Fett«, grummelte Cambronne, »aber ich brauche Fleisch, Ihre Majestät hat Bertrand, Drouot und meine Wenigkeit eingeladen, mit ihm zu speisen. Und was ist da drin?«

Der General zeigte auf einen riesigen Schmortopf, in dem es leise köchelte.

»Die Suppe für uns, die Dienerschaft«, knurrte die Alte.

Cambronne schob mit einer Handbewegung den Deckel zur Seite.

»Geben Sie mir einen Löffel, damit ich davon kosten kann … es ist heiß. Gott, ist das heiß! Heiß und lecker, sehr gut, die Suppe nehmen wir.«

Die Frau wollte Einspruch erheben, gab dann aber nur einen mutlosen Seufzer von sich. Cambronne inspizierte weiter die Töpfe und sah in einer Pfanne eine rote Sauce, in der, in Stücke geschnitten, ein weißer Fisch dünstete.

»Stockfisch!« rief der General. »Das habe ich mal in Portugal gegessen. Wenn er gut zubereitet ist, ist es köstlich. Haben Sie Tomaten hineingetan?«

Die Frau nickte.

»Ja, nicht übel«, bestätigte der General, nachdem er einen Löffel davon probiert hatte. »Er könnte etwas stärker gewürzt sein, aber es mag angehen. Die Portugiesen hatten Chilischoten hineingegeben, schön scharf, die heizen einen auf.«

Cambronne blieb einen Moment reglos stehen.

»Es fehlt noch ein Gang zwischen der Suppe und dem Stockfisch.«

»Ein Omelett«, rief Maria dazwischen. »Ich kann es zubereiten.«

Der General, der ihre Anwesenheit noch gar nicht bemerkt hatte, starrte sie einen Augenblick an und musterte sie, als sähe er sie das erste Mal.

Maria glaubte zu verstehen.

»Nein, ich habe nicht vor, den Kaiser zu vergiften …«

»Jedes Gericht wird sowieso von den beiden hier vorgekostet, bevor es dem Kaiser gebracht wird«, sagte der General und deutete auf die beiden Offiziere. »Sind Sie eine Spezialistin für Omeletts, Madame?«

Als Maria bewußt wurde, wie unangemessen ihr Angebot war, errötete sie.

»Entschuldigen Sie, General, es war eine Erinnerung.«

»Erinnerung woran?«

»Ich war die Feldköchin des Kaisers in Lodi, Mondovi und Cherasco. Er mag Eier und auch Huhn. Ich kenne seinen Geschmack, ich meine, ich kannte ihn.«

»Er hat sich nicht geändert, Madame, nichts hat sich geändert.«

Cambronnes Tonfall wurde nostalgisch, fast zärtlich:

»Der Mann von Lodi und Arcola lebt, wir werden es ganz Europa beweisen, ein für allemal. Sie sollen endlich begreifen, die Könige, die Fürsten, dieses ganzes Adelsgesindel, daß die Freiheit auf dem Vormarsch ist. Nicht wahr, Madame? Bereiten Sie Ihr Omelett, ich werde den Kaiser an Sie erinnern.«

»Nein!« rief Maria, »das ist nicht nötig, ich werde all mein Wissen und all meine Liebe mit hineintun. Wenn nur Seine Majestät damit zufrieden ist, wird mir das schon genügen.«

Cambronne verbeugte sich und ließ die beiden Offiziere zurück. Die Alte war eingeschlafen und schnarchte mit halboffenem Mund. Maria begann die Eier aufzuschlagen. Zum zweiten Mal an diesem Tag konnte sie nichts dagegen tun, daß ihr Blick verschwamm und ihr die Tränen herabliefen.

Mitten in der Nacht ging sie zu Innocent und weckte ihn.

»Wollen Sie mit mir kommen oder mit den anderen hierbleiben?«

»Ach, warum eigentlich nicht, ich komme mit, Sie sind eine ungewöhnliche Frau«, sagte Innocent.

Sie verließen das Haus des Richters durch eine Tür zum Hof, hinter dem die Felder begannen. Die Nacht war sternklar, der Himmel von allem Schnee befreit. Der Fels und die Erde waren vereist, unter ihren Schritten erklang ein monotones Knirschen. Das Geräusch hallte, vom Echo getragen, durch die Landschaft und verlor sich im Nachbartal. Warum sollte sie warten, bis Cambronne und seine Männer aufbrachen? Drei Stunden Schlaf hatten ihr genügt. Sie wollte es sich nicht eingestehen, doch sie ahnte, daß ihre wahnwitzige Suche nach Hureau in Begleitung der Truppe zu einer banalen Angelegenheit werden würde – eben zur Suche einer Offiziersfrau nach ihrem Gatten, und das war ihr zu schlicht. Es ging ihr nicht darum, Hureau wiederzufinden, sondern unerwartet vor ihm zu erscheinen. Sie wollte, daß es eine Gnade sei, keine Pflicht. Sie hatte keine Pflichten, ihre Liebe war aus unzähligen feinen, zarten Fäden gesponnen, die sie nicht einmal benennen konnte. Ich fühle mich gut, sagte sie sich, in dieser leuchtenden Nacht, in der das leiseste Knistern noch in der Ferne zu hören ist. Ich liebe die Einsamkeit, diese Kälte, die mir im Gesicht brennt, ich liebe die lauernde Gefahr, diese großen, dunklen Bäume, hinter denen sie sich verbirgt. Ich liebe diesen Trottel, der mir folgt, ohne zu wissen, warum. Wenn etwas passiert, wird er mir keine Hilfe sein, doch sein Atem beruhigt mich. Der Kaiser hat mein Omelett gelobt. Cambronne hat gewiß aus Freundlichkeit gelogen, und ich habe so getan, als würde ich ihm glauben. Der kleine Schuß Milch, den ich hinzugefügt habe, hat es cremiger gemacht. Aber weiß der Kaiser ein gutes Omelett noch zu erkennen?

Eine Lerche flog mit hellem Zwitschern durch den Himmel. Ein blauer Tag brach an. Digne. Der Weg hinauf zur Stadt führte an Obsthainen und Gemüsegärten vorbei, die wie erstarrt lagen unter der Kälte. Es wurde hell, und Maria bemerkte zwischen der Straße und der Böschung zwei rote und weiße Flecken, dann einen weiteren. Ein solches Rot so früh am Morgen, kein Zweifel, das konnten nur Männer der Nationalgarde sein. Sie waren zu viert und wirkten recht kleinlaut.

»Stehenbleiben!« rief der Älteste, der offensichtlich der Chef war.

Die Nationalgardisten betrachteten aufmerksam Innocents Uniform.

»Sie gehören zu Bonaparte, folgt er Ihnen?«

»Keine Ahnung«, erwiderte Innocent schlagfertig, »ich hab einfach meine Siebensachen gepackt und bin abgehauen, die Uniform habe ich noch anbehalten, wie ihr seht.«

Maria fragte sich einen Moment, ob Innocent nicht im Grunde sogar die Wahrheit sagte. Die Dreistigkeit des Grenadiers verblüffte sie.

»Und Madame?« fragte der Gardist.

Innocent ließ Maria keine Zeit zu antworten.

»Oh, Madame! Die habe ich aus den Fängen der Polen befreit, die dem Usurpator folgen. Eine Reisende, die sie aus ihrer Berline steigen ließen und schlecht behandeln wollten. Glücklicherweise ist ihr nicht allzuviel zugestoßen, nicht wahr, Madame?«

»In der Tat«, sagte Maria, »und das verdanke ich Ihnen.«

»Gut«, knurrte der Anführer, »folgen Sie uns zur Präfektur. Dort können Sie alles erklären.«

Maria und Innocent folgten den vier Männern. Der Grenadier zwinkerte ihr zu und legte einen Zeigefinger an seine Lippen. Die Stadt erwachte, ein kaltes Licht glänzte auf den Dächern der Häuser. Die Frauen kehrten vorm Eingang ihrer Häuser den Schnee beiseite. In der Präfektur tummelten sich trotz der frühen Morgenstunde bereits eine Menge Leute. Die Garden brachten Maria und Innocent in einen großen, holzvertäfelten Raum mit einer Bühne, offensichtlich ein Ballsaal.

»Warten Sie hier«, sagte der Anführer, »ich komme gleich wieder.«

Maria setzte sich auf einen unbequemen Stuhl, während Innocent sich eine kleine Meerschaumpfeife anzündete. Dann wandte er sich an die drei Garden, die dageblieben waren, um sie zu bewachen:

»Die Pfeife, die Sie hier sehen, hat mich von Anfang an begleitet. Ich hätte sie verlieren, sie hätte zerbrechen können, doch es ist nichts geschehen, sie hat alles überstanden, sogar die Beresina ... Habt ihr jungen Leute denn überhaupt schon mal vom Rußlandfeldzug gehört?«

Die Garden nickten, sie wirkten so verängstigt, daß ihnen sogar der Klang der eigenen Stimme unheimlich war.

»Tja, also ich sagte gerade«, fuhr Innocent fort, »daß meine Pfeife und ich heil aus diesem furchtbaren Rußland zurückgekehrt sind. Sehen Sie, meine Herren, dort habe ich begonnen, den Krieg zu verabscheuen. Meine Pfeife ließ ich in meiner Tasche, wenn ich sie in den Mund genommen hätte, wäre sie erfroren und meine Lippen auch. Man hätte sie mir mit einem Messer herausschneiden müssen, ähnlich wie man es mit den zusammengebrochenen Pferden machte: Man schnitt ihnen ein Stück Fleisch aus dem Schenkel, um es zu braten, vorausgesetzt, es gab Feuer, ansonsten mußte man es roh essen. So wahr ich hier vor euch stehe, ich habe rohes Pferdefleisch gegessen, ich weiß nicht einmal, ob das Pferd schon tot war.«

Einer der Männer stürzte ans Fenster und übergab sich. Innocent fügte lakonisch hinzu, wobei er gelassen weiterrauchte:

»Ja, mein Guter, genau so war es.«

Während all der Zeit liefen in großer Eile Männer und Frauen durch den Saal, die meisten von ihnen mit Bergen von Dokumenten, mit vollen Schubläden, Taschen. Dann holte man die beiden Gefangenen. Maria und der Grenadier wurden in ein großes Arbeitszimmer geführt, das mit Papieren vollgestopft war. Ein Mann warf sie stapelweise ins Feuer. Er wandte sich um.

»Ich bin Präfekt Duval. Wer sind Sie, woher kommen Sie, haben Sie Bonaparte gesehen?«

Innocent antwortete mit derselben Durchtriebenheit:

»Wir kommen aus Barrême, und wie ich bereits Ihren Leuten gesagt habe ...«

»Ja, ja, der Kaiser, ich meine Bonaparte, ist er dort?«

»Ja«, sagte Maria und schnitt Innocent das Wort ab, »er wollte heute im Morgengrauen aufbrechen.«

»Und woher wissen Sie das?«

»Ganz Barrême weiß das, Monsieur.«

Der Präfekt überlegte einen Augenblick und sagte dann, während er Maria starr in die Augen sah:

»Und die Truppe, ich meine die Männer, die ihn begleiten, sind es viele?«

»Ungefähr dreitausend.«

»Ich würde sie eher auf fünftausend schätzen«, warf Innocent ein.

»Verflucht!«

In diesem Augenblick erschien ein dicker Mann, der mit erhobener Faust schrie:

»Herr Präfekt, wir können den Usurpator nicht einfach weiterziehen lassen, ich brauche Männer und Munition.«

»Ich habe weder Männer noch Munition, lassen Sie mich in Frieden.«

»Und die Zivilgarde?«

»Deren Gewehre sind nicht geladen, Herr Ingenieur, gehen Sie lieber Ihre Frauen bewachen.«

Der Ingenieur entfernte sich unter lautem Protest.

»Aber das heißt ja, daß wir gar nichts tun … gar nichts …!«

Der Präfekt stieß einen tiefen Seufzer aus und wandte sich dann an Maria:

»Madame, wir werden die Stadt nicht verteidigen, wollen Sie mir aufs Land folgen, wo meine Frau und meine Kinder leben? Dort könnten Sie sich eine Weile ausruhen.«

»Nein«, antwortete Maria lächelnd, »ich danke Ihnen, Herr Präfekt, aber ich will versuchen, nach Sisteron zu kommen, wo mein Mann sich um mich kümmern wird. Dieser Soldat hier, der mich bereits vor dem Schlimmsten bewahrt hat, wird mich beschützen, er muß in dieselbe Richtung wie ich.«

Der Präfekt starrte die beiden perplex an und griff dann nach einem kleinen Lederkoffer.

»Wie Sie meinen, Madame.« Dann zu Innocent: »Was Sie betrifft, Soldat, so empfehle ich Ihnen, andere Kleidung anzuziehen. Die Gewehre der Nationalgarde haben nicht alle leere Magazine.«

Mit diesen Worten verschwand er. Im Kamin verbrannte ein Papier, das mit der Königskrone verziert war. Maria und Innocent durchquerten die Stadt unter der fahlen, kalten Sonne. Wo nur mochte Hureau sein? Maria wußte nicht, was sie tun sollte. Sie beschloß, auf General Cambronne zu warten; wenn Hureau irgendwo auftauchen würde, dann dort.

»Lassen Sie uns schlafen gehen«, sagte sie zu Innocent, »dieses Mal in frischen Bettüchern.«

Das Hotel Petit-Paris auf dem Cours des Arès sah dem Hôtel d'York sehr ähnlich. Maria beschloß einzutreten.

»Ich möchte zwei Zimmer«, sagte sie zum Hotelbesitzer.

»Unmöglich, es wurde alles reserviert.«

Maria spürte, wie ihr Herz zu pochen begann.

»Von wem?«

Der Hotelbesitzer zögerte.

»Von einem Soldaten, er hat das Geld für die Zimmer gleich bar auf den Tisch gelegt, das ist die Hauptsache, der Rest interessiert mich nicht.«

»Wie sah er aus? War er groß, klein, dick, dünn, was trug er für eine Uniform?«

»Ich kenne mich mit Uniformen nicht aus, sagen wir, er war eher groß und schlank, und nicht besonders umgänglich.«

Maria lächelte, das war er, das war Hureau! Das Gespenst, dem sie hinterherjagte, hatte endlich Form angenommen.

»Hat er sich auch ein Zimmer genommen, dieser Soldat?«

»Ach, woher! Er hatte es offenbar brandeilig! Kaum war er angekommen, war er auch schon wieder ausgeflogen.«

Sich jetzt auf den Weg zu machen würde nichts nützen, der Hauptmann hatte einen zu großen Vorsprung, besser war es, einige Stunden zu schlafen.

»Monsieur, vermieten Sie mir zwei der Zimmer, die Leute, für die sie reserviert wurden, kommen erst in ein paar Stunden. Ich zahle das Doppelte.«

Der Hotelier, dick und blaß, erwiderte ängstlich:

»Wenn Sie im voraus zahlen.«

»Nicht für mich«, sagte Innocent, »ich werde im Stall schlafen.«

»Kommt nicht in Frage!« rief Maria.

Der Grenadier lächelte breit, in seinem Mund standen nur noch wenige Zähne.

»Keine Sorge, Madame, ich ziehe den Stall vor, ich mag den Geruch des Strohs, und ich muß gestehen, daß es recht lange her ist, seit ich in einem Bett geschlafen habe, ich meine, was man ein richtiges Bett nennt, ich hätte

Angst, dort mein Leben zu lassen, Betten sind für uns Soldaten ein Ort zum Sterben.«

Das Geräusch von Stiefeln weckte Maria. Die Sonne schien durchs Fenster, auf dem Cours stellten Soldaten ihre Biwaks auf, Feuer wurden angezündet, ein schwarzer, beißender Qualm breitete sich aus. Der General war angekommen. Maria wusch sich rasch und stieg die Treppe hinab zum Salon. Cambronne saß an einem Tisch, umgeben von seinen Offizieren, und schlürfte eine sämige Suppe, in die er Brot tunkte. Er winkte Maria zu sich heran.

»Nun, haben Sie Ihren Freund gefunden?«

»Sie wissen doch genau, daß er nicht hier ist.«

»Hureau ist unser junger Adler«, sagte Cambronne, »er bleibt nie lange an einem Ort.«

Der ganze Tisch brach in Lachen aus.

»Kommen Sie, Madame, ich bin fröhlich, wir haben Pferde, Maultiere und sogar Karren bekommen, und das alles, ohne einem einzigen Royalisten begegnet zu sein, als hätten diese Leute nie existiert.«

Maria nahm den Teller Suppe, den ihr ein junger Offizier reichte. Kaum hatte sie den Löffel an ihre Lippen gehoben, vertraute Cambronne ihr an:

»Setzten Sie Ihren Weg nach Sisteron und Gap gemeinsam mit uns fort, Madame. In dieser Stadt wollen wir uns versammeln. Ich verspreche Ihnen, daß Sie Ihren Hureau diesmal finden werden.«

Cambronne zündete sich eine schwarze, toskanische Zigarre an, zog an ihr und wandte sich an die Tischrunde:

»Meine Herren, auf die ersten wirklichen Schwierigkeiten werden wir stoßen, wenn wir vor den Mauern der Zitadelle von Sisteron stehen.«

Cambronne macht schon den ganzen Weg über einen besorgten Eindruck. Die hundert Männer der Eskorte schweigen. Sie nähern sich Sisteron. Sie überqueren die Brücke, die in die Stadt führt, und warten. Nichts bewegt sich, nirgends ist Licht. Die Luft ist feucht. Cambronne hat Maria geraten, sich im Hintergrund zu halten. Sie reiten alle hintereinander, die Hufe der Pferde sind mit Stoff umwickelt. Maria hat das Gefühl, daß sie das alles nur träumt und gleich in ihrem Bett aufwachen wird. Der Kaiser ist noch immer auf seiner Insel, Hureau noch immer ein Phantom. Schon sind sie in der Stadt. Die Zitadelle schläft, der Bürgermeister schläft, man weckt ihn. Er hat noch seine Nachtmütze auf. Er hatte den Kaiser erst am nächsten Tag erwartet.

Im Zimmer des Hôtel du Bras-d'Or schreibt Maria bei Kerzenschein, draußen schlagen die Männer ihre Zelte auf, sie hört ihr Gelächter, der Geruch der Pferde erfüllt den Raum. Sie findet keinen Schlaf, sie spürt das Blut in ihren Adern pochen. Morgen wird sie Martial wiedersehen. Ob er sich wohl verändert hat? Ob seine Gefühle für sie dieselben geblieben sind? Innerhalb eines Jahres hat sie nur einen Brief von ihm erhalten. Ist es einem Hauptmann des Kaisers nicht gestattet, seiner Geliebten zu schreiben?

Zwei Stunden Fußmarsch hinter Gap legt die Truppe einen Halt ein, jemand hat Cambronne eine Proklamation überreicht, die an der Stadtmauer hing und die ihn vor Wut rasen läßt. In der Proklamation heißt es: »Dieser Mann, der Euch Eure Ruhe raubt und Frankreich und Europa so viel Blut und Tränen gekostet hat; dieser Abenteurer, der aus Machtgier handelt und nur auf seinen eigenen Vorteil bedacht ist: es liegt an euch, ihr Bewohner der Alpen, diesen Mann auf den Boden der Tatsachen zurückzuholen.« Eure Ruhe, die werdet ihr noch kriegen ... Haben diese Leute denn keine Überzeugungen? Was zählt für sie überhaupt? In dem düsteren Saal des Gasthofs, der an einem Berghang liegt, sitzt mit geschlossenen Augen der General an einem Tisch aus dunklem Holz und trinkt Glühwein. Ist es die Müdigkeit? Oh, es ist nichts, er wird bis zur völligen Erschöpfung weitermachen. Keiner der Offiziere und Soldaten zweifelt am Erfolg des Unternehmens. Doch eines ist sicher, morgen oder übermorgen werden die Königlichen sich ihnen in den Weg stellen, mit Pferden, Kanonen und Munition. Es ist doch nicht vorstellbar, daß diese Handvoll Soldaten weitermarschiert, ohne auf ein einziges Hindernis zu stoßen. Auch Maria zwingt sich, an den Erfolg zu glauben, und schaut in ihr Glas mit dem heißen Getränk. Sie will Cambronne nicht stören, der sich mit einem Ruck aufrichtet, wütend, daß er in einem Moment müßigen Herumsitzens ertappt wurde.

»Kommen Sie Madame, Gap erwartet uns.«

Dieser Mann verfügt über einen unerschütterlichen Glauben, der ihn selbst in Extremsituationen überleben läßt. Ist Liebe ebenso stark und mächtig? Maria erhebt sich, eine sanfte Wärme umnebelt sie. Fort, sie muß wieder fort ... Eine endlose Reise. Wird Hureau in Gap sein? ... Cambronne hat es versprochen. Aber haben solche Versprechen für ihn eine Bedeutung? Draußen stimmen die Soldaten ein Lied an.

Um acht Uhr abends ist ganz Gap mit Lichtgirlanden geschmückt und hallt von Hurra-Rufen wider. Die Stadt hat nicht kapituliert wie die anderen, sie hat sich geschenkt. Der Generalstab ist im Gasthof Marchand untergekommen. Maria versucht, nichts zu denken, nicht zu fühlen, sich nichts vorzustellen. Der Gastwirt geht auf sie zu.

»Sind Sie Madame Tordo? Sie werden auf Zimmer 7 erwartet.«

Maria kann ihr Herzklopfen nicht bezähmen. Unmöglich, Hureau so gegenüberzutreten, sie ist voller Staub, ihr Haar ist zerzaust, um ihre Schultern trägt sie ein abgetragenes Tuch. Sie fragt nach einem Raum, wo sie sich zurechtmachen kann. Der Gastwirt führt sie zu einem kleinen Verschlag, der nach getrocknetem Knoblauch riecht, in dem aber auch ein Krug mit kaltem Wasser steht und ein Spiegel hängt. Ein Spiegel! Maria holt aus ihrer Tasche ein Necessaire, Wäsche, eine Redingote aus grünem Samt, alles, was sie braucht, um sich wieder in eine Frau zu verwandeln. Sie legt Rouge auf, kämmt ihr Haar. Wie sieht sie aus? Der Spiegel gibt keine Antwort, er ist zu klein. Maria zittert. Leise steigt sie die Treppe zum oberen Stockwerk hinauf, und in diesem Moment erfüllt sie der Gedanke, daß diese Liebesgeschichte womöglich gar keine war, mit Angst. Sie bleibt reglos stehen, erwägt umzukehren. Beklommen steigt sie die letzten Stufen hinauf. Am Ende des Flurs, in dem zwei Kandelaber brennen, klopft sie an die Tür Nummer 7, eine Stimme antwortet: »Herein.« Sie öffnet die Tür. Wie dumm von ihr, sie hat geglaubt, Hureau in Uniform anzutreffen, doch er trägt Zivilkleidung. Im Halbdunkel ahnt sie ihn mehr, als daß sie ihn sieht. Sie betrachten einander. Schließlich geht Hureau einen Schritt auf sie zu, Maria stürzt ihm entgegen. Seine trockene, magere, fast knorrige Gestalt erinnert sie an einen Baum, der vor Kälte erfroren ist. Obwohl er lächelt, ist sein Gesicht vor Müdigkeit aschfahl.

»Sehen Sie mich nicht an«, flüstert er, »ich bin schmutzig, seit einer Woche reite ich durch die Berge.«

»Nein, Sie sind schön.«

Martial hat das Abendessen bestellt, Maria deckt den Tisch, zündet die Kerzen an, zieht die Vorhänge zu. Sie erzählt von ihren Abenteuern, ihrer Begegnung mit

Innocent, ohne ins Detail zu gehen, von Cambronnes Freundlichkeit, von dem Omelett für den Kaiser. Martial hört ihr zu, doch er ist abwesend, sein Lächeln ist erstarrt. Eine Dienerin bringt die Gänge, Geflügel, eine Pastete, Krebse, Ziegenkäse und eine Tarte. Die Kerzen werfen einen orangenen Schein auf die Tischdecke und das Besteck. Plötzlich bricht Maria in lautes Schluchzen aus, mit einem Mal sind alle Dämme gebrochen, sie fällt auf die Knie und weiß nicht, ob sie todunglücklich ist oder aber einen Moment seltenen Glücks durchlebt. Sie zittert, mit ihrem Weinen verschwindet alle Scham und Zurückhaltung. Hureau hebt sie hoch.

»Beruhigen Sie sich, beruhigen Sie sich, Sie müssen etwas essen.«

Sie nimmt einen Bissen, verschluckt sich.

»Langsam«, sagt Martial.

Maria schneidet einen Flügel ab, gießt etwas Soße darüber, legt eine Kartoffel daneben und reicht ihm den Teller. Er rührt ihn nicht an. Also schneidet sie das Huhn in feine Streifen und füttert ihn wie ein Kind. Martial sieht sie an. Glücklich? Sie hat den Eindruck, ja. Für die Krebse ist Hureau zu erschöpft. Er bittet um Wein, die Dienerin hat ihn vergessen. Maria rennt die Treppen hinunter, stürmt in den Speisesaal, in dem die Offiziere lauthals singen. Sie verlangt nach Wein, Weißen oder Roten, sie nimmt alle beide. Sie steigt wieder hinauf, zwei Stufen auf einmal nehmend.

»Hier ist der Wein, mein Geliebter.«

Doch Martial ist mit der Gabel in der Hand eingeschlafen, sein Kopf ist auf die Brust gesunken. Sie wischt sich den Schweiß aus dem Gesicht.

»Herr im Himmel, er schläft!«

Für einen Moment glaubt sie, es sei das Ende der Welt. Da finden sie sich endlich wieder, und er schläft. Sie nimmt ihm die Gabel aus der Hand, knöpft seinen Kragen auf, fährt über seine Stirn, seine Wangen, seinen Bart, in den sich ein paar graue Fäden mischen. Von der Straße tönen Schreie, sie öffnet das Fenster: Da schreitet der Kaiser durch die Menschenmenge, er hat die grün-goldene Uniform des Dragoners an, sie ist ihm viel zu eng.

»Er ist's! Er ist's.«

Der Kaiser bleibt stehen, Frauen stürzen auf ihn zu, um ihn zu berühren. Die Grenadiere der Garde zögern, ob sie dazwischengehen sollen, doch er bedeutet ihnen, daß alles gut ist. Der Generalstab bahnt ihm mit Mühe einen Weg bis zum Gasthof, Maria könnte hinabsteigen, ihm entgegenlaufen, ihn umarmen, warum nicht? Martial schläft immer noch. Sie schließt das Fenster, legt sich aufs Bett und wartet.

Lachen, Singen, Musik, die halbe Nacht hindurch. Diese Ausgelassenheit erinnert Maria an die Ankunft der Franzosen in Mailand, an die Menge, die jubelnd durch die Straßen lief. Sie sieht sich, wie sie in Begleitung des Malers Gros die Scala betritt. Sie denkt selten an Jean-Antoine, er ist berühmt geworden, Maler bei Hofe, er malt Schlachten und Siege. Sie ärgert sich, daß sie an den Maler denkt, wo doch Martial in ihrer Nähe ist. Sie verjagt den Gedanken an ihn, doch er kehrt wieder, in einem ganzen Wirrwarr von Erinnerungen und Träumen. Hureau erhebt sich, sie hört seine schweren Schritte auf dem Holzboden. Sie schließt die Augen, damit er nicht annehmen muß, sie geweckt zu haben. Vorsichtig legt er sich neben sie. Er küßt sie, er umarmt sie fest und schläft wieder ein. Sie schmiegt sich an ihn und gleitet ebenfalls in den Schlaf.

Es ist kalt, trotzdem hat Maria das Fenster geöffnet, das kreidige Morgenlicht dringt ins Zimmer. Hureau liegt noch im Bett, sie betrachtet sein Gesicht, das schon so lange in ihrem Herzen ist. Die Müdigkeit hat sich tief in seine Züge gegraben, eine Müdigkeit die von weit her kommt, weiter als von den Ritten durch die Berge, sie kommt von innen, ein tragischer Zug hat sich um seine

Nasenflügel und seinen Mund gelegt. Sie würde am liebsten ihre Lippen auf diese Müdigkeit legen und sie wegsaugen mit ihrer Zärtlichkeit, ihrer Wärme.

Die Pferde sind erregt, ein gleißendes Licht fällt über die Buchen- und Pinienwälder. Maria durchquert ein grünes Gebirge mit weiten Tälern, das sich von dem der Grafschaft gänzlich unterscheidet. An diesem frühlingshaften Tag gleicht der Feldzug einem Sonntagsausflug. Martial reitet an der Spitze neben Cambronne. Maria fühlt sich nicht alleingelassen, sie folgt den anderen, ohne sich Fragen zu stellen. Gegen Abend wird der General benachrichtigt, daß sich in La Mure ein Bataillon des Fünften Regiments befindet, angeführt von Kommandeur Lessard.

»Lessard!« ruft Cambronne, »den kenne ich, mit dem kann man reden.«

Die Männer bereiten sich auf die Begegnung mit dem Feind vor, ihre Gesichtszüge verhärten sich, wie auf Befehl schweigen alle.

Am Dorfeingang macht die Truppe halt. Auf der anderen Seite des Platzes steht das Bataillon von Lessard. Hureau gehört zu der kleinen Gruppe um Cambronne, die mit dem Kommandeur verhandelt. Maria sieht die Federbüsche und die weißen Mützen der Königlichen. Was sagen sich diese Männer, die so lange Seite an Seite gekämpft haben? Cambronne kommt mit düsterer Miene zurück. Die Männer machen kehrt. Martial führt sein Pferd an Marias Seite:

»Lessard hat von alledem nichts hören wollen, er hat beschlossen, uns den Weg zu versperren. Wir werden die Truppen nach Ponthaut zurücknehmen, dort werden wir auf den Kaiser warten.«

Ponthaut ist nur über eine Brücke zu erreichen, die zwei Steilhänge miteinander verbindet, zu deren Füßen ein Wildbach fließt. Man hört das Wasser, doch man sieht es nicht, im Schein der Fackeln haben sich die Männer niedergelassen, sie sind hungrig, sie hatten auf eine warme Mahlzeit in La Mure gehofft, doch nun wird man sich mit einem Stück trockenen Brotes begnügen müssen. Maria sieht sich nach einem geschützten Ort um, einer Baumgruppe oder einem Felsvorsprung, als Martial plötzlich ihre Hand ergreift. Nachdem sie einen steilen Pfad hinaufgeklettert sind, erreichen sie einen kleinen Hügel, der von Lärchen gesäumt ist. Der Platz ist nicht weit vom Lager entfernt, und doch hat Maria den Eindruck, sich an einem geheimen Ort zu befinden. Hureau breitet eine Decke aus, holt Vorräte und eine Flasche Weißwein hervor. Maria lächelt. Sie liebt diese unerwarteten Freuden, diese Überraschungen, seine geheimnisvolle Art. Der Wind säuselt in den Ästen der Lärchen, in der Tiefe gurgelt der Fluß. In dieser eisigen, sternklaren Nacht will Maria sich betrinken, sich völlig hingeben. Die Erde unter ihr ist hart, doch es gefällt ihr. Maria und Hureau nehmen sich, ohne sich auszuziehen. Ihre Schreie hören nur die Nachtvögel. Gegen das Gras gepreßt, spürt Maria eine Wärme in sich aufsteigen, die längst vergessen schien, eine Lust, die sie umfängt, sie niederwirft, durch ihren Körper strömt und langsam erstirbt. Atemlos bleibt sie liegen. Nichts hat sich verändert, weder die Bäume noch das Gras, noch der Himmel, noch die Wolken ... und doch hat sich alles verändert.

Der Lärm der Hufe und der Stiefel dringt zu ihnen herauf, Befehl zum Aufbruch. Hureau ist aufgesprungen. Maria rennt ihm hinterher, den steilen Weg hinab. Sie steigen aufs Pferd und reiten in entgegengesetzter Richtung zurück. Verwirrt folgt Maria dem Strom. Bei Tagesanbruch erreicht die Truppe wieder die Ortschaft La Mure, die die »Weißen« verlassen haben. Sie versucht nicht zu verstehen, warum, sie atmet die Luft ein, es riecht nach Holzkohle. In einem Gasthof reicht man ihr ein Glas Milch. Ein wohliges Gefühl der Müdigkeit durchfließt sie, Maria döst ein. Als sie erwacht, scheint die Sonne, der Kaiser ißt zu Mittag, er sitzt ihr gegenüber. Wie hat sie nur so lange schlafen können! Er ist allein, sein Gesicht wirkt, als sei es mit Gips überzogen, er starrt ins Leere. Ist er gleichgültig? Besorgt? Abwesend? Wo schwebt der Geist dieses Mannes, der ganz nach innen gekehrt ist? Maria möchte am liebsten unter dem Tisch verschwinden. Er sieht sie nicht, er ist weit weg. Sie steht auf und will hinausgehen. Da sieht er sie an. Lächelt. Nein, er hat mich nicht erkannt, das ist unmöglich. Maria lächelt zurück. Er macht eine Handbewegung, doch die erhobene Hand fällt zurück und wischt über den Tisch, als wolle er damit sagen: Ich spiele weiter, doch ich habe keine Karten mehr, meine Hände sind leer, ich bin frei. Seine Hand liegt unbeholfen auf dem Tisch. Maria senkt den Blick. Sie würde ihm gern sagen, daß sie verstanden hat, daß sie ihn immer verstanden hat, daß sie seinen Traum, seinen Wahnsinn geteilt hat, auch seine Verzweiflung. Aber als sie wieder den Kopf hebt, ist der Mann mit dem Gipsgesicht verschwunden, auf dem Tisch liegen ein paar Brotkrümel und eine kleine Schale mit Rahm.

Sie haben sich auf dem Berghang über dem See von Laffrey versammelt. Die Königlichen unter Lessards Kommando stehen in Bataillonen auf der Ebene zwischen dem See und dem Gebirge. Die Landschaft ist traurig und majestätisch zugleich. Hureau, ein Hureau, den Maria kaum mit dem Mann der letzten Nacht in Verbindung bringen kann, ist auf sie zugekommen, um ihr zu sagen, sie solle sich besser fernhalten. Zum ersten Mal stellt sich dem Kaiser eine Armee in den Weg. Es würde kein einziger Tropfen französischen Blutes fließen, hatte er geschworen – und wenn Blut fließen sollte, dann nur sein eigenes. Alle wissen das, sie hoffen, daß die Waffen schweigen werden. Cambronne ist vorgeritten, um erneut zu verhandeln. Der Kaiser geht auf und ab, die Arme auf der Brust gekreuzt. Cambronne kehrt zurück.

»Immer noch nicht?« fragt der Kaiser.

»Immer noch nicht, Majestät.«

Der Kaiser gibt den Grenadieren den Befehl, ihm mit dem Gewehr unterm Arm zu folgen. Er geht voraus, hinter ihm gehen die letzten Hüter des Tempels, die Getreuen, die Verrückten, die Wahnsinnigen, Bertrand, Drouot, Cambronne, noch etwas weiter Hureau und eine Gruppe Offiziere, die verlorenen Kinder des Kaiserreichs. Maria richtet ihre ganze Aufmerksamkeit auf den Hut des Kaisers und seinen schmalen grauen Gehrock, heute trägt er die Kleidung, die auf allen Gravüren zu sehen ist, die legendäre Uniform. Eine Wolke schiebt sich vor die Sonne, der See gleicht einem schwarzen Auge. Mit langsamen Schritten schreitet der Kaiser weiter, die Entfernung bis zu den »Weißen« ist nicht mehr sehr groß. Schon befindet er in Reichweite ihrer Gewehre. Er bleibt stehen. Die Männer neben Maria halten den Atem an. Diese harten Kerle, die unerschütterlich gekämpft und gelitten, Feuer, Eis und Angst kennengelernt haben und vom Tod stets verschont geblieben sind, diese Soldaten packt auf einmal eine unbekannte, nie dagewesene, schleichende Furcht, wie ein Fieber, das einen kranken Organismus befällt. Der Kaiser geht weiter. Einer der Grenadiere hinter ihm schreit den »Weißen« plötzlich zu: »He, Jungs, macht keinen Unsinn, der ›kleine Korporal‹ will nur mit euch reden!« Der Kaiser geht immer noch weiter auf sie zu. Die Königlichen sehen, wie dieser Mann mit dem Gipsgesicht, diese lebende Statue unweigerlich näher kommt. Lessard brüllt:

»Feuer!«

Nichts.

»Ich sage Feuer!«

Die Jungs rühren sich nicht, schießen nicht. Der Kaiser ist nur noch wenige Schritte entfernt, er knöpft seinen Rock auf, macht seine Brust, seinen Bauch frei, stellt sich breitbeinig hin und ruft mit lauter Stimme:

»Soldaten des Fünften Regiments, erkennt ihr mich wieder? Wenn es hier einen Soldaten gibt, der seinen Kaiser töten will, dann kann er es tun, hier stehe ich …«

Die Männer werfen ihre Waffen fort, drängen Lessard zur Seite und rufen wie aus einem Munde: »Es lebe der Kaiser!« Der Ruf schallt über den See bis ans andere Ufer. Die Männer neben Maria fallen sich in die Arme. Sie küssen Maria, verflucht, eine Frau! Sie wird weitergeschoben, mitgezogen. Ein Kreis hat sich um den Kaiser gebildet. Wieder einmal hat er gesiegt, ohne eine einzige Karte in der Hand zu haben, fast eine Wette.

Die Stadt Grenoble öffnet sich, die Garnison schließt sich ihnen an. Die Bürger haben die Fensterläden ihrer großen Villen geschlossen und die Türen verriegelt. Arbeiter und Handwerker toben in den Straßen, sie tanzen, singen und grölen. Sie lieben ihren »Korporal«. Er hat ihnen das Blut ausgesaugt … Und? Sein Kuß hat ihnen gefallen. So ist das nun mal … Man stelle sich Ludwig XVIII. an seiner Statt vor! Der soll ja bereits das Hasenpanier ergriffen haben, seinen Hintern in eine Berline geschwungen haben und bei Nacht und Nebel geflohen sein.

Der Kaiser wurde auf Schultern ins Hôtel des Trois-Dauphins getragen. Man hatte ihn verloren und wiedergefunden. Sie hätten ihn töten können, doch sie haben ihn mit offenen Armen empfangen. Da kommt er, müde, zerschlagen, genau wie seine Soldaten, dreizehn Meilen pro Tag … Morgen könnt ihr euch ausruhen, hat er gesagt. Schlafen, ja, sie müssen schlafen. Maria will nicht schlafen. Sie will Hureau. Er ist zu ihr gekommen, er steht vor ihr. Und während die Orchester, die Querpfeifen und die Trommeln den Kaiser preisen, gleiten Maria und Martial in ein echtes Bett mit weichen, seidigen Laken.

Martial rasiert sich am Fenster, unter der scharfen Klinge kommt die leicht gereizte Haut zum Vorschein. Die Muskeln seines Rückens spannen und entspannen sich. Maria betrachtet ihn, sie hat so wenige Männer bei ihrer Pflege gesehen, diese Abfolge einfacher und schöner Bewegungen. Sie entdeckt einen Hureau, der aufmerksam mit sich umgeht, Creme auf seine Wangen aufträgt und einen prüfenden Blick in den Spiegel wirft. In diesem Augenblick bemerkt er, daß sie ihn beobachtet, seine Bewegungen werden rascher, eckiger, als würde seine Sorgfalt ihm peinlich sein. Maria muß an sich halten, um nicht zu lachen, aus Angst, es könnte ihn verärgern.

»Sehen Sie mich nicht so an«, sagte er. »Ich bin nicht mehr in dem Alter, wo man sich noch bewundern läßt.«

»Sagen Sie nicht so ein dummes Zeug, kommen Sie lieber her ...«

»Ich muß zum Generalstab ...«

»Hureau, ich werde noch die Geduld mit Ihnen verlieren.«

Ein schimmerndes Licht überflutet Martial, der in der Mitte des Raumes steht. Er geht auf das Bett zu, Maria erhebt sich und wirft ihn auf die Kissen.

»Jetzt entkommen Sie mir nicht mehr. Erzählen Sie mir von der Insel Elba ... erzählen Sie mir von Pauline. Hat sie im Meer gebadet, in Eselsmilch oder in Rosenwasser, hat sie Sie dienstverpflichtet, Hauptmann, na, sagen Sie schon!«

Hureau wehrt sich, Marias langes Haar macht ihn blind. Er versucht ihr zu entfliehen, hebt seine Hände und versucht sie wegzuschieben, doch seine Finger gleiten über ihre warme Haut. Er hört, wie sie in sein Ohr wispert:

»War Pauline zärtlicher, sanfter, hatte sie festere Brüste, einen weicheren Rücken? ...«

»Seien Sie still, Maria, Sie sind die Frau, die ich liebe.«

»Dann beweisen Sie es, Hauptmann, beweisen Sie es sofort und all die kommenden Tage.«

Die Soldaten schauen neidisch zu dem Hauptmann hinüber, der mit einer verliebten Frau am Arm durch die Straßen wandelt. Es ist ein warmer Frühlingstag. Die Zeit scheint stillzustehen. Das Leiden hat aufgehört. Im Gasthof am Ufer des Flusses werden sie umsorgt, die anderen Gäste lächeln ihnen zu. Dieser friedliche Moment wird – Maria weiß es – dem Schicksal nicht lange trotzen können. Irgendwann werden sie wieder an die Zukunft denken müssen. Wird sie Hureau weiter folgen? Ihr Abenteuer ist an sein Ende gelangt. Alle beide zögern den Augenblick hinaus, wo sie von der Zukunft sprechen müssen. Sie lächeln sich an, sagen sich kleine, nichtssagende Dinge von der Liebe. Martial spricht über Elba, den Alltag des Kaisers, und er vermeidet es, Pauline zu erwähnen. Der Gastwirt serviert ihnen grünen Likör, aromatisch und kräftig. Martial trinkt ihn in einem Zuge aus. Dann plötzlich:

»Maria, ich muß heute abend nach Lyon, in Begleitung von Cambronne. Wir werden Abschied nehmen müssen. Ich weiß, wie sehr ich Ihnen weh tue, indem ich Ihnen das sage. Doch was bleibt mir anderes übrig? Der Sturm auf Paris beginnt.«

Paris, die Rückeroberung, Maria kennt die Spielregel, das Kaiserreich endet nicht am Ufer der Isère. Zwei Tage und zwei Nächte mit Martial, konnte sie mehr erhoffen?

»Sie sollten nach Nizza zurückkehren«, fährt Hureau fort. »Es wird alles sehr schnell gehen. Frankreich liebt Napoleon noch immer, zumindest, was das Volk angeht. Aber was werden die europäischen Fürsten machen, die Russen, die Österreicher, die Preußen, die Engländer?«

Maria nippt an ihrem Likör.

»Wird es Krieg geben?«

»Ich fürchte, ja.«

»Aber wir werden doch gewinnen, so wie immer?«

Martial ergreift Marias Hand und küßt sie.

»Wir haben keine Armee mehr, die Munition geht uns aus, dieses Mal heißt es alles oder nichts. Wir werden gewiß siegen. Wir haben schon so oft gesiegt, aber wir haben nie den Frieden erlangt.«

Ein Schauer überläuft Maria, ihr Herz krampft sich zusammen, die Sonne verschwindet. Es ist kalt.

»Wir werden uns wiedersehen, nicht wahr?«

Es ist die Frage eines kleinen Mädchens, das nicht weiß, wie es seine Angst vor der Dunkelheit verbergen soll.

»Aber gewiß!« ruft Martial. »Sie werden dort unten an mich denken, und Sie werden weit weg von den Kämpfen sein. Ich liebe diese Grafschaft, ihre Art, der Geschichte den Rücken zu kehren. Dort ereignet sich nie etwas, und es wird sich dort auch nie etwas ereignen.«

»Schweigen Sie, Martial, ich will dorthin, wohin auch Sie gehen.«

»Das ist unmöglich, Maria. Warten Sie auf mich. Bin ich nicht immer wiedergekommen?«

Sie gehen zum Hotel zurück, Nebel senkt sich über die Stadt. Im Zimmer packt Martial seinen kleinen Koffer. Maria zieht sich in die Waschküche zurück, wo sie die schönsten Hemden des Hauptmanns bügelt. Sie hat das Bügeln immer gemocht. Sie hat gelernt zu lieben und zu leiden, als sie sich um Benjamins Wäsche kümmerte. In einer Ecke des dunklen, gewölbeartigen Raums stehen zwei brodelnde Kessel auf dem Feuer. Maria hört das Seufzen des Wasserdampfs. Sie will an nichts denken.

Es ist soweit, die Soldaten sammeln sich auf einem Truppenübungsplatz außerhalb der Stadt. Die Kavalleristen schirren die Pferde an, fast ohne Licht und nahezu geräuschlos. Schweigend laufen sie bis aufs freie Feld, da verlangsamt Maria den Schritt.

»Lassen Sie uns hier Lebewohl sagen, Martial. Vergessen Sie nicht, daß uns bald nur noch das Alter bleibt, um uns zu lieben.«

Hureau lächelt mit diesem geheimnisvollen, ironischen Lächeln, das sie das erste Mal in der Höhle des Vésubie bei ihm gesehen hat.

»Maria, kehren Sie schon morgen nach Nizza zurück. Ich habe den Soldaten, der Sie begleitet hat, für die Rückreise bestimmt.«

Er macht einen Schritt zur Seite, doch sie hält ihn fest.

»Ist das alles, was Sie mir zu sagen haben?«

Martial bleibt stehen, sein Blick verschwimmt.

»Ich liebe Sie, Maria«, flüstert er.

Sie sehen sich einen Augenblick an, dann entfernt sich der Hauptmann langsam, ganz langsam, und geht zu den Kavalleristen zurück, von denen die meisten schon zum Aufbruch bereit sind. Männer und Pferde verteilen sich im schwachen Schein der Fackeln. Ein Befehl erschallt, die Hufe donnern über den Boden, der Nebel verschlingt die kleine Truppe. Maria scheint es, als würde Hureau sich zu dem Ort umdrehen, wo sie Abschied genommen haben.

Am nächsten Tag, Mittwoch, dem 9. März, reist Maria zurück nach Nizza, der Kaiser verläßt Grenoble am frühen Nachmittag in Richtung Paris.

Die Nachricht vom Desaster in Waterloo erreichte Nizza zur selben Zeit wie die Ankündigung, daß der Kaiser zum zweiten Mal abgedankt hatte. Es war Ende Juni. Der Bischof ließ ein *Te Deum* aufführen, um das Ereignis gebührend zu feiern. Es war heiß, die Stadt war menschenleer. Die sardische Garnison schützte sich im Schloßbunker vor der Sonne. Die Bewohner der Altstadt stellten erst am Abend Stühle in den Gassen auf. Der Kaiser war zurückgekehrt und reiste wieder ab, ohne daß die Grafschaft etwas davon erfahren hätte. Die sardische Regierung hatte vorsichtshalber Truppen an die Grenze von Saint-Laurent-du-Var geschickt. Aber der Oger hatte Besseres zu tun. Die Gefahr war vorüber, bevor man überhaupt Zeit gehabt hatte, sich Sorgen zu machen.

Maria erfuhr die Neuigkeit von Catherine, die darüber nicht sonderlich betrübt zu sein schien. Maria hatte ihre Tochter noch nie so fröhlich und ausgelassen gesehen wie seit ihrer Rückkehr. Der Zusammenbruch des Kaiserreichs hatte damit nichts zu tun, Catherine war schwanger. Sie erzählte ihrer Mutter davon, wobei sie sich mit der Hand über den Bauch fuhr. Für einen Augenblick hatte Maria arge Befürchtungen. Aber nein, die Daten stimmten nicht überein …

Catherine war wieder voller Energie und hatte ihre gute Laune wiedergefunden; seit Giovannis Abreise verzehrte sie sich und war von einer Schwermut befallen, von der sie nichts ablenken konnte. Maria wußte nicht, was sie sagen sollte, sie war von den unglaublichen Ereignissen erschüttert. Sie beschloß jedoch, sich ihrer Tochter zu widmen, und küßte sie zärtlich auf die Wange.

»Ich bin stolz und glücklich für Sie, meine Tochter. Haben Sie es Pierre-Joseph schon gesagt?«

»Noch nicht«, antwortete Catherine im scherzhaften Ton, als handele es sich um eine Nebensächlichkeit.

Maria insistierte:

»Sagen Sie es ihm, das ist wirklich das Mindestc.«

»Ja, ja, aber, Maman, ich muß Ihnen gestehen, daß ich in keinster Weise an ihn gedacht habe. Pierre-Joseph ist ohne Zweifel der Vater, sagen wir, so wie ein Kater der Vater seiner Jungen ist. Doch in Gedanken habe ich das Kind mit einem anderen gemacht. Und es ist von ganz allein gekommen. Wie durch ein Wunder.«

»Du bist verrückt!« rief Maria.

Aber konnte sie ihr wirklich widersprechen? Catherine war nicht anders gezeugt worden. Es hatte zwar Vincent gegeben, der auf ihr herumgezappelt war, dessen Gewicht sich aber beim Gedanken an Benjamin aufgelöst hatte. Was Catherine anging, so hatte Maria keinen Zweifel, wer der andere war. Sie spürte die ganze Grausamkeit dieses Schicksals, als sei sie selbst seine Verursacherin.

Nach Catherines Besuch suchte Maria den Namen Waterloo auf der Landkarte, doch vergebens. In dieser Richtung fand sie nur Flandern, Brüssel, Holland, die Nordsee. Sie dachte an die Männer, deren Begeisterung sie in Laffray geteilt hatte, sie sah wieder die Schnurrbärte, die Blicke, das Lächeln, die stolzen Köpfe, die schön waren, weil sie keine Hintergedanken hegten, nicht berechnend waren, Köpfe, die die verfeinerten Geister als grobschlächtig empfanden. Wo waren all diese Gesichter jetzt? In welchem Schlamm siechten sie? Wo befand sich Hureau? Er hatte ihr erklärt: »Dieses Mal heißt es alles oder nichts.« Die Nacht war erstickend heiß, und Maria wiederholte die Worte: alles oder nichts. Alles. Hureau neben ihr, er rasiert sich, führt die tausend kleinen alltäglichen Handbewegungen aus, er hat die Katastrophe überlebt, ist dem Tod entkommen. Hat er es ihr nicht versprochen? Das Leben würde zweifelsohne weitergehen, die Niederlage würde vergessen sein, das Leben würde weitergehen, auf einer dünnen Oberfläche, unter der all die Toten lagen, vielleicht, aber es würde weitergehen.

Kurz nach dem Sonnenaufgang steckte Maria ihre Federn, die Tinte, ihre Hefte in einen Beutel und brach zu Fuß nach Westen auf. Dort, auf den Ufern des Var standen große Lindenbäume, die selbst in der größten Hitze noch Schatten spendeten. Die Vögel sangen. Maria blieb lange reglos sitzen, die Insekten, Blindschleichen und Eidechsen nahmen sie nicht wahr. Überall kreuchte und fleuchte es, ein ständiges Summen und Rascheln, winzige Schreie und Seufzer. Maria hatte sich so hingesetzt, daß sie das Meer in der Ferne sehen konnte. Der Anblick der warmen, fruchtbaren Erde und des unfaßbaren, spiegelnden Wassers erzeugte in ihr ein Gefühl der Fülle, das sie der Zeit entfliehen ließ. Sie befand sich im Zeitalter der Höhlen, in einer unangetasteten, dichten und über alles herrschenden Natur. Fischer, Kinder und Froschjäger kamen an ihr vorbei. Da man sie kannte, störte sie keiner bei ihrer Betrachtung.

Maria kehrte am frühen Nachmittag nach Haus zurück. Sie fürchtete diese Tageszeit mit dem durchdringenden Gesang der Grillen. Diese Stunden waren schmerzlicher als die anderen, in ihnen zerbrachen die Gründe weiterzuleben. Mit dem Abend kehrten die schützenden Wellen wieder, die aromatische Brise des Meeres, die Träume. Aber auch die Geister.

Sie vernahm ein Geräusch im Park und drehte sich mehr neugierig als ängstlich um. Maria erkannte zwischen den Lorbeerbäumen die gedrungene Gestalt von Innocent. Fast hätte sie vor Freude laut aufgeschrien. Innocent! Seine Anwesenheit ließ trotz der Dunkelheit und der Ruhe die Trommeln erklingen, die Querflöten, das Poltern der Hufe, den Lärm der marschierenden

Truppen. Innocent war der Weg, er war der Kaiser, er war Hureau. Er legte einen Finger auf seine Lippen und zeigte mit dem Kopf ins Innere des Hauses. Von der Veranda aus suchte er noch einmal den Garten ab und begann dann leise zu sprechen:

»Ich freue mich, Sie gefunden zu haben, denn hier wird alles verfolgt, was auch nur entfernt wie ein Bonapartist aussieht. Wenn die hiesige Polizei auf einen Halbsöldner wie mich trifft, wird nicht lange gefackelt.«

Maria nickte, die sardische Polizei vermutete in allem einen Komplott. Die Reisenden aus Frankreich waren verdächtig. Sie selbst führte die Liste der gefährlichen Personen an. Jeder ihrer Gänge und auch die ihrer Bediensteten wurde überwacht.

»Haben Sie Hunger oder Durst?«

»Puh, bei der Hitze werde ich nicht nein sagen.«

Maria lief zur Anrichte und holte eine Flasche Weißwein, die sie mit etwas Wasser aus dem Brunnen kühlte. Aus der Küche nahm sie ein Stück Brot und eine italienische Mortadella sowie ein Stück Käse. Unterdessen hatte sich Innocent nicht aus dem Salon bewegt, er war in Zivil gekleidet und sah aus wie ein reicher Bauer. Er trank einen Schluck kühlen Wein. Maria schenkte ihm nach. Nur keine Fragen stellen, Innocent war nicht zufällig hier. Sie blickte ihn an, doch er ließ sich nichts anmerken. Maria erinnerte sich an den kurzen Abschied, bevor sie den Var überquerte hatte. Sie hatte gesagt:

»Begleiten Sie mich, ich brauche einen Mann für alles.«

Er hatte gelächelt.

»Das geht nicht. Der Hauptmann hat mir befohlen, Sie zu begleiten. Das habe ich getan, und nun kehre ich um.«

»Der Hauptmann ist ein Freund. Ich werde ihm erklären, daß ich Sie brauche.«

Innocent hatte sie angesehen, wie jemanden, der zu dickköpfig ist, um zu begreifen.

»Die Kameraden warten auf mich. Ich kann sie nicht im Stich lassen.«

Daraufhin hatte er kehrtgemacht, Richtung Frankreich.

Innocent nippte an seinem Glas, diesmal ließ er sich Zeit. Er begann zu sprechen, ohne Maria anzusehen, und hielt das Glas fest in seiner Hand:

»Nachdem ich von Ihnen Abschied genommen hatte, bin ich nach Paris geritten, der Kaiser war bereits seit zwei Wochen dort. Und alle Welt schien darüber sehr erfreut. Ich habe mich auf die Suche nach dem Hauptmann gemacht, um ihm zu berichten, daß ich meinen Auftrag erfolgreich erledigt hatte. Als ich ihn fand, war er gerade damit beschäftigt, die neuen Rekruten einzuweisen. Er fragte, ob es Ihnen gut ginge, und ich erzählte ihm, daß die Reise erfolgreich verlaufen war. Er schien darüber sehr erfreut. Dann klopfte er mir auf die Schulter und sagte: ›Du kannst bei mir bleiben, wenn du willst.‹ Ich antwortete: ›Ja, warum nicht?‹ Es schien mir, daß es gut sei, an seiner Seite zu bleiben. Solche Dinge hat man im Gespür. Wir haben einen Monat hart gearbeitet und alles erledigt, was zu erledigen war. Dann brachen wir nach Flandern auf. Den Rest haben Sie schon erfahren. Wir, das heißt der Hauptmann und ich, gehörten zur Alten Garde. Als der Kaiser sah, daß auf jeden unserer Männer beim Feind drei Mann kamen, hat er die Bataillone in Quadraten formiert. Das bedeutete, daß wir nicht mehr angreifen, sondern nur noch Widerstand leisten konnten. Ney hatte keine Kavalleristen mehr. Die Preußen hatten sich mit den Engländern verbündet. Wir warteten auf die Armee von Grouchy, doch sie kam nicht. Wir waren verloren. Der Kaiser wollte sich mit Cambronne in das letzte Quadrat stellen. Meiner Meinung nach hatte der Kaiser keine Lust mehr, weiterzumachen, er wollte einfach sterben und wir mit ihm. Die Generäle des Generalstabs dachten jedoch anders darüber, ganz anders. Sie hatten keine Lust, draufzugehen, sicher hatten sie noch Zukunftspläne. Kurz, wir befanden uns auf einmal in einer Meute von Männern, die schreiend die Flucht ergriffen und ziellos durch die Dunkelheit rannten. Die Preußen stießen Hurra-Rufe aus, die einem eiskalt über den Rücken liefen. Einige von uns schossen sich vor Panik eine Kugel in den Kopf, um ihn nicht von den Ulanen abgeschlagen zu bekommen. Es war entsetzlich. Der Hauptmann hatte sich nicht unter die Soldaten des Generalstabs gemischt. Er war der unglücklichste Mann der Welt. Während der Generalstab nur eines im Kopf hatte, nämlich den Kaiser nach Paris zurückzutreiben, wollte der Hauptmann den Kampf weiterführen. Er gehörte zu jenen, die glaubten, daß die Alte Garde noch über Ressourcen verfüge, daß Grouchy eine Armee von dreißigtausend Mann anführe und wir eine Chance hätten, wenn wir ein wenig Ordnung in die Situation brächten. Der Kaiser wiederum sah aus wie ein unentschlossenes Kind, gehe ich, gehe ich nicht. Schließlich hat er auf die anderen gehört, auf jene, die ihm während seines Exils in den Rücken gefallen waren und jederzeit bereit waren, es wieder zu tun. Sie setzten ihn in einen Wagen, sie selbst sprangen in einige Karren, und hopp … er ward nicht mehr gesehen. Der Hauptmann ist ihnen nicht gefolgt, ich bin bei ihm geblieben. Das Generalquartier, eins gab es noch, befand sich auf dem Weg nach Avesnes. Wir liefen mit einer Gruppe von Männern dorthin, die ihre Waffen fortgeworfen hatten. Einige Pferde brachen vor Erschöpfung zusammen. Die Augen des Hauptmanns funkelten vor Wut. Nach einer Weile ließen wir uns von der Gruppe überholen und standen am Rande eines kleinen Waldes. Der Tag brach an. In diesem Augenblick kehrte der Hauptmann um, mit anderen Worten, wir standen nach kurzer Zeit wieder den Preußen gegenüber. Der Hauptmann fragte mich: ›Siehst du ihn?‹ Es war noch nicht sehr hell, ich sah überhaupt nichts. ›Dort drüben, der preußische Offizier auf dem Bergkamm ...‹ In der Tat, ein Offizier. Er war kaum zu erkennen, doch seine goldenen Ärmelaufschläge hatten ihn verraten. ›Ich werde ihm einen kleinen Besuch abstatten‹, sagte der Hauptmann. ›Lassen Sie das, es bringt doch nichts.‹ Ich konnte nicht umhin, diese Bemerkung zu machen. Der Hauptmann stauchte mich zusammen: ›Du bleibst hier, dich geht das gar nichts an.‹ Mir blieb nichts anderes übrig, als zu gehorchen. Er kramte in seiner Westentasche und zog einen Geldbeutel heraus. ›Hier, das ist für dich, geh besonnen damit um.‹ Mit diesen Worten ritt er im Trab auf den Mann zu. Auf der Hälfte des Weges begann er im Schritt weiterzureiten. Der andere konnte ihn nicht sehen, zumal in diesem Augenblick die Sonne aufging. Der Hauptmann nahm seinen Säbel in die Hand, die Klinge blitzte auf, der preußische Offizier blieb stehen. Sie behielten sich gegenseitig im Auge und taten doch so, als würden sie nicht aufeinander achten. Irgendwann muß dieses kleine Spiel dem Hauptmann zu lange gedauert haben, er ritt ein paar Schritte weiter, zog seine Pistole und drückte ab. Meiner Meinung nach war es, um den Preußen dazu zu bringen, sich zu bewegen. Denn um ihn zu treffen, war er zu weit weg. Als der Preuße dies sah, galoppierte er los. Der Hauptmann ritt auf ihn zu und feuerte einen zweiten Schuß ab, offenbar, um ihn zu provozieren. Der Offizier begann laut zu fluchen und zückte seinen Säbel. In dem Moment standen die beiden Männer sich gegenüber. Der Hauptmann schlug gegen den Säbel des Preußen und hieb ihm dabei die Nase ab. Der andere stürzte blutüberströmt zu Boden. Daraufhin, und das hätte er nie tun dürfen, drehte der Hauptmann sich um, der Preuße war noch nicht ganz tot. Er hatte noch zwei Schuß in der Pistole. Die erste Kugel verfehlte den Hauptmann nur um Haaresbreite, und anstatt sich zu verstecken oder sein Pferd anzutreiben, er war ja schließlich ganz nah an einem

Wäldchen dran, wandte er sich um und reckte sich der zweiten Kugel förmlich entgegen: Er ließ das Pferd im Schritt weiterlaufen, die Kugel traf ihn mitten ins Herz. Da verstand ich, warum er mir den Geldbeutel gegeben hatte. Ich habe dann den Preußen mit einem Säbelhieb erledigt.

Der Hauptmann sah fröhlich aus, so traurig es klingt, es schien, als habe ihn sein letzter Gedanke glücklich gemacht. Ich habe Ihnen seine Sachen mitgebracht, es ist nicht viel, eine Schachtel Zigarren, seine Uhr, ein wenig Kleingeld und das Kreuz, das ihm der Kaiser verliehen hatte. Ich habe alles am Strand versteckt, bevor ich zu Ihnen gekommen bin.«

»Danke Innocent, danke für alles«, murmelte Maria.

Eine Woche lang wurden auf den Terrassen der Cafés Konzerte gegeben. Quartette mit Klavier, zwei Geigen und einem Cello. Die Notabeln der Stadt wurden ausdrücklich gebeten, den Veranstaltungen beizuwohnen. Alle sollten erfahren, daß die Regierung von Turin die schönen Künste fördere. Ungewohnt war jedoch, daß die Musiker unter freiem Himmel bei Kerzenlicht auftraten. Sie nahmen mit der größten Selbstverständlichkeit Platz, stimmten ihre Instrumente und begannen zu spielen. Was für ein Kontrast zu den Opernaufführungen! Die Herbstabende entfalteten ihre glühende Farbenpracht, die langsam im Meer versank. Hinter den Musikern wechselte der Himmel vom leuchtenden Rosa zu Violett-Grün, bevor die Dunkelheit das letzte Glimmen über den Gipfeln des Esterel aufzehrte. Diese Musik gepaart mit dem Schauspiel des flammenden Sonnenuntergangs erzeugte bei den Zuhörern eine noch nie dagewesene Ergriffenheit, die sie in ihrem tiefsten Innern aufwühlte. Es berührte einen Teil ihres Wesens, der weder der Vernunft noch dem Gefühl entsprang, sondern einer unbekannten Region, die sie mit einer

Mischung aus Furcht und Trunkenheit entdeckten: die Wallungen der Seele, dachten die Kühnsten im Publikum, jene, die sich nicht scheuten, die Schöpfungen des Menschen mit dem Göttlichen in Verbindung zu bringen. Seele! Dieses Wort machte Angst.

Maria setzte sich immer auf denselben Platz in die erste Reihe. Auf diese Weise brauchte sich keiner verpflichtet zu fühlen, sie zu grüßen, was für einige schon einen schweren Verstoß bedeutet hätte. Sie war gebrandmarkt, mehr denn je. Diese Frau, die in Schwarz gekleidet war und mal wieder um wer weiß wen trauerte, war verpönt, weil sie ein uneheliches Kind hatte, eine Ehebrecherin war, sich durch die Revolution bereichert hatte, auf der Seite der Franzosen, der Bonapartisten stand und vor allem, und das schloß alles ein: weil sie eine unabhängige Frau war. Für Maria existierte die Gesellschaft nicht. Sie sah sie nicht. Sie wartete, daß ein Wunder einträte. Und es ereignete sich jeden Abend. Die Musik flog mit ihr fort. Sie schloß die Augen, und ein unsichtbarer Faden spannte sich, über diesen Faden glitt die erste Geige leicht und wogend, dann die zweite, dunklere hinterher, die die Schwermut des Cellos ankündigte. Das Klavier stimmte mit ein und spielte doch auch für sich. Im Gegensatz zu dem, was Maria in der Mailänder Scala erlebt hatte, wo die Musik und der Gesang Benjamin in Fleisch und Blut zurückkehren ließen, so daß sie nur hätte den Arm auszustrecken brauchen, um ihn zu berühren, spürte sie bei diesem Quartett etwas, das sie an ein ruhiges Meer erinnerte. Ein zartes Beben, eine Art Vorreiter des Schlafs, eines langen wundervollen Wachtraums, in dem sich die Trauer und der Schmerz, die Bitterkeit und die Ironie, das Unrecht und die Grausamkeit verflüchtigten. Sie ließ sich in das leichte crescendo sinken, diesen langsamen Seufzer, diesen gleichmäßigen Atemzug, der in derselben Sekunde entstand und wieder verging, das Böse fortspülte, die Traurigkeit auslöschte. In diesem Augenblick war Maria imstande, die Dinge zu akzeptieren, wie sie waren, ihr Herz beruhigte sich, ihre Glieder entspannten sich, sie überließ sich dem Himmel, der göttlichen Sanftmut, allem, was sie überstieg und ihr unverständlich blieb. Sie überließ sich der Musik, der Verzückung, dem Seelenfrieden. Dieses Glücksempfinden hielt noch nach dem Konzert an, weder die plötzliche Stille noch das Rücken der Stühle auf dem Pflaster konnten es zerstören.

Am letzten Abend wagte Maria, auf die Musiker zuzugehen. Es waren Österreicher, sie sprachen kein Französisch. Maria versuchte es mit Italienisch, weil sie von Turin geschickt worden waren, doch nur ein einziger, der Cellist, verstand sie ein wenig. Wie sollte sie zum Ausdruck bringen, was sich eben nicht in Worte fassen ließ? Maria begnügte sich damit, ihn zu fragen, wer diese fröhliche und zugleich tragische Musik geschrieben hatte. Er verriet ihr, daß sie ein junger Mann komponiert hatte, der zu Beginn der französischen Revolution in Wien gestorben war, ein gewisser Wolfgang Amadeus Mozart. Als sie den Küstenweg entlang zu sich nach Hause lief, wiederholte sie leise den merkwürdigen Namen: Mozart.

Maria wurde mitgeteilt, daß ein Herr an der Relaisstation des Hotels sein Gepäck hinterlassen hatte. Der Reisende, ein Mann von etwa fünfzig Jahren, der auf dem Weg nach Italien war, hatte gefragt, ob eine Frau namens Maria noch immer die Besitzerin des Hotels war. Man hatte ihm erwidert, daß sie in der Tat Maria Tordo hieße, das Hotel jedoch geschlossen sei. Der Mann legte einen kleinen Brief in das große flache Gepäckstück und wandte sich an den Leiter der Poststation:

»Bitte geben Sie ihr das von mir, gehen Sie vorsichtig damit um, es ist sehr empfindlich.«

Nachdem er neue Pferde erhalten hatte, stieg der

Reisende, der müde wirkte, ohne ein Wort in die Berline und fuhr weiter.

Der Gegenstand war mit einem großen Tuch umwickelt, das an den Seiten zugebunden war. Maria wollte das merkwürdige Geschenk nicht an Ort und Stelle auspacken. Sie ließ es in die Villa bringen und stellte es unter die Veranda des Wintergartens. Sie lief mehrere Male drumherum. Sie kannte die Form dieses Gegenstandes. Sie erinnerte sich an Fragonards Gemälde, die sie damals in Grasse gesehen hatte, im Gewächshaus des Gartens, der zum Anwesen der Marquise de Cabris gehörte. In dem Moment erriet sie es. Sie schnitt die Schnüre durch, das Tuch fiel herab, und im goldenen Licht der Vormittagssonne erschien ihr Porträt. Sie. Sie vor zwanzig Jahren, auferstanden aus den Pinseln von Jean-Antoine Gros. Sie erinnerte sich an das Zimmer in Mailand, wo sie es zum ersten Mal gesehen hatte. Draußen hatte es in Strömen geregnet. Es war das Bildnis einer erobernden, wollüstigen und stolzen Frau, einer Kriegerin, die bereit war, das Leben zu verschlingen. Maria war erstaunt, daß der Kampf zwischen Licht und Schatten gleich wieder begonnen hatte, ein Kampf, aus dem das Gesicht überhaupt erst geboren wurde. Doch sie fand es nicht mehr wie damals eroberungslustig und stolz, sondern anmutig leuchtend und auch von schicksalhaften Schatten gekennzeichnet. Diese Frau verschlang das Leben nicht, sie war selbst das Leben, die Sonne, das Licht, Leben, Sonne, Licht, auf die das Böse, die Finsternis und das Unglück lauernd warteten. Im Hintergrund wurden die Kontraste sanfter: ein perlender, zarter Himmel, ein italienischer Himmel an einem schönen Frühlingsabend.

In dem Tuch befand sich noch der Brief, den der Reisende hinterlassen hatte. Maria faltete ihn langsam auseinander, als wolle sie die Lektüre möglichst lange hinauszögern. Er war unterschrieben mit Jean-Antoine Gros. Sie faltete ihn wieder zusammen und steckte ihn in ein Schubfach, sie würde ihn später lesen. Dann entfernte sie sich, verharrte einen Moment, nein, die Neugierde siegte, und sie ging zurück, um den Brief zu nehmen. Sie legte sich auf den Boden neben das Gemälde und begann zu lesen.

Maria,

vor zwanzig Jahren haben Sie in einem Schlafzimmer in Mailand einen Gegenstand vergessen, der Ihnen gehört. Erlauben Sie mir, daß ich ihn Ihnen wiedergebe. Ich trenne mich nur schweren Herzens von Ihrem Porträt. Aus vielerlei Gründen, der erste ist natürlich, weil Sie es sind, leuchtend, gleichgültig, grausam und zärtlich. Sie, wie ich Sie zwanzig Jahre gesehen habe und Sie immer in Erinnerung behalten werde. Unverändert, von der Zeit unberührt. Sie, Maria, die Italienerin, die Mailänderin, die Vagabundin auf dem Weg durch Ligurien, Piemont und die Lombardei, Sie, die Geheimnisvolle, die mir in einer verregneten Nacht die Liebe gegeben haben und mir gleichzeitig die versteckten Pforten des Lebens geöffnet haben. Diese Pforten habe ich wie ein hitziger Husar durchschritten. Die Welt gehörte mir, die Kunst gehörte mir, ich hielt den Ruhm und den Erfolg in den Händen. Das alles habe ich tatsächlich bekommen ... Heute bleibt nur der Zweifel, ein furchtbarer Zweifel. Vielleicht habe ich mich auf einen Irrweg begeben. Ich habe Kaiser, Kaiserinnen, Fürstinnen, marschierende Armeen gemalt, ich habe den Sieg und die blutenden Sonnenuntergänge der Schlachtfelder gemalt. Aber wenn ich eines meiner Kunstwerke aus der Versenkung retten müßte, so wäre es Ihr Porträt. Das einzige, auf dem ich die Natürlichkeit, die Jugend, das Ungestüm, die Schönheit eingefangen habe in ihrer ganzen Vergänglichkeit.

Heute kehre ich nach Italien zurück, mein Herz ist ernüchtert, verbraucht, ich habe mich zu sehr an der Gesellschaft gerieben, in der irrsinnigen Hoffnung, dort meine eigene Jugend, meine Unschuld zurückzuerlangen. Ihnen dieses Porträt wiederzugeben ist ein Akt, der mir einen Neubeginn ermöglichen soll. Ich bin an einen Endpunkt gelangt. Ich weiß nicht, wie das Schicksal mit Ihnen umgesprungen ist. Doch gleichgültig, ob Sie triumphieren oder niedergeschlagen sind, ich bitte Sie, dieses Gemälde nachsichtig zu betrachten. Es besteht aus dem Besten, was ich gegeben habe, und dem, was an Ihnen ewig ist. So glaube ich zumindest.

Ihr Jean-Antoine Gros

Später, viel später, das Licht war bereits über das Porträt gewandert und hatte die roten Reflexe von Marias dichtem langen Haar zum Leuchten gebracht, kam das Zimmermädchen atemlos zur Tür herein.

»Madame, Madame, Ihre Tochter läßt Sie rufen, sie hat die ersten Wehen … machen Sie schnell.«

Maria durchquerte die Stadt, über die sich das Flammenmeer der untergehenden Sonne ergoß, das Gold floß über die Kirchtürme und die Dächer. Die Kutsche fuhr am Meer entlang, das sanft ans Ufer brandete. Um zu den Arsons zu gelangen, die erst kürzlich auf die Hügel von Saint-Barthélemy gezogen waren, mußte sie das alte Stadtviertel verlassen und aufs Land hinausfahren, an den Schafställen vorbei, die am Fuße der Hügel standen. Der Abend war fortgeschritten, die Hänge leuchteten gelb und rosa. Unten im Tal weckte der blaue Schatten der Olivenhaine die Nachtvögel, die ihren Gesang anstimmten. Maria schloß die Augen, sie dachte an die letzten Worte im Brief des Malers: Ewig. Die Ewigkeit ihres Gesichts im Kampf von Licht und Schatten. Die Ewigkeit der Jugend, die Ewigkeit der Schönheit. Die Ewigkeit, das hieß für immer, ihre Haare im Wind, der schwarze Glanz ihres Blicks. Immer! Aber diese Ewigkeit gehörte ihr nicht, es war die des Porträts, dieselbe Ewigkeit, die in der Musik des österreichischen Komponisten lag. Die Ewigkeit der Vorstellungskraft, die Ewigkeit der Kunst. Sie öffnete die Augen, das Kloster von Saint-Barthélemy tauchte vor ihr auf. Die Kutsche bog in einen Park ein, fuhr kurvige Alleen entlang, die so schattig und feierlich waren, daß selbst die Vögel nur gedämpft zwitscherten. Pierre-Joseph Arson erwartete seine Schwiegermutter auf dem Treppenabsatz vor der Villa. Er führte Maria zu dem Zimmer der jungen Frau, ein Dutzend Bedienstete lief mit Wasserkrügen in der Hand durch die Flure. Catherines Schlafzimmer sah aus wie eine Kirche, in der Mitte stand umgeben von Fakkeln, Lampen und Kandelabern das Bett mit einem Baldachin, das einem Altar glich. Davor liefen ein Dutzend Hebammen in weißen Kitteln umher, die wie Schweißtücher aussahen und auf denen hier und da ein Blutfleck an die Heiligkeit der Dinge erinnerte, die sich zwischen den Seidenlaken und den Samtvorhängen ereigneten. Am »Altar« waltete mit hochgekrempelten Ärmeln der Geburtshelfer seines Amtes, zwei Helferinnen hielten ein Becken mit heißem Wasser und saubere Tücher.

Maria kam näher, Catherine sah in dem riesigen Bett etwas verloren aus. Sie rief verängstigt:

»Maman!«

»Ich bin da«, antwortete Maria. Sie sah die Arsons an, Vater und Sohn, und bedeutete ihnen, den Raum zu verlassen. Sie tat desgleichen mit der ganzen Armada von Dienerinnen und Hebammen, die um das Bett herumschwirrten. Der ältesten der Hebammen und dem Geburtshelfer sagte sie:

»Zu dritt werden wir es doch wohl schaffen, das Kind auf die Welt zu bringen, nicht wahr?«

Der Geburtshelfer nickte erleichtert.

»Maman, ich habe Angst«, murmelte Catherine.

Das Kind war fast da ... Catherine stieß einen langen

Schrei aus, ihre Hände klammerten sich an Marias Armen fest. Mit bleichem Gesicht kam Vater Arson zur Tür herein.

»Das war's«, rief Maria ihm zu. »Sie sind Großvater eines kleinen Mädchens.«

Der Bankier fiel auf die Knie und betete. Maria betrachtete das blutige Würmchen, das aus dem Leib ihrer Tochter gezogen wurde. Es hatte große, scheue schwarze Augen. Wie ähnlich sie mir ist! dachte Maria.

Eine Woche später ließ sie die Mutter und das Kind allein. Catherine hatte beschlossen, es Mathilde zu nennen. Maria ließ sich von Innocent zur Landzunge von Sainte-Hospice bringen, bei Cap Ferrat, dort, wo Benjamin ruhte. Innocent war diesmal nicht wieder fortgegangen, sondern hatte gern den Platz angenommen, den Maria ihm an ihrer Seite angeboten hatte.

Sie lief durchs Gras und suchte die genaue Stelle der Grabstätte. Es mußte dieser winzige Erdwall sein, der mit wilder Myrte bewachsen war. Sie war ärgerlich, daß die Zeit stärker gewesen war, stärker als ihre Erinnerung, stärker als die Liebe. Was gab es für Benjamin für eine Ewigkeit dort unter der Erde? Welche Ewigkeit für Hureau im Schlamm in Flandern? Wer erinnerte sich an diese Männer? Wenn Maria verschwunden sein würde, würde auch Hureaus und Benjamins Leben für immer aufhören. Sie war die letzte Zeugin ihrer Erinnerungen. Solange sie lebte, würde Benjamin noch der junge Mann sein, der barfuß durch den Garten gelaufen war, und Hureau würde immer wieder zurückkehren, so wie er es versprochen hatte. Er war ein Mann, der seine Versprechen hielt. Eines Morgens würde er wieder vor ihr stehen. Sie würde ihn fragen: »Bin ich gealtert?« Und er würde antworten: »Du bist immer noch genauso schön.«

Raoul Mille

Die provençalische Wäscherin

Historischer Roman

Aus dem Französischen von Nathalie Mälzer-Semlinger

380 Seiten
Band 1800
ISBN 3-7466-1800-2

In der Grafschaft Nizza, damals noch unter piemontesischer Herrschaft, trifft im Jahr 1788 ein Engländer ein, Benjamin Davis, der unter der Sonne und den Farben des Mittelmeers Trost sucht über eine enttäuschte Liebe. Er glüht für Rousseau und die neuen Ideen, die die geistige Elite Europas aufwühlen. Und er trifft Maria, eine junge Provençalin, wild, ungebildet, mit einer Haut wie Oliven, die ihn seine bleiche englische Lady bald vergessen läßt. Aber diese amour fou erfährt ein jähes Ende, als Benjamin zu seinem sterbenden Vater nach England reisen muß und der Ausbruch der Revolution in Paris seine Rückkehr nach Frankreich verhindert. Für Maria bricht eine Welt zusammen, sie fühlt sich verraten. Aber im Flüchtlingsstrom der französischen Aristokraten nach Italien, der auch sie mitreißt, erwacht sie zu sich selbst und kehrt um.

AtV
Aufbau Taschenbuch Verlag

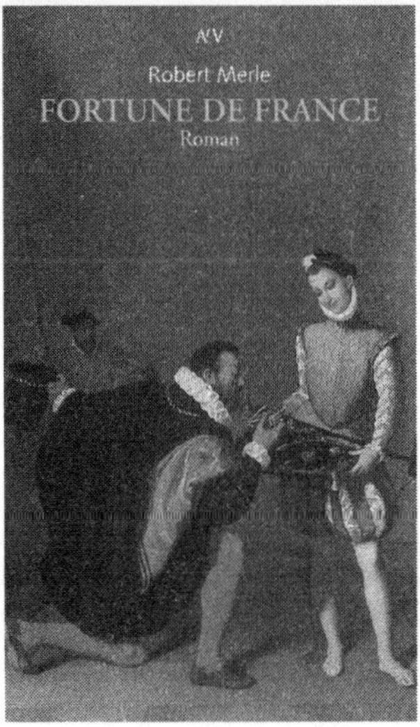

Robert Merle

Fortune de France

Roman

Aus dem Französischen
von Edgar Völkl

414 Seiten
Band 1213
ISBN 3-7466-1213-6

»Fortune de France« – Schicksal Frankreichs – ist der erste Band einer Romanfolge über das dramatische halbe Jahrhundert der Religionskriege. In der »kleinen« Geschichte einer französischen Adelsfamilie aus dem Périgord, die Robert Merle mit sehr viel Witz, Ironie und Gespür für das pikante Detail erzählt, läßt er die »große« Geschichte seines Landes in dieser aufgewühlten Zeit lebendig werden, die bald in der blutigen Tragödie der Bartholomäusnacht gipfeln wird. Im Mittelpunkt steht der Arzt und Abenteuerheld Pierre de Siorac, tolerant im Glauben, schlagfertig, listig, intelligent im Leben, und natürlich absolut unwiderstehlich.

AtV
Aufbau Taschenbuch Verlag

Frederik Berger
Die Provençalin
Roman

Originalausgabe

704 Seiten
Band 1599
ISBN 3-7466-1599-2

Die Provence im 16. Jahrhundert: Die schöne Madeleine wird von vielen Edelmännern umworben – auch von Jean Maynier, dem stolzen Baron von Oppède. Als sie ihn zurückweist, beginnt er sie mit seinem Haß zu verfolgen. Die tragische Verstrickung zweier Adelsfamilien nimmt ihren Lauf. Jean Maynier wird als Heerführer gegen die Waldenser zum Schrecken der Provence. Sein Sohn Pierre verliebt sich ausgerechnet in Madeleines Tochter, doch Jean Maynier versucht mit aller Macht, die Liebe seines Sohnes zu zerstören – und macht sich Madeleine endgültig zu seiner gefährlichsten Gegnerin.

AtV
Aufbau Taschenbuch Verlag

P. F. Thomése

Der sechste Akt

Roman

Aus dem Niederländischen von Christiane Kuby

319 Seiten
Band 1804
ISBN 3-7466-1804-5

Paris 1792: Etta Palm (1743–1799) alias Madame la Baronne d'Aelders aus Groningen ist eine Dame von Welt. Die Feministin, Doppelspionin, Intrigantin und verführerische Mätresse des Preußischen Gesandten wird gebeten, Beaumarchais bei einem Waffenschmuggel behilflich zu sein. Endlich könnte sie, die immer nach Reichtum verlangte und doch nie etwas besessen hat, ein Vermögen verdienen …

Dieser üppig erzählte historische Roman verschafft Etta Palm ein glänzendes Comeback.

AtV
Aufbau Taschenbuch Verlag